U0676427

1949

货币决战

韩春鸣 – 著

段纯 – 播讲

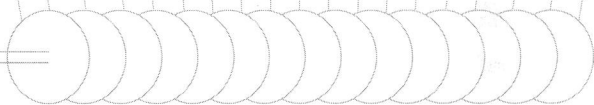

中国国际广播出版社

图书在版编目（CIP）数据

1949货币决战 / 韩春鸣著. —北京：中国国际广播出版社，2021.1
ISBN 978-7-5078-4775-8

Ⅰ. ①1… Ⅱ. ①韩… Ⅲ. ①纪实文学－中国－当代 Ⅳ. ①I25

中国版本图书馆CIP数据核字（2020）第232577号

1949货币决战

出 品 人	宇　清
著　　者	韩春鸣
播　　讲	段　纯
责任编辑	张娟平
校　　对	张　娜
设　　计	国广设计室

出版发行	中国国际广播出版社 ［010-83139469　010-83139489（传真）］
社　　址	北京市西城区天宁寺前街2号北院A座一层
	邮编：100055
印　　刷	环球东方（北京）印务有限公司

开　　本	710×1000　1/16
字　　数	320千字
印　　张	19.25
版　　次	2021年6月 北京第一版
印　　次	2021年6月 第一次印刷
定　　价	65.00元

版权所有　盗版必究

序

大幕已经落下，当年的棋局已经决出胜负，历史的裁判锁定了不能逆转的结局。可以说，输赢已无须猜度；但是，还有没有必要再去翻阅那些陈年旧账？那一簿簿尘封的厚重档案卷宗，被重新打开时，将会给人们带来哪些为之震撼的思考？

国民党元老级人物，当年CC派掌门人陈立夫，在他百岁高龄时，回首往事，写了一本《成败之鉴》，将那场决战的得与失详尽记述，同时也提出了他本人对那一段历史的再认识。

横看成岭侧成峰，站在不同的位置，看到的、听到的以及联想到的，一定有所不同。有人说，历史就像一摊泥，随便后人的拿捏与塑造。我们说，以史为鉴，怎么可以随便想象与揣摩。

有人说，随着时光的脚步拉开当年的距离，当局者迷茫的事件一定可以让后人看得清晰一些，至少可以吹去岁月的尘埃，冲淡模糊的烟雾。"不识庐山真面目，只缘身在此山中。"当你跳出了局中人的思维方式与当事人难以摆脱的思想桎梏，回首再端详，那岁月折射出的辙痕与走向不是令人豁然开朗吗？

前车之鉴，后事之师。笔者将过往留下的档案史料尽可能系统地整理出来，全面展示给读者，为读者的独立思考提供较为充分的原始资料，让后来人正确评判那些历史事件时能够拥有一些必要的依据，相信结论一定会给今天的我们带来启发和警示。

圣人云："君子爱财，取之有道。"

古人曰："水可载舟，亦可覆舟。"

——题记

目 录

引　言 / 001

第一章　南汉宸的谏言 / 003

第二章　扑朔迷离的"青岛会议" / 010

第三章　宋子文险遭弹劾 / 015

第四章　一个烧饼引发的思考 / 023

第五章　冀朝鼎与他的美国关系网 / 029

第六章　遭遇"劫持"的薛暮桥 / 037

第七章　董必武：下棋看五步 / 042

第八章　运筹中的中国人民银行 / 051

第九章　朱德视察银行筹备处 / 058

第十章　值得借鉴的货币之战历史 / 061

I

第十一章　货币统一当务之急 / 080

第十二章　王云五声称：不是去做官，而是要做事 / 088

第十三章　金融政策的变革 / 092

第十四章　诡秘的莫干山之行 / 096

第十五章　暗流涌动中的较量 / 102

第十六章　设立"八一九"防线 / 109

第十七章　"太子督导"杀气腾腾 / 112

第十八章　监察院签发"宪机字第五六七五号通知" / 121

第十九章　毛泽东否决人民券最初设计图案 / 131

第二十章　王云五为何执意飞往美国 / 138

第二十一章　人民币提前发行刻不容缓 / 143

第二十二章　"打老虎"的结局：虎头蛇尾 / 152

第二十三章　人民币发行要不要一个上限 / 163

第二十四章　兵临城下的货币现象 / 169

第二十五章　货币兑换：因人而异 / 174

第二十六章　解放区金融为何不会崩盘 / 182

第二十七章　银行接管进行时 / 190

第二十八章　"青州纵队"的历史使命 / 196

第二十九章　两件事做好，即可安定民生 / 205

第 三 十 章　工资薪金不以"元"论，以小米计算 / 212

第三十一章　金融家陈光甫 / 217

第三十二章　金圆券发行失败的历史启示 / 221

第三十三章　兑换工作一波三折 / 228

第三十四章　兑换或收缴的金圆券如何处置 / 233

第三十五章　不为金钱而忘我工作的人 / 239

第三十六章　人民币如何占领全国市场 / 248

结束语 / 253

附录（一）　货币决战大事记（1946—1949）/ 254

附录（二）　相关文件资料摘录 / 272

后　记 / 294

参考书目 / 296

引　言

历史告诉我们，前事不忘，后事之师。

政权的建立与巩固，金融货币是不可或缺的重要元素。两个阵营、两个政权的分庭抗礼乃至战争厮杀，不可能不涉及金融货币的博弈与决斗；相互排斥的两种货币不可能在同一个市场上流通，不可能成为商品交换的相同本金，势必要争个高下，决一雌雄。

稍有金融常识的人都知道，战争不仅是枪林弹雨，不仅是血肉的拼杀，战争是要有本钱的。不论是战争的发起者还是被迫反击方，都少不得本钱。战争的消耗在某种意义上讲，就是本钱的消耗。除了流血、牺牲，还有真金白银的损失或是消耗。抗日战争之所以胜利，原因是多方面的，其中一点就是日本人"耗"不起了；我们打持久战，日本的人力资源消耗不说，它的经济基础也被"耗"得千疮百孔，摇摇欲坠。

1946 年，国共两个政权血与火的斗争，同样面临物资、器材、枪支弹药等诸多方面的消耗。国民党方面的消耗，体现在金融方面，其最为明显的特征就是通货膨胀。而通货膨胀最直接的原因，就是货币过度发行。

从 1948 年开始，解放战争的第三个年头，胜负高下之分渐趋明朗。双方除了对城池的攻夺，还有货币之间的角逐。就是在这个战火笼罩的岁月里，货币之战逐趋白热化。一盘残棋，胜败的关键就在最后一粒棋子的举落之间。解放战争，国共两党之间的大决战，在金圆券与人民券两种货币之间同样是一剑封喉的时刻。

黄金白银重要还是民心向背重要？中国共产党领袖与国民党党魁对这个问题的解答几乎没有太大差别，然而在执政的方针与策略上却大相径庭，泾渭分明。

中国民间历来用"水"来比喻钱财。"水可载舟，亦可覆舟"，钱财同样如此。回顾历史，我们不妨将每个建立的政权比作"水"中的行船。可以说，依托"水"的能量，行船可以顺利达到预期的港湾，如果无视"水"的另一方面作用，稍不留意，就可能在小河沟里翻船。1949 年，蒋家王朝为钱财所累，人怨天怒，让自己印发的货币成为加剧其政权走向失败的砝码。

第一章

南汉宸的谏言

1948 年，是解放战争发生根本转折的关键一年。东北野战军进关，华北野战军出山，中国人民解放军四面出击，将北平和天津这两个华北地区最著名的大都市围得水泄不通。平津战役即将打响，解放大军进城指日可待。就在这时，在西柏坡的毛泽东脑海里却不断萦绕着这样一个山西口音：解放军进北平，可别成了八国联军进北京那么混乱。

毛泽东第一次听到这句话的准确时间是在 1947 年 12 月 2 日。是华北财经办事处主任董必武发给中共中央的电报中特意提到的。从董必武的电报中，中共中央五大书记了解到，讲这话的人是南汉宸。

南汉宸何许人也？说来话长。早在 1941 年初，"皖南事变"以后，国民党顽固势力对中国共产党所领导的边区和抗日根据地实施经济封锁。中共中央所在的陕甘宁边区政府出现了前所未有的财政困难。都说山西人擅长理财，毛泽东还真选了个山西人，便是南汉宸。在枣园的窑洞前，毛泽东对前来接受任务的南汉宸说："我们要自己动手，丰衣足食。中央决定，由你担任边区财政厅厅长。"南汉宸时任中央统战部副部长，长期从事民族统一战线和秘密战线的工作，对中央的这个决定，南汉宸还真没有思想准备。毛泽东问他有什么想法，南汉宸摇头：巧妇难为无米之炊。毛泽东重重地一拍南汉宸的肩膀，说："我就是要你做一个会做无米之炊的巧媳妇。"

对于财政工作，南汉宸并非科班出身。那么中共中央为什么要起用他为财政厅长呢？难道仅仅因为他是山西人？肯定不是。抗战时期的中共中央在用人方面向来是扬长避短，尽可能发挥人才的优势资源。南汉宸做过西北军杨虎城的幕僚，担任过陕西省政府的秘书长，对陕甘宁周边区域人头熟，且与国民党军中的许多人私交不错。这是打破顽固派封锁的一个秘密武器。另一方面，南汉宸多年在极度危险的环境中从事隐蔽战线的秘密工作，总能化险为夷，在困境中找到出路。毛泽东相信，让南汉宸当财政厅厅长，就可以破解国民党顽固势力对边区的经济封锁，让陕甘宁边区走出一步好棋。

南汉宸从枣园出来，一路就在思考"无米之炊"的巧媳妇应当怎么解决"难为"的问题。他想，财政厅厅长要解决"财路"，就要手中有钱。钱从哪里来？1937 年 7 月以后，抗日战争全面爆发，红军改编为八路军，国民政府每月提供 63 万元法币作为边区和中国共产党领导下的军队经费。"皖南事变"以后，指望国民党政府给钱肯定是幻想。国民党政府对八路军的军饷全部停发，与此同时，国民党顽固派对边区实行经济封锁，禁止棉花、铁、布匹等生活必需品入境，扣留边区商人，不许边区土特产向外推销。在顽固派的军事包围、蚕食政策和经济封锁之下，边区的面积在缩小，人口锐减。抗战初期，边区总面积为 12.96 万平方公里，人口约 200 万。被封锁和侵吞之后，边区面积减少到 9.89 万平方公里，人口减少到 150 万。[1] 毛泽东回顾当时的困难状况曾说过："我们曾经弄到几乎没有衣穿，没有油吃，没有纸，没有菜，战士没有鞋袜，工作人员在冬天没有被盖。"[2]

真的是山穷水尽了吗？夜深人静，南汉宸躺在窑洞的土炕上，翻来覆去睡不着。雄鸡报晓时，南汉宸翻身下地，他终于有了一个清晰思路，"自己动手，丰衣足食"。南汉宸认为，边区在财政上一定要贯彻中央提出的这个方针。财政厅的财路同样要自己动手。南汉宸想出了对顽固派的反制主意：重庆政府不给咱拨款，那好，咱还不稀罕你的法币了，咱另起炉灶。南汉宸向边区政府正式提议：禁止法币在陕甘宁流通，边区政府发行自己的货币，用自己的货币在边区流通。一个独立的政权，如果没有自己发行的货币在市场流通，就不可能有财经方面的主动权。边区币的发行，从根本上让边区政权改变了财经方面的

---

① 见《抗日战争时期陕甘宁边区财政经济史料摘编》《陕甘宁边区幅员的说明》。

② 见《毛泽东著作选读》下册《抗日时期的经济问题和财政问题》，人民出版社，1986 年版。

被动。这一举措或许就是抗战时期国共之间货币之战的发端。1941 年 1 月 28 日，陕甘宁边区政府正式决议，发行边币。至此，国民政府的法币在边区禁止流通。

其实，早在 1932 年，中国共产党政权就曾自己发行过货币——苏维埃货币。1932 年 7 月 7 日，中国共产党领导的苏维埃国家银行就印制出第一批纸币。货币以银元为本位，纸币为银币券，1 元银币券兑换 1 银元，国民党政权发行的纸币禁止流通。

南汉宸临危受命，上任初始就大刀阔斧，采取了一系列措施开辟财源。他提出，对食盐进行专卖，集中收购，禁止走私，集中对国统区交易。他倡导用陕北土特产从国统区交换边区所需的军用和民用物资。为了搞好商品流通，南汉宸还很注意建立健全边区的税收政策。在调研的基础上，他主持草拟了各项税务政策和粮食征收章程，把原来商人采取的以厘股摊派负担的办法加以改进，吸收大、中、小商人参加商会领导，方法看似简便，实际收益却大增，粮食征收的具体措施也日臻完善。

"巧媳妇"巧在哪里，一两句话很难说清，但是南汉宸的"巧"劲儿，毛泽东了如指掌。南汉宸好交朋友，无论在敌占区还是国统区，南汉宸都有一批侠肝义胆、生死与共的患难之交。为了陕甘宁边区能够渡过难关，他巧妙调动各路朋友相帮，对外开展经济贸易活动，打破了顽固势力对边区经济的封锁。

1941 年，陕甘宁粮食问题得以解决。随着大生产运动轰轰烈烈的开展，许多机关和部队达到了粮食和副食品自给或部分自给，农民收入不断增加，负担逐年减轻。一盘近乎绝望的死棋，就这样三步两步地走活了。

一年以后，1942 年 10 月，毛泽东在延安的陕甘宁边区高级干部会议上发表讲话，充分肯定了陕甘宁边区克服财政经济困难所做的努力。

在南汉宸的领导下，边区财政部门千方百计开源节流，边区 150 万人口的吃饭问题基本得到了解决。1943 年，边区财政总收入达到了 32.01 亿元，总支出 31.85 亿元，盈余 0.16 亿元。若将各单位自收自支的生产收入统计在内，则为实际收入 61 亿元，支出 60 亿元，盈余 1 亿元。1944 年，陕甘宁边区政府又一次做到了收支平衡。应当说，之所以能够取得这些成绩，身为财政厅厅长的南汉宸功不可没。

抗日战争胜利后，1945年秋末，毛泽东找南汉宸谈话，让他去晋察冀边区，担任中共晋察冀分局委员、晋察冀边区财经处处长。他将执掌晋察冀边区的财经大权，主管财政厅、税务局、粮食局、银行、印制局等涉及金融和经济的各个部门的工作。为什么非要南汉宸去晋察冀呢？难道又因为他是山西人？这其中有什么玄机呢？如果从一般史料中查找，似乎很难找到答案。但如果从南汉宸的简历当中就不难看出端倪。

今天看来，将南汉宸派往晋察冀的原因不止一个。其中有一点，就是针对当时国民党军队在华北的主要指挥官。是谁呢？傅作义。傅作义与南汉宸有什么关系？第一，两人是老乡，都是山西人；第二，两人是发小，是太原陆军小学的同窗好友，曾经有过"手足情谊"；第三，两人曾经是很要好的朋友，长期保持着联系。1936年8月，南汉宸奉中共中央指示，携毛泽东亲笔信秘密到绥远陕坝（今内蒙古杭锦后旗），面见国民党绥远省主席兼三十五军军长傅作义将军，推动和支持傅作义积极抗战。当年11月，傅作义率部迎击日军，取得百灵庙大捷。毛泽东再次派南汉宸携亲笔信赴绥远表示慰问。

在抗日民族统一战线的旗帜下，南汉宸受中共中央委托，与傅作义有过多次交往。在中国共产党统战政策和南汉宸自身的直接影响下，傅作义接受中共人员在他的部队开展活动，仿照八路军在军队中建立政治工作委员会，与八路军关系良好。在两党交往中，傅作义从来都将南汉宸作为可以成为至交的对手来看待。中共中央将南汉宸派往华北，就是要在争取傅作义的工作上增加砝码。

除此之外，南汉宸曾经在华北地区从事秘密工作和统战工作多年，在京津冀地区人脉丰富，对于管理城市应该多有应对办法。

南汉宸从延安出发之前，毛泽东约他到了枣园窑洞，与他谈了整整一晚。大反攻的大幕即将拉开，军马未动，粮草先行。金融与财经是事关战争能否取胜的基础，为此，他与南汉宸讨论了战争时期金融与财经出现的诸多具体矛盾和解决方式。

大约是在1945年10月间，大雁开始南归，北方的秋天呈现出一年中最为斑斓多彩的时节。南汉宸一行从陕甘宁边区启程，穿山越岭，晓行夜宿，渡过黄河，进入太行山脉，向晋察冀边区的张家口市进发。没有机动车，更不要说小轿车了，几头骡子就是这个队伍不同凡响的显要标志。借此，南汉宸了解了许多民情，看出了不少事情的原委。

如果从地图上看，从陕北到张家口，不过千把公里的距离，然而靠人的两条腿丈量，足以称得上千里之遥。一路走下来，南汉宸发现，他仿佛走过了三个不同的国家：不是历史上的秦国、晋国和燕国的不同风土人情，仅仅是各自使用的货币。虽然都是解放区，同样是在中国共产党领导之下，各自的货币却不能相互流通。南汉宸从陕北出来时，带的是陕甘宁自己发行的票子；过了黄河，属于晋绥区，晋绥区有自己单独发行的票子，陕甘宁的票子不能用；再往北，过了同蒲路就是晋察冀的地界，晋绥的票子[①]到这里也成了废纸，不能使用，也没有办法兑换。

作为主管财经工作多年的南汉宸，职业习惯让他敏感地意识到，这不是好现象，很可能会形成贸易壁垒或是贸易摩擦。到了晋察冀边区以后，他到下面了解情况，发现边区物价涨得很厉害。什么原因呢？南汉宸很快就发现，同是晋察冀边区，发行的票子竟然是五花八门，甚至一个地区流通好几种货币：冀中、冀热辽、冀东、热河都在自行印制和发行货币；热河还发行利民商店流通券，冀东也在发行地方流通券。

南汉宸走马上任，要抓的事情千头万绪，其中一件就是在晋察冀边区内实现货币发行统一。他利用行政手段，停止热河、冀东印制的票子发行。1946年5月，南汉宸发现晋冀、察哈尔地区布价快速上涨，什么原因呢？他派人了解情况，发现是平山县洪子店集市有30亿元边钞购买布匹所致。

南汉宸还注意到，在与国民党统治区相邻的乡村还有使用伪蒙疆券的，伪银券还在流通。南汉宸让边区银行查了查，计算了一下底数。结果，仅在冀东一处，至少还有500亿伪币在流通。南汉宸马上采取措施应对：对老百姓手中的伪蒙疆银行券，首先承认其价值，用逐渐收缴、贬值的方法，收回20亿元；原发40亿元，收回百分之五十之后，宣布不允许再继续使用。对流通中的伪

---

① 1937年抗日战争全面爆发以后，八路军和新四军挺进敌后，开辟了大片敌后根据地，建立了抗日民主政权。从1938年起，除中共中央所在地的陕甘宁边区外，华北敌后又先后建立了晋察冀、晋冀鲁豫、晋绥、山东等抗日根据地；在华中先后建立了苏北、苏中、浙东、皖中等8个抗日根据地；在华南建立了东江和琼崖抗日根据地，共计19个抗日根据地。这些根据地分别设立了自己的银行，发行了货币。各根据地发行的货币一般称为"抗币"或"边币"。

银券，南汉宸的应对办法依然是承认其价值，然后用这些货币到国民党统治区购买物资。就这样逐步将边区流通的伪银券驱除了。然而，伪钞不再流通以后，边区统一的钞票并没有及时跟进。结果让国民党发行的法币很快占领了边区市场。

1946年，华北的战争形势总体看来比较艰难。该年年底，张家口、热河、承德、冀东等地区相继失守，晋察冀边区管辖面积缩小，边区政府财政收入同时相对减少，经济非常困难。面对这个局面，管辖地区没有相连的各个解放区，便各自先后成立银行，以此解决财政的迫切需要。当时中央对金融经济的政策是"统一领导、分散经营"。当时各个解放区分别拥有北海银行（山东解放区）、晋冀鲁豫银行、晋察冀边区银行、陕甘宁边区银行、内蒙古银行、热河银行、东北银行、西北银行。这八家银行，分别在不同辖区发行各自的票券。各个解放区之间使用不同票面且互不流通的货币。

当时华北地区中国共产党领导的几个主要解放区都要去天津采购重要物资，如军需品、药品、印刷器材、机械工具等。采购的同时也向天津市场出售土特产，如栗子、花椒、棉花等。且不说天津的商家能否满足解放区的物资采购，单是解放区推销自己的土特产品，就使得天津市面一塌糊涂。各区往往从自己的利益出发，进行买卖交易，为了把自己家的土特产卖出去，竞相压价，争夺客户，解放区之间接连不断发生矛盾和纠纷，且愈演愈烈，有时竟然忽略甚至忘记了对敌斗争。这些事件发生的虽然不多，却影响恶劣，解放区的经济工作受到严重影响。

南汉宸对这个现象看在眼里，急在心里。他认为，从总的战争形势来看，取得全国的军事胜利和全国解放不是短时期内就可以实现的，各解放区的相对独立状态仍会持续一段时间，因此这个问题一定要想办法解决。不能在金融和经济问题上自相残杀，让亲者痛仇者快。

1946年12月，南汉宸经过认真调研和深思熟虑，以晋察冀中央局委员身份和晋察冀边区政府名义正式向中央提出关于财政和货币统一的问题。南汉宸说："解放区要尽快建立统一的银行，发行统一的货币。不能等到北平解放时，各路大军都拿着五花八门的票子进城。否则，就跟八国联军进北京时一样混乱。"

这话毕竟有些刺耳，毛泽东听了这个比喻，先是一怔，而后对坐在旁边的周恩来莞尔一笑：以史为鉴可以知兴替。毛泽东想了想，掰着手指说道："情形还真有点像八国联军进北京。我们晋察冀用的是边币，晋冀鲁豫用的是冀南币，山东用的是北海币，东北用的是东北币，西北用的是农民币，各路大军一旦打进天津、北平去，可不就是七八种货币一起上市嘛！"

1947 年 1 月 3 日，中共中央经过研究，致电晋察冀边区政府，批准召开华北财经会议，讨论统一各区货币和协调战时财政金融问题。

第二章

扑朔迷离的"青岛会议"

1947年2月初的一天，南京石头城内的道署街（今瞻园路）132号就显得异常忙碌，进进出出的车辆比往日增加了许多。这是国民党中统机关总部。今天，一份秘密情报摆到了局长的办公桌上。红笔重重地圈出一行大字：中共中央成立"青岛会议筹备处"，筹备处负责人为晋冀鲁豫中央局委派。

青岛会议？这让南京的国民党军政决策者眉头紧蹙。中共是要在青岛召开什么秘密会议，还是要对青岛进行军事部署，准备突然袭击青岛，要进行围城进攻？没有人能给出准确答案。怎么办？宁肯信其有，不能信其无。一时间，草木皆兵。青岛市郊周边增派了荷枪实弹的军警人员，青岛市区大街小巷巡警纷纷出动，军政办公处岗哨林立，戒备森严，各个交通要道设路障堆沙包，严格盘查往来行人。"青岛会议"成为国民党军统和中统人员关注侦察的重要任务。侦听电台昼夜不停，寻找可疑的电波讯号；各地区工作站，特务组织纷纷出动，搜寻相关信息。

刚刚过去的1946年，是坐镇南京的国民党要人沾沾自喜的一年。在与共产党人抢夺地盘的战火中，不说大获全胜，也是小试牛刀，战果累累。该年末，从共产党手中夺回了张家口、热河、承德、冀东等城市，共产党边区统治的区域一步步减少。共产党的红都延安也已经被国民党军队铁桶一般团团包围。在国民党要人眼里，消灭共产党政权指日可待。偏偏就在这时节，他们得到了共产党人"青岛会议"的情报。共产党要在青岛搞什么名堂？疑窦丛生的国民党情报系统对"青岛会议"的侦察已经煞费苦心。

殊不知，中国共产党人最擅长的战术之一就是"声东击西"。这一次又让国民党人的视线产生错觉。"青岛会议"并非在青岛举行，也不是在青岛市周边，而是在青岛千里之外的太行山腹地、与青岛毫不相干的河北省邯郸地区某地悄悄开始了。会议一天换一个地方，走走停停，不固定在一个会场，但是最终落在了河北省武安县一个名为冶陶的小镇。这个小镇可是非同小可，是一个重要的机关——晋冀鲁豫军区司令部所在地，若按照地名说，应当叫"冶陶会议"。

这次会议的真实议题是：华北地区财经会议。参加人员不多，正式代表18人，列席代表38人，可代表区域广泛，分别有中共中央华东局、晋察冀中央局、陕甘宁边区、晋绥地区，还有邯郸中央局等，囊括长江以北诸多解放区域。

召开这次会议的决定，早在1947年1月3日就已做出。中共中央向有关单位发出《关于召开华北财经会议的指示》。文件很明确：由于空前自卫战争的巨大消耗，已使一切解放区的财经情况陷入困境，必须以极大决心和努力动员全体军民一致奋斗，并统一各区步调，利用各区一切财经条件和资源，及实行各区大公无私的互相调剂，完全克服本位主义，才能长期支持战争。中央认为应立即召集此项会议……

会议的起因来自晋察冀边区的财经处长——南汉宸。南汉宸以晋察冀分局委员的身份，向中共中央发去电报；以晋察冀边区政府的名义，建议召开华北财经会议。希望讨论的主题是"统一货币和协调财政问题"。他提出的口号是"统一对敌斗争、统一出口、价钱一致"。

中共中央对此非常重视，在经过八年抗日战争和一年自卫战争之后，人民大众的承受能力究竟有多大，能够支持多久？为了支持长期自卫战争，争取最后的胜利，究竟需要养多少兵才能继续作战？一个士兵的生活标准，究竟应是多少才能维持战斗力？一连串的问题已经在中共中央最高决策层心中被思考多时，这一系列问题迫切需要解决。

南汉宸的电报显然非常及时，如何贯彻"发展经济，保障供给"的方针，需要加深理解和重新认识。由于战争的巨大消耗，各个解放区的财经情况已陷入困境。中央领导思考三天之后，即发电批准召开这个主题会议，并提出大会的任务和目标：应为交换各区财经工作经验，讨论各区货物交流及货币、税收、资源互相帮助、对国民党进行统一的财经斗争等项，并可由各区派人成立永久的华北财经情报和指导机关。

由于战争造成的种种不测，大会的筹备工作迟迟未能开展，直至2月2日，才最后确定由晋冀鲁豫局承担会议的筹备工作。中共中央对这次会议期望值极高，从2月24日中共中央电示大会筹备处及参加会议的各地方局代表文件即可略见一二。电文强调："华北财经会议，对于克服困难，支援战争，非常重要，务须使其有成就，各项问题务须获得解决。"① 两个"务"字直接反映出中共中央对大会的期冀与厚望。

会议原定3月1日正式召开，各地代表在2月下旬开始启程，通过不同路径，绕开敌军的封锁区，前往邯郸。晋察冀、冀中、山东等地代表在2月底先后赶到，而晋绥和陕甘宁两地代表遇到了较大麻烦，未能顺利通过国民党军事封锁线，只能在汾河以西隐蔽等待，寻找机会，直到3月25日才赶到会场。从而导致这次会议开成了马拉松，从3月上旬一直开到5月中旬②。

3月18日，中共中央机关战略性撤出延安城。国民党军队的胡宗南带着胜利者的骄傲在宝塔山下留影。对于这一重大事件，众说纷纭。尽管中共中央发言人指出，从延安撤出是战略性的转移，但是，在大多数中国共产党人心目中的延安，已经是不可动摇的红色圣地。这个消息多少也影响了参加财经会议的代表们。然而，一封电文让与会代表吃了定心丸。3月23日，中共中央向大会发出指示，特别强调：由于战争扩大与延长，如何节用财力物力人力以支援长期战争〔人民负担能力的研究，如何能紧缩开支，有何方法开源节流，如何解决各区很大财政赤字，怎样节用配合战争的人力动员，使之不太妨碍生产，究竟每一野战军须后方动员多少人力配合（包括担架运输、民兵动员等）才适当〕等是当前亟待解决的问题。

先不说这封电报的内容，仅就电报发出而言，就足以证明，中央指挥系统运转正常，没有因为延安失守而失去指挥能力。大会主席薄一波针对有些

---

① 《致华东局、晋察冀中央局、晋绥分局并邯郸中央局电》，1947年2月24日。

② 参加会议的有晋察冀边区代表团，团长是南汉宸；晋冀鲁豫边区代表团，团长为杨立三；华东代表团，团长是薛暮桥。在会议开始以后，陕甘宁边区的白如冰、晋绥边区的陈希云、中原区的刘子厚等同志，先后代表各自边区赶来参加会议。

代表的议论特别强调指出："现在延安失守了，是否有些同志心理上会起变化呢？""去年因张家口之失掉，外界有些震动；我们说是放下了包袱，他们不信，认为是吹牛；鲁南、苏北打了胜仗，临沂丢掉随后来了一个莱芜胜利，他们才认识到我们所说一城一池之得失不能算作胜利是很对的。"

3月25日，陕甘宁和晋绥的代表风尘仆仆赶来报到了。也就是说，与会代表到齐，大会正式开始。代表没有到齐之前，已经报到的代表针对许多具体问题展开交流和讨论，小范围地进行主题的探讨与研究，算是预备会议，也没有浪费时间。大会主席将每天会议进行的情况及时通过电文报告中央。根据会议代表反映的各个解放区存在的问题和矛盾，以及暴露出的各自为战、分散经营的不足与缺陷，4月16日，中共中央做出《关于成立华北财经办事处及任命董必武为主任的决定》。

成立华北财经办事处这个执行机构的目的很明确，就是要统一华北各解放区财经政策，调剂各区财经关系。指导华北各解放区财政经济工作，支援战略反攻，为夺取解放战争胜利做出积极贡献。

中央对华北财经办事处寄予厚望，赋予其主要的权力是：除特别重大的问题，需经中央及其工委会讨论，并通过各中央局执行外，在一般经常的行政问题上，可直接指挥各解放区的财经办事处执行之。

华北财办首先确定了当前的八项重要工作：

1.制定华北解放区国民经济建设的方针；

2.审查各个解放区的生产、贸易、金融、计划，并及时做必要的管理与调剂；

3.掌握各个解放区的货币发行；

4.指导各个解放区的对敌经济斗争；

5.筹建中央财政及银行；

6.审定各个解放区的人民负担；

7.审查各个解放区脱离生产的人数及其编制与供给情形；

8.审核各个解放区的财政预算，并做出必要的调剂办法。

华北财经会议的重要成果之一，就是华北财办这个执行机构的建立。中共中央急需解决的难题，总算有一个机构去负责了。应当说，与国民党进行金融乃至经济作战的指挥部成立了。它结束了在经济斗争领域群龙无首或各自为战的局面，它标志着中国共产党华北地区财政经济中枢机关的形成。这部机器的启动和运转，必然成为集中统一各个解放区金融货币工作的中枢机关，进而成为与南京国民党政权经济金融货币方面分庭抗礼的司令部。

第三章

宋子文险遭弹劾

1947年3月，中国共产党华北财经会议在冶陶小镇不动声色地启动[①]。而在当月1日，国民党南京政府大员宋子文正式递交辞呈，辞去行政院长职务。一时间，国民党党内掀起轩然大波。

是什么原因让宋子文离开了炙手可热的行政院长的金交椅呢？

答案第二天一早就在监察院揭晓了。南京监察委员对宋子文和中央银行总裁贝祖诒[②]提出弹劾。弹劾书一针见血，指责宋子文的财政政策"无一不与民争利，无一不在培植官僚资本，无一不为洋货张目，人们认为这是买办政权"。

虽然明眼人讥笑监察院是在打"马后炮"，人家主动辞职了，你们才提出弹劾，早干吗去了？不过，弹劾文确实指出了行政院执政的要害所在，道出了平民百姓要说的一些话。

事情的导火索源于上海不久前爆发的"黄金潮"。

1946年3月8日，这一天不仅仅是国际妇女节，在国统区的日志上，这是南京中央银行确定的黄金市场开放日。黄金在民间历来被视为硬通货，国

---

① 原定会期为3月1日，实际开会日期延后。

② 贝祖诒（1892—1982），号淞荪，苏州人。1914年进入中国银行北京总行，先后担任广州、香港、上海分行经理及总行副总经理。由宋子文推荐，于1946年3月1日出任中央银行总裁。贝祖诒任期内，致力于外汇管理，卓有成效，被宋子文视为最有才干的财务官员。1947年2月，因"黄金风潮"被迫下台。其子贝聿铭为国际著名建筑大师。

民政府一直不允许公开买卖。作为行政院长的宋子文励精图治，为了抑制外汇市场，回笼货币，收缩通货，以期稳定市场物价，在征求了金融经济专家意见后，决定开放上海黄金市场。他自恃手中拥有600多万两黄金储备，本钱充足，实力雄厚，完全可以操控黄金上市以后可能出现的起伏波动。

然而，在黄金市场的开放方式上，宋子文出现了意想不到的败笔。可谓"一招失算，满盘皆输"。这个方式说起来很有特点，一个是"配"，一个是"售"。"配"为"明配"，"售"为"暗售"。配售出去的黄金价格随市场价格可以上下浮动。而明配方式的设计，也应是煞费苦心的。首先由各家金银首饰楼向中央银行提出购买黄金的申请，中央银行接受申请后，按照政府规定价格给予配发。暗售方法，关键是一个"暗"字。即由中央银行暗中委托数家合作金号随时相机抛售黄金。

宋子文深知此举事关重大，不敢掉以轻心，从黄金市场的设计之初，宋子文便亲自过问，当黄金市场的开放方式出笼之后，宋子文逐条过目，字斟句酌，一一审定。按说，这并不是他的工作风格，但对这件事情，他事必躬亲，他不相信财政部的官员们会完全按照他所制订的步骤，循序渐进。这个黄金市场的开放非同小可，弄不好会牵一发而动全身。宋子文决定亲自操盘，其他任何人，包括财政部的"财神爷"们，一律不得插手。

按照常理，财政部部长俞鸿钧应当是黄金市场运行的行政负责人。可这一次不同寻常，行政院长亲临一线直接指挥。俞鸿钧虽表面上一脸茫然，内心可是巴不得躲得远远的，黄金市场不是早市、夜市，不是百货批发，天晓得那里的水有多深！

宋子文亲自下达指令，指定中央银行总裁贝祖诒负责具体事项；要求贝祖诒每天傍晚直接向他汇报，汇报用语不得使用中文，一律讲英语。汇报内容要全面，要将当日黄金市场的变动情况详细报告。

开盘之始，上海黄金①价格为每条156万法币。三个多月以后，至7月初涨到了183万元，外汇市场首先感受到了压力。宋子文似乎胸有成竹，早已想好应对之策，8月17日下达指令，提高汇率比例，由2020元法币兑换一美元调整至3350元法币兑换一美元，一下子升高了65%，每根金条涨至286万

---

① 当时金条重量为每条10市两。旧制1市斤为16两，约500克。

元。然而，这样的暴涨还是没能抑制住购买黄金的狂热风潮。傍晚，贝祖诒向宋子文汇报，这两天已经"配出"黄金一万两。金库储备日渐减少，汇价和金价趋势依然看涨。

1947年1月，上海黄金市场价格接近每根金条400万元。1月30日傍晚，宋子文按照惯例再次听取贝祖诒的报告，仅仅这一个运营日，中央银行即抛出黄金1.9万条，收回法币750亿元。"好啊。"宋子文喜上眉梢，他心里的小算盘不停地拨拉着。他认为，这足以证明法币回笼的目标已经接近成功，市场价格很快就会趋于稳定。宋子文踌躇满志，开始设想下一阶段的物价基准问题。

贝祖诒并不乐观，他眼见金库的金砖一天天迅速减少，一座座金山几天时间就萎缩殆尽，便忍不住提示宋子文："我们的黄金储备接近库底，如果明天还是这个局面，我们继续抛，那库存黄金将支撑不了几天啦！"

宋子文似乎早有准备，他呷了一口咖啡，微笑着看着贝祖诒，摇摇头，心里说：还是没有见过大场面。开口却说："放心吧。我马上下达指令，从重庆金库调黄金，空运上海。"

贝祖诒猜到了宋子文的潜台词，点头称好，可心里还是打鼓，不由得喃喃自语："一天就调动750亿资金入场，这可真是大手笔啊！"

宋子文在研究报表中也发现了些许蹊跷，抛出了这么多黄金，可通货仍不见收缩的迹象，货币也不见减少，这是为什么呢？

在这场黄金大潮中，有个人一直在冷眼旁观。他就是国民党的另一位大佬陈立夫。陈立夫对宋子文一直不以为然。他认为，一个平时说中文比说英文少的人怎么可以治理中国，怎么可以管理好中国的政务呢？迟暮之年时，陈立夫撰写回忆录，自然不会忘记这段历史。当年他就注意到一个人——中央银行外汇管理委员会主任、中央银行经济研究处长冀朝鼎。这个人毕业于美国哥伦比亚大学，获得经济学博士头衔，与孔祥熙关系密切，曾经担任过孔祥熙的机要秘书。早在抗战时期的重庆，陈立夫就发现了冀朝鼎行踪的蛛丝马迹。当时，他正式通知孔祥熙：你身边的冀朝鼎与中共的周恩来有联系。这个人很可能是中共在你身边的卧底。孔祥熙将信将疑，对于中统耸人听闻的消息，他听得太多了，不过还是认真考量了一番：冀朝鼎不光是山西同乡，还是自己的世侄，冀朝鼎的父亲冀贡泉是自己的恩师。关键问题是，共产党是无产阶级的组织，是泥腿子的队伍，可冀朝鼎不是无产阶级，他是喝洋墨水长大的，是在美国生活了十七年获得美国哥伦比亚大学的经济学博士。这样的人怎么可能与共产党在一起？再者，冀朝鼎的父亲冀贡泉至今还在美国，是美国战争情报署（OWI）太平洋司的高级职员。① 仅凭他到红岩村走过几趟就断定他是共产党？未免小儿科。

半夜时分，孔祥熙躺在床上翻来覆去怎么也睡不着，不由兴起。他喊还在楼上与夫人宋霭龄等人一起打牌的冀朝鼎下楼说话。孔祥熙目光如炬，射向冀朝鼎："有人告诉我，有证据证明你是共产党。"冀朝鼎儒雅地微笑着说道："别人怎么说我不管，我跟随您这么多年，老伯，您看我像吗？"

孔祥熙沉吟半晌，目光依然盯着冀朝鼎，最后摇摇头说："我看你不像。共产党不会要你这样的。有人造谣。"

是啊，冀朝鼎从美国归国后，就一直住在重庆炮台节（后改为沧白路）的孔公馆中，作为孔祥熙的机要秘书，与孔家老少朝夕相处。冀朝鼎所穿的衣服，从外套到内衣差不多都是孔祥熙穿剩下送给他的。孔祥熙想，他若与共党有关系，吃饭睡觉都在一个院子，怎么就没有丁点儿破绽呢？

孔祥熙到底没有看出冀朝鼎的庐山真面目。究其原因，冀朝鼎没有为共产党提供过一纸情报，没有为共产党提供过一分钱的物资和任何武器装备。没有任何证据说明冀朝鼎给共产党提供了什么具体帮助。陈立夫在晚年终于明白了冀朝鼎的颠覆作用，说他专门为国民政府、为政府要人宋子文一干人等出坏主意。有位历史学家指出，国民党政权所依靠的应是民族资产阶级，结果国民党榨干了民族资本家的最后一分资产，怎么能不让人家与之分道扬镳呢？

陈立夫指出："日本投降以后，收复地区人民自然欢迎使用法币，但财政当局宋部长竟规定两百元伪币换取一元法币。以为这样一来，就可用少数法币把伪币都收了回来，其实害了老百姓。有五千元伪币的人只能换到二十五元法币，而这个时候的法币早已贬值。"陈立夫批评宋子文："一个富有的人，经过这场战争，他的财产由一万块钱变成二十五块贬值的钱了，这不是替共产党铺路吗？还算什么财政专家呢……我们已先替共产党把拥护政府的民众都变成了

---

① 1941 年 12 月，日军偷袭珍珠港。太平洋战争爆发以后，美国迫切需要了解亚洲，特别是日本的情报。于是聘请曾经留学日本、当时又在反法西斯阵营工作的冀贡泉，到美国战争情报署和战略服务署（OSS）工作。这两个机构合并后就是今天的美国中央情报局（CIA）。

无产阶级，这是我们财政上犯的大错误，当时政府不应该去占这种便宜。"陈立夫指责冀朝鼎："他专门替孔、宋出坏主意，都是损害国家和损害政府信用的坏主意。"

那么，宋子文所操盘的黄金配售方案，有没有冀朝鼎的参与呢？答案是肯定的。他与宋子文交往密切，加之宋子文中文不好，平时习惯用英文交流。而宋子文身边的冀朝鼎是英文最为纯熟的一位。这个配售方案的优劣，冀朝鼎肯定心中有数，但他却点头称许。而当贝祖诒要对这个方案发表意见时，他则暗示这位央行总裁最好三缄其口，完全服从宋院长的指示。

这个方案有什么纰漏吗？从字面上看，似乎无懈可击，关键是，实施的方案事与愿违，不见通货收缩，不见货币总量减少，这是为什么呢？空方的幕后操盘手是谁？至今，还没有确切具体的答案。但是有一点毋庸置疑，共产党人肯定参加了空方的抢购。在上海、香港、天津，有为数不少的红色资本家或是潜伏的共产党人在为中共的经费抢购黄金。譬如，著名的民族资本家卢绪章，实际上就是中国共产党地下经济工作者。他还是冀朝鼎与周恩来之间的联系人。冀朝鼎有什么情报或需要请示周恩来时，总是由卢绪章负责传送和转达。卢绪章担任广大华行总经理，在上海、香港（甚至美国）都有分行，他们为中国共产党政权提供大量资金及物资的支持。国民党内部许多军政要员或其亲信也是参与抢购黄金的生力军。

法币收进这么多了，一天就回笼 750 亿，可上海市场为什么不见吃紧呢？中央银行向宋子文报告，目前全国各地金价普遍高于上海，以 1947 年 2 月 11 日的金价为例，上海最高为 734 万元 1 条，北平为 860 万元，南京为 930 万元，武汉为 950 万元，重庆为 950 万元，广州竟高达 1100 万元。

上海居然成了黄金洼地。

各地游资纷纷流向上海抢购黄金。一些军队高官有意拖欠士兵的军饷，将领到的钞票运到上海抢购黄金和美钞；往前线运送军事物资的火车，被官员一道命令掉头去了上海，成为运送钞票的专车；国民党军政要员各大派系为了争夺交通工具，甚至大打出手。军心涣散，当官的无心指挥打仗，整天就盘算怎么尽快将钞票换成金条。

黑社会、地下钱庄统统参与其中，不少军政官员利用手中的职权，将今日收进库的法币迅速输出，第二天这些法币又一次进入抢购黄金的人流之中。

沉淀在各地民间难以计数的法币，被黄金市场激活，通过大小不同渠道迅猛地流向上海。

黄金的暴涨拉动上海物价的普涨。以大米为例，1946年米价涨了15倍，1947年则涨了20倍，就像倒下去的多米诺骨牌，与市民生活相关的物品无一不涨。各家报纸大幅标题几乎相同，均是："物价如脱缰之马，各地粮价飞升，平民叫苦连天。"2月中旬，上海多家米店、银楼被愤怒的市民捣毁，随后，广州、武汉、长沙等地相继爆发类似事件，金价依然一路冲高。

宋子文终于有所醒悟，这里面似乎出现了问题，他下达了停止"暗售"的指令。然而，汹涌的大潮奔腾咆哮，已经无法遏制。后来上海物价指数一度上涨80%至200%，直接涉及市民口粮的价格一天三涨，许多粮店见势待价而沽，惜价待售。这样，愈发造成上海民生市场的全面混乱。

2月15日，宋子文紧急下令停止"明配"，宣告关闭黄金市场。2月16日，行政院通过经济紧急措施，禁止黄金、美钞自由买卖。此时，黄金市价飙升至每条900万元法币，为黄金市场开放之初的6倍多。据统计，自1946年3月8日至1947年2月15日，中央银行售出黄金350余万两，将国库的黄金耗去大半。

宋子文终于意识到这次黄金市场的运作要出问题。这时一直对他这个行政院长不看好的人，终于抓住了把柄，有了口实。于是，与宋子文对立的一方发动攻势，鼓动朝野各派对"黄金风潮"展开声势浩大的口诛笔伐。

2月15日，颇有影响的《世纪评论》杂志发表参政员傅斯年的文章，题目是《这样的宋子文非走开不可》。傅斯年借古讽今，开篇就提及"古今中外有一个公例，凡是一个朝代，一个政权，要垮台，并不是由于革命的势力而由于他自己的崩溃！有时是自身的矛盾、分裂，有时是有些人专心致力，加速自蚀运动，唯恐其不乱，如秦朝'指鹿为马'的赵高，明朝的魏忠贤，真好比一个人身体的寄生虫，加紧繁殖，使这个人的身体迅速垮掉。"接着檄文连篇，傅斯年又发表了《宋子文的失败》《论豪门资本之必须铲除》，对"黄金风潮"大加讨伐，在社会舆论中产生了很大影响。

第二天，监察院举行全体监委紧急会议，有的监察委员义愤填膺，要求必须下决心严惩。监察院长于右任当天决定，派监察委员何汉文等人立即前往上海"彻查"。紧接着，国民参政会驻会委员召开会议，做出决议，认定这次"黄金风潮"主要责任人就是行政院长，要求最高当局"查明责任所属，认真处分"。

面对这样的局面，蒋介石不得不出面调停。为了以示公正，蒋介石信誓旦旦，声称要彻查"黄金风潮案"。调查工作由军队、地方和监察院分头进行。由国防部二厅厅长郑介民组成调查团，负责调查军人在风潮中挪用军费抢购黄金的情况；在民间，由淞沪警备司令宣铁吾组织"经济监察团"，负责调查上海商民投机倒把、违反金融管理规定的行为；在上层，由监察院委派何汉文、谷凤翔、万灿、张庆桢四名监委，负责此案的调查。

监察院院长于右任表示："这次的查案，监察院必须下决心打老虎，不要只拍苍蝇。"四监委深受鼓舞，决心查个水落石出。他想通过查案，一扫监察院的萎靡之风，给世人一个交代。

通过一段时间的明察暗访，四监委查获了上海金业公会主席、"同丰余"号经理詹莲生利用公会主席的地位，以及熟悉中行库存情况，操纵上海金市攫取20多万两黄金的证据。这次黄金市场的运营，虽说面向公众公开，其实仍存在暗箱操作。黄金的抛售统归"同丰余"号经理詹莲生负责，再由"同丰余"号分配给有关系的金号、银楼，他们利用"火耗"等名目，从中大肆克扣，中饱私囊。据当时任中央银行稽核处的李立侠回忆："甚至中央银行以所存400两一块金砖，熔化为市面通行的10两一根金条，也不经过当时的中央造币厂，而直接交詹莲生分配给有关金号、银楼代熔，每条付给三分火耗。"

詹莲生所获的经营暴利，何止火耗，查案的监委收到举报，说詹"一年中所赚得的黄金有10万条以上"。詹莲生身为上海金业公会主席，包办了中央银行暗售的黄金配额，其他几家代理金号、银楼的黄金配额，均要由他来分配，这就为其提供了营私舞弊的机会和条件。

其实说到底，造成"黄金风潮"的关键问题还是民众已经对南京政权丧失信任，是对南京政权印发的钞票不信任的具体体现。人们普遍的心理反应是，法币肯定还要跌下去，颓势是不可抑制、无法挽回的。那么，抢购能够起到保值作用的黄金或者美金、英镑就是顺理成章的了。

宋子文虽然踌躇满志，自恃出于公心，但在强大的舆论攻击之下，还是低下头，写下辞呈，离开了南京。他最终没有遭到弹劾，蒋介石虽然对他这个大舅哥有所不满，但还不至于落井下石，行政院长不能当了，但也不能亏了宋家人，于是安排他去了他并不情愿去的广东，担任绥靖公署主任以及广东省府主席。

第四章
一个烧饼引发的思考

民间俚语说，有钱能使鬼推磨。喜欢深究的人不免要问，钱莫不是货币乎？既然是货币，那就要看是金币、银币还是纸币，是阳间的还是阴间的。假使您想用的钱对不上号，不要说让鬼推磨，就是一个充饥的烧饼也买不到。真的吗？这样的事就让刚刚走马上任，准备执掌华北财经大权的董必武碰到了。

董必武早年留学日本，专门学习和研究过法律。他饱读诗书，学识渊博，是中国共产党领导人中著名的"延安五老"①之一。抗战时期，他作为八路军办事处的代表，长期在国统区工作，曾经担任长江局、南方局副书记。在重庆中共代表团工作时，他的党内职务是中共重庆市委书记。因长期在国统区工作，长期负责秘密战线的决策工作，使得董必武思考缜密，出手从容果断，是中国共产党外事和统战工作的优秀领导人。1947年春，国共两党和平谈判破裂，董必武率领中国共产党南京、上海代表团从南京梅园回到陕北延安。这时中共中央指示的华北财经会议已经在邯郸召开，但是，由谁来担任华北财经工作的主要负责人还没有最后确定。

董必武办事有一个特点，他对身边的工作人员经常讲的：对于组织交给的工作，无论什么事情，都要考虑四个字："需要"和"可能"。这四个字或说是两个词组，乍一听有些抽象，甚至摸不着头脑，但是如果你在董必武身边工

---

① 据《毛泽东文集》注释，"延安五老"是指吴玉章、林伯渠、徐特立、董必武、谢觉哉。

作，很快就能清楚，这是董老的工作态度和工作作风。譬如，当需要他出面处理某一问题时，他就要考虑几个方案遴选，提出可能会出现的矛盾与困难，然后考虑采取哪个方案更加合适。

1947年4月11日，董必武获悉，中央拟由他担任华北财经办事处主任。对于这一职位，他多少有点出乎意料，但他深知这一工作在战时的重要作用。作为党员，既然组织上需要，他当即表示服从中央的工作安排。

这时，财经工作会议已经进行了一个多月，讨论和要确定的议题已经多次电告中央。会议主席表示，正准备形成一个大会决议。中央当即告知，决议要等待董必武同志审阅。同时通知董必武，要其经五台转太行，参加华北财经会议。

4月16日，中共中央就成立华北财经办事处及董必武任主任的决定，向中共中央华东局、晋冀鲁豫中央局、晋绥分局发出通知：为着争取长期战争的胜利，中央决定在太行成立华北财经办事处，统一华北各解放区财经政策，调剂各区财经关系和收支，并决定董必武同志为办事处主任，由华东、五台、太行、晋绥各派一得力代表为副主任，并经常参加办事处工作。应当说明一点，这个"华北地区"不同于今天我们所讲的地理区位，具体地讲，就是除了东北解放区之外，晋察冀、晋冀鲁豫、山东、陕甘宁等均在华北财经办事处管辖范围之内。

虽然还没有进入华北，董必武已经开始考虑财经办事处的工作开展问题。4月18日，董必武向中央表态并提出要求："中央给我的新任务是很光荣的，但也是艰巨的，我对华北各解放区财经情况不明，对这一部门的干部熟悉的很少，请中央为我挑选得力者三五人予以协助。"（见《董必武年谱》）

是啊，一个篱笆三个桩，一个好汉三个帮。中央考虑是要办事处协调和解决各个区域之间的财经问题，当前华北财经工作面临的问题已经很多，且十分棘手，仅仅依靠几个大区委派的副主任能够协调好整个华北地区的财经关系，解决财经工作中出现的纠纷与矛盾吗？董必武十分清楚，财经问题是专业性很强的工作，需要行家里手为他这个主任出谋划策，分担责任。

4月19日，董必武得知，有安子文①支队前往太行地区执行任务。他当即

---

① 安子文（1909—1980），陕西绥德人，新中国成立后曾任中共中央组织部长，时任中共中央工作委员会秘书长，主持中央组织部的日常工作。

通知夫人何莲芝带上孩子，马上随安子文直属队一道前往晋察冀边区。

4月25日，安子文支队直属队到达晋西北的静乐县宁化堡，略做休整，继续前进。走东马坊，穿山越岭，晓行夜宿，于29日黄昏到达原平县西南三十里的屯瓦村。队伍停下休息，董必武站在山坡上，放眼望去，只见山峦中松柏成林，郁郁葱葱。

这个村为何取名"屯瓦"呢？身边工作人员议论猜度起来，董必武微笑作答："屯，古人所指多为兵马粮草集结之地嘛。"这时，暮色苍茫，天色已晚，一行人马在屯瓦村附近驻扎。这时，队伍从陕北出发时所带给养已经消耗大半，后勤保障人员原打算在这里补充一些粮草，不承想，到附近村庄跑了大半夜，结果空手而归。无奈只好继续前行，一路走一路想办法补充给养。

当走到山西五台县东山区大槐庄村时，董必武和随行人员所带的干粮吃光了。董必武说，需要到村里采购一些充饥的食品。警卫员闻言四处张望，看到不远处有一家鸡毛小店，他三步两步跑了过去，发现柜台摆着的笸箩里有烧饼。他随手拿起一个烧饼闻了闻，呵，还香喷喷的。于是，连价也没问，就掏出一个粗布口袋，对店主人说，这笸箩里的烧饼我包圆儿了。

店主人一见来了大买主，十分高兴，笑容可掬地张罗着，将一个个烧饼往警卫员的口袋里装。可当店主人一看买家掏出的钱币，连连摇头摆手，又将已经装包的烧饼要了回来。工作人员以为钱不够，便又掏出一沓钱，说道："放心，一分钱也不会少你的。"

店主人连连摇头说："你那票子再多在俺这儿也不好使。"原来，警卫员掏出的是陕甘宁边区票子，这里是晋察冀边区，两个边区的票子不通用。警卫员转念一想，这家私人小店不能用，公家的总不能不认吧，都是共产党领导下的解放区，一家人嘛，还能不认？警卫员跑到公家开的商店，让他万万没想到，还是碰了一鼻子灰。人家说，一家人没有错，谁让眼下是分灶吃饭。亲兄弟明算账，您的陕甘宁的票子还是到陕北用吧，我们晋察冀的票子到陕甘宁一样派不上啥用场。这时已经过了中午，早过了吃饭的时候，大人饿上一顿两顿还能忍，孩子饿急了，肚子咕咕叫，免不得要掉眼泪。这时店主人说，要是有大洋或是袁大头也行。可董必武两袖清风，哪有那些。何莲芝急中生智，想起离开南京时，买的一块布料带在身边，便打开自己的小包袱，采取以物易物的方法，用一块新布料换了几个烧饼。

警卫员看着手中厚厚一沓陕甘宁边区券，困惑地对董必武说："这票子到了这里怎么就成了废纸？"

这让董必武联想到自己上任就要抓的工作——不同解放区的货币流通问题。公家人出门购物尚且如此，若是普通百姓会是什么情况？兵马未动，粮草先行，如果部队行动，跨区域作战，那么后勤供给又该怎么解决？用什么票子，莫不是还要跑回原驻地去采买？董必武一路走一路调研。果不其然，野战部队要跨区作战，很多物资采购都要回原驻地。这样的做法且不说往返运输的费用会增加不少，关键是时效，兵贵神速，这往返运输的时间势必会影响军事作战方略。

当年，中国共产党所领导的各个解放区都有自己的银行，这些银行与今天人民银行的区域银行不同，他们有权发行自己的票子，也就是地方货币。比如，晋察冀根据地有晋察冀边区银行，发行有晋察冀边区票；晋冀鲁豫根据地有冀南银行，发行冀南券；山东省境内有北海银行，发行北海货币；晋绥地区有西北农民银行，陕甘宁边区有陕甘宁边区银行，东北地区有东北银行，中原地区有中州农民银行，华中地区有华中银行，等等。除此之外，还有一些流通范围较小、种类繁多的区域性地方流通券。这些货币、票券大多始自抗战时期。那时，各根据地之间处于被敌分割的封锁状态，当时为了对付敌人的经济封锁，不得不采取"八仙过海，各显神通"各自为战之策，其重要使命是"筹集军费，打击杂钞，保护经济"。

随着全国范围内大反攻的节节胜利，以前的军事割据、行政管辖各自为政的状态发生了很大变化。人民解放军由区域作战为主，改变为专门的野战军系列，以跨区域作战任务为主，各区域之间经济贸易往来频繁。在这样的政治和经济形势下，各地的货币和票券在市场运行当中必然会出现一定程度的混乱现象。当时，各解放区货币互不流通，贸易上还互相征税，自然会出现贸易壁垒。为了降低贸易逆差，一些解放区的负责人还提高本地特产价格，拒绝其他解放区特产入境。

山东根据地当时出产最"强势"的海盐，山东解放区的货币北海币①比价最高；晋冀鲁豫的冀钞次之；西北地区因为物资最为匮乏，进口量大，发行的西北农币比价最低。结果冀鲁豫曾经抵制山东的海盐，冀南还扣押过冀中订购的煤炭。

董必武意识到，各个解放区之间的货币流通问题将是一个亟待解决的问题，新的局面要求华北地区主管财经的部门一定要制订解放区之间统一的财经货币政策。

此时，华北财经会议已经接近尾声。5月4日，中央电告薄一波：同意你们产生一个决定，确定财经共同方针和各种共同政策。董老不久可到你处，如果来得及，最好待他到后再做最后决定。

中央已经很明确，今后华北财经工作决策一定要经过董必武同意。在某种意义上说，中国共产党五大战略区就是五大"山头"。各个山头都有自己的小算盘，各个山头明里暗里要为自己区域的利益有所谋划，甚至出现相互之间的冲突与矛盾。如何平息冲突，如何解决矛盾，在战争年代，道理大家都明白，一旦牵扯到山头的利益，顾全大局往往成为一句空话，因为各家有各家的难题啊。

毛泽东说，承认山头，才能消灭山头。如何统一思想，制定一个共同遵守的财经方面的规章，改变以往货币混乱的局面，不是一件简单的事情。当时，各个山头有各自的"山规"，各个区域情况有很多不同之处，若想统一五大战略区之间的财经工作，涉及方方面面的利益。争执、争吵，甚至不欢而散都是有可能的。如何将五大"山头"变成一个巴掌，让五根手指攥成一个有力量的拳头？这是中央派董必武前往冶陶指导财经会议最终决议的目的之一。

董必武德高望重，加之早年学习和研究过法律，担任过陕甘宁边区代理主席，面对当前的复杂局势，让其担任华北财经工作的掌门人应当是最佳选

---

① 北海币：由抗日根据地北海银行发行。1938年8月18日在胶东地区掖县（今莱州市）开始发行，流通于山东地区。1948年10月1日，规定按1元兑冀南币1元、兑西北农民币20元的固定比价在各解放区并行流通。1948年11月15日，规定为山东、华中解放区的本位币，但华中币仍与北海币等价流通。1948年12月，按100元折合旧人民币1元的比价收兑。

择。但是，毕竟他是"新来"的人，他对领导中国共产党大部分解放区的财经工作能有几分胜算？他能够处理好那么多令人头痛的难题吗？这对许多人来说，都是个不能确定的答案。

第五章

冀朝鼎与他的美国关系网

1947 年，对于南京政权来说，是疲于应付的开始。3 月 1 日宋子文辞去行政院院长以后，先由蒋介石代理，尔后由张群继任，但这并没有动摇冀朝鼎在中央银行的位置。虽然他的外汇管理委员会主任的职务被免掉了，但是依然保留了中央银行研究处处长的职务，在南京政府大权在握的要员心目当中，其权威经济学家的地位依然稳固。众所周知，冀朝鼎是孔祥熙的亲信，在南京执政者当中有许多熟人，如宋子文、翁文灏、胡适、蒋廷黻、陈光甫、贝祖诒、席德懋等与其交往甚密。当政的不少达官贵人与之称兄道弟，皆有情谊。

不过，对于陈立夫领导的 CC 派来说，这些人脉关系完全是冀朝鼎借以掩饰其真实身份的外衣，他仍然是重点调查对象。在陈立夫的指令之下，中统局秘密调查了冀朝鼎在美国及从美国归来后与人交往的情况。

中统调查人员首先找到了陈光甫。正是陈光甫的介绍，冀朝鼎才得以进入中国国民政府的决策机构任职。

1939 年，陈光甫是中国环球进出口公司负责人，是拥有中将军衔的国民政府贸易委员会主任委员。就在这年年底，他在纽约一家中餐馆里面试了一名36 岁的应聘者。陈光甫后来在回忆录中说，他觉得这个应聘者英语很好，可以成为他的秘书。这位应聘者正是冀朝鼎，当年已在美国经济学界小有名气。冀朝鼎从清华大学毕业后赴美留学，先后在芝加哥大学和哥伦比亚大学就读，获得法学硕士和经济学博士学位。他为了了解美国的金融业，特意到纽约大学华尔街银行分校进修为期三年的国际贸易和金融课程。可以说，他扎实地掌握了金融方面的基础理论和实际操作技能。

冀朝鼎的经济学博士论文《中国历史上的基本经济区与水利事业的发展》（*Key Economic Areas in Chinese History*）或译为《中国历史上的经济枢纽区》，曾经引起学术界的高度关注。英国一些大学曾将这部著作作为研究中国的必读名著。剑桥大学教授李约瑟称赞这本书说："可能是迄今为止，任何西文书籍中有关中国历史的发展变化方面最杰出的英文著作。"他后来还邀请冀朝鼎为《中国科学技术史》作序，他说："如果没有这本书的帮助，我要完成水利工程那一部分内容，是不可能的。"

蒋介石唯一的私人政治顾问、美国学者拉脱摩尔[①]则评价道："这是一篇具有独创见解、善于独立思考、很有说服力的论文。"

除此之外，他还有《中国战时经济的发展》一书问世。这是他在太平洋经济学会委派回国、实地考察中国战时经济的专著。这本书由英文写成，是美国学术界及美国政府官员了解中国经济的重要参考书目。英国《泰晤士报》在一篇新闻报道中介绍冀朝鼎，说他在西方念过书并且在受到西方同僚高度重视的中国人中，作为经济学家的造诣肯定属于一流的。

陈光甫向友人讲述，是美国财政部的官员爱德尔向他介绍了冀朝鼎。但他不知道，爱德尔1935年开始为美国共产党工作。冀朝鼎在留学期间，属于左派青年，他在布鲁塞尔参加世界反帝大同盟成立大会。大会以后，1927年2月，他经中国共产党旅欧支部廖焕星的介绍，正式加入中国共产党。回到美国以后，他参加了中国留学生中国共产党支部，由美国共产党领导，是美国共产党中央中国支部局成员。他曾到苏联莫斯科中山大学中国问题研究所学习和工作了一段时间。在共产国际第六次代表大会召开之际，他又被党组织抽调出来，担任大会翻译。此后，中共中央领导人周恩来对他有了进一步的认识；他接受周恩来的指示，返回美国。周恩来交给他的任务其实很简单：不要锋芒毕露，长期隐蔽自己，以应将来斗争的需要。

冀朝鼎回到美国以后，遵照周恩来的具体意见，开始接触美国政府官员。

---

① 即欧文·拉脱摩尔，1900年出生于美国华盛顿。他的童年是在中国度过的。1937年，他在延安窑洞访问了中国共产党人。1941年，经美国总统罗斯福推荐，他前往重庆，担任蒋介石的政治顾问，1989年病逝。

不久，他认识了美国财政部货币研究室的柯弗兰，柯弗兰又将冀朝鼎介绍给美国财政部的经济学家，其中包括罗斯福的助手居里和美国财政部长摩根索的助手白劳德。中统人员了解到，柯弗兰也曾经是美国共产党员。

陈立夫将这些情况报告给了蒋介石。可以说，蒋介石通过 CC 派的调查，知道了冀朝鼎具有左倾思想，甚至是共产主义思想者的背景。但他还是没有同意陈立夫对冀朝鼎采取什么措施或是管制。他认为，年轻人的共产主义思想不足为虑。根据美国学者拉脱摩尔的回忆录，蒋介石并非不了解冀朝鼎的马克思主义背景。他解释说，蒋介石设想，抗战结束后中国将依赖美国的经济援助，因此迫切需要了解资本主义的经济专家。而在中国，了解美国经济的专业人士凤毛麟角，冀朝鼎无疑是急需的人才。

1947 年，对于冀朝鼎来说，是刻骨铭心的一年。这一年，他的美国妻子终于从美国携两个儿子来到中国。让冀朝鼎没想到的是，当她来到中央银行的宿舍楼之后，所做的第一件事是从行李箱里取出 500 美元，交到冀朝鼎的手中，让冀朝鼎去买返程机票。机票不是三张，而是四张。她要求冀朝鼎和他们母子一道回美国。当她踏上中国的土地，在上海生活了几天，她已经感到社会的动荡不安，已经嗅出浓烈的火药味儿。她告诉冀朝鼎，在美国的工作没有任何问题，冀朝鼎可以去做大学教授，也可以去做研究学者。冀朝鼎摇头否定，他希望海丽能够与他一起在中国定居，并告诉海丽，这个决定是不能改变的。

冀朝鼎之所以坚持留在中国，原因有很多，其中至关重要的一点，是中共代表团离开南京和上海时，冀朝鼎获得了周恩来的一封留言信。信上说：兹际时局严重，国运益艰，尤需兄大展才能之时，深望能做更多贡献 ①。

寥寥数语，让冀朝鼎心情久久不能平静。

1929 年，冀朝鼎就是接受周恩来的指示，经过仔细斟酌之后重返美国的。回到美国的这一年，冀朝鼎与一位犹太裔的美国女孩结为伉俪，她的名字叫海丽。他们是在两年前前往莫斯科的游轮上认识的。当时的海丽是美国左派进步组织的成员，她也是前往莫斯科去参加十月革命十周年纪念活动的。两人一见钟情，就在游轮上订了婚。冀朝鼎回到美国后，两人先后有了两个孩子。冀贡

---

① 信件全文如下：吉兄本拟留书给你，以临行匆忙未果，特代草数行以寄意。兹际时局严重，国运益艰，尤需兄大展才能之时，深望能做更多贡献。想兄必具责无旁贷，义不容辞之感。吾辈既有志，更宜具远大眼光也。不知吾兄以为如何？

泉特意为两个孙子分别起名为中田（Emio Chi）和中民（Kar-Ly Chi），以此寄托对祖国的怀念之情。

太平洋战争爆发以后，冀朝鼎回到重庆参加国内抗战，同样也是奉周恩来之命。当年，冀朝鼎住在重庆炮台街孔公馆，周恩来住在红岩村办事处，两人的秘密交往和联系方式极少有人知道。两人之间的联络者，是以大资本家身份出现的、隐蔽极深的地下共产党人卢绪章。周恩来对冀朝鼎的指示很简单，广交朋友，利用一切社会关系作掩护，一切活动必须职业化、社会化，长期隐蔽，等待时机。

由于孔祥熙的推动和美国方面的认可，冀朝鼎担任"平准基金①委员会"秘书长。这个基金会用美国提供的外汇来稳定国民政府的法币，陈光甫担任这个基金委员会主任。最终，冀朝鼎拥有了这个一亿美元基金平准的主导权。

1944年新年伊始，孔祥熙调冀朝鼎为国民政府中央银行外汇管理委员会主任。3月，他又让冀朝鼎兼任经济研究处处长。冀朝鼎在这个职位上编辑出版了《中央银行月刊》和《金融周边》两个专业刊物，如实辑录了国民党统治区经济状况。这两个刊物为国内外经济界提供了数据，同时也为中国共产党政权的财经部门不动声色地提供了金融情报。

抗战期间，重庆有一个"中国国际经济协会"，孔祥熙为会长，冀朝鼎为秘书长。能够成为这个协会会员的全部是金融大亨，中国银行界的头面人物。孔祥熙对这个协会颇为看重，每次召开会议时，孔祥熙必定亲自到大门前迎接每一位莅临的会员。这个协会的对手是谁呢？正是为冀朝鼎与周恩来做联系人的卢绪章。

卢绪章是广大华行的掌门人，他有什么资本敢与孔祥熙唱对台戏？原来，卢绪章拉上了陈立夫，与陈立夫合伙经营对外贸易。有陈立夫做靠山，广大华行设立了国际贸易咨询所，搜集各国贸易情报，分公司分布世界各地，其经济势力非常雄厚。在孔祥熙看来，这个广大华行就是要与他一争高下，决一雌雄。而冀朝鼎与卢绪章的交往，孔祥熙并不介意，他认为既然是对手，那就要

---

① 从广义上说，平准基金通常是指政府通过特定的机构以法定的方式建立的基金，通过对某个具体市场的逆向操作，降低非理性的市场剧烈波动，以期达到稳定市场的作用。

接触，知己知彼，百战不殆。他哪里想得到，冀朝鼎与卢绪章的接触还有周恩来隐蔽的作用。

冀朝鼎不是儿女情长之人，但他对海丽充满深情。两人婚后家庭经济状况很不稳定，时时感到窘迫。当时冀朝鼎正在攻读博士学位，撰写博士论文，但他不得不去打零工，通过写文章、授课、讲演获取一些收入贴补家用。海丽除了出去工作之外，还承担冀朝鼎论文的整理和打字工作。当冀朝鼎的论文即将付梓时，他在论文扉页上深情地写道："以挚爱、崇敬和谢忱奉献于海丽。"

当太平洋战争爆发以后，冀朝鼎奉命回国，夫妻俩天各一方，家庭关系逐渐出现裂痕。1944年，世界国际货币金融会议在华盛顿召开，中国政府代表团由财政部部长孔祥熙为团长前往美国，作为孔祥熙的机要秘书，冀朝鼎担任代表团秘书长一同前往。冀朝鼎的家在纽约，会议余暇时，他就赶往纽约与家人团聚。夫妇俩见面以后，海丽出于家庭和孩子的考虑，再次要求冀朝鼎散会以后一定要留在美国，不要再回中国了。冀朝鼎当然不能同意，身为代表团团长的孔祥熙也是不赞同的，冀朝鼎已经成为他的智囊、他的拐杖，他离不开冀朝鼎。此外，还有最重要的一点是，就连蒋介石也不能不看重冀朝鼎。因为美国财政政策的决策者对冀朝鼎的意见非常重视。美国政府认为，冀朝鼎对中国形势的分析判断很准确很可靠。冀朝鼎的建议和主张常常作为美国对华政策的重要参考依据。

孔祥熙尽管有所顾虑，但最终还是决定，任命冀朝鼎为中央银行外汇管理委员会主任。由于法币与外汇具有密切的关联，领导外汇核心部门的冀朝鼎，有了对国民政府的货币政策相当重要的建议权。他逐渐成为国民党政府最重要、最信任的经济学家之一。

这时，中共领导人为冀朝鼎下达了工作任务。在中共代表团撤离上海时，邓颖超通过卢绪章将周恩来的指示转达给了冀朝鼎。这时的中国需要他，这时的中共组织需要他，隐蔽多年，此时需要他发挥作用了。他不可能离开中国，他必须留下来，他要为新中国服务。

海丽无法说服冀朝鼎与她一起回美国，对于心爱的人的固执她很无奈，只好在冀朝鼎的劝慰下，尝试着在上海住了下来。然而，上海的环境让她度日如年，短短几个月的时间已经让她感到无法忍受了。她长期生活在纽约，有自己的社交圈子，也有自己的生活习惯。她的中文比较吃力，因而不习惯用中文与他人交流。当家中有客人来访时，冀朝鼎与客人大多是用中文交谈。作为家庭的女主人，她很难尽主妇之谊。她时时感到一些尴尬，常常感觉自己受了冷落。当客人告辞之后，冀朝鼎公务外出后，她又不免郁郁寡欢。她收听广播，翻阅报纸，对于中国的政局情况，明显察觉到了混乱和动荡。她已经看得很清楚，中国的大地已经硝烟弥漫，上海内战一触即发。当然，她不知道冀朝鼎在这其中所扮演的真正角色，更不知道她的丈夫共产党员的秘密身份，但她清楚她所居住的上海已经险象环生。在她再三劝说冀朝鼎离开无效的情况下，最终她还是决定回美国，并明确表示再也不会来中国了。

在爱情与事业的天平上，很难两全；在家庭与个人信念的冲突中，冀朝鼎选择了后者。海丽独自带着两个孩子不无遗憾地离开了冀朝鼎，踏上了回国的飞机。夫妻之间谁也没有说服谁，终于造成了无奈的诀别。

在陈立夫的指示下，中统人员没有放松对冀朝鼎的调查，特别是冀朝鼎在美期间的行为。他们发现，冀朝鼎曾经是太平洋学会①的研究员。那么，太平洋学会是个什么性质的组织呢？

这个学会由国际书记处（总部）和各国理事会组成，总部初设在夏威夷，后迁至纽约。爱德华·卡特是发起人之一，任总书记。美国理事会是其最庞大、最活跃的分支，理事有拉脱摩尔、费正清、斯诺、爱泼斯坦等著名学者和记者，还有菲尔德等社会活动家，以及文森特、谢伟思等人，"大多数同远东事务有关的国务院官员"。除少数几位外，他们都不是共产党员，但都熟悉中国，对国民党的腐败和衰落有所认识。曾任学会的中国理事有胡适等知名人士。20世纪三四十年代时，除冀朝鼎、徐永煐外，被聘任为学会总部研究员的中国共产党人，还有陈翰笙、唐明照等，自然，他们不可能公开自己中国共产党党员的身份。

太平洋学会成立几年以后，研究重点渐偏向中国和日本。如菲尔德所说：它是当时"对于太平洋地区和远东的独立研究的最重要的唯一的来源"。20世纪30年代末，特别是斯诺《红星照耀中国》（中译名《西行漫记》）的出版和

---

① 太平洋学会（the Institute of Pacific Relations，也有译成太平洋关系研究所），成立于1925年，是国际性非官方学术组织，以交流有关太平洋地区的情报和研究为主旨。

太平洋战争爆发后，学会中的美国理事普遍同情和赞赏中共领导下的红军及后改编的国民政府统率下的八路军抗日活动。就在同一时期，学会被"例外地大力要求直接地为政府机构服务"，长期提供"关于资源、政府经济和远东问题的大量最新情报"。美国国务院和十几个部门的官员，"可以得天独厚地"利用其图书馆及其"掌握的熟知远东问题的学者、记者和企业家们的广泛知识"。

1943 年初，学会的美国理事科尔伯格首次公开攻击爱德华·卡特等人，称他们关于国民党政府存在严重贪污和不称职现象的说法，"完全不真实或过分夸大其词"。此指控被绝大多数会员否决后，科尔伯格从 1945 年开始，持续在《中国月刊》撰文，该刊是国民党在美多年经营形成的所谓"院外援华集团"的主要喉舌。科尔伯格多次指责太平洋学会"亲共"。这一攻击，被认为拉开了"麦卡锡时期"的序幕。

1945 年 6 月 6 日，驻延安美军观察组的美国国务院官员谢伟思返美述职，被人诬告"盗窃"国家机密，随即遭到逮捕，史称《美亚》杂志案。中国共产党称之为"美中关系上的分水岭"。《美亚》由曾任蒋介石顾问的拉脱摩尔等人创办，旨在学会刊物《太平洋事务》之外发表有政治倾向（指批评国民党政府）的文章，以维护学会在学术上的中立。这家刊物的编辑及谢伟思等人都是学会理事。经听证辩论，谢伟思被判无罪，但后来长期受到美国国务院某些人的排挤。应当说，太平洋学会在一个时期成为美国对于中国政策的智囊团，甚至成为左右美国政府对华政策的重要机构。

1947 年冬，冀朝鼎以中国代表团的专家身份出任联合国亚洲及远东经济委员会秘书长，负责筹备将在印度举行的这个经济委员会会议；同时他又担任了起草贸易促进组织关于东南亚贸易情况和促进东南亚贸易的方案。

关于冀朝鼎政治倾向的秘密报告又一次放到了蒋介石的办公桌前。如何处置他？这让蒋介石感到有些头疼。如果将这个人抓起来，且不管孔祥熙、宋子文会有什么反应，一定要知道美国人会怎么想，特别要知道美国政府会怎么想，尤其是对国民政府的"美援"会有什么影响。冀朝鼎在美国政府所拥有的话语权，在美国政府的影响力，不是随便哪个中国人或是中国官方代表能够做到或是改变的。倘若抓了冀朝鼎，美国人开始对我们的政策持怀疑态度，议员们或是决策者抱有反对意向，在相互沟通中出现阻塞，那就是得不偿失。现在的冀朝鼎已经拥有联合国亚洲及远东经济委员会秘书长的头衔，成为亚洲邻邦认可的经济专家，若将他处置，必然要对国际社会做出解释，可若国际社会不理解，制造出麻烦来，岂不是雪上加霜？蒋介石感到有些棘手。于是，他又转念一想，这么个经济专家型的人物，在政府掌控之下，充其量只是给我们提供一些建议和意见，他又没有决策权，不是说兼听则明嘛，假使有失偏颇，或是混淆视听，听一听无妨。他能够起到什么坏作用？对政府的干预或者是政策决定权他是不可能获得的。蒋介石沉吟半晌，权衡再三，决定对冀朝鼎控制使用，仍没有听陈立夫将冀朝鼎置于囹圄的意见。

"宁肯错杀一千，也不放过一个。"这是陈立夫抱着蒋介石手谕指示而对冀朝鼎提出的处置意见。但是"这一个"，是宋子文非同一般的朋友，是孔祥熙的世侄，是美国驻华大使馆官员的"莫逆之交"，蒋介石不得已放过了。陈立夫很清楚，冀朝鼎在国民党内，在南京政经学术各界有不少熟人和朋友，同许多达官贵人过从甚密。若抓了冀朝鼎，必定牵一发而动全身。拿不出靠得住的人证物证，若要抓人，不惜冒着与美国人对簿公堂、撕破脸的风险，值得吗？陈立夫曾经举棋不定，考虑再三，最终才决定请蒋介石定夺。说到底，CC机构还是没有拿到冀朝鼎是中共潜伏人员的切实证据。在蒋介石眼里，冀朝鼎充其量是有些左倾的人物罢了。

陈立夫在他的回忆录《成败之鉴》中，专门列出一节文字声讨冀朝鼎，标题为"冀朝鼎祸国阴谋之得逞"。

第六章

遭遇"劫持"的薛暮桥

战争年代，人与人之间的联系变幻莫测，甚至很难判断：有的咫尺天涯，相见时难别亦难；有的一别数载，杳无音信，蓦然回首，却在灯火阑珊处。而这一次华北财经会议的召开，给了许多熟人相见的机会，让许多朋友久别重逢。南汉宸很早就知道薛暮桥这个人，来开会之前还读到薛暮桥写的关于根据地金融经济方面的书，他在晋察冀边区还专门指示翻印薛暮桥撰写的关于根据地金融关系的文章。很多从事财经工作的干部都知道，薛暮桥所著《政治经济学》一书由刘少奇同志亲自指定，作为新四军干部读物和根据地学校的教科书。

南汉宸对薛暮桥说："神交久矣，未曾谋面。"这次在战争的间隙相遇，有了一个探讨学习的机会，让南汉宸很是高兴。

在根据地从事金融经济的人们对薛暮桥的名字大多不陌生，但是很少有人认识他本人。据曾经与薛暮桥共事多年的杨波[①]讲，当时的薛暮桥并没有知识分子的样子，看起来更像农村出来的干部，"就一匹马、一个警卫员，马却要最老实的"。

南汉宸弄不明白，这位战时的经济学家怎么成了山东根据地的工商局局长

---

① 杨波，山东荣成人，曾任中共山东分局调查研究室调研员、中共中央财政经济部研究员。新中国成立后，曾任国家计委主任、轻工业部部长等职，是中共十二届中央委员。

呢？他的岗位什么时候到了山东解放区呢？

面对南汉宸的疑惑不解，薛暮桥笑着摇摇头说："一言难尽，可以这么讲，我是遭到了劫持。"

从与薛暮桥的几次交谈之后，南汉宸才明白其中缘由。

1943 年初，中共中央向新四军总部提出要一批知识分子到延安，这其中点名要薛暮桥。薛暮桥接到命令后，打点行囊出发，从苏北到陕北，怎么走？因为是战争年代，在选择路线上尽可能避开敌人的封锁线，减少遭遇敌人的风险。这样就要走许多弯路。薛暮桥一行从淮南出发，过淮北，这样就从苏北根据地进入了山东解放区。他们原计划再经晋冀鲁豫、晋察冀、晋绥等根据地到达目的地陕北。沿途将穿越数十道封锁线，初步估算要用半年时间才能到达。然而，路程走了不到一半，事情就发生了变化。薛暮桥后来在回忆录里写道，他们到达山东抗日根据地后，山东分局书记朱瑞希望他留下。但朱瑞也知道薛暮桥是延安点名调动的，不便强留，就"提出要我留在山东工作三个月，帮助他们解决货币斗争问题、减租减息和征收公粮问题"。结果这一留就是四年。

薛暮桥作为经济学家，他的理论经过了实践，因而更具有指导性。他在座谈会上着重提出了食盐、货币两大问题。他认为，要想稳定物价和货币政策，一定要掌握物资。不能让各地乱发货币，也不能片面压低法币市值。倘若采取行政手段硬压低，对出入口贸易不利，高币值政策不利于出口。本币与法币比值还是要依循市场价格运行规律。

薛暮桥列举了一组数字：如果将 1937 年山东根据地的粮价定为 100，1941 年则是 2141，1943 年已达到 52407，物价综合指数则从 2317 上涨到 47656。

这是 1941 年之后，所有中国共产党领导下的抗日根据地都面临的经济危机。

特别是在太平洋战争爆发以后，日本人没收了英美在中国的金融机构，利用法币换取外汇。他们把日伪控制区内的几十亿法币送到国民党大后方和抗日根据地，用来换取物资。仅在 1942 年，流入山东抗日根据地的法币就有几亿元。这不仅使相应数量的物资流向了敌占区，还导致抗日根据地市场上法币数量远远超过了市场流通的需要。法币购买力迅速下降，与之关联的北海币也快速贬值。

为了解决这一问题，山东根据地从 1942 年起开始限制法币流入，提高根据地货币的币值。

"当时我们是在法币仍在解放区市场上流通的情况下，与敌人进行货币斗争的。"曾在胶东行署、山东财政厅工作的杨波说。结果法币继续通过黑市流入，反而提高了对根据地货币的比值。加之法币本身继续贬值，根据地货币贬值更加严重。

最后，山东根据地用行政手段强迫打压法币的比值，向社会宣布根据地货币用 1∶2 的比例兑换法币。结果只是在表面上照章办理了，实际上私下里大宗的生意往来根本不起作用。

薛暮桥到山东后，有人很快将这个问题摆到了他面前，薛暮桥通过了解情况随即提出，要稳定物价，办法只有一个，那就是驱逐法币，不准使用法币，建立根据地自主的货币市场。

薛暮桥了解到，当时山东根据地最强势的物资就是海盐。而根据地政府最初没有意识到这个优势资源，对海盐贸易没有任何干预措施，任凭盐商随意收购后转手倒卖。此后，根据地政府制定了海盐专卖的规章，采取降低盐税、增加海盐产量的办法。等到海盐运到接近敌占区的区域，就以高于市价 50% 的价格推向市场。这样一来，对敌占区贸易，解放区处于出超位置。流通的法币、伪币出现供过于求的现象，解放区政权在货币兑换比率上便掌握了一定的主动权。

1943 年冬天，山东根据地的货币斗争初见成效，北海币与法币的比值开始提高。从 1943 年 7 月到 12 月，解放区物价水平下降了将近一半。有些管理干部尝到了甜头，提出应当继续提高解放区货币比价。

但是，驱逐法币后市场货币流通量出现不足，物价又开始下降。根据地的很多单位担心物资贬值，就出售物资。这样的结果造成物价反而跌落得更快。许多经营单位因此出现亏损，有的甚至被迫关张歇业。薛暮桥通过研究得出结论，认为货币发行量与市场流通量之间的必然关系，最终找到根据地货币斗争的基本规律。

1946 年春，一位美国经济学家到山东根据地访问，他发现根据地物价稳定，市场供求平稳，颇为不解。他问薛暮桥，根据地货币既无金银又无外汇做储备，凭什么来稳定物价？

薛暮桥笑了笑，他知道按照西方经济学理论，根据地的经济一定是一团糟的。他没有隐蔽其中的方法，告诉了美国同行其中的奥秘：根据地政府发行货币是有物资作为储备的。在根据地管辖区域，物资的重要性要远远大于金银、外汇硬通货。"我们每发行一万元货币，至少有5000元用来购存粮食、棉花、棉布、花生等重要物资。"如果物价上升，就出售物资回笼货币；反之则增加货币发行量，收购物资。

西方国家这时实行金本位，发行纸币必须有40%以上的黄金储备，用于控制币值。一些西方国家经济学者还没有想到可以用控制货币发行量的办法来保持物价稳定。多年以后，美国等西方国家也放弃了金本位制。

1946年6月，内战全面爆发。国民政府与共产党政权之间的货币斗争更加白热化。不久，法币币值开始明显跌落。当时许多人认为，这就是压低法币与解放区货币比价的功劳。薛暮桥却持反对意见，他认为，在这两种货币类似外汇关系的斗争中，强势货币不会这么容易被压制。他说，法币的流通是全国性的，它的币值在全国范围内都是一致的。若是根据地压低法币比价，暂时会收到一些效果，但随之会造成根据地入超，外汇供不应求，最后法币还是会升值。"所以我们如不根据市场的自然规律，而用主观主义武断地压低法币，对我们是没有什么好处的。"

薛暮桥进而采取努力扩大根据地货币的流动范围，压缩法币的阵地，并利用贸易主动权掌握法币比价。这样一来，法币的流通范围缩小，通货膨胀便显得越发剧烈，跌落就越来越严重。

薛暮桥总结山东解放区在贸易斗争中的主要策略有两点：首先对外贸易，即对国统区贸易尽量严格控制，根据地辖域范围内的贸易尽量自由开放；其二，掌握重要物资，这种物资既是根据地能够大量输出的，同时也是国统区必需的。薛暮桥在解释第二条时说，掌握重要物资，也可以通过对外自由贸易的形式。比如利用根据地盛产的花生油来吸纳国统区的棉花，效果要比硬性管理强得多。

随着根据地控制区对外贸易逐渐处于贸易出超地位，根据地与国统区进行贸易时的议价能力越来越高。与此同时，在稳定的市场物价支撑下，根据地货币的流通范围也越来越大。

根据地货币就此对法币形成压制。在根据地边境的兑换所，根据地政府完全主导了兑换比率。根据地货币与法币之间的结算关系就像一道屏障，防止了国统区日益崩溃的经济危机蔓延到根据地。

经济学理论一定要与实践相结合，才可能发生效应；同时，理论在实际运作当中才可以发展和提升。薛暮桥遭到山东解放区"劫持"的四年中，他积累了丰厚的实践经验，从而对战时货币理论有了更为强大的数据支持。

1945 年 5 月间，薛暮桥在山东工商管理工作会议上总结了对敌货币斗争的经验。这个总结报告传到晋察冀等根据地后，南汉宸和相关部门研究，认为确实是值得学习和借鉴的好办法，便做了大量翻印和分发。南汉宸要求晋察冀所属财经部门，认真了解薛暮桥的战时货币理论，提高自身对敌经济斗争的能力和水平。

第七章

董必武：下棋看五步

两军对垒，剑拔弩张，只要不是乌合之众，总要有一个掌控战场局面的指挥员，大的战役一定要有一个调兵遣将的司令部。解放战争浓烈的硝烟已经燃起双方货币激烈的搏杀决战，货币的比价联系着市场的供应，联系着军队后勤的供给保障。将士们没有弹药，没有吃喝，如何冲锋陷阵？兵马未动粮草先行，双方在经济方面的决战在一定意义上反映着军事战争的胜负。

中共中央经济指挥部在哪？货币之战的指挥所在哪？哪些人马隶属这个司令部管辖？这个主管财经大战的总司令是谁，可以调动哪些人马？这是国民党政府迫切需要知道的情报。

1947 年 4 月，中共中央决定成立华北财经办事处 ①。董必武任主任，杨立

---

① 中共中央关于成立华北财委会及统一货币问题致各中央局、分局电

（一九四八年十月六日）

　　华北局、华东局、西北局、晋绥分局，并告中原局、豫皖苏分局、东北局、热河分局、华中工委：

　　（1）为着统一华北、华东、西北的财政、经济、金融、贸易、交通等工作，决定成立华北财经委员会为统一领导机关，并同意董必武任财委会主任，薄一波、黄敬任副主任（均兼委员），方毅任委员兼秘书长，曾山、贾拓夫、姚依林、南汉宸、戎子和、杨秀峰、宋劭文、武竞天、赵尔陆任财委会委员。华东及西北各设财经分会，受华北财委会领导。除华北方面已经华北人民政府通过外，华东及西北亦应经过政府同意，并提出分会委员名单，电告中央及华北财委会审查批准。今后山东及西北（包括晋绥）有关财经、金融、贸易、交通等问题的请示及报告电报应直接发华北财经（接下页）

三、南汉宸、薛暮桥、汤平为副主任。除特别重大的问题需经中央批准之外，一般问题由华北财经办事处直接指挥各解放区（东北解放区除外）的财经部门自行解决。

5月4日，中共中央电告正在冶陶（今邯郸市所属）的薄一波，对华北财经会议做出指示，作为大会主持人的薄一波，接到中央指示，开始与会议代表考虑会议的成果与报中央的会议决定，同时通知与会人员，会议还要开几天，等待董老莅临，做大会总结报告。

5月12日，董必武与刘少奇、朱德连署电告滕代远[1]、薄一波等，并报中央，决定中央工委及各机关留晋察冀工作一个时期，不去太行。董（必武）仍去太行，以后回五台工作，华北财经办事处亦设在五台。

这个电报最重要的一点，就是明确了财经办事处的办公地点，不在陕甘宁，也不在晋冀鲁豫，而是在晋察冀边区的五台山附近。中共中央工作委员会指挥货币之战的中枢机构与中央工委一起。刘少奇、朱德是中央工委负责人，董必武是工委常委；这个战略决策肯定是工委充分讨论，经过深思熟虑才做出的。

当毛泽东、周恩来看到电报时，董必武已经在前往邯郸、武安的路上。他清楚，会议代表们还在等待他的到来，还要与他当面进行相关问题的请示。他晓行夜宿，星夜兼程，不久到达冶陶，与晋冀鲁豫中央局薄一波等诸领导干部相会。薄一波紧握着董必武的手说，会议决议已经成形，大家已经进行过讨

委员会并告中央，同时华北财经委员会的决定指示及复电亦应同时告中央。

（2）同意华北与山东的货币，于酉微起固定比价，互相通用，冀钞与北币为一比一，边币与北币为十比一，双方政府同时公布。

（3）同意华北与西北的货币于酉皓起固定比价，互相通用，冀钞与农币为一比二十，边币与农币为一比二，双方政府同时公布。

（4）同意北币与华中币在华中之老五、六、七分区，规定比价，混合流通。比价如何规定，公布前之应有准备，及今后处理办法，均由华东局征求华中工委意见作出决定，电告中央及华北财委会批准。

中央

酉鱼

[1]　滕代远（1904—1974），湖南省麻阳人，时任晋冀鲁豫军区副司令员、中国共产党晋冀鲁豫中央局常委。他是中国工农红军早期创始人之一，新中国人民铁道事业奠基人。

论，现在就等您老审阅拍板呢。董必武二话不说，接过决议草案，盘腿坐在土炕上，戴上眼镜一字一句仔细推敲起来。

董必武深知当前的局面，正是我军将由战略防御转向战略进攻之际，要取得战争的全面胜利，非动员一切力量不足以长期坚持。这次会议就是支援战争，全力准备战略进攻的一次重要会议。

会议指出：过去各解放区财经建设已有相当基础，人民生产发展已积蓄了相当多的力量，可以支持长期战争。土地改革后几千万翻身农民，热烈发展生产，支援战争，这又是财经工作的有利条件。只要军民团结，各解放区团结，共同斗争，一定能够克服困难，赢得胜利。

会议没有空谈，而是明确了今后的工作要点，会议指出：立即调整各解放区货币贸易关系，便利人民物资交流，进出口采取一道税制，各区货币互相支持，便利兑换，互相调剂土特产，步调一致，加强对敌斗争力量。一句话，就是要建立起解放区统一的货币流通机制。

华北财经会议总结了八年抗战和一年自卫战争以来的工作基本经验，并且指出华北财经工作发展了群众的生产，改善了人民的生活，培养了党的干部，创造了宝贵的经验，打下了今后财经建设的重要基础。

华北财经会议为华北地区及全国各地各解放区开展财经工作，指明了现实可行的道路和总体方向。

董必武认为，对于财经办事处来说，眼下的主要任务是尽快建立起各个解放区统一的货币流通机制，促进各区域之间经济的恢复与发展，进而实现全国解放区财政工作的统一。要实现这一目标的具体措施，首先要确立各解放区货币之间的比价。华北财办迈出的第一步，是解决邻近或连接解放区之间的货币流通问题。华北财办代表中央先后在邯郸和石家庄召开会议，把几种不同的通货实行固定比价流通，或实行混合流通，或以一种通货为主，然后逐步合并统一的方式。这样一来，就解决了野战部队给养供应和后勤物资的采购问题，同时也让普通百姓得到了实惠：兜里不管有哪种解放区的货币都能够兑换，也可以做买卖了。

当时山东解放区盛产的海盐，是各解放区均离不开的生活必需品。因而山东解放区发行的北海币比价最高；晋冀鲁豫的冀钞次之；西北地区因为物资比较匮乏，进口需求量大，发行的西北农币比价最低。

六七月间，董必武返回晋察冀边区，到达建屏（今河北省平山县）夹峪村与中央工委各位常委会合。7月12日，刘少奇电告中央各局，现朱德、董必武、康生、彭真等已到达建屏县，中央工委正式成立，各处情况及报告望即送工委。

两天以后，7月14日，董必武以财经办事处主任名义致电中共中央华东局、邯郸晋冀鲁豫局、晋绥分局、西北局、东北局：华北财经办事处即将正式开始工作，地点设在晋察冀建屏（今平山）县夹峪村。请将你们对财经工作的决定，及各省区财办、财政、实业或建设厅处、银行、贸易公司等机关各种重要法令、工作计划、出入口贸易、币价比值等有关材料从速带来，以资参考。

一架机器开始启动，运转。不要小瞧这个华北财经办事处，虽然组建初期不过五六十人，却是中国共产党领导下的根据地的"财经内阁"。这区区几十号人马，都是从各个解放区选派的精兵强将，对各解放区的财经状况胸有成竹。办事处的办公地点设在群山环抱的小山村——夹峪村，与中央工委办公地西柏坡村相距不过两华里。从某种意义上说，这就是中共中央经济管理、货币决战的司令部——相关的文件、批复、指令、决定大多出自这个村落。

有人说，清官难断家务事。其实，不管是家庭还是单位，大凡涉及内部的事情总是很难说清楚，解决起来更是颇费周章。董必武向各个根据地主管部门刚刚发去通知，告知财经办事处的工作地点，没几日，前往告状、要求解决矛盾和困难的大队人马就接二连三找上门来。

距离建屏县较近的冀中军区占有地利优势，专门派人前来告状，说是十万火急，火烧眉毛了。董必武沉着老道，先让来人先喝口水，坐下来慢慢说。原来是冀南的部队扣押了冀中根据地订购的煤炭。冀中来人讲利害关系，说没有煤炭，兵工厂炉火不能烧，铸造锻打均已经停工待料，前线所催要的子弹手榴弹眼瞅着就要断供，严重影响部队的战斗力。请求董老务必尽快处理此案，将煤炭放行，以解燃眉之急。

冀中军区的人还没走，冀南部队派人送来鸡毛信，陈述他们扣押煤炭的理由，呼吁董老秉公办事，一碗水要端平。

煤炭的事情还没有理出头绪，山东解放区主管财经的同志发来急电，要求董老尽快解决他们的海盐销售问题。海盐不能出境，已经严重制约了部队给养和后勤供应问题。这又是怎么回事？董老一问，原来是冀鲁豫解放区明确表示不让山东的海盐入境，说是严重干扰了他们的经济工作。

董老没有急于表态，对此他做了大量调查研究，认真分析，并充分了解问题的来龙去脉。在研讨时，工作人员向董老汇报，各个解放区之间还有互相征税、重复征税，甚至设立贸易壁垒等问题亟待解决。

工作千头万绪，但总归会有个纲，纲举目张。董必武思考问题，不是就事论事，头痛医头，脚痛医脚，解决问题也不是一叶障目不见泰山。他善于举一反三，从全局考虑问题，善于高屋建瓴，找出问题的症结和矛盾的根本所在，从而制定相关的规定和办法。

9月初，华北财经办事处各位副主任陆续到达建屏（平山）之后，在董必武主持下进行了分工：南汉宸兼财政组组长，薛暮桥兼经济组组长。此外，由王学文任研究室主任，申伯纯任秘书处处长。为了准备统一发行货币，由南汉宸兼任银行筹备处主任。至此，华北财经办事处的机构全面运转起来，各项工作紧张而有序地开展起来。

董必武认为，对于财经办事处来说，眼下的主要任务是尽快建立起各个解放区统一的货币流通机制，促进各区域之间经济的恢复与发展，进而实现全国解放区财政工作的统一。要实现这一目标，首先要确立各解放区货币之间的比价。华北财办迈出的第一步，是解决邻近或连接解放区之间的货币流通问题。

财经办事处大部分成员认为，统一货币，是统一财政的一个重要方面。针对华北各解放区各自发行货币的市值比价不同，产生互相打击、互相抵制的问题，提出建立统一银行、发行统一票币的意见。

意见集中到主任董必武手上。他长期在敌占区工作，对每一个行动、每一项举措、每一处细节都会考虑周到。他知道，这个决定一旦发下去会产生什么样的效果。他要深入下去，调查了解矛盾所在，设计可行性方案。他在财办所处的晋察冀边区就文件提及的事项进行了专门研究。南汉宸时任晋察冀边区财经处长，对情况十分熟悉，便陪同董必武深入每个县区。董必武了解到，这时的晋察冀，因为准备打仗，经济建设计划大多处于停滞或是延缓状态。各个机关部门从失陷的城市撤下来时，搬迁工厂的计划大多未能很好地完成，相对完整的设备交给了军工企业，搬不动的一律用炸药炸毁了。机关退出张家口市以后，辖区面积缩小，管理人口减少。傅作义在金融货币上规定1元关金兑换5元边钞，实际是在用这个方式打击边钞。边区管理的乡镇物价跟着上涨，因为掌握的物资力量小，物价涨幅没有能力控制。具体措施是在 1946 年底开始尝试的，即在情况紧急时，确定限制部队商店、野战军编制，改变地方供给标准及边钞统一发行。

晋察冀边钞的发行工作，在 1946 年大反攻之前还没有统一。日本投降以后，1945 年下半年仍由冀中、冀热辽、冀东热河发行。热河还发行利民商店流通券，冀东又发行地方流通券，1946 年边区政府决定在辖区范围内发行统一货币，停止热河、冀东发行。边区内的货币统一到 1947 年 1 月才算基本完成，冀中地区的清理工作也一直延续到 1 月底才结束。热河在承德失守以后，发行了省银行流通券。由于边钞大部分用于财政，挤到市场上以后，出现一时一地通货膨胀，造成物价上涨。南汉宸举例说，1946 年 5 月，平山洪子店集上有 30 亿元边钞买布，结果晋冀、察哈尔布价上涨。

通过广泛调研以后，董必武代表中央先后在邯郸和石家庄召开财经工作会议，把几种不同的通货实行固定比价流通，或实行混合流通，或以一种通货为主，然后逐步合并统一的方式。这样一来，就解决了野战部队给养供应和后勤物资的采购问题，同时也让普通百姓得到了实惠：兜里不管有哪个解放区的货币都可以通过兑换使用，也就是说，兜里有货币可以做买卖了。

10 月 8 日，中央回电，同意成立以南汉宸为主任的银行筹备处。董必武接到回电，便把南汉宸找来，一边传达中央的指示精神，一边通知他："中央工委已经研究，由你担任银行筹备处主任。"

南汉宸掏出随身必带的笔记本，拧开笔帽，然后问董必武："筹备处主要工作是什么？主要筹备哪些方面的事务？"

董必武胸有成竹，举起左手，掰着手指，一一道来："要做的准备工作，一是搜集各地区、各个历史时期发行统一货币的规定和相关政策；二是搜集目前各个解放区的发行指数；三是筹备足够的发行准备金；四是要研究设计出几种票面，各种票面的金额与价值含量要研究和确定；还有，要设计出票版图案，选定好纸张……"

南汉宸笔走龙蛇，飞快地在本子上记着。末了，南汉宸又问道："还有，咱们统一后的货币也得有名有姓啊，国民党的货币是法币，美国人用的是美元，英国人是英镑，法国人是法郎。怎么称呼咱们的货币？"

"这个事情不能草率，需要你们筹备处的同志充分讨论一下，做出几个预案，拿出一个意见，然后请示中央。"董必武回答。

没有规矩不成方圆，作为华北财经办事处主任，董必武亲自起草《华北财经办事处组织规程》，在这个规程中，他将"筹建中央财政及银行"列为主要工作之一。1947年8月1日，他将拟定的《华北财经办事处组织规程》上报中央。在这个文件中，董必武确定的工作任务有八条，其中第五条就是：筹建中央财政及银行。8月16日，中央批准了这个章程，并要求各中央局各区财办实行。

虽然确立了各解放区的货币比价，但是问题还没有根本解决。各个解放区"互相建筑的关税壁垒，各区票币互相压抑抵制，商业上互相竞争，互相摩擦，忘记了对敌"[1]。为了解决各解放区之间的经济金融方面的问题和矛盾，华北财办着手统一各个解放区的财经工作。

董必武认为，把各解放区财经事项统一起来有许多基本问题需要解决，从具体工作上看，主客观条件都未成熟。主观上各区的甚至各区内各部门和各单位的本位主义和山头主义尚待克服。客观上，许多必需的物资基础，包括各机关人事及其他许多事项需要一定的准备时间。因此，财政统一不可能一蹴而就，不可能很快地实现。

经过反复考虑之后，董必武在向党中央毛泽东的报告中，提出了审慎行事、加紧筹备的意见。

他提出，统一发行票币是财政统一中的一个重要环节，与各区收入支出、银行贸易市场有密切关系，单独抽出发行票币问题来，是不能从根本上解决解放区金融出现的问题的。因此，发行统一票币要慎重处理，逐步进行。都说好棋手下棋至少看五步，董必武经过深思熟虑后，提出总体步骤要经过五个阶段：

第一步，华北财办必须确实掌握各区的发行额和预算，了解各区票币的互换率，以及粮食、棉花、纱、布、油、盐、煤、金银等物的价格，基本上完成银行的准备工作。

第二步，发行少量的统一票币。这主要作为各区汇划时使用，市面上可以流通。统一票币要有物资做保证，各区银行贸易机关及政府税收机关必须承认

---

① 见《董必武文选》中1947年电文。

其市值不变。对各区票币比值，在发行时各定出一定的比率。之后，若某一区票币因故贬值时，则统一币对该区币的比值可以提高，反之亦可降低。别区币值无变动的，统一币对它的比值也不变。因此发行量要小，又须有保证准备，且经过各区银行与贸易公司来流通，市场上可能不发生波动，即使有变动也不会很大。这是建立和巩固统一货币信用的一步，这一时期，各区除与友邻相连的地方外依然是各区本币市场。

第三步，在各区票币发行的定额中，统一货币发行应占有一定比例，可以是二比八或三比七，以利逐渐推行统一币。

第四步，停止各区票币的发行，完全发行统一货币。这时的市场是各区区币和统一币的市场。

第五步，用统一货币收回各区发行的票币。

10月2日，董必武决定将山东财办提出成立银行的建议电报给中共中央。其报告说：他们要求立即成立联合银行或解放银行。现已派南汉宸赴渤海商议建立银行的具体办法……

10月24日，中共中央向晋冀鲁豫中央局、晋察冀中央局、华东局、晋绥分局、西北局、中原局，并中央工委、中央后委、东北局发出了《中央批准华北财经会议决议及各地财经工作的指示》。

10月27日，董必武经过会议讨论，将杨立三[①]提出的关内五大解放区统一财政收支的建议函报中共中央，同时附上了自己的看法。他认为，目前财政统一的主客观条件尚未成熟，统一是必要的，应有准备、有步骤地去实现，绝不能一蹴而就。

11月12日，石家庄地区解放。晋冀鲁豫边区政府和晋察冀边区政府下发《晋冀鲁豫边区政府和晋察冀边区政府共同商定两区货币在两边区统一流通使用并固定比值》文件。规定自本日起，冀南银行币和晋察冀边区银行币在两边区统一流通使用，确定两种货币的固定比值为冀钞1元比晋察冀边区10元。

---

① 杨立三（1900—1954），湖南省长沙县（现湖南长沙市）人。解放战争时期任晋冀鲁豫中央局常委兼经济部长、总后勤部部长、中央军委总后勤部部长兼华北后勤部外线司令、华北财经办事处副主任等职。中华人民共和国成立后曾任中国人民解放军总后勤部部长、中央人民政府食品工业部部长、全国财经委员会委员等职。

12 月 11 日，董必武将统一财经工作的情况函报中共中央及毛泽东，他报告：统一发行票币之议，早在邯郸华北财经会议时即已提出。土地会议中，各区代表谈到解放区财政问题时，又提出了这一要求。现华北财办正在努力筹备统一发行诸工作。统一发行票币对国民经济的发展，对于军队转移地区的便利，以及最高领导机关容易控制发行额，和财政统一道路的开拓等都是有绝强意义的。但一定要把打通思想的工作做好，必需的物质基础和技术条件准备好的情况下，选择适当的时机才能实现。关于统一发行的时间及建立银行等问题，要等在明年二三月间召集的华北各区金融贸易会议上讨论确定。

董必武在华北财办的工作布置中，要求相关负责同志筹集基金，准备创设中央直接领导的统一的银行，逐渐建立中央一级财政。

在董必武的具体指导下，华北财办调整了各解放区的相互关系，减轻了各解放区财经工作的矛盾，解决了各解放区之间的关税壁垒，规定了两区货币兑换比较合理的办法，增进了各区民间贸易工作上的往来。董必武针对有些地区过度的分散经营，没有抓紧统一领导，以致成为财经工作发展的障碍，并影响到其他工作的问题，提出明确批评。他说，这主要是从原来想自给自足发展下去，走到了自私自利的道路上，结果是小公有，大公无，小公富，大公穷。脱离群众，妨害公家。他提出要求，各解放区针对这种情况进行统一领导，使本区过度分散的经营状况转变过来。

他以华北财办的名义，向各大区提出要求：各解放区的财政经济在近期继续贯彻统一领导分散经营的财政方针，在调整和领导中，使各区的财政逐步走向统一的具体目标。

第八章
运筹中的中国人民银行

1947 年下半年，大反攻的日子已经到来。

各个解放区发行的货币确立了比价，铺平了货币统一的基本路径。不久，华东局的张鼎丞、邓子恢致电华北财经办事处主任董必武："建议立即成立联合银行或解放区银行，以适应战争，越快越好。"

"越快越好？"董必武沉吟着，没有贸然点头。他知道，成立中央银行，发行一种通行各个解放区的钞票不是一件简单的事情。钞票，不是一张印刷出来的普通纸张，它需要有物资储备，需要真金白银作为后盾。钞票的印刷不容易，但是钞票的投放更复杂，它会带来一系列社会反应。

南汉宸认为，华东局同志的意见很有道理，应当将成立中央一级银行列入议事日程，在财经办事处的工作会议上他发表了自己的看法。

董必武在听取了几位副主任的意见后，谈了自己的看法，他认为成立统一银行和发行货币这件事情，是要积极准备的。不过目前看，着急不得，时机还不成熟。董必武很注重民主集中，他没有否决其他同志的意见，而是将不同意见以及他个人的看法同时上报中央，供中央在决策上全面考虑。

这时，毛泽东、周恩来、任弼时等人已经离开了延安城，正在陕北的山坳里与胡宗南的千军万马兜圈子。在飞机的轰炸声中，在敌人拉网式搜索追击的空隙，毛泽东读着董必武发来的电报，和周恩来、任弼时等几位书记处领导仔细推敲、研究。对于筹建统一银行的看法是："目前建立统一的银行是否过早一点儿？进行准备工作是必要的。"

董必武收到中央回电，便将南汉宸找来，研究筹建银行的主要事项。

1947年9月，建立中央一级的银行被列入了华北财办的议事日程，正式启动。

新成立的中央银行应当有个名号，董必武让南汉宸拿出个意见来。

南汉宸发动大家讨论：我们这个中央银行应该叫个什么名称？

名字一定要气派、响亮。这是办事处全体人员的共识。

有人建议就用"联合银行"，各个解放区联合成立的银行，名副其实。

南汉宸听了摇头，联合？还是几家的合作，不是中央一级的银行，不确切。

有人说：那么就叫中央银行好啦。中央直接领导下的银行嘛。

原任晋察冀银行副经理的何松亭连连摇头，他说："国民党政府已经有个中央银行，我们的银行要在名称上与国民党政权有区别。"

有人说，我们是在各个解放区的基础上成立的银行，何不称之为"解放银行"，或者"全国解放银行"。

南汉宸依然摇头，表示不够理想，还要再琢磨。

何松亭曾经在张学良所属的东北边业银行工作，以后又到英国伦敦政治经济学院专门攻读银行专业，回国后做过边业银行副经理，如今是解放区银行管理方面的红色专家，因而他的意见格外让南汉宸看重。

何松亭想了想，提出新的建议："我们的各级政府是人民政府，我们的军队是中国人民解放军，那我们银行的名字何不叫中国人民银行，因为我们的宗旨正是为人民嘛。"

南汉宸听罢沉吟片刻，点头，转身拍着何松亭的肩膀，赞许道："胖子，可真有你的。"在华北财经办事处的工作人员中，有两个人的绰号很形象。一个是杨立三，南汉宸称他为"大个子"。杨立三是经过长征的老红军，身材高大。周恩来过草地时患重病，就是杨立三和陈赓等人将周恩来抬出草地的。还有何松亭，早在秘密工作时就曾在南汉宸的领导之下，因为他圆脸，显得富态，南汉宸就给他起了个"胖子"的外号。

南汉宸把"胖子"提出的建议向董必武做了汇报。董必武听后连连点头说好。他说，今天，我们创建的中央银行，不仅要考虑到目前解放区货币统一，还要和将来新中国的银行名称联系起来考虑。因为今天的解放区人民政府，就是将来的人民共和国政府；今天创建的中央银行，就是将来的人民共和国的中央银行。因此，这个银行的名字叫"联合银行"或"解放银行"，不合适。而用"中国人民银行"这个名字，既表示这是人民的银行，也有别于蒋介石的中央银行，也不失作为将来新中国国家银行的格局。

董必武召集财办主任会议讨论，大家一致赞同这个名称。

董必武点点头，表态说："这个名字很好！它说明了我们银行、我们货币的性质。既然是人民的，那就不是某个地区的、某个部门的，而必定是全国性的，全国人民的嘛！"

董必武将银行筹备的进展情况致电中央。报告称："已派南汉宸赴渤海找张（鼎丞）、邓（子恢）商议建立银行的具体办法。银行的名称，拟定为中国人民银行。是否可以，请考虑示遵。名称希望早定，印钞时要用。"

10月8日，中央复电，对于银行名称问题，答复：可以用中国人民银行。

中央对于这个名称的确定也经过了一番斟酌。从这个电报草稿上可以看出，关于银行的名称是反复修改过的。先是："至于银行名称，似以中国解放银行为好"，后改为："至于银行名称用中国解放银行或中国人民银行均可"，最后才改为"可以用中国人民银行"的字样。

得到中央批准以后，华北财经办事处开始考虑新货币的设计和印制问题。当时，晋察冀边区财政印刷局的印钞设备相对来说是好的，拥有一定数量的胶印机，生产规模在各解放区是最大的。南汉宸主张，新货币就由晋察冀边区负责设计和印制。

董必武深知印钞设备的优劣和印刷器材的质量直接影响货币的质量，一定要认真看一看。9月中旬，在南汉宸的陪同下，董必武专程前往阜平县南峪村进行实地考察。晋察冀边区印制局设在离阜平县城东南20余里的山窝里，北面有大沙河形成天然堑壕，南面和东面都是崇山峻岭，只有一条羊肠小径，在峡谷中盘绕，连接到重重叠叠的深山腹地的印钞厂里。在战争环境中，这样的环境对印钞厂来说是最理想的：便于隐蔽，一旦发生险情，也可以迅速转移，保证货币的安全。

当时，晋察冀边区印制货币的物资器材，如纸张、油墨、印刷机、号码机以及设计技术力量等，虽然有一定基础，但还是比较贫乏落后的。如印钞纸，有的用钞票纸，有的用模造纸、道林纸，有时还会用自造的麻纸；油墨，也是有什么牌子用什么牌子的，有什么颜色用什么颜色的；号码机，有六位的，也有八位的，号码字体不管是粗的细的都用；印刷机，不管是石印机还是胶印机、凸版机、凹版机，也都用。尽管如此，这在各个解放区的印刷能力上还属于上乘。晋察冀边区的大部分票子就是在这里印制的。

董必武对每个车间、每个印刷环节都进行了考察，与印刷局的工作人员亲切交谈，询问了这里的造纸、印刷设备、票版设计、制版技术、生产能力及生产等情况。印刷局的张树恩同志知道董老是著名书法家，就借机向董老要墨宝。董必武问，索字总有个由头吧。旁边有人说道：明天就是中秋节了，总该祝贺一下吧！

董老拿起毛笔，蘸上墨汁，沉吟片刻，挥笔题写了"横眉冷对千夫指，俯首甘为孺子牛"条幅。众人拍手称好，特别是张树恩，眉开眼笑，说这是他中秋节获得的最好的礼物。

站在一旁的南汉宸欣赏着董老的书法，连连点头，竖起大拇指，对董老说："到底是秀才的底子，真是书法大家，不同凡响。"停顿了一下，南汉宸想了想，接着说道："到时候，钞票上'中国人民银行'这几个字，还得请你这个书法大家来写。"

董必武摇头："这个不妥。可以从林（伯渠）老、吴（玉章）老、谢（觉哉）老、徐（特立）老几位中选一位来写。"

南汉宸不同意，他说："你是中国人民银行的直接领导人，又是闻名中外的大书法家，这几个字不是请你写，而是你的职责之一，你必须写。"

董必武不置可否，沉吟了一会儿，说："写这六个字简单容易，可这是要在钱币上印的，让我好好想一想再说。"

最终，董必武还是答应了南汉宸的请求，据说他没有在办公室完成这几个字的书写，而是回到家中，沐浴更衣，静下心来，非常郑重地援笔蘸墨，写下了具有历史意义的"中国人民银行"六个颇具神韵的大字。

通过这次实地考察，董必武对于印制新中国的中央银行货币、统一钞票发行有了进一步的设想。当他站在山顶向北方眺望时，猛然想起了北平这座古城，如今什么境况呢？他问站在身旁的南汉宸，他知道，南汉宸近期在研究国统区的金融情报。南汉宸博闻强记，随即告诉他一组数字：国民党政权这个年度财政总收入 138300 亿元，财政支出为 409100 亿元，军费开支 213100 亿元，占总支出的 52%，赤字达到 270800 亿元。当前北平的物价情况非常糟糕，1 月初每石米不过 6 万元，6 月涨至 55 万元，7 月涨到 65 万元，11 月涨到 110 万元，11 个月上涨了 19 倍。董必武闻言若有所思，末了他督促南汉宸，尽快将不同面值的票面图案报上来，请示中央，争取尽早印制。

战争年代，办事讲究雷厉风行，立竿见影。南汉宸从董必武处接受指示，马上安排人找来木板，拿来笔墨。第二天一大早，距离中央工委办公的西柏坡村大约一公里左右的夹峪村，出现了一行队伍，这一队人马在一家农家小院门前停住了脚步，村民们发现，小院的大门前挂出了一个不大但很醒目的木牌，白底黑字，上书：中国人民银行筹备处。

不久，在南汉宸的筹划之下，以华北银行总行的名义下发了《关于发行中国人民银行钞票的指示信》。信中将解放区所流通的晋察冀票、陕甘宁边区票、山东北海票、西北农民票的合并问题一一阐述，将合并的具体方式以及相关问题逐一理顺，借一斑而略见全豹。从这一封指示信中可以清晰地见到当年人民银行筹备处的干练与精明。

冀、边、北、农先后固定比价统一流通，在便利民商往来与物资交流上是起了很大作用的。但在货币制度上仍然存在着两个亟待解决的问题：

一是货币复杂。四种货币，几百种票版，印制技术不精，易于造假，群众不但对假票难以识别，对各区货币亦有折算之苦。且各区货币都有习惯上的地区性，亦不能作为统一货币的基础。

二是面额太小不便行使。由于十年战争的消耗，生产减退，各区货币的购买力实已逐渐降低。现在一张千元冀钞仅相当于战前的一角钱（实际购买力不超过三斤小米），一元则仅相当于战前的一毫，公私款项在收付携运上均极感不便，市场交易亦受影响。公私企业为点款而增设许多人员，我们银行以十分之四至十分之七的人员从事出纳工作尚感不足。因此就滞碍了金融流转，不便于商品流通，浪费了人力、物力，大有碍于生产。且在敌"币改"之后，本币对伪金圆券的比价形成过高的贴水（11 月间四百元冀钞比一元金圆券），此虽属计算上的差别，无关实值，但对群众心理上的影响及对敌货币斗争上亦属不利。

基于上述情况，为了进一步统一三区货币，经华北、山东、陕甘宁、晋绥政府会商决定：将华北银行、北海银行、西北农民银行三行合并，成立中国人民银行。即以华北银行总行为中国人民银行总行。以人民银行筹备基金及华北银行、北海银行、西北农民银行之全部资产准备统一为中国人民银行之资产准备。即于本年12月1日施行。并于同日开始发行中国人民银行钞票，统一华北、华东、西北三区货币。新币与旧币固定比价，中国人民银行钞票一元等于冀币或北币100元，边币1000元，西农币或陕甘宁贸易公司流通券2000元。新币发行之后，旧币即停止发行并逐渐收回。在旧币未收回前，仍按固定比价照旧流通。如此，则可消除四种货币的复杂局面，减少货币收付携运之繁，易于防假，改变对伪金圆券比价的不利形势，且对今后发展生产支持战争提供了有利条件。

中国人民银行钞票之发行，不但统一华北、华东、西北三区的货币，且将逐步地统一所有各解放区的货币，成为新中国战时的本位货币。同时也就加强对敌斗争的力量，给予蒋匪货币和经济上致命的打击，加速其经济的崩溃。

为了保证新币发行顺利，信用巩固，各级行处应进行以下工作：

一、在接到指示后，首先在内部进行教育，使所有人员了解发行新币的必要与其重大意义，同时结合目前形势进行学习，提高干部思想，迎接胜利，提高工作效率，出纳人员还须注意，熟识新币票样。

二、配合政权部门分发张贴华北人民政府关于发行中国人民银行钞票的布告，并组织力量，通过各种方式（开会、黑板报、广播等）向群众进行广泛的宣传解释，说明发行新币的意义及布告的内容，号召群众使用与爱护新币，宣传重点首先放在城镇和集市，然后普及于农村。

在中共中央的指示下，中国人民银行的货币发行工作紧张有序地进行着。第一件事就是设计人民币图案，当时在解放区，专业人才奇缺，要找一个整体设计的人员很困难，于是，筹备组就计划从多方面搜寻人才。董老的字在解放区颇有名气，隶、篆、行、草等字体样样有特色，而且秀丽大方、遒劲有力。于是，在南汉宸的再三要求下，人民币上的汉字"中国人民银行""伍拾圆"等均由董老负责。人民币的票版是由晋察冀边区印刷局王益久和沈乃庸设计的。

第一次设计，票版上有毛主席像，报请中央审查，中央回电不同意，毛泽东在电文中指出"票子是政府发行的，不是党发行的，我现在是党的主席，不是政府主席，怎么能把我的像印上呢？"第二次设计时，王、沈二人根据董老的建议，票面设计了解放区生产建设的图景。

票面的正面，底纹呈浅蓝色，花边是高粱红色，图景为黑色，中间花符线为紫色。正上方有"中国人民银行"，中间有"伍拾圆"等正楷字样，左边为"水车"，右边为"煤矿"等图景。背面底纹呈黄茶色，背边为深茶色，正上方有"中国人民银行"，中间及左右两边均有"五十"等字样。

第九章
朱德视察银行筹备处

中国人民银行筹备处挂牌夹峪村，成了村里的一件新鲜事。村里一群半大小子争先恐后地跑到了不大但很醒目的木牌前，刚刚认识几个字的孩子们喜欢看热闹，更喜欢学了就用，一个孩子高声念着牌子上面的大字："中国人民很行（xíng）。"旁边一个孩子纠正道："不对，不是很行，是银行（xíng）。"站在后面的孩子不解，问："什么叫银行（xíng）？"

"哈哈，很行（xíng）不对，银行（xíng）也不对。是银行（háng）啊！"孩子们回头一看，是一位身着军服的腰板挺直的老人微笑着站在他们身后。老人弯下腰对孩子们说："这是一个多音字，念行（xíng），也念行（háng），写在这个牌子上就该念行（háng），银行。"

这位老人正是中国人民解放军总司令朱德，同时也是中国共产党中央工委的主要负责人之一。这一天，朱德从西柏坡来到夹峪村，参观晋冀鲁豫军区兵器展览。这个展览会与银行筹备处同在一个院子里，当他看到"中国人民银行筹备处"的牌子时，让他很有感触，便为围在大门前的孩子们做了文字上的解释。这时院内的工作人员进进出出，其中何松亭走出来，认出了朱总司令，便赶紧请他进院，到大屋里去坐。

朱老总一向有平易近人的美誉，他在工作人员的指引下信步迈进了筹备处办公的小屋子。筹备处的同志看到总司令来了，非常高兴，大声呼喊：总司令好。

朱德回答："大家好嘛。"继而又说："我这个总司令是军队的总司令，领导你们的董老也是总司令，他是后方保障工作的总司令啊。"筹备处的屋子很小，进门就是一个土炕。朱老总顺势坐在了炕沿上，一边察看筹备处的办公条件，一边询问筹备处的工作进展情况，并问迎他进门的何松亭以前干什么工作。何松亭回答说原来是晋察冀边区银行副经理。

朱老总说："银行工作业务性很强，以前接触过吗？"

旁边的同志介绍："何副经理可是科班出身，还到英国留学学过金融呢！"

陪同朱老总一同来的艾思奇对何松亭说："这么说，你是老银行啊！"

何松亭是东北人，出生于辽宁省昌图县八面城镇何家洼子村。因为家境贫寒，十几岁就到辽源"裕盛祥"银号当学徒，以后到边业银行奉天分行工作。1926 年 3 月，秘密加入了中国共产党，成为满洲银行党小组的成员之一。1928 年底，张学良家族经营的东三省官银号要选送留学生去英国学习银行业务。经中共党组织同意，何松亭于 1929 年考取其官费留学生，赴英国伦敦政治经济学院学习。回国后，他便在南汉宸领导下，先后以银行的科长、副经理职务为掩护从事党的秘密工作。1938 年，他进入晋察冀边区，担任边区银行党的书记，同时承担很多业务工作。

朱老总很高兴地点头说："好，好！银行工作专业性很强，就需要你们这样的行家里手。"接着，朱老总又询问了筹备进展情况。

何松亭回答："人员还没有到齐，工作刚刚起步。"说着，他指了指站在身旁的小青年，小青年很机灵，马上对朱老总回答："我是石雷，原来在晋察冀银行负责发行。"朱老总冲着石雷点头，何松亭接着说道："目前除了南汉宸主任之外，筹备处就我们一老一小，估计到年底还会调来几个人。"

"你们目前的主要工作是什么呢？"

石雷嘴快，像背书似的回答："报告老总，人民银行筹备处的任务，目前主要有三项，第一，筹备中国人民银行统一货币发行的工作，如印刷材料、票面设计等；第二，逐步把各解放区内部的货币统一起来，为发行全国统一货币做准备；第三，进行有关货币统一发行的调查研究，如国民党辖区的金融情报、各地物价指数等。"

老总认真听着，没有说什么。何松亭见状，本着有一说一的心态，实事求是地向朱老总汇报了筹备工作中遇到的困难和问题。特别强调，要发行票子必须要有一定数额的准备金。这个准备金从哪儿来？南汉宸主任正在协调各个大区，要求大家分摊，可摊多少，各家有各家的小算盘，还没有定下盘子。眼下应该说火烧眉毛了，马上就要准备印钞了，票版图案设计已经上报中央就等批示下来了，可准备金不落实，怎么谈发行，可以发多少啊？

朱老总很善于做思想工作，哈哈一笑，他用红军时期的经历开导大家："你们现在的情况比中央苏区的时候好多了。那时候，毛泽民是国家银行行长，他的全部家当就是几根扁担。有了情况，挑起来就走。现在咱们各个解放区的银行，无论哪一家都比毛泽民的银行要大得多，也富得多。"

朱老总继续说，你们要使解放区的银行联合起来，成为你们的分行，再把各区的票子统一起来，你们的家产就更大了。将来解放大城市，把四大家族的银行没收，变成你们的财产和机构，那时你们的财产就更多了，就成为全国最大的国家银行了。

何松亭连连点头，向老总汇报说："筹备处目前完成的任务，的确是在各解放区的支持配合下落实的。这里面的协调和沟通，南汉宸主任可以说调动了各方面的关系，付出了很多心血。比如印钞用的纸张奇缺，晋察冀边区银行自身不能解决，由东北局提供了一万令印钞纸。再如，票面设计，是南汉宸主任给晋察冀边区印刷局局长王文焕写信，请他负责完成此事。"

朱老总还有别的事情，他站起身，谆谆告诫身旁的工作人员：不要小看每件具体的工作，因为我们的每件具体工作，都是为了新中国做准备的，是具有历史意义的，是光荣的。

朱德对"中国人民银行"这一名称感到满意，连连点头说好："这个名字取得好。它叫我们记住，人民银行是为人民服务的。"

筹备处的工作人员异口同声，重复着朱老总的嘱托："人民银行是为人民服务的。"

第十章
值得借鉴的货币之战历史

在董必武的统一调度下，中国人民银行筹备处的人马很快就形成了一个团队。当时筹备处的工作人员有何松亭、武子文、孙及民、石雷、秦炎、王厚朴等人。因为筹备处所在地是在晋察冀边区，筹备处人员主要来自晋察冀边区银行。晋察冀边区银行是抗战时期中国共产党敌后根据地成立的最早的银行之一，这个银行曾被称为马背银行、游击银行。

晋察冀边区银行具有典型的战争年代的印痕。他们有军队一样的纪律，还有军队一样的战歌，他们称之为自己的"行歌"，行歌的歌词很有特点：

> 在工作里挽救边区的贫困，
> 用脑和手制造民生的繁荣，
> 伸出金融力量打击敌人，
> 替边区装上一副铁的神经，
> 像个战士工作俭朴而认真，
> 像个统帅在经济线上挺进，
> 边区银行工作者，来自大众为大众，
> 我们不怕任何牺牲。……

这首《晋察冀边区银行行歌》在中国人民银行筹备处的院子里也时常

听到。它反映了红色金融工作者的心愿和向往，深受人民银行筹备处同志们的喜爱。

第一家敌后银行诞生在晋察冀边区。

晋察冀边区银行成立于1938年3月20日。办公地址一度设在山西省五台山石嘴镇的普济寺，以后行址设在阜平县城，首任经理是关学义。当年发行有1角、2角、5角、1元、5元等五种面额的纸币，其中5角券是在隆隆炮火声中诞生的。据《印制总公司二史编委会》记载，1938年9月，数万日伪军兵分二十五路围攻晋察冀抗日根据地。随着敌情变化，边区银行财政处印刷局奉命转移到肃宁县东青口村。这时，印刷局对外称"干部营第二大队"，对内叫一局，局长吕东，工务主任罗琪，在印刷人员到齐后，立即在东青口村用大石印机印五角券。该券为竖式，正面中央椭圆形框内图案是一座古塔，上方刊写"晋察冀边区银行"，下方纪值"伍角"和注明"积成十角兑付国币壹圆"的字样，下纪"中华民国廿七年（1938年）"字样。背面用英文刊纪正面中文内容，并印有经理关学文、副经理胡作宾的签名。票面呈酱紫色。就在印刷局加紧生产的同时，日寇步步紧逼，向我边区根据地发动一次次疯狂进攻。为了保证战争的需要，印刷局在隆隆的炮声中坚持不停地生产。直到一颗炮弹落在厂区附近，工厂才开始组织人员撤退。

提起晋察冀边区银行的建立，当年的老人回忆，吕正操将军功不可没。

卢沟桥事变以后，身为东北军53军132师691团团长的吕正操从永定河畔撤退到河北省藁城县城南梅花镇，在中共中央北方局指示下，决定脱离南撤的东北军，率部起义。1937年10月11日，在晋县东北小樵镇，吕正操召开抗日誓师大会，将691团改编为人民自卫军，挥师北上，在高阳、安国一带，开展抗日游击战争。不久，自卫军接受八路军改编，吕正操成为聂荣臻麾下的冀中军区司令员。1938年1月，吕正操当选为晋察冀边区行政委员会委员。

为了解决边区建设和部队经费的需要，聂荣臻告诉吕正操：边区要建立银行，目前基金还没有着落。吕正操说：安国县的商人为成立汉奸组织"维持会"筹备了300元（指法币），被我没收了，还没有动用，可以用来作为筹建边区银行的基金。聂司令听了很高兴，同意吕正操的建议，任命人民自卫军军需官关学文任银行行长，开始筹建晋察冀边区银行。

关学文在爱国进步人士马国俊的帮助下，筹措到几台可以印钞票的小石印机，购置了油墨和纸张，招募了几位有印钞技术的印刷工人；通过筛选，选定出有设计制版能力的技术人员，并马上开始动手制作票版。就这样，人民自卫军钞票印刷所在短时间的紧锣密鼓中筹备成立了。1938 年初，筹建中的晋察冀边区银行接到晋察冀军区和边区政府的命令，从冀中转移到冀西——抗日根据地的中心地区——阜平县。1938 年 2 月，关学文等人到达阜平县城内，此时边区第一种钞票的样张已经设计完成。报经聂荣臻审定，在阜平县城赶制印版，印刷工人在阜平县城西的法华村小学安装石印机，晋察冀第一批边区钞票从这里悄悄问世。印刷所自此改称银行印刷部。

1938 年 3 月初，日寇大举进攻阜平县，银行筹备处和印刷部随军区和边区政府机关转移；分别驻扎在石嘴镇卧佛村和红墙绿瓦的普济寺内。经过战火纷飞，晋察冀边区行政委员会的工作依然紧张有序，有条不紊；边区政府下达任命书：任命关学文为晋察冀边区银行经理，胡作宾为副经理。

3 月 20 日，晋察冀军区司令员兼政治委员聂荣臻和晋察冀边区副主任胡仁奎以及边区政府人员，群众团体负责人、各界代表参加了晋察冀边区银行成立大会，《抗敌报》（《晋察冀日报》的前身）记者对银行的开业进行了专题报道。当大会主持人宣布大会开始时，鞭炮齐鸣，锣鼓喧天，一派喜气洋洋的气象。在群众的欢呼声中，中国共产党领导下的边区政府第一种抗战"边币"——"红色底纹小黑马耕地图壹圆券"应运而生，开始流通。

1938 年 10 月，日军调动 5 万兵马，分 25 路，对晋察冀边区的核心地区阜平展开层层围攻。八路军将士奋起激战，战斗接近白热化。当时，在接近阜平县城的东西庄战斗已经进入最为关键的时候，军区司令员聂荣臻直接给在前线指挥战斗的三团团长纪亭榭打电话，聂荣臻说："纪亭榭！我告诉你，几十万边区票子还没运出去，你一定要顶住！我给你下个死命令，一定要做到人在阵地在。听清了吗？"纪亭榭回答："好！我和我们三团全体人员一定按司令员命令，做到人在阵地在！阵地要是丢了，明年的这一天就是我纪亭榭的忌日！"这场战斗三团经受住了严峻的考验。聂荣臻打电话表扬三团打得好，并派邓拓前去慰问三团。三团的阻击战一个重要成果不仅仅是赢得了边区票子转移的时间，还让今天的我们深刻意识到，激烈的血与火的战斗、生与死的搏击，是用生命与鲜血换来的，绝不仅仅是边区的钞票，而是边区的重要财产，是关系边区能不能生存、能不能重整旗鼓不可或缺的家当。

1940 年 3 月 20 日，《晋察冀日报》发表社论，标题为 "庆祝边区银行成立二周年"，社论总结了晋察冀边区的货币斗争，"两年间，由于边区的存在与发展执行了正确的政策，使边区胜利和敌伪展开持久的货币战斗，得到了许多伟大的成就，建立了巩固的金融堡垒，在经济上粉碎了敌伪的进攻，保卫了边区，保卫了华北以至全中国，提供了许多经验和教训，成为抗日根据地及全国的模范"。

从人民银行筹备处的牌子挂出那天起，在南汉宸的领导下，筹备处成员就马不停蹄地忙碌起来。他们搜集各解放区货币发行政策，研究各个大区发行指数和区域物价指数，同时通过各个秘密渠道加强了对南京国民党政府金融动态的研究。

在董必武的安排下，华北财经办事处开始考虑针对南京政府出台的财经政策而制定应对策略和具体实施方案。

这一天，南汉宸刚从外地出差回来，得知朱老总莅临人民银行筹备处，便向相关人员了解朱老总对人民银行筹备工作提出的希望和指示。当何松亭向他讲述朱老总谈到苏维埃银行的往事时，不禁令南汉宸为之一振，他马上联想到，人民银行的筹备工作一定要学习和借鉴中央红军在江西的苏维埃中央银行的经验，一定要了解中国各个银行发展的历史，汲取其中的营养，借鉴其中的不足与缺陷。于是，他指定专人负责搜集和研究各个银行的发展史料，特别是苏维埃中央银行的工作流程与相关资料，同时搜集国民党政权发行法币的历史资料，以及日本侵略者在金融货币领域所实施的手段、谋略及罪恶行径。

除了指派专人进行资料的搜集与整理，南汉宸想到，自己相识的、就在身边工作的老同志就有好几位是从江西长征过来的老红军，还有在苏维埃从事金融工作的行家里手。他抽空就找这些人聊天，请他们讲一讲毛泽民的国家银行行长是怎么当的？通过走访当事人和阅读筹备处同志所搜集的各种金融史料，让南汉宸对中央苏区的银行和所发行货币的流通情况有了较为详尽的了解。

1. 中华苏维埃货币发行始末。

红军时期的中央苏区根据地，也就是苏维埃中央政权所处的区域，主要分布在湖南和江西两省交界处，是湘赣经济相对落后的农村地区。中央苏区所辖区域内，没有形成较大规模的工矿企业，只有零星的小手工业作坊和分散的个体农业。两军对垒，连年不断的战争，加上国民党军队严密的经济封锁，苏维埃政权要想在财政上做到收支平衡极其困难。

湘赣苏区政权建立之初，市场上使用的货币各式各样，杂钞劣币均在流通。苏维埃国家银行成立之前，当地流通的货币有：江西工农银行发行的铜元券，闽西工农银行印制的银元券，还有光洋和国民党政权发行的纸币，清王朝时期的铜板也依然可以流通使用。

老百姓到市场购买物品，或是商人销售商品，不管是买主还是卖主，在对商品进行讨价还价之前，先要知道对方是以什么票子进行的交易。五花八门、各式各样的纸币和硬币之间兑换，比价多少常常让双方不知如何是好，有时连账也算不清，只好以货易货。混乱的流通着的货币，让老百姓头疼不说，还让国民党破坏苏区金融市场有了可乘之机。

有些红军的基层干部和战士思想简单，缺乏货币方面的知识，他们认为革命战士不应当使用敌人也就是国民党政府所印发的钞票。有时缴获了国民党政府现钞，不是纳入自己的金库，而是统统撕毁，或是用一根火柴点燃钞票，将所有缴获的法币扔进火堆中眼睁睁看着钞票化为灰烬。有些红军战士认为，国民党的钞票就像打土豪分田地时搜出的田契票据一样，必须烧掉。一些红军士兵甚至不知道国民党的钞票可以在苏区以外的国统区买到许多奇缺的物资，比如火柴、油盐酱醋和很多稀缺的食品、米面等。

中华苏维埃政府主席毛泽东意识到票子的重要性，便亲自主持成立国家银行，进行统一苏区的货币管理发行工作。

中央苏区货币没有统一之前，八大苏区是"八仙过海，各显其能"。印制自己的货币大多是就地取材，曾经制作并发行了五花八门的银币、铜币、纸币和布币。

1931年5月，鄂豫皖苏区将打扫战场时散落的子弹壳收集起来，然后熔化成铜液，铸造成独具一格的铜币。鄂豫皖苏区的铜币是军事割据中的红色根据地发行的最早的硬币。

为了加强防伪反假钞票性能，闽浙赣苏区最先采用套色印刷技术，并别出心裁地在每一张纸币上加盖了半枚骑缝章。

湘赣苏区印刷发行了银币券，这种银币券的面额与银币等值，为携带银币出行的人减轻了负担，同时给苏区内部物资交流结账带来了很大方便。

1933年10月，川陕苏区的红四方面军攻占达县，接管了四川军阀刘存厚的造币厂。这是所有苏区中规模最大、设备技术最好的造币厂。

中华苏维埃共和国 1931 年 11 月 7 日在赣南瑞金成立，当时分别组建成立了中央印刷厂、中央造币厂和国家银行，开始印制发行苏维埃国家银行自己的货币。

在设计货币图案的过程中，毛泽东要求苏维埃政府货币的设计一定要体现工农政权的特征。设计人黄亚光在设计货币时，便在苏维埃政权的标志性图案中找灵感，比如镰刀、锤子、地图、五角星等图案，黄亚光把这些图案有机地组合起来，构成了既美观大方，又突出中国共产党领导下的红色根据地货币的特点。他最初设想在纸币上绘制毛泽东头像，毛泽东知道后明确表示不可以。后来改为列宁头像。黄亚光临摹红色书刊上的列宁头像，其用意很清楚，就是中央苏区是与苏联具有共同信仰的，是列宁思想指导下的中国政权。

货币图案设计出来了，但是要印制成钞票，还有许多难题需要解决。首先是要解决纸张和油墨的问题。中央苏区物质条件极差，印刷钞票的耗材一无所有，更不要说印刷的机器设备。怎么办？有人建议，派人秘密去上海、香港等城市通过关系影制钞版、购置印制材料。红军虽然资金匮乏，但这些钱必须要花，也可以说是苏维埃发行钞票工作必须要缴纳的学费。然而，去上海或香港采购，短期内很难说能否顺利搞到，即便搞到了，能否运到苏区又是一个难题。

国家银行行长毛泽民非常善于动脑筋想办法。为了应急，为了尽快解决苏区市场的货币需求，在没有钞票纸的情况下，他另辟蹊径，因地制宜，大胆采用了苏区自制的白布替代；在白布上进行钞票版面印刷，然后在白布上刷桐油，印制成为"油布票"。这样一来，最初设想的纸钞票币变成了布钞票，老百姓简言之为"布票"。这个独一无二的"布钞票"投放市场以后，很多人对这种"布票"颇有看法，甚至对此冷嘲热讽，这让毛泽民下定决心要造出纸钞来。

不打算去上海、香港采购纸张，那么就地取材造纸。首先要找到造纸的原料，原料从哪里来？银行的工作人员有的拿着砍刀上山砍毛竹，有的剥老树的树皮，更多人则加入"捡破烂"的队伍，捡些烂麻袋、破棉絮，还收集人家扔掉的旧鞋底、麻绳头。这支国家银行的"捡破烂"队伍成为根据地街头村口的一道风景。村里的大人小孩都觉得新鲜，孩子们甚至追逐着这个队伍要看个究竟。大家将捡回来的"破烂"全部捣烂，然后放进石灰池中浸泡，最后搅拌成浆糊状，这样就有了造纸钞最原始的纸浆，进而用原始的造纸术开始造钞票纸。

村里的老乡得知银行的同志是在研究造纸的方法，纷纷上前帮忙出主意，还有热心人登门献计，告诉毛泽民，不远的山林里有一种老树皮是造纸的好材料。很早以前，有人用这种树皮造出来的包装纸既耐磨又有韧性，是包装茶叶的好材料。银行的同志闻风而动，立刻组织人马上山采集。然而，造出来的纸并没有想象中那么好，没有韧劲儿，一扯就断，外形也很难看，有人说就像黄脸婆，纸面又厚又黄。但大家并不灰心丧气，继续反复进行实验。实验过程中，他们不断往纸浆中掺进一些新的添加剂。最后发现，在纸浆中加入胶水和细棉花，效果明显好转，造出的纸张韧性增加了，洁白度也好了许多。功夫不负苦心人，中央苏区国家银行终于自己动手造出了能够印刷钞票的纸张。

印钞票还需要有油墨，油墨从哪里来？第一个办法就是去白区购买，油墨不是军事物资，购买不成问题，然而运进苏区可谓困难重重。采买人员从赣州买到了油墨，可在进入苏区的边缘时就被国民党专门封锁苏区的卡子没收了。一位钱庄老板是亲苏维埃的，他得知了这个情况后，亲自上门给毛泽民出了个主意。他建议用传统的松烟法造墨，方法很简单，原料也不用发愁，到山上采集松树的松膏，用松膏可以烧成烟油，然后在烟油中适当掺些桐油就是很好的油墨。毛泽民组织人进行实验，尝试了几次就成功了，效果果然很好。苏维埃国家银行在成立短短五个月里，就解决了一道道难题，终于在 1932 年 7 月 7 日，成功印制出第一批苏区纸币。货币以银元为本位，纸币为银币券，1 元银币券兑换 1 银元，银币券为国币。有了苏维埃政权统一的货币，国家银行会同苏区财政部门宣布，在苏维埃境内，一切交易和纳税均按国币计算，国民党政府的纸币禁止流通，原各个苏区银行发行的货币按比例限期收回，不再使用。

毛泽民领导下的苏维埃国家银行货币运作当中除了发行纸币之外，还发行了银币和铜币。当时苏维埃国家银行中央造币厂铸造了可在中央苏区根据地流通的"袁大头[①]"、"孙小头[②]"及墨西哥"鹰洋"等 3 种银币。苏维埃国家

---

① 1914 年，袁世凯政权颁布"中华民国国币条例"，在天津造币总厂和武昌、广州、南京等分厂按照统一规格、重量等要求铸造了袁世凯头像银币，全国通用，逐渐取代了清王朝的"大清银币"。

② 孙中山像银币。分别有孙中山开国纪念币（1912）、十五年孙中山像一元币（1926）、孙中山陵园纪念币（1927）、十六年总理纪念币（1927）等十余种。

银行通过货币的发行与流通，逐步回收了各种杂币，中央苏区的货币在辖域内基本实现了统一，解决了域内市场货币流通的混乱现象。

为了解决货币流通过程中出现的通胀等问题，毛泽民特别重视控制纸币的发行量。苏维埃国家银行《暂行章程》第十条规定："发行纸币，至少须有十分之三之现金，或贵重金属，或外国货币为现金准备，其余应以易于变售之货物或短期汇票，或他种证券为保证准备。"这样就对所发行的货币有了足够的准备金作抵押，又能充分实现货币的有效扩张。苏维埃国家银行至1932年底，印制、发行银币券65万元，而准备金达到39万元，准备金占发行总额的60%，是章程所规定比率的2倍。

苏维埃国家银行发行第一套纸币时，由于原料和设备等条件限制，在防伪技术上几乎是一片空白，这就成为纸币流通的一大风险。为了防止假冒和伪造，毛泽民和财政部部长邓子恢商议，在纸币上加签俩人的签名。然而签名墨迹很容易被别人模仿假冒，他俩认为，汉字容易被模仿，就用俄文，于是他们就采用俄文来书写签名。很快，这个办法失效了，对拥有先进印刷器材的国民党政府和割据地方的军阀们来说，模仿和造假成功仅仅是时间问题，以假乱真完全可以做到天衣无缝。没多久，随着银币券进入流通市场，假币开始出现在苏区内的大街小巷，真假难辨的假币对苏区金融秩序造成了极大的破坏作用。

为了解决防伪问题，毛泽民苦思冥想，一直找不到解决的好办法。一天晚上，他回到家中，闻到一股特殊的气味，进屋一看，原来是妻子在织毛衣，用火柴烧毛线头，那难闻的气味是烧毛线时散发出来的。这让毛泽民不由联想到银币券的防伪，如果在造钞票纸时将几丝毛线嵌进纸中，会是什么效果呢？相信那些造假的白狗们肯定想象不到这其中的机关。这纸币当中所嵌的细细一丝毛线，作用可不同一般。一则可以透视纸币来鉴别真伪；二则还可以用火燎一下纸币，如果闻到羊毛味那就是真的，如果闻不到，不用说，肯定是假的。果然，毛泽民的这一手，就像给苏维埃国家银行发行的银币券装上了"火眼金睛"，让国民党军阀们伪造的假币"一见火"就现原形，假币的猖獗终于得到了遏制。早期的红色银行家们在没有先进器材的情况下，凭借着对事业的执着和聪明智慧，在另一条战线与敌人展开了针锋相对的较量。

截至1934年10月，苏维埃中央印刷厂印刷纸币达800万元。

1937 年 7 月发生的卢沟桥事变标志着中国的抗日战争全面爆发，抗日民族统一战线形成，中国共产党领导的红军改编为国民革命军第八路军，南方游击队改编为国民革命军新编第四军，国民政府每月提供 63 万元法币作为经费，以前红军和苏维埃政权所发行的货币停止流通使用。1941 年，"皖南事变"发生以后，国民党政权终止对中国共产党领导的抗日民主政权和抗日武装部队拨款。鉴于此，毛泽东提出"自己动手，丰衣足食"的号召，边区政府随即开始发行边币，驱逐法币，赢得了独立的货币发行与金融贸易政策的主导权。

2. 日本侵略者对中国货币发起战事。

1935 年 11 月 4 日，国民党政府规定以中央银行、中国银行、交通银行三家银行（后增加中国农民银行）发行的钞票为法币，禁止白银流通，发行国家信用法定货币，取代银本位的银圆。各金融机关和民间储藏之白银、银元统由中央银行收兑，同时规定法币汇价为 1 元等于英镑 1 先令 2.5 便士，由中央、中国、交通三行无限制买卖外汇，这是一种金汇兑本位制。

国民党政府外交部依照规定，照会各国大使馆，要求各国在华银行交售白银以换取法币。日本国政府迅速做出反应，断然向国民党政府提出反对意见。日本陆军省次官古庄发表公开讲话，别有用心地指责中国此举"显系放弃亲日政策"。日方明目张胆地威胁中方，"将断然排击之，虽诉诸武力，亦必阻止实现"。日本人可谓"言行一致"，很快就采取了一系列行动，妄图阻止国民党政府的币制改革。

在中国居住的日本浪人，在日本政府的直接授意下，不顾国民党政府的法令，大肆搜罗中国民间白银，同时进行大规模走私白银行动。这一年，日本人在华北地区每月偷运高达 400 多万银元。1935 年 1 月至 9 月，由上海口岸偷运走私到日本的白银有 1.44 余亿日元。不仅如此，日本针对国民党政府开始施行的货币政策，紧急炮制出《华北金融紧急防止措施要项》，阴谋遏制国民党政府发行的法币在华北地区的流通。

日本人为什么肆无忌惮遏制中国币制的改革施行呢？

国民党政府推行货币改革，施行法币，基本统一了中国社会货币混乱的现象。最初实施的法币与英镑实行固定汇价，从而提高了国际市场对中国货币的信任，这对中国经济的恢复与发展客观上起到了积极作用。

国民党政府行使法币的流通权，从而总揽了国内货币的发行和回笼，稳定并增加了财政收入。通过这样的金融政策，国民党政府可以最大限度地掌握现金，集中使用白银等贵重金属；在备战之时，可以用作从国际市场购买军火之资。这对中国备战、反对日本的侵略战争无疑是非常有利的。日本军国主义者显然意识到，这样的货币政策对自己在华的利益有着不可小觑的影响，必然要千方百计加以阻挠，不择手段实施破坏行动。

一场炮火之外的中日战争，由此打响。

第一个回合。

日方：采用各种手段获取大量法币，再用法币套取外汇；

中方：宣布取消法币"无限制买卖外汇"的规定；

结局：日方在资金方面捉襟见肘，在军用物资购买时出现资金紧缺与困难局面。

短短两年时间，国民党政府针锋相对，见招拆招，坚持货币的自主权，终于让法币拥有了广泛的使用市场；在经济发达的华中、华北地区，形成法币集中流行的市场。至 1937 年 6 月，国民党政府所发行的 14 亿法币中，有 4 亿流通于华北，8 亿流通于华中。因而在日伪政权统治的沦陷区，法币依然确立了金融市场的统治地位，成为伪钞和日本军用票流通的重大障碍。

日本侵略者针对国民党政府的金融政策，采取在占领区大量搜罗法币，然后运至上海、香港去套取外汇资金，进而到国际市场上购买其战争所需要的军用物资。国民党政府很快发现了日本人的卑劣伎俩，在 1940 年突然取消法币"无限制买卖外汇"的规定，从而挫败了日本人利用法币套取外汇的计划。

第二回合。

日方：打击中国法币信誉，组织专人进行大批量伪造法币。

中方：以逸待劳，当伪造的法币将要流入中国市场前夕，公开宣布这种面额的法币立即停止市场流通。

结局：日方白白浪费了人力、物力，伪造法币的图谋再次失败。

1938 年底，日军的战线拉得越来越长，在中国占领区所部署的兵力和必须支出的财力捉襟见肘，战时经济江河日下，愈发困难，已经没有实力再一次发动大规模的军事进攻。即使在他们用刺刀统治下的中心地带，他们发行的票子同样也是四处碰壁，中国人买东西私下里依然坚持使用法币，而不用伪币；大宗买卖同样用法币结算。日本人的资金周转不畅，货币流通遇到重重阻力，在经济治理方面也出现种种危机。八路军游击队对日本军事管制下的企业实施袭击，拆毁机器，炸毁厂房；工人则通过怠工等方式抵抗日本人的经济入侵。接连不断的事故，让企业不能正常运转。日本人面对明里暗里的打击破坏，应接不暇，焦头烂额。日本军政机构对其占领区经济进行深入研究调查，结果发现，其重要症结之一，就是未能在其控制区行使金融上的垄断权，经济命脉始终没有真正掌握在他们手中。

日本驻华的智囊团献上一计：既然不能废掉中国的法币，不能禁止中国法币在占领区的流通，那么，就要想方设法打击法币。怎么打击？第一步，就是打击法币在市场的信誉，让法币在流通中信誉扫地，进而让老百姓不再愿意使用法币，最后让法币不断贬值，一落千丈，让使用法币的老百姓买不到相应的物品。这样一来，中国的战时经济很快就会垮掉。另外一些谋士想出了更为阴损的毒招：打击中国的货币方式有明有暗，与其明火执仗禁止法币通行，不如采用秘密手段，让其为我所用。日军不是军费不足吗？那么，何不用中国人的钱补充我们的军需物资呢？我们的法币哪里来？我们动手印制。这不是替中国人印货币吗？

这一招确实阴险毒辣，一来打击了中国法币的信誉，搅乱了中国人的金融市场；二来则让中国人在整个经济领域遭受惨重损失，甚至无以应对，走向彻底崩溃。狡猾奸诈的日本人在货币战场上改变策略，不再采取"杀光、烧光、抢光"的"三光"政策，而大力主推另一种形式的战争，企图伪造中国货币，来摧毁中国的经济堡垒。

中国人没有麻木，同样采取种种方式注视着日本军方的一举一动，洞察着日军在金融方面的种种图谋。中国的谍报人员通过各种途径对日本人的反常举措开展跟踪侦查和分析研究。

时任日本国陆军次长的东条英机对参谋本部关于扼制中国法币谋略的机要方案十分重视，他秘密召集金融专家，进行专题研究，做出可行性分析。日军参谋本部陆军少佐山本宪藏得到东条英机的召见，东条英机当面向山本下达秘密指令，要求山本宪藏具体负责伪造法币的特别行动计划，尽快实现中国货币流通领域的崩溃。除了对山本宪藏面授机宜之外，他还亲自召集相关部门和人员，要求为山本计划的落实全力以赴，不得推诿，不许讨价还价，成功后每人发给法币一百万，不，想要多少奖励多少。

山本接受东条英机的召见后，立即行动，他深知，他加官晋爵的机会来了，他似乎看到了财源滚滚，有了飞黄腾达的幻觉；他在梦中享受到了荣华富贵、美女簇拥、大快朵颐的好时光，但他在给属下部署任务时十分冷静，特别强调这是效忠天皇的神圣使命，也是显现自己才能和进阶高升的最好机会。他撒下大网，在各地网罗顶尖造币专家、仿造可以乱真的技术鬼才。通过层层筛选，他相中了日本凸版印刷株式会社社长井上源之承。他十分清楚，若要伪造钞票，必须要用专门材料，没有顶级的印刷大鳄参与，没有选纸行家参与操作是根本做不到的。他了解到，钞票用纸不仅仅是上乘纸张，还有很多特殊要求，包括生产方式要求，生产的每一个环节，每一个细节，细微末处均不能有丝毫马虎，必须精益求精。至于所用原料更要精挑细选，甚至是采用非常稀缺的资源，这其中的很多细节和奥秘不是一般外行所知晓，也不是一般印刷专家所能完成的。而他选中的井上源之承，不仅是最优秀的印刷行家，还是极出色的造纸专家。井上源之承兼任巴川造纸株式会社社长，是实施伪造法币的最佳人选。于是，山本软硬兼施，逼迫井上必须接受天皇赋予的神圣使命，为了战争尽早结束，为了大日本的胜利，他告诉井上，不接受这一任务，就是对天皇的背叛。

东条英机对这一行动充满期待。他在想，孙子兵法云：不战而胜。倘若这一计划顺利实施，岂不是无须多少将士流血即可赢得东亚的全面胜利？他对这一计划的实现甚至有些急不可耐。几乎每天一大早就要秘书询问山本的工作进程。也难怪东条的焦虑，驻扎在东亚的军队，特别是特务机关申请经费的报告如雪片一般，接连不断的紧急催促函一摞摞地压在东条英机的写字台上。陆军参谋本部的长官们隔三岔五就要召见山本和井上源，听取伪造法币的进展和进度情况，并为他们提供优越的生活待遇，配备最好的工作器材。

一天深夜，东条英机从睡梦中惊起，一封封前线加急电报接二连三扑面而来，给养告急，军需物资损坏殆尽，急需补充……他无法入睡，辗转反侧，他猛然感到，时不我待，伪造法币不能按部就班，必须要抢时间，加快进度。他向山本又一次下达紧急命令，要求制伪小组必须在最短的时间内完成中国法币的印制。山本与井上源明白，不可能对法币印制进行精确缜密的研究了，也不可能对法币实施全套系列伪造，面对上峰的再三督促，他们不得不改变方案，采取了忽略细节，压缩和减少运作环节，只选择五元面额的法币为先行试验品。他们模仿法币的印刷程序，命令专业人员进行照相、制版，选择纸张，挑选印刷器材等项工作，然后迅速开机印刷，拿出成品与正在流通的法币进行比较。他们还找到已经投靠日本人的中国同行，拿出一沓法币，将伪造的钞票混入其间，让他们甄别。这些行家根本辨别不出哪一张是真，哪一张是伪造的。内行人如此，在外行人眼里与真法币就是一般无二，绝无瑕疵。东条英机看到样品大喜，催促山本赶快投入大批量印制，要加班加点一刻不停地生产中国钞票。

由于有东条英机的命令，各个部门一路绿灯，为山本小组大开方便之门，数百万元的五元面额法币很快问世了。参谋本部几乎是在同一时间，组织人力、物力将伪钞秘密运往中国。东条英机打起了如意算盘：一部分伪钞用作套购中国物资之需，一部分补偿特务机关经费之不足。东条英机终于可以安睡了，他在梦中还发出得意的狂笑。

中国的谍报人员亦非等闲之辈，已经有海外特工人员通过纸币专家的身份进入山本的秘密工作机构，将工作进度情况以及制币的破解方式通过秘密渠道转到国民党政府金融情报组织。CC组织与财政部技术委员会组织专家研究应对方案，当看到伪造的模板时，没有一人认为可以破解。一位从美国来的金融专家恰好正在财政部长家做客。当得知众人食不甘味、一筹莫展的原因时，不禁微微一笑，这有何难？太简单不过了。孔祥熙眼前一亮，问道：贤侄莫非有了应对之术？孔家客人扫了一眼众人，沉吟着，没有说话。众人识相，纷纷离开议事房间。

正当山本伪造小组摆酒庆贺大功告成，满载法币的飞机已经从机场起飞之时，从中国反馈来的消息却让他们目瞪口呆。尽管他们自信伪造的法币天衣无缝，却忽略了一个意想不到的发行环节。当这批假币刚刚装上前往中国的运输机时，国民党政府突然公开宣布，正在市场流通的五元面额法币停止使用。寥寥数语，短短几句话，就昭示了山本与井上源费尽心机伪造出的法币已经成为一堆废纸。

3. 抗日民主政权应对货币造假的策略和制胜法宝。

1937年抗日战争全面爆发以后，由中国共产党领导的红军改编的国民革命军第八路军和南方游击队改编的国民革命军新编第四军挺进敌后，开辟了大片抗日根据地，建立了抗日民主政权。从1938年起，除中共中央所在地陕甘宁边区外，在华北地区先后建立了晋察冀、晋冀鲁豫、晋绥、山东等抗日根据地，在华中先后建立了苏北、苏中、浙东、皖中等8个抗日根据地，在华南建立了东江和琼崖抗日根据地，中国共产党领导下的抗日根据地共计19个。这些根据地为发展经济开展大生产运动，为防止和抵制敌伪钞的侵入与流通，保护根据地的人民财富，大多设立了银行，建立了财经管理部门，发行了货币。在抗日战争时期，各根据地发行的货币一般称为"抗币"或是"边币"。

在与敌伪的货币斗争中，根据地金融工作者积累了丰富的斗争经验。特别是甄别假币、打击伪币的斗争策略以及具体举措，看似简单平凡却切实有效，有力地扼制了假币伪币的滋生与泛滥。

第一步，宣传开路，广而告之，形成打假币的强大声势。不要以为只有在市场经济状况下才有广而告之，战争年代，宣传同样是战斗，是厮杀。金融宣传的战场在哪里？在乡村街头，在大小集市，在庙会上，除金融干部外，村干部、区干部、民兵、儿童团纷纷参战，广发布告，下达抗日民主政府通令，其目的就是让家家户户男女老幼尽人皆知，分清哪个是假币，哪个可以用，哪个不能要。

1940年8月3日，晋察冀边区政府发布《为严防假法币、本币流行的通令》，并附以识别的办法。边区各地银行和合作社在乡村街口广发票样，或将假币粘在布上，悬挂街头和集市，并有详细的说明和注意事项。有的边区政府还组织专门人员巡查布市、粮市等货币流通主要场所，很多根据地在市场建立"假票识别所"，帮助群众识别假票。宣传声势不大，却遍布流通市场，深入使用货币的人群，形成广泛人民战争，让假币无机可乘。此外，边区各级政府还发动群众举报，对举报人给予多方面物质奖励。陕甘宁边区在组织民众防奸锄奸的活动中，特别布置了严防假币入境，在民众的努力下，破获假钞案20多起。

第二步，加大威慑力量，公开宣布贩卖假币形同犯罪。什么罪过？视同汉奸。抓住汉奸会怎么惩罚，卖假币就会受到什么惩罚。这让心存侥幸、想赚外财的人不得不掂量，为了几块钱假钞，把脑袋搭进去，值不值得。

第三步，边区银行实施流通货币动态管理。一旦发现有些币种出现造假，或是发现容易造假的币种，便马上采取紧急措施，其中包括突然下令停止使用，不准在市场流通等手段，打得敌人措手不及，甚至无以还手。在华中地区，因日伪伪造法币手段较多，技术质量较高，导致市面上流通的法币真假莫辨。针对这一问题，自1943年9月起，苏北等抗日根据地开始限制法币的流通，只准使用中央银行民国三十一年（1943）美国版和英国版的10元券等6种技术含量高、伪造难度大的钞票，这样就增加了敌人伪造流通货币的成本，也让群众辨认伪币的能力有所提高。1943年10月，苏中行政公署还专门针对辖区出现的假江淮票情况张贴布告，发动民众严查通禁。

第四步，用"原始的制币办法防止搞高科技伪造"。敌后根据地缺乏造币的先进设备和器材，如果采用较新的科学技术手段防止货币被伪造，将需要很多人力物力，耗费很长时间不说，还没有把握避免假币不再出现。当年中国共产党人强调"人的因素第一"，确实有效：没有先进器材和设备，不等于没有超人的智慧和才干。根据地军民根据假币的特点和规律，发明了"用原始的方式破解高科技假币"的手段。譬如，1942年2月，华中抗日根据地总结并推广的经验。

首先是从制票券的原料入手，印制票券选择哪种类型的纸。根据地银行决定不用外来纸张，只用根据地工厂自造的土法生产的纸张。这种印币纸张与一般土造纸不同的是，纸的原料中掺杂了一些特别材质。比如，加一点不同颜色的纤维组织或是增加土法制成的水印等。敌伪技术人员发现这类票券常常不知从何下手，让伪造人员伤透了脑筋。这一类看似落后的原始的造币材料，如果想要假冒和伪造，仅纸的仿造就需要花费很长时间试制。这一类票券还有一个令人叫绝的小工艺，就是在印好的票券进入市场流通前，增加一道程序，要用手工加盖印码。这看似简单的一手，让敌人仿造起来非常棘手。此外，这种原始的土造钞票用纸，经不起较长时间的磨损，一般流入市场，使用期只有半年左右。经过几个人的手触摸使用，就会出现破损，在市场流通时，在买卖过程当中，人们不愿意接受这样的破旧钞票，而持有这样钞票的人只好去银行要求兑换新的票子。这样一来，旧票回流周期很快，大体不会超过半年。敌伪伪造者耗费很长时间试制出来时，我方已经宣布停止使用。届时，只要将旧票版颜色变换一下，图案不变，币值不变，重新上市，就是另外一种钞票。敌伪政权伪造成功一种货币，若要上市大体需要耗费半年时间，却不知道半年之后新钞票的颜色会变成什么样。当他们将伪造成功的票子投放市场时，抗日民主政权已经宣布这种票据正式退出流通市场。因而，敌伪造的抗币一旦出现在流通市场，很容易就会被察觉，遭到作废处理。

4. 冀南银行在"货币战场"的经验。

冀南币[①]是晋东南抗日根据地所流通的货币。1939年10月15日，冀南银行诞生在晋东南的黎城县小寨村。虽然总行及印刷厂设在山西的东南部，但冠名"冀南银行"，发行"冀南票"，从而给人们造成错觉，以为这种钞票流通在"冀南"地区，其实是对敌货币斗争的"声东击西"之策。目的之一就是避免和减少日伪对我银行工作的干扰和破坏。

早在1938年初，我八路军一二九师从晋东南根据地进入冀南平原，与杨秀峰部队会合，在地方党委的配合下建立了抗日民主政府及救亡团体。8月，冀南行政机关经济委员会出台《抗日游击区经济建设大纲》，其中规定："成立冀南银行并设立县区的兑换所和分所，发行冀南本位币。"邢台县的抗日县长、中国共产党党员胡震担当起此任务，并就准备组建银行的有关方面工作来到了晋东南根据地的辽县（左权县）一二九师师部，向邓小平做了汇报。邓小平同志听完汇报后做出口头指示："你们先尽可能地召集技术人员，筹购印刷设备、纸张、油墨和印版，八路军正想发行自己的票子，就是缺乏这些条件，不过，目前筹备银行的工作还要保密。"

冀南银行刚一开始筹建，即遭到国民党政府以及鹿钟麟、石友三等顽固派的阻挠和破坏，蒋介石发出电令"停止银行的筹办和冀南票的发行"。鹿钟麟、石友三贴出布告："凡使用冀南票者，枪决。"国民党政权的层层阻挠，日军的不断"扫荡"，在冀南区筹备银行的环境十分恶劣。鉴于重重困难，在晋东南根据地的八路军一二九师邓小平等首长直接做出指示："筹建银行工作由一二九师供给部徐林领导，银行由冀南地区向晋东南根据地战略转移。"1938年冬季，银行筹建组的同志接到命令后，突破敌人封锁，兵分三路，由河北南宫县[②]出发，分别经过馆陶、冠县、辛县、南乐、汤阴、林县等地，跨三省十

---

① 冀南银行从筹建时起就明确为晋冀豫区地方银行的基本定位。之所以称冀南银行，是因为当时根据地尚无统一的政权，便以冀南行政公署之名开始创办银行。1939年9月16日，冀南行政主任公署以财字17号通令宣告成立冀南银行并发行冀钞，冀南银行的历史由此开始。

② 南宫，1986年3月5日由县改市。

余县穿过敌人占领的平汉铁路，向晋东南根据地迁回。为保障印刷器材的安全，他们夜晚行军，白天隐蔽。同年年底，银行筹建组的同志们肩扛器材、手拎行李，克服重重艰难困苦，陆续到达了晋东南，驻扎在黎城县西井镇周围的十几个村落里。

时任一二九师政委的邓小平同志对银行建设十分重视，对于银行总行建在什么地方，银行办事处、发行处、印刷厂的选址等具体工作，不但亲自过问，还亲自出马。他带领银行筹备组人员走遍了晋东南的深山峡谷，既要考虑战时银行的隐蔽性，还要想到运输物资是否方便，特别是发行处，那就是金库所在地，怎么可以掉以轻心。邓小平同志深知，从事金融工作，不能仅凭一个人的热情和干劲，必须掌握专业知识，拥有业务执行能力。他以一二九师政委的身份在选拔人才和筹措资金等方面给予鼎力支持。还专门成立了冀南财经学校，校址设在黎城县西井镇，为培养金融、银行等方面的人才提供基地，校长由杨秀峰[①]亲自兼任，学校的办学经费大都由一二九师支付。邓政委还从抗日军政大学等部门调来一批学过、做过金融工作的骨干到黎城来参加银行的筹建。在邓小平的指示下，一二九师通过各种关系从敌占区的太原、邯郸等地想方设法采购大量的纸张、油墨、器材、石版材料等，为"冀南票"的印制和发行提供了重要的物质支持。

冀南钞从发行流通的第一天开始，就担负起了打击伪钞、保护法币、统一币制的重要职责。当时晋东南抗日根据地公开流通的货币是五专区合作社兑换券、三专区上党银号票、县银号的县票、三省的新旧省银行票、法币、金银等等，黑市流通的则有敌伪联合发行的多种伪钞，流通秩序相当混乱。为此，冀南银行在邓小平政委和相关部门的领导支持下，接连打出了几记有力的组合拳。

（1）收兑杂钞。为了不使人民群众在利益上吃亏，抗日民主政权采取限期缴纳或买货、逾期则不收的办法，允许用杂钞缴纳1940年度田赋或到公营合作社买货物。这样一来，老百姓觉得不吃亏，因而进展顺利。仅1940年的夏

---

① 杨秀峰（1897—1983），河北省迁安人。时任冀南行署主任，经中共中央北方局批准，他组织成立了河北抗战学院，兼任院长，他还陆续创办了冀南抗日干部学校、冀南抗战学院、冀太行政干部学校、晋冀鲁豫边区行政干部学校，均兼任校长。新中国成立后先后担任河北省政府主席、国家教育部长和最高人民法院院长等职。

季，两个月时间就收回杂钞 30 多万元，随后予以集中销毁。

（2）提升信用。为尽快在根据地建立冀南币信用，边区主要采取了三项举措。一是展示实力。为打消群众对冀钞的顾虑，冀南银行充分利用 1940 年 9 月在黎城县西井镇召开的工农业生产展览会，对手中掌握的为数不多的银币、元宝、黄金等准备金统统拿出来，在大庭广众之下进行公开展示，以此显示金融资产实力。老百姓向来有耳听为虚、眼见为实的传统认知习惯，因而此举赢得了冀南银行准备金雄厚、冀钞使用可靠的口碑。二是购物折让。组织贸易局、公营合作社等贸易部门集中采购了粮食、棉花、食盐等大批生活必需品，群众若想买到这些稀缺货，必须要有冀钞，别的货币一律不接受；除此之外，还有优惠，冀南钞不但可以买得到货，还可以享受到百分之几的折扣，这让老百姓对冀钞更是另眼相看，增强了老百姓使用冀钞的积极性和主动性。三是用冀钞发放贷款。冀南银行将近一半的资金用于发放农业和手工业贷款，既支持了生产，又加速了冀钞在根据地的流通发行。

（3）稳定币值。尽管掌握了货币发行权，但冀南银行始终坚持紧缩发行的方针。根据实际需要严控发行总量和财政透支，并通过积极发展生产、增收节支及时归还透支资金。在此基础上，灵活调整外汇牌价，积极配合相关部门做好进出口管理和平抑物价工作。通过公营机构和爱国商人大量出口对敌无利又非根据地必需的产品，促进了进出口平衡，有效降低了外贸对物价的冲击。针对战争或自然灾害造成的物价波动，冀南银行配合相关部门及时调运吞吐物资平抑物价，在根据地扩大时，及时投放冀钞，同时结合商业物资供应，迅速占领货币市场；当抗日政权管理区域缩小时，及时抛投退却地区积存的物资，主动收缩冀钞发行数量，保护沦陷区群众利益，巩固冀南币信用并阻止敌币扩张，同时避免或减缓因本币内流而引发根据地物价上涨。这些措施确保了冀钞币值在相当长时期内的基本稳定。广大人民群众对冀钞十分信赖，不仅乐意接受使用，而且乐意储藏。邓小平在《太行区经济建设》一文中曾指出，"太行、太岳物价之低，在很长一个时候，为他区所不及"。

（4）保护法币。冀南银行根据军事政治斗争形势变化，对国统区银行发行的法币采取了不同的保护策略。在抗战前期，为巩固冀钞根据地本位币地位，对法币采取大量收兑的办法，并将法币作为部分发行准备金或进口重要物资，同时严格禁止法币黑市走私资敌。1941 年太平洋战争爆发后，敌伪利用法币大量掠夺根据地物资，加之法币不断贬值，冀南银行配合有关部门大量采购敌占区物资，将法币迅速排出了根据地之外。

（5）打击假钞。随着冀钞信用度提升，敌人伪造冀钞行为开始增加，仅1943年敌特务机关东兴公司就印制假票6000万元，从太原、榆次、太谷等地向根据地倾销。冀南银行采取了普遍建立兑换所和对照所，发动群众和公安局锄奸部共同防范等措施，有效遏制了敌特伪造及破坏冀钞行为。在根据地党政军民的共同支持下，币值不稳的伪钞和法币的市场不断萎缩，冀钞在根据地的"货币战争"中赢得先机，始终保持了优势地位。在抗战胜利前夕，不仅成为解放区根据地统一流通的本位币，连敌占区的商人也悄悄开始储蓄冀钞。为数不少的伪军甚至公开找据点附近的老百姓兑换冀钞，收藏起来，以便购物所需。

1943年7月2日，邓小平同志在《太行区的经济建设》一文中曾就冀南银行所做出的贡献和发行的"冀南票"所产生的作用给予高度评价："我们的货币政策，也是发展生产与对敌斗争的重要武器。货币政策的原则，是打击伪钞保护法币。我们鉴于敌人大发伪钞，掌握法币，大量掠夺人民物资的危险，所以发行了冀南票，作为本战略区的地方本币。实行的结果，打击了敌人利用法币的阴谋，缩小了伪钞的市场，强化了对敌经济斗争的阵容，给了根据地经济建设以有力的保障。为了保障本币的信用，我们限制了发行额，大批的贷给人民和投入生产事业，取得了人民的热烈拥护，本币的信用是很巩固的。我们不断地对敌占区进行政治攻势以及适时地利用物质，给了伪钞以相当的打击。"

第十一章
货币统一当务之急

当毛泽东又一次收到董必武发来的电报，谈五大解放区货币问题时，他不禁陷入了沉思。

毛泽东曾不止一次说过，历史的经验值得注意。相信对中国历史颇有研究的毛泽东这个时候一定会想到桑弘羊。正是桑弘羊提出货币改革的思想才让汉武帝有了稳定的天下。汉朝初年，货币流通的混乱严重影响了经济的正常运转，造成全局性的通货膨胀。元鼎四年（前113），为了彻底整顿货币，汉武帝采纳了桑弘羊的意见。取消郡国铸钱的权力，由中央政府指定掌管上林苑的水衡都尉下属钟官、技巧、辨铜三官分别负责鼓铸、刻范和原料；郡国把所铸的旧钱销毁，把铜送到中央；废除过去所铸的一切钱币，从而以上林三官铸的五铢钱为全国唯一通行的货币。

相信刚刚担负起筹建中国人民银行重任的南汉宸，一定是对汉武帝时期货币的发行权集中在中央的方针政策心领神会。在国家非正常状态下，市场流通的货币乃至整个经济运作方式的选择都是至关重要的。稍有差池，就会造成天下一片混乱，百姓痛苦不堪。

当南汉宸着手对华北各个解放区使用的各类货币进行整顿之时，有人就向他提出，各人端各人的饭碗，互不影响，有什么不妥？南汉宸向大家讲了桑弘羊的故事。汉武帝当朝初期，在元狩四年（前119）整顿过一次货币。当时造了三种货币：一是皮币，用禁苑里养的白鹿皮制成，每个一尺见方，上面绣五彩花纹，每个值钱四十万，它是作为诸侯王朝觐皇帝时垫璧的礼品，因而只在上层贵族中流通和使用；另一种是白金，这是用少府库存的银、锡制作的合金币，分别价值钱三千、五百和三百三种；第三种是取消半两钱改铸的三铢钱。这次改革因为品类复杂，币值规定不合理，造成了货币混乱。

桑弘羊的第一次币制改革，基本上制止了私铸劣质钱币的流通，不但增加了国家财政收入，而且稳定了各地市场和商品流通秩序。这一次币制改革，是中国历史上第一次将铸币权完全收归中央政府的一次创举，它最终将汉朝的币制形式稳定下来，使汉朝的五铢钱成为商品流通使用最为广泛的钱币。这种钱币一直流通至隋朝，长达七百余年历史。

对董必武的电报，毛泽东权衡再三，最后将电文交给周恩来处理。周恩来分析了电报全文，概况总结道："南汉宸意见，建立全国统一的银行和货币势在必行。"周恩来将"势在必行"这四个字看得很重，他十分清楚这其中的分量。

1947 年 11 月 12 日，中国人民解放军华北野战军杨得志、罗瑞卿兵团一举拿下华北地区的重要城市石家庄，使晋冀鲁豫解放区和晋察冀解放区连成一片。这就要求华北财经办事处必须跟上新的解放区经济金融的管理工作。

早在石家庄解放之前，中国共产党领导的两大边区人民政权——石家庄北面的晋察冀边区、石家庄南面的晋冀鲁豫边区已经逐渐在接近。两大红色根据地的货币交换问题早在石家庄解放之前就已经列入双方的议事日程。

据 1947 年 8 月 10 日出版的冀南银行总行的《银行月刊》第 16 期记载：第 15 期刊载下半年银行工作的方针任务与做法中，关于对友邻区货币态度问题曾有过原则指示。"最近，先后收到冀南区（属晋冀鲁豫边区政府）和冀中分行（属晋察冀边区政府），太行一分区和冀中十一分区关于双方边沿带友区货币管理的协议，基本精神都和总行所规定相符合。……冀南区指派负责干部亲去冀中与该地分行成立协议的认真精神是很好的。"刊物还附有两个协议，分别是《冀南区行和晋察冀边区银行冀中分行关于划定边沿区货币混合市场及建立兑换所草案》《晋冀鲁豫边区太行一分区和晋察冀边区冀中十一分区关于边沿地带货币管理工作的协议》。两个文件的中心议题是，双方确定货币管理精神是互相扶持、共同发展、一致对敌和建立边沿区兑换制度。

曾任晋察冀边区银行冀中分行辛集办事处经理的杨海泉回忆：

石家庄市当时隶属于晋察冀边区的冀中区，是晋察冀边区银行冀中分行辛集办事处的业务辖区。为接管石家庄的金融，辛集办事处受分行的指示，在石家庄解放前即设立训练班，准备进城的力量，训练初级银行干部近200人。1947年11月，辛集办事处抽调大批干部支前及参加解放石家庄市的工作，11日夜随解放军一起突入石家庄市。在石市军管会负责人黄敬的统一指挥下，金融接管队伍当夜查封了国民党中国银行的库房和账册，并宣布将人员办理移交——留者欢迎、去者欢送等政策。

石家庄解放当天，晋冀鲁豫边区政府和晋察冀边区政府下发《晋冀鲁豫边区政府和晋察冀边区政府共同商定两区货币在两边区统一流通使用并固定比值》文件。规定自本日起，冀南银行币和晋察冀边区银行币在两边区统一流通使用，确定两种货币的固定比值为冀钞1元比晋察冀边区10元。

石家庄解放后的第四天，晋察冀边区银行率先进城，晋察冀边区银行总行经理关学文赶到石家庄。因为敌机连日来轰炸扰乱，在国民党中国农民银行的地库里由其银行负责人向我接管人员移交了账册和清点了库存。原银行负责人自愿回到北平去，我们就给他们雇了马车，送他们到了石家庄市的北道口的卡子。

1947年11月29日，晋察冀边区银行石门分行宣布成立，级别与冀中分行并列。晋察冀边区银行总行委任总行业务部主任张云天为石家庄分行经理，委任总行办公室徐敬军为副经理，在南大街原中国银行原址办公营业。分行下设营业部和两个办事处。分行成立当日发布公告："自即日起，边区石门分行停止蒋币流通，限期兑清，违者，兑换贬低牌价的30%。"

11月18日，解放不到一周时间，针对石家庄市场出现的情况，石家庄市政府颁布稳定货币金融秩序的四项办法：（1）边币（晋察冀边区政府发行的货币）为唯一合法的本位币，一切交易概用边币；（2）蒋币由边区银行收兑；（3）为便利商民交易，短期暂准使用蒋币；（4）严禁私自兑换，违者以扰乱金融论处。这一政策的出台，为结束多种货币在石家庄地区混合使用打下基础。

石家庄当时有国民党政权的六家银行，即中央银行石门分行、中国银行石门分行、中国交通银行石门分行、中国农民银行石门分行、河北省银行石门分行、石门市银行。河北省银行石门分行和石门市银行已经在战火中烧毁，其余银行均存在。其中，中央银行石门分行主要负责代理国库，接管时，库内存有 28 亿元，中国银行石门分行主要负责国内汇兑和少量的军政存款，中国农民银行石门分行负责贷款和军政存款。这四家银行很少经营一般商业银行的业务。河北省银行石门分行和石门市银行主要经营一般的商业业务。

接收人员对不同类型的存款采取了没收、代管、发还三种处理原则：一是对敌伪的公款、公股及战犯、特务的股金和存款一律没收，属于国民党县党部书记、调查统计局局长、县长、还乡队长、法院院长、警察局长的私款均没收，军需、财政科长等以个人名义存的款项，数目相当大的也一律没收。被没收的有 123 户，28 亿元。二是对于敌伪机关工作人员的存款数额较大的、公私款不易分清的、敌伪人员职位不清和无下落的，接收人员采取了代管的方法，共代管 139 户，9.3 亿元。三是对于除以上情况外的敌伪机关一般的工作人员、敌伪群众团体、一切私人的存款均予以归还。

除了银行外，石家庄当时有益恒昌、义庆隆、德全昌等 19 家银号。在石家庄解放时，一家全部被烧，两家被抢，一家全部逃光。这些银号的资金来源属于商业资金的占 64%，属于地主资金的占 23%，敌伪人员的占 13%。主要业务是汇兑、商业存放款、金融商业投机和经营货物买卖。

石家庄解放时，还留有天宝、恒利、三阳等 13 家金店，他们以买卖金银首饰为掩护，与国民党军政人员、航空员密切联合进行着黄金投机的买卖。全市的 13 家金店，有 10 家是私商，3 家与敌伪有关。对金店中的敌伪股份，接管人员分别采取了没收和代管的办法，如：荣华金店有一个股东叫唐凤鸣，在日本统治时期当过冀县五区伪区长，日本投降后，来到石家庄当了冀县同乡会主任，对于他的资产予以没收；正兴金店的一个股东当过顽军军需连长，他的大额财产一时无法查明，予以代管；新宝成里有股份是永年、冀县县长的，它的股东、经理均已逃跑，接管部门对其实行代管。其余股份则仍旧独自经营。

为了避免经理、店主的破坏、逃跑、转移、隐瞒，接管人员对银号和金店采取了全面掌握和有重点地进行接收的方针。首先采取查封账目、冻结库存与存款的方式。此后，对一般股东和存款户进行调查，分清敌伪、地主与一般存款商民的股金与存款，还登报号召原存款户进行登记，以便归还正当的存款。

石门分行成立后，业务很快铺开，开始发放贷款，支持经济的发展。据

《晋察冀日报》1948年4月3日报道：从1948年2月中旬至4月初以来，先后贷款8.5亿余元，各行业获得贷款者达69家。其中，扶植国营工业4亿元（公营是裕民实业公司，主要是用于兴办工商业、购运民粮和人民生产、生活的必需品），商业贷款4480万元，合作社（全市共有合作社115个，以纺织业为最发达，生产的各种条布、包布、白洋布、毛巾等，除供应本市外，大都销往外地，其中24户有贷款）贷款1.2亿元；同时支持其他所有制经济发展：工业贷款7300万元，棉织业贷款9750万元，电磨业贷款2400万元，制皂业贷款3500万元，油坊业贷款5900万元。

到1948年初，私营银号也相继开业。据《冀中导报》1948年4月7日报道：石家庄私人经营的华丰银号在3月19日开业，大兴公、同兴裕、裕隆等36家私商都入了股，股金最大者达300万元；至报道日，华丰银号已经募集股金6000万元。

1948年元旦，新年伊始，董必武对华北财经办事处新的一年的重点工作已经考虑成熟。就在他的住处，他对前来给他拜年的银行筹备处的全体工作人员谈了自己的想法，对银行筹备处的工作做出具体指示。

他说："目前我军已转入战略反攻，从这一情况看，打倒蒋介石，建立新中国的进程比预料的要快一些。我们应当按照中央的指示，积极地为建立新中国准备一切必要的条件，以避免时局突变而措手不及。目前，华北、山东的渤海地区及西北的黄河以东地区已连成一片，已有了一个可能有计划进行生产建设的环境，我们应当尽力增加生产来支援全国解放战争。但是，各区的货币不统一，币值又不稳定，已成为解放区物资交流、经济发展的严重障碍。邯郸会议后，我们调整了各解放区的货币关系，实行了相互支持，毗邻的解放区按自然比价自由兑换，以及相互通汇的办法。这比以前是大的改进，但是目前仍不能与解放战争的形势相适应。此外，刘、邓大军新开辟的中原解放区，也需要我们的票子来驱逐蒋币和杂钞，占领市场，以保护人民的利益和解放区的财产。

"为此，我向中央提出了筹备中国人民银行和发行统一货币的建议，得到了中央的批准。调你们几位来，就是为组建中国人民银行和发行人民币做准备工作的。你们的任务就是搞调查研究、提建议。比如，了解解放区的财政、金融、经济、物价、货币发行的情况，提出改进建议；研究各解放区的银行和货币如何统一起来，全国统一的银行——中国人民银行怎样成立和统一货币怎样发行；我们已有一批中小城市，要研究城市金融如何管理；了解国民党统治区的金融和经济情况，研究如何对敌进行经济斗争，如何接管官僚资本银行为我们所有的问题。此外，还要购买、筹集钞纸、油墨、印刷机，搞好票版设计、印刷票子，还要向各区筹集货币发行基金，等等。总之，要千方百计为成立中国人民银行、发行统一货币创造条件。"

董老语重心长地勉励筹备处的同志们，他说："这是历史赋予我们的使命。我们每一件工作都具有历史意义，是光荣的。"

作为筹备处主任，南汉宸将主要精力放在统一各个解放区货币工作上。首先，他主持落实在邻近或连接解放区之间的区域，将几种不同的通货实行固定比价流通，或实行混合流通，或以一种通货为主，实现逐步合并统一的具体工作。就在1948年1月，西北解放区停止了陕甘宁边区币的发行，而以西北农民币作为西北解放区的主要货币。在东北解放区，规定东北币、关东币、长城币三种通货混合流通，落实以东北币为主等工作的具体步骤。

此外，人民银行筹备处加大了调查敌区货币以及经济金融状况的力度，进一步采取措施研究对敌斗争的方式办法。他们拿到了国民党南京政府的财经资料统计：1947年财政收入为138300亿元，财政支出为409100亿元，其中军费开支213000亿元，占总支出的52%，赤字为270800亿元。这一组数字确认了国民党统治区财政已经接近崩溃的边缘，市场通货膨胀，物价快速上涨。再看各个地区情况，更是一团漆黑，以北平市为例：1947年1月初，每石米6万元，6月涨至55万元，7月底涨至65万元，11月涨至110万元。仅仅11个月时间，物价上涨19倍。这样的物价膨胀，让老百姓何以生存？

敌人一天天烂下去，我们一天天好起来。根据董必武的指示，人民银行筹备处加快工作进度，立即着手进行人民币的印制工作，加快人民币发行前的各项准备，加快筹集和管好人民币发行基金。

1948年3月，由华北财经办事处承办的"五大解放区金融贸易会议"在刚刚解放的石家庄市举行。办事处主任董必武主持会议，会议的重要议题就是讨论创立中国人民银行、发行统一货币和整理地方货币的工作。

由南汉宸负责的人民银行筹备处为会议提供了《中国人民银行组织纲要草案》《新中国货币统一问题》等文件。

与会代表认真研究和讨论了成立中央一级银行和发行统一货币的问题。大家一致认为，这项工作是必要的，是迫切的。但是，货币实现统一，不仅仅是一个技术性的问题，它与区域财政有着密不可分的联系。如果财政上不统一，而首先从货币上实现统一，那么，某一个地区发生财政困难时，如果增发货币，就可能把一部分负担转嫁到其他地区人民的身上，引起毗邻区之间的矛盾。如果取消这个区的货币发行权，在战时又不容易应付紧急需要。

会议认为，在党政领导机关、财政还没有统一，以及西北、山东正在进行紧张的战争的情况下，把各解放区银行和货币发行权完全统一起来，有着很多的不便和困难。所以，会议决定，不采取立即成立中国人民银行、发行统一货币统一解放区货币的办法，而根据不同地区不同的情况，实行不同的办法，来逐步达到统一解放区货币的目的。具体说，对已经连成一片的解放区，先行一步，进行货币的统一发行，为全国货币的统一做好准备。

会议最后确定两条原则：第一，对大体上已连成一片的晋察冀和晋冀鲁豫两区实行完全合并，两区货币自 1949 年 4 月 15 日起，固定冀南银行币一元等于晋察冀边区银行币十元比价在两区混合流通，以冀南银行币为两区本位货币，并停止晋察冀边区币发行。两区的银行和贸易完全合并。第二，对正在进行战争的山东和西北地区，货币发行和流通仍保持原状，各区仍有货币发行权。为了使这两个地区的货币逐步过渡到与华北货币的统一，在华北与山东、华北与西北边界上，设立两区银行的联合办事处，用来掌握货币的比价，并准备在一年内完成华北解放区的货币统一工作。

五大解放区金融贸易会议结束不久，中共中央于 1948 年 4 月初在石家庄召开会议。会上专题讨论了由董必武起草的《中国人民银行组织纲要草案》。与会代表认为，建立中国人民银行和发行人民币时机还不成熟，决定金融货币统一分步实行，在一年内先实行各区货币的互相流通，再建立中国人民银行和发行人民币。

遵照中央指示精神，晋察冀边区银行与冀南银行当月迁入石家庄市中华北街 11 号，开始联合办公。

1948 年 5 月，南京国民党政权人事出现变动，翁文灏出任行政院长，王云五担任财政部部长。一直密切关注南京政权变化的中共中央副主席周恩来，获悉王云五提出币制改革案，以金圆券代替业已崩溃的法币的情报。了解到王云五所亲拟的"币制改革平抑物价平衡国内与国际收支联合方案"，其中第一条"采行管理金本位制，于最短期内发行新币"，引起了中共中央相关人员的高度关注。

敌变我变，针锋相对，周恩来在听取华北金融贸易会议的汇报时提出："不能再搞联合政府了，要搞统一政府。"会后，中共中央迅速做出决定，在华北财经办事处的基础上成立中央财政经济部，成立中国人民银行，发行统一货币。

当月，中共中央决定，撤销晋冀鲁豫和晋察冀两个中央局，成立中共中央华北局。

中央财政经济部于 1948 年 6 月正式成立，董必武任部长。换言之，中共中央财经部的成立和部长的任命比南京政府财政部部长的任命仅相差一个月时间。中共中央财经部的秘书长为薛暮桥，南汉宸除继续担任中国人民银行筹备处主任，同时兼任华北银行总经理。中共中央应对国民党政府的金融战争阵势已经形成分庭抗礼。应当说，中共中央财经部门已经完成调兵遣将的战略部署，面对南京的一举一动，胸有成竹，严阵以待。

第十二章

王云五声称：不是去做官，而是要做事

中共中央华北财经委员会的工作人员在太行山深处的峡谷间运筹帷幄，争分夺秒，为开创一个崭新的局面埋头苦干；而在南京，在另一个政治集团的中枢机关，同样有一些人通宵达旦非常"辛苦"地工作着，为了支撑摇摇欲坠的国民党政权，为了维护蒋家王朝的生存，夜以继日地筹划着金融改革的秘密方案。

这其中最为繁忙的一个人，就是王云五。

1948 年 5 月，正是南京开始湿热的难熬季节。王云五走马上任，去南京担任政务院的"财政部长"。王云五的亲朋好友少不得登门祝贺，甚至恭维几句，王则正色声称：不是去做官，而是要做事，没有天大的权势，可有天大的事情等着我呢。

那么，王云五上任要做的头等大事是什么呢？

1948 年的中国历史，注定是天翻地覆的。长城内外，战火连天蔽日；大江南北，硝烟弥漫四野。太行山，大别山，交战的前线日趋南移，让南京的温度近乎白热化。对于南京政府来说，前方危在旦夕，后方惶惶不可终日。国民党军队兵败如山倒，国民党政权千疮百孔，风雨飘摇，经济更是到了全面崩溃的边缘。

刚刚组阁不久的行政院长翁文灏此时已经坐卧不宁，寝食难安。严格地讲，翁文灏是个做学问的人，是一位颇有建树的大师级地质学家。他早年留学

比利时，是中国第一位地质学博士。1913 年，翁文灏同丁文江[1]等一同创办了
北洋政府地质调查所，翁文灏任该所所长。这是我国第一个从事地质研究和培
养地质人才的机构。翁文灏同时还任北京大学地质学教授、清华大学代理校长
等职。翁文灏作为地质学家，首创了多个中国第一：绘成第一张全国地质图，
中国首张地震区划图，主导发现及开采中国第一个油田——玉门油田，中国第
一个现代地震台（1930 年，在翁文灏的主持之下在北平西山建立）。1934 年春
节过后不久，翁文灏前往浙江长兴，要考察当地出现的石油矿苗。就在途经武
康附近时，发生严重车祸，导致其生命垂危，昏迷不醒。蒋介石获悉以后，立
即指派相关人员全力抢救，并亲自出面调集各地名医为其诊治，从而让翁文灏
转危为安。

有人说，翁文灏步入政坛，很大程度上是为了感念蒋介石对他的救命之
恩。翁文灏早年对从政不感兴趣，曾被委认为国民政府教育部长，其坚辞不
受。他所接受的政府职务大多与学术相关，如 1932 年，翁文灏担任国防设计
委员会（即资源委员会的前身）秘书长等职。1935 年，蒋介石自任行政院
长，邀翁文灏任行政院秘书长。抗战期间，翁文灏出任经济部长，主管中国
战时工业生产及经济建设。1945 年，翁文灏当选为国民党中央委员，并任
行政院副院长。

当南京政权"行宪"选举后，受蒋介石之邀，他勉为其难坐上了第一任行
政院长的位子。

上任伊始，面临一大堆亟待解决的难题，翁文灏一筹莫展。特别是金融
问题，已经迫在眉睫，如何解决？他身边的幕僚纷说不一，让他举棋不定。好
在行政院委员兼任财政部部长的王云五，踌躇满志，雄心勃勃，大有干一番事
业，挽狂澜于既倒的决心。

王云五原为商务印书馆总经理，是个口碑不错的出版家。1937 年，抗日
战争全面爆发以后，王云五眼见商务印书馆的业务飞流直下，就把大量精力投
入政治活动，在政坛上日趋活跃。1938 年 7 月到 1946 年 6 月，他连任国民参
政会四届参政员。虽然他在 1912 年加入过国民党，但因在 1927 年国民党党员

---

[1] 丁文江（1887—1936），江苏泰兴人，地质学家、地质教育家，中国地质事业的奠基人
之一。

登记时未办手续，一时间成了无党派的"社会贤达"。但他的政治主张不说与国民党人如出一辙，甚至有过之而无不及。国民党执政者在公开场合不愿意明说的企图，往往会通过王云五之口直接挑明。"皖南事变"发生以后，中共参政员拒绝出席参政会二届二次会议，王云五对中国共产党人大加指责，说是开了一个"恶例"。在参政会上，他支持国民党的主张，极力拥戴蒋介石为国家元首，他被社会人称为"国民党之前哨"。

作为国民党党魁的蒋介石自然对王云五格外器重。1946年5月，国民党政府行政院改组，王云五被任命为经济部长，一跃成为政府大员。他辞去商务印书馆总经理兼编审部部长职务，同时还辞去了参政会参政员和主席团成员的名分，以经济管理专家自居，标榜自己"不是去做官，而是去做事"。

然而，他这个经济部长，面对经济萧条，物价飞涨，却拿不出行之有效的办法。事实上，不管是谁，也挽救不了经济面临崩溃的颓势。不过，面对经济工作的束手无策，并不妨碍他的步步高升，由于坚决反共，对蒋介石为首的国民党政权大唱赞歌，第二年，他晋升为行政院副院长。

1948年5月，"行宪内阁"成立，王云五以无党派的"社会贤达人士"名义参加"行宪国大"。当时很多有识之士对蒋介石的邀请纷纷退避三舍，而王云五不这样想。他认为，天将降大任于斯人也。"沧海横流，方显出英雄本色。"王云五十分自信，他认为，越是在这样复杂多变、困难重重的境况下，越可以展示自己的智慧与才华，越可以用自己的本领效忠"国家"。结果，他如愿以偿，出任行政院政务委员兼财政部部长。

都说"新官上任三把火"，王云五要烧哪几把"火"呢？

> 风云扰扰亚洲时，
> 大厦教谁一木支。
> 努力中原他日事，
> 巍峨天半铸男儿。

这是王云五年轻时所作的言志诗。而今他已是知天命之年，他愈发自信，大有大厦将倾舍我其谁的气概。当他得知自己可以进入内阁，担任财政部部长时，便在蒋介石的直接授意下，开始运筹金融政改方案和制定具体的实施方案了。

财政部部长是什么，用老百姓的话说，那就是"财神爷"。财神爷最大的本领不是花钱，而是能变出钱来供全国大大小小的"老板"花。当下，战争白热化，前方要枪，要炮，要军饷；前方吃紧，后方紧吃——也难怪"紧吃"，党政要员不说，就是小公务员、寻常百姓也是要吃要喝要薪水。然而，钱从哪来，钱能不能买到需要的东西？

王云五随手拿起一张当日的上海《申报》，醒目的标题映入眼帘。

"舞厅茶资百二十万元一杯"。王云五扫了一眼文章：本市各舞厅音乐师，以迩来物价飞涨，不克维持生计，乃于日前呈社会局请转向资方要求加薪百分之一百五十倍，社局以音乐师系属自由职业，可径向资方商洽。顷悉业经推派代表与资方商讨结果，资方已允予调整。据另悉：自今日起，各舞厅茶资亦将提高一倍至一百二十万元。

王云五叹了口气，呷了口清茶。他的脑海里顿时呈现出当年法币施行的情景。

第十三章

金融政策的变革

1928 年，国民政府责成财政部部长孔祥熙负责施行货币改革。实施方案的关键步骤是利用统治国家的最大特权，采取行政命令的强硬手段，以官股入股中国银行和交通银行，变相将其控制权转变为完全国有。以前虽说也是官方开办，还不完全属于国民党政府，应该算半官办性质。这样一来，加上政府原有之中央银行，国民党政权基本上控制了中国的银行业，有了实施金融政策的主动权和决策能力。

法币实施的起因

1929 年，太平洋彼岸的美国经济遭遇大萧条。美国总统罗斯福为争取国内生产白银的各州议员的支持，在 1934 年通过《购银法案》，由财政部购入白银作为货币储备。此举非同小可，牵一发而动全身。这个《购银法案》一出台，顿时引起国际银价高涨。中国当时为世界第三大银本位国家，很快市场出现异常，大量白银外流，通货收缩，进而引发利率急速上升，导致部分银行和钱庄难以为继，甚至关门大吉。面对如此国际事态，国民党政府意识到，中国国家的货币如不进行改革将面临灭顶之灾。

在世界资本主义经济发展的历史上，始自 1929 年的经济危机不仅涉及工业、农业、国际贸易领域，还扩展到货币信用领域，造成了 20 世纪 30 年代初整个资本主义世界信用制度的灾难。面临不可逆转的经济难题，西方各国纷纷采取措施，放弃金本位制，实行货币贬值政策，以期提高本国产品在国际市场上的竞争力，从而达到倾销国内剩余产品、转嫁金融危机的目的。

美国面临同样的难题，其所采取的应对方式是实施白银政策。这个"白银政策"是指美国对贵金属白银所采取的一系列措施的总称，包括提高银价、收购白银、禁止白银出口、发行银券、白银收归国有等具体对策。其目的是要增加白银储备，并通过提高银价带动国内物价回升进而刺激生产和投资；同时，通过收购白银来提高银本位国家的购买力，从而便于倾销产品。

而中国作为一个银本位大国，世界银价的变动对中国的货币和经济均会产生重大影响。当国际市场银价低落，白银就会涌入中国；当国际市场银价提高，白银就会大量外流。白银在国际市场属于一般商品，在中国则是通货。所以白银一旦大量外流，就会导致经济上的一系列连锁反应。而美国"白银政策"的实施就给中国造成了银根奇紧、物价猛跌、利息上涨、销路呆滞、钱庄倒闭、银行停业等严重后果。由此可见，只有加紧加快实施币制改革，才能切断国际市场上银价涨落左右中国经济造成的严重局面。

旧的货币制度的紊乱带来的诸多弊端也是币制改革的基本原因之一。旧中国的货币种类复杂，既有重量不足、成色不一的银两、银元、铜币等铸币，又有各种各样的纸币。而且中国的货币发行权极为分散，不但国家发行，私人、中外企业、金融业和非金融业都可以发行。这样的政策势必造成在市场上流通形形色色的诸多货币。这种极不统一的货币制度对商品的全国性流通和对外贸易的发展、对工农业生产的发展、对国家财政金融的稳定都是具有很多弊端的。因而，改革落后的、弊端重重的旧的货币流通体制也是大势所趋。

军费支出哪里来

众所周知，中国货币历来以斤两为计算单位，通常均是称之为"两"。1933 年，国民党政府实行"废两改元"，在很大范围内统一了中国境内的货币，为法币改革奠定了基础、铺平了道路。

国民党政府为什么要实行币制改革？其中还有一个重要原因，就是 30 年代政局的变化。具体点说，是为了防备日本扩大对中国侵略的战略需要。"九一八"事变发生以后，举国震动，日本的狼子野心昭然若揭，大举侵略中国的导火索已被点燃，什么时候引爆已为时不远。蒋介石主宰的政府虽然强调

"攘外必先安内"，将军事准备的重点放在剿灭江西的红军上，但对日本咄咄逼人的侵略之势也不能不有所准备，不管怎样，对外来侵略涉及自己集团的切身利益总还是要"攘"的。这样，就不能不考虑，中日两国一旦开战，经济上的实力能否经受住战争带来的浩大的财力损耗？如何解决这个问题，如何具有与日方较量的本钱？其中很关键的一个举措，就是通过对货币的改革，提高政府财政运作的能力。此外，英美等西方主要国家出于种种复杂的考虑，也支持并推动了国民政府的法币改革，使这一改革得以较为顺利的推行和实施。

1935 年 11 月 3 日，国民政府正式宣布实行法币改革。其主要内容是：一、统一货币发行权，以中国、中央、交通三家银行所发行的钞票定位为法币。二、所有完粮纳税及一切公私款项之收付，均须使用法币。三、废除银本位制，全部白银归国有以充法币准备金。四、法币与英镑挂钩，实行外汇本位。

1935 年 11 月 4 日，国民政府规定以中央银行、中国银行、交通银行三家银行（后增加中国农民银行）发行的钞票为法币，禁止白银流通，发行国家信用法定货币，取代银本位的银元。各金融机关和民间储藏之白银、银元统由中央银行收兑，同时规定法币汇价为 1 元等于英镑 1 先令 2.5 便士，由中央、中国、交通三家银行无限制买卖外汇，是一种金汇兑本位制。

国民政府实行法币经由立法院以立法程序通过。其实施的具体理由是：美国罗斯福总统施行购银政策，以资助美国的银矿人士，使得中国的白银大量外流，从 1934 年 7 月至 10 月便流出了两亿银元之多。此外，民间的首饰之类，也被人收购，用走私的方式流出了六亿两左右（当时的银元多数分两种，袁世凯政权 1914 年发行的重七钱二分；国民政府 1933 年发行的重七钱一分五厘）。

中国民众总体上对发行法币表示可以接受或是欢迎。多数人认为，政府是在备战，是为了准备抵抗日本的侵略才实行这个似乎很神秘的政策。于是乎，善良的人们、有民族心、爱国心的人们踊跃缴出金条、银块、首饰、银元、外汇，在很短的时间内，共交出金银共值 8 亿元之多。这样一来，法币虽则一次发行了十八亿九千七百万元，而准备金高达 67%，这就确保了法币流通的正常运转。

国民党政权有了法币，随即划出十亿零三千四百万元法币作为秘密专款，用于 1936 年至 1939 年购买兵器与弹药，建筑铁路、公路，改良水利设施等支出。这笔专款究竟是用于准备抗击日本侵略还是用于消灭共产党的红军，还是二者兼而有之，现在史学家也是各执一词。不过其具体支出还是有据可查的，其中：购买兵器弹药一亿九千八百万元；重工业（钢厂，兵工厂等）一亿七千五百万元；铁路建设五亿五千五百万元；公路三千七百万元；水利设施六千九百万元。这个账目是否准确，我们不得而知。但是在这个时期，基本是在国共合作期间，红军已经在抗日民族统一战线旗帜之下，成为国民政府麾下的国民革命军第八路军和国民革命军新编第四军。

1937 年抗日战争全面爆发以后，国民党政府实行外汇统制政策，法币成为纸币本位制货币，限期收回其他纸币，并且规定：一切公私款项必须以法币收付，将市面银元收归国有，以一法币换银元一元。法币初期与英镑挂钩，可在指定银行无限兑换。1936 年，国民政府与美国谈判后决定，由中国向美国出售白银，换取美元作为法币发行的外汇储备，法币改为与英镑及美元挂钩。

在抗日战争后期，以至 1946 年以来，国民党政府采取通货膨胀政策，法币急剧贬值。1937 年抗战前夕，法币发行总额不过 14 余亿元，到日本投降前夕，法币发行额已达 5569 亿元；到 1947 年 4 月，发行额又增至 160000 亿元以上。这样的金融政策让本来坚挺的法币迅速走近崩塌的悬崖边，向前再迈一步，肯定就会跌入万丈深渊。很多国民党人也已经意识到，南京政权或许就因为经济崩溃、金融灾难而土崩瓦解。

第十四章
诡秘的莫干山之行

身为财政部部长的王云五手不释卷，不停地翻阅着与货币相关的资料，脑海里也如涨潮的海水一般翻腾不止。政府的正常运转必须要有财政的可靠保证，政府手中一定要有真金白银，一定要有可以支撑运转的钱财。那么，真金白银从哪里来？急需购买军火、急需支付军队的饷银从哪里来？用以支撑政府机构办公运转的钱财从哪里来？一连串的问题在他脑际萦绕。他眉头紧锁，霍然起身，在偌大的办公室内踱起步来，一圈又一圈，似乎在地板上画着巨大的问号。许久，他仰天长叹，自言自语道：百足之虫，死而不僵。何况泱泱大国，焉无求生之策乎？

他踱到了窗台前，向天外望去。密布的阴云预示着风雨的来临。他有些疲惫了，回到写字台前，双手支撑着写字台，目光转移到一份秘书刚刚送来的今日简报上。王云五坐下，拿起笔来，打算在简报上圈阅几个字，忽然想起了前几天的一家报纸刊载的文章，他特意让秘书剪了下来，放在了自己写字台前最醒目的位置。

这是 1948 年 6 月 11 日的天津《真善美日报》。抬眼望去，大黑体字标题：如以单元法币交易。买一斤玉米面，得须一百斤法币；买玉米面一袋，得须法币六十袋；买大米一包，得须法币一百包；二十四斤法币，买一个鸡蛋；四十斤法币，买一个烧饼。

一屋子法币，买不了一间土屋；法币首尾连接二里半，可买粗布一尺；大便纸一张，卖法币一斤；厕所中擦屁浸尿之污纸，每斤合法币二十斤；一个普通工匠，每月工资合法币约二十吨；雇人数法币，每日所数之法币，不够其一日工资。

......

王云五看到这里，不由得摇摇头，目光转向窗外，又一次自言自语道："看来法币已经走到尽头了。"问题已经十分清楚，法币已经到了无可救药的地步，只能实施外科手术，哪怕是改用假肢，也比一块烂肉侵蚀整个肌体要强。他的心头萌生了一个念头，必须马上与翁文灏交换意见。翁在电话的另一端表示，他对金融方面的知识了解有限，他完全相信云五部长的才干，希望财政部部长放手一搏，救黎民于水火，救国家于危难。不过，翁文灏还是有一点建议，让其与金融界银行业的智囊朋友探讨研究，包括俞鸿钧、冀朝鼎等专家学者。王云五连连点头称是，后接二连三地找多位专家学者频频交流，走马灯似的向行家里手探寻相关问题的解决之道，包括运作时需要注意的细枝末节、技术手段，等等。不过王云五这个人虽然表面上从善如流，但其内心颇为自负，是很有自己见地和主张的人。他按照自己的思路，很快就形成了一个初步方案，继而征求了专家意见之后，形成了完整的设计方案。夜深人静时，他伏在写字台前埋头提笔疾书起来。

六月的南京素以火炉著称，王云五挥汗如雨，全然不顾。他要向总统蒋介石直接面陈，按理说，他的上面还有行政院长翁文灏，有什么事情非要越级直接面见最高领导人呢？

他在给蒋介石的密报中提出了一个宏大意愿：币制改革平抑物价、平衡国内与国际收支联合方案。这个凝聚了他多日思考所得的方案的主要内容是：以金圆券代替业已崩溃的法币，限制物价暴涨（即以行政办法平抑物价）。王云五特别强调，要采行管理金本位制，于最短期内发行新币。

王云五心无旁骛，专心致志，一张张稿纸很快铺满蝇头小楷。这时，刚刚担任财政部秘书长的徐百齐悄悄走了进来。徐百齐是王云五的亲信，在商务印书馆时就跟随在王云五身边，担任法律书籍的主编，深得王云五赏识。1946年，经王云五提携，任南京政府经济部主任秘书。1948年，王云五任财政部部长时，徐便改任财政部秘书长。王云五抬起头，没有说话，用目光询问秘书长，有事情吗？徐百齐见状，知道王云五无暇与他扯闲篇，连忙躬身将腋下夹的一份公文袋递上去，说："这是日本人当年在华实施'伪钞战'的资料。我想，或许对部长的决策有用。"王云五放下笔，接过公文袋，抽出其中的一叠资料，一目十行地迅速浏览着，蓦然间，他的目光停留在一行文字上，眼睛不由睁大，睁圆，心中翻腾起来。他猛然想到，他正在拟写的这个方案，一旦公之于众，那会是什么情景：市场中允许流通哪一种货币，禁止流通哪一种货币，新旧货币的启用与禁止一旦把握不好尺度，这个市场、这个社会岂不要昏天黑地、乱成一团？这可不是小事情啊。一旦宣布已经流通多年的法币停止使用，老百姓会有什么举动？口袋里装的、保险柜多年积蓄的视为资产的钞票一日之间变为手纸一般，将会造成什么样的社会景象？拥有法币的人家会是什么态度，会有什么反应？市场上将是什么样的情景？举国上下一定为之震动，三教九流，各色人等，整个社会都将会产生巨大波澜。可谓一石激起千层浪。喔，凡事预则立，不预则废。一定要防患于未然，政府一定要采取强有力的手段，堵住可能出现的漏洞，做出发行时期每一个问题的预定方案。

王云五意识到，这个方案非同小可，一旦泄露出去，何止像洪水猛兽一般？眼下，必须保密，高度保密，极度保密，必须要直接面陈总统蒋介石。方案正式实施公布之前，全国上下、方方面面知晓此方案的人必须越少越好，一定不能让外界任何人得知方案的详情和细则。

想到这里，他随即放下手中的笔管，抬头对徐百齐说道："从今天起，不，从此时起，不经我的允许，任何人不能随便进入这个房间。当然，不包括你。可是，也不允许你不打招呼就进来。从现在开始，明确规定，进入这个房间，必须要得到我的亲自批准。"徐百齐点头称是，然后很快退了出去。王云五思绪有些乱，他站起身，习惯性地开始在办公室内绕圈子踱步。这是他的养生之道，也是他思考问题的方式。

转了几圈之后，王云五改变主意，他重新坐在写字台前，拿起的笔放了下来，他不打算继续撰写他的方案。他还需要一些佐证，需要相应的资料对方案的支持。于是，他摊开秘书刚刚送来的档案资料，仔细阅读起来。

这是日本人为了配合当年的军事侵略而策划发起的"伪钞战"档案资料副本。王云五自言自语：这可是前车之鉴啊。

王云五在写字台前伏案疾书，通宵达旦。为了休息一下脑筋，他每隔半小时就要站起身，在室内走上几圈，在行走中思考问题。当他停下脚步，重新坐到写字台前，正准备援笔挥毫，一阵急促的电话铃声打断了他的思路。原来是行政院长翁文灏打来的。翁文灏告诉王云五：准备一下吧，不要带任何人，也不要告诉任何人，你我二人同行，去浙江的莫干山。

翁文灏没有点破主题，王云五已经了然于胸，这是蒋介石要召见他了。翁文灏虽说是行政院长，是他王云五的顶头上司，但这次直接向总统面陈报告，他王云五是主角。何止这个报告，就是这惊天的大事件的主角也将非王云五莫属。

莫干山素有"清凉世界"之称。早在数百年前的清王朝时期，就已成为闻名遐迩的避暑胜地。莫干山的竹海浩瀚无垠，绿波万顷，竹海之中或隐或现一幢幢各尽其美的名人别墅。其中，武陵村就是蒋介石当年度蜜月的地方，在一段时间里，蒋介石主持的机要会议亦多次在此召开。

1948 年 7 月 9 日，蒋介石在莫干山秘密召见国民政府刚刚上任不足三个月的行政院院长翁文灏及财政部部长王云五，研究的主题只有一条，内容为"挽救国统区当前经济颓势，商议日后对策"。此次会议极为机密，与会者除了翁文灏与王云五之外，还有政务委员兼外交部部长王世杰、中央银行总裁俞鸿钧，虽寥寥数人，却关系着亿万民众的生计。这次会议上，王云五抱出厚厚一沓"改革方案"放置桌前，让与会者看到这个方案所凝聚着的制定者的心血与认真。王云五没有宣读这个方案，也没有对这个方案的形成与要点进行说明，他心中很清楚，总统是不可能也不愿意了解其中的实施细则的。他言简意赅，仅仅对这个方案的总体原则，对这个方案可以达到的成果进行预设，同时谈到总统为这个方案的公布进行了哪些方面的告示。王云五集中精力，字斟句酌，强调了方案实施的必要和方案实施当中需要落实的各种条件，不时还要回答与会人员的插话与质询，以至顾不得品一口莫干山特有的黄芽新茶。

蒋介石早年经营期货和股票生意，对金融也并非一窍不通。他仔细听取了王云五的总体思路，频频点头赞许。他深知"杀鸡取卵"的危害，但是不取"卵"，不仅是鸡亡的问题，一切均将无从谈起了。蒋介石的态度让王云五十分振奋，他又提出在方案实施期间需要总统出面解决的数个问题。蒋介石一一应允，他提出，恶病必须用猛药。这方案即使不是孤注一掷，也是不得不走的一着险棋。末了，蒋介石有针对性地提出了几点修订意见。他对翁文灏与王云五说：情况紧急，不容懈怠，给你们二十天修订方案的时间，二十九日最后定夺。据说，蒋介石给了王云五二十天的修订时间，还有另外的用意，他还要听一听其他方面的意见，他在让王云五设计币改方案的同时，还要求另外几个系统的金融高参也拿出方案来，特别是他的姻亲孔祥熙，还有宋子文，当然他的目的还是要逐一进行比较，权衡利弊，以求最佳方案。

然而，蒋介石的这些想法，翁文灏和王云五怎能知晓。返回南京的路上，翁文灏问王云五，是否知道莫干山这个名字的来历。王云五涉猎广泛，素以"百科全书"自诩，当然信手拈来，他说：那是为纪念春秋时期夫妻铸剑匠师莫邪和干将，以他俩的姓来命名此山，故称"莫干山"。

翁文灏接着问，总统为何要在这里召见你我呢？

王云五一时语塞，他当然不能说这里是避暑的好地方，是总统喜欢的度蜜月的别墅。看到王云五沉吟，翁文灏说，我猜度，那是希望云五兄的方案能像莫邪与干将制作的利剑一样，迎刃而解迅速解开当前国民政府的难题啊。

王云五闻之为之一振，颇有感慨，连声说道："一定一定，一定是这样的。"

翁文灏沉吟片刻，又对王云五讲："此事关系重大，要不要给你增加人手，成立一个方案设计委员会……"

"不必不必，大可不必。"王云五连连摇头，他说："此事应极为保密，知道的人越少越好，目前，加上总统，我相信也不过十个人知道。我想，仅此而已。在未出台之前，不能再多一个人知晓详情。"

翁文灏说："可这个事情关系重大，牵一发而动全身，时间紧，文案工作也还有许多，你总不能一个人来做吧。"

王云五说："我就是准备不假他人之手，完全由我一人承担完成，包括誊写等案头业务，不让任何他人参与其中，更不能让外人知晓其中机要。"

"仅有二十天啊！"

"夜以继日，一天当三天用。"

有人说，王云五有点像单枪匹马的堂吉诃德，一个人躲在小黑屋里，闭门造车，梦想可以造成一把"莫干利剑"。

20天之后，1948年7月29日，翁文灏、王世杰、王云五、俞鸿钧等人顶着炎炎酷日，再次从南京秘密赶赴莫干山，向蒋介石汇报货币改革实施方案，当面听取国民党总裁对币制改革方案的最后裁定。这一行人从莫干山返回南京途经杭州时，依照惯例，总要与浙江当地同僚见上一面，喝上一杯龙井，扯上几句闲篇，以示对地方官的尊重和关照。然而，这一次非同小可，因属于绝密行动，为了不走漏一丝风声，他们在杭州市内歇息时，谢绝了任何亲朋好友和所有地方军政要人的宴请和招待，更不要说聊上几句相关内容的只言片语。王云五自信，此事没有半点泄露信息的机会。

第十五章
暗流涌动中的较量

两个阵营对垒，除了公开战场上的剑拔弩张、号角连营、战鼓震天之外，还有看不见的暗流涌动，潜河奔流。就像平静的棋院，听不见喧嚣与吵闹，双方厮杀已经是白热化的你死我活。国共两党之间的货币战场，在常人不曾知晓的情况下，早已经是近身肉搏，惊涛裂岸。

正当王云五为寻找挽救蒋家王朝命脉的利器而废寝忘食之际，他的目光还不忘瞥上一眼长江以北、长城内外的有关中共金融方面的动态情报。

知己知彼，百战不殆。在财经货币方面的情报之战，一时互有占先之绩，一盘残棋，不到最后也难分伯仲。

1947 年夏季，中共中央军委开始发动战略反攻，由守势转为挺进。中共华北财经委员会以及"中国人民银行筹备处"针对时局变化，及时调整货币斗争策略，明确解放区对国民党政权的货币斗争方针是：排挤法币，限期禁止法币流通；将兑换到手的法币组织力量推向国民党统治区，尽可能多换回一些物资。

南汉宸在隐蔽战线工作多年，他自然十分清楚金融情报工作的重要性，从他一接手人民银行筹备处主任的工作，就将目光投向了南京、上海的金融行业，同时启动了获取金融情报的秘密渠道。南京政府新任财政部部长王云五着手拟定币制改革方案。方案的条款内容一条不少地放在西柏坡中共金融研究人员的炕头上。其中第一条"采行管理金本位制，于最短期内发行新币"的内容被人用红蓝铅笔重重地画上了标记。

历年的七、八两个月都是华北的雨季，1948 年 7 月更是大雨不断。21 日，河北中部地区大雨滂沱，河水暴涨，庄稼被淹没，村庄院落大多灌进洪水。就在这一天，在与灾害天气斗争的同时，中共中央下达指示：华北、西北和华东三大解放区的货币，固定比价，相互流通。至此，中共华北地区各个解放区完成了货币统一的前期准备工作。

1948 年 7 月 22 日，中共中央华北地区工作委员会决定，将已经在石家庄市联合办公的冀南银行和晋察冀银行管理体制合并，正式成立华北地区银行。总经理由南汉宸担任，原冀南银行行长胡景云和原晋察冀边区银行行长关学文担任副总经理。

华北地区这场大雨罕见地连续下了整整四天，一时间山洪暴发，河堤决口，华北大地一片汪洋，街巷道路泥泞，出行之人步履维艰。这时，位于石家庄的华北银行大院内却是人来人往，热烈而镇静，忙碌而有序。连天的倾盆暴雨致使印钞车间屋顶开始漏雨，外面暴雨如注，室内雨水似帘，人们在车间里走动也要打着雨伞，工人们排除困难加班加点赶印准备统一发行的新钞票。

已经是午夜时分，位于南京中山东路的财政部部长官邸依然灯火通明，这座三层的西洋式部长官邸颇为气派，建筑面积达 739 平方米，砖木结构，大门正中有一个半圆形的门廊，堪称建筑经典。国民政府财政部是蒋家王朝财务行政的最高管理机关，其主要职责是掌握并管理国库收支、稽征各项国税、主管内外公债、管理所辖范围内各地金融、监督指导地方财政。其内设主要机构有总务司、秘书处、人事处、会计处、统计处、参事厅、视察室、国库署、国税署、关务署、钱币司、国债司、地方财政司、专卖事业司、盐政总局等，还设有整理地方捐税、税务整理、外汇管理、金融研究等委员会。设部长、次长各一人。王云五之前的历任财政部部长有古应芬、钱永铭、孙科、宋子文、黄汉梁、孔祥熙、俞鸿钧。

王云五没有睡觉，依然坐在写字台前，一杯浓浓的咖啡飘出袅袅的水雾。王云五布满血丝的眼睛注视着一份来自情报所呈上的资料：南汉宸简历。他对南汉宸的名字并不陌生，对南汉宸的生平经历也略知一二。都说山西人精明，精于算计。南汉宸就是山西人，生于洪洞县韩家庄。他在河南省当过县长，还担任过河南省政府主任秘书。杨虎城任陕西省政府主席时，南汉宸是陕西省政府秘书长。他是中国共产党中央统战部副部长，长期与国民党政府中的知名人物打交道。抗战时期，南汉宸还担任陕甘宁边区的财政厅厅长。这么个阅历的人如今就是自己的冤家对头——共产党华北银行的总经理，人民银行筹备处的主任。

不可小觑啊。共产党的银行要印票子，至少要统一华北地区的钞票；那么，我们国民党的票子还能不能在华北地区流通，若要兑换需要采用什么方式？王云五放下手中的资料，沉思道：我这个财政部部长，要让币改成功，就必须要和这个老醯儿好好较量较量，一分高下。他叹了口气，自语道：倘若落了下风，那势必会造成社会动荡，人怨天怒，后果将不可收拾。共产党是不会让你安安生生地做成这一单生意的，必然要生事端，搅浑水，给你制造麻烦。一场货币之战，没有硝烟，却也是生死搏杀。

既要交战，不能让对方知道自己手中是什么牌，但须知对方的底牌。他提起笔来，在情报所提供的资料上批示：要彻底了解对手的情况，包括爱好、习惯，可以从哪个方面攻破。王云五停住笔，想了想，继续写道：事关重大，务必在 10 天之内将此人情况搞清楚。

国民党政权所属情报网紧急行动了起来。多个情报组织对南汉宸展开全方位调查与侦查。都说重赏之下必有勇夫，为财政部干活不会没有油水，特务们十分清楚这一点，因而格外卖力。关于南汉宸的情报，很快就从不同渠道经研究委员会汇总整理后放在了财政部的文件匣中。

对南汉宸感兴趣的不单单是王云五，军统和中统的人对这位共产党的金融干将也是急于掌握其所有情况。于是各个层面的眼线与卧底纷纷将目光投向了石家庄市中华北大街 11 号，这座大楼进进出出的人几乎都成为国民党特工鹰犬要猎取的目标。的确，刚刚成立的华北银行总行上上下下许多人也在想方设法了解他们的顶头上司，人民银行第一任行长、总经理到底是什么脾气秉性，有什么爱好和本事。这样一来，南汉宸的生活琐事便几乎毫无遮挡地袒露在阳光之下，与南汉宸相关的小故事和奇闻逸事不胫而走。

南汉宸，原名南汝，出生于山西省洪洞县一个农民家庭。辛亥革命爆发时，还在师范读书的南汉宸，回家乡招募了 2000 人至娘子关对抗清军。

后来，南汉宸倾向于实业救国的思想，于是他筹集了 5000 元资金，在赵城办了一家煤炭公司。煤炭公司勉强运转了两年后，终因账面亏损而停业。不过，这两年学费没有白花，它让南汉宸了解到经营一个企业的基本常识。此后，南汉宸投身政治活动，1926年加入中国共产党秘密组织，入党后一直从事隐蔽战线的工作，多次经历九死一生的险境。

有人说，南汉宸具有常人不具备的人格魅力。南汉宸身材伟岸，为人和蔼可亲，对朋友古道热肠。很多他人认为无法解决的难题在南汉宸那里却能三言两语轻而易举地解决。南汉宸朋友多，五行八作，他都有相识之人，他的人格魅力赢得了各界朋友的信赖。国民党的鹿钟麟曾说："我反对共产党，但不反对南汉宸。"杨虎城、续范亭、吉鸿昌、傅作义、邓宝珊、董其武等人，都和南汉宸是故交。或许正因如此，南汉宸做了中共中央统战部副部长。

1941年"皖南事变"以后，南汉宸担任了陕甘宁边区财政厅厅长，负责解决边区财经方面的重重困难和危机，特别是如何冲破国民党军队的重重封锁。这对外人来说，简直就是天大的难题，交到南汉宸手里，他却会在众人不经意间将难题化解了。他从容不迫，没有调动一兵一卒，仅是援笔手书一束，派人送到西安城内去找帮会龙头。这些"龙头大哥"视南汉宸为前辈，唯命是从。南汉宸让他们去找胡宗南部队里的帮会兄弟，把边区土特产送到西安卖出，再把边区需要的药品、通讯等物资运进边区。可以说，国民党军队设置的一道道关卡和封锁线，根本挡不住共产党的边区与外界的经济往来，形同虚设。

这位边区的财政厅厅长用别人想不到的方法打破了边区的经济困难。南汉宸的妻子王友兰是河南杞县人，1933年参加革命，长期从事中国共产党的地下工作。抗战期间，先是担任中央军委第二保育院院长。1942年大生产运动，她担任边区妇女生产合作社主任，同时担任南汉宸的对外交通员。她进出边区执行任务时，国民党的军长、师长夫人沿途迎送，他们不想知道别的，就因为"她是南汉宸的夫人"。

如今，南汉宸身为中国人民银行筹备处主任，与其他工作人员相比没有什么特殊待遇，唯一不同的是组织上配给他一匹马作为代步。1947年11月12日，河北重要城市石家庄解放，南汉宸全身心投入城市接管工作中，忙得昏天黑地。忽然有一天，他发现自己的那匹枣红马的背上换了新的马鞍子。他感到纳闷儿，是谁给换的，哪来的？他招呼通讯员小李子，问他知不知情。

小李子颇为得意，怎么样，这个够漂亮吧？他笑着对南汉宸说，昨天他去帮助清理中央银行仓库，嘿，就在库房的一个角落，他发现了这么个马鞍子。他对南汉宸解释道：银行仓库的人没有骑马的，马鞍子摆在那里派不上用场。我想，咱们的那个马鞍子早就该换了，我就扛了回来。嗨，这一路走来，还挺沉的。

南汉宸一听是这么回事，立马沉下了脸，目光盯着小李子，问道："你知不知道这属于接收的资产，你怎么能随便动用接收的物资呢？"小李子不服气，低声辩解说："这也值不得几个钱，您也是大首长了，一个马鞍子还不可以换吗？"南汉宸明确摇头，认真地说："我们不是早有规定，一切缴获要归公吗？你说说什么是'一切'？这个马鞍就包括在这一切里面呢！不错，这么个马鞍子值不得几个钱，可它是人民的财产，是革命的资产，我们个人是不能随便享用的。"

南汉宸讲了一番革命道理，小李子嘴上说明白了，将马鞍子送回了原处。可南汉宸清楚，小李子从心里还是想不通，不服气。南汉宸想了想，对小李子说，这么说你不理解，可你不会忘了咱们在村里时，南新宇惹的祸吧？

小李子当然记得。那时，南汉宸刚刚接手银行的筹备处工作，整天东跑西颠，根本顾不上自己的家。南汉宸虽然是高级领导干部，可在边区的生活条件与普通家庭没有什么区别。他家里孩子多，孩子的生活待遇也与其他家庭的孩子没什么两样。孩子们平时没有条件打牙祭，逼得自己想办法。南汉宸的大儿子南新宇跑到村外野地玩耍，发现小河湾里有游动的鱼，不禁欢呼雀跃，认为可以有荤腥解馋了。他毫不犹豫地脱了裤子，跳进水里去摸鱼。

小河沟里有小蝌蚪，有草鱼和鲇鱼，多的还是泥鳅。泥鳅的特点是浑身没有鳞，溜滑，遇到袭击会一头钻进泥里，让人很难抓到。南新宇眼睁睁地看到一条泥鳅大摇大摆地游弋着，他双手合拢已经摸到那泥鳅了，可它猛地一打挺，重新蹦到水里，一头扎进了淤泥里。小新宇当然不肯轻易放过，就猫腰在河泥当中去掏，河泥愈掏愈深。哪承想，掏着掏着就把河坝给掏出了一个洞。洞口开始很小，可当水流涌出时，就将洞口越冲越大，河水开始汩汩地往外流。小新宇一看不好，赶忙找石头去堵，可哪能堵得住呢？看似不大的小河流，力量却很猛，眨眼间就把坝外的农田给冲了一大片。正当小新宇束手无策时，路旁有人发现了，跑进村里招呼来五六个大人，七手八脚忙活了好一阵子，才算把口子给堵住了。南汉宸事后知道了情况，严厉地批评了自己的孩子，并要妻子王友兰带着南新宇专门到被水淹的农户家去赔礼道歉，并且自掏腰包给农户做了赔偿。

事后，南汉宸给小李子讲了一个道理：小洞不堵就会变成大洞，马鞍子事小，可要是由此放任自己，那以后就可能铸成大错，不可收拾。

南汉宸就是这么个人，小事能看出大问题，防微杜渐，从己做起。从山沟沟里刚刚走进大城市的人民银行当家人，在细节上是格外警觉的，因为他深知，管钱的人一旦贪财，其后果要比孩子河里掏洞摸鱼严重得多。

1948 年新年伊始，国民党军队与共产党领导的人民解放军在军事上的均势被打破，一阵狂飙席卷东北大地之后，胜利的天平向人民解放军一方迅速倾斜。中国共产党所领导的各个解放区由零星的小火苗很快形成燎原之势。从地图上看，红色区域连成一个个大圈，就像盖上了红色印章。中共中央及时调整各个根据地管辖区域，解放区开始施行统一行政区划、统一财政和银行。一句话，到了"分久必合"的时刻。

1948 年 1 月，陕甘宁边区与晋绥边区正式合编为西北解放区，陕甘宁边区银行并入晋绥边区的西北农民银行。西北解放区停止了陕甘宁边区币的发行，而以西北农民币作为西北解放区的主要货币。

华北财经会议之后，华北财经委就着手在德石线和津浦路沿线的沧州、德州、泊镇、宁晋等地建立货币联合兑换所，对晋察冀的边币、晋冀鲁豫的冀南币和山东地区的北海币制定出一个固定的比价，在兑换所里可以自由兑换。但这并不能满足老百姓的需求，他们还是希望能有一种统一的货币，不必在区域过境时停下来办理钞票的兑换。财经委的同志意识到，形势要求应当尽快把解放区的货币统一起来。于是，人民银行筹备处加快步伐，将工作向前迅速推进着：搜集有关统一货币的发行政策，搜集各解放区的发行指数和物价指数，筹备足够的准备金。还有，设计统一的新币也进入讨论定稿的过程中，首先需要出几种票面？它们的金额和价值含量又应当是多少？此外，还有图案审定、制作版样、选定纸张等具体事情需要一一得到落实和解决。

1948 年 7 月 21 日，也就是国民党南京政府推行金圆券的前一个月，中共中央已经得到情报。经研究，及时做出相应对策，对华北、西北和华东三大解放区的货币提出要求：固定比价，相互流通。这一决定向世人昭示，中国共产党领导下的关内各个解放区已经基本完成区域内的货币统一基础工作。第二天（7月22日），中共中央公开宣布，晋察冀边区银行与冀南银行两银行合并，成立华北银行总行，办公地址设在河北省石家庄市中华北大街11号。

第十六章

设立"八一九"防线

1948 年 8 月 18 日深夜。南京政府的财政部部长官邸办公室，灯光彻夜通明。

阔达的办公室很安静，只有王云五一人伏案疾书。案头文件摞得高高的，财政部部长王云五的头深深埋了进去。堂堂中华民国财政部，文员队伍当中什么人才没有？然而，誊清这类最基本的文员业务，居然由他这位大部长亲自担当。真如他向翁文灏所讲，"不肯假他人之手"。作为财政部秘书长的徐百齐此时当然不敢回家，他坐在部长办公室的隔壁，平静地呷着龙井，无聊地翻阅着当日的小报，耳朵竖着，等着王云五的召唤。王云五对他强调，绝对机密，任何人不经批准绝对不能进入他的办公室。

8 月 19 日下午 3 点，国民党在南京召开中央政治会议。会议的主要议题就一项：通过由行政院院长翁文灏、财政部部长王云五提出的重大币改计划。所有参会人员都很清楚，这是秘密酝酿已久的方案，这是要解决党国命运的重大举措。每一名正式代表手中均有一册誊写清楚的"金圆券发行法"文件。

发行法规定：自即日起，以金圆券为本位币。其主要内容为：金圆券每元法定含金 0.22217 厘，由中央银行发行，发行总额定为 20 亿元。

与会代表关注到最为关键的一条：禁止私人持有黄金、白银、外汇。凡私人持有者，限于 9 月 30 日前收兑成金圆券，违者没收。限 11 月 20 日前，以法币三百万元折合金圆券一元、东北流通券三十万元折合金圆券一元的比率，收兑已发行之法币及东北流通券；限期收兑人民所有黄金、白银、银币及外国币券；限期登记管理本国人民存放国外之外汇资产。

按以上要旨，同时公布《中华民国人民存放国外外汇资产登记管理办法》《整顿财政及加强管制经济办法》等条例。

既然已经穷途末路，谁还在乎孤注一掷。一条千疮百孔的破船，有一把稻草试图堵住涌流，谁还会说不行？谁还会摇头表示不同意？币改方案获得南京国民党最高决策机构一致通过。

会议结束以后，为防止有人利用空隙有投机动作，蒋介石顾不得休息，就在当天傍晚，通过广播电台以中华民国总统名义向全国发布"财政经济紧急令"，并公布了这项计划的主要内容：发行一种新的货币金圆券，收回之前使用的法币。同时发布《金圆券发行办法》《人民所有金银外币处理办法》等公告。

紧接着，行政院长翁文灏发表讲话，声称发行金圆券的宗旨在于限制物价上涨，规定"全国各地各种物品及劳务价，应按照 1948 年 8 月 19 日各地各种物品货价依兑换率折合金圆券出售"。

这一系列金融政策的出台，立即产生出了一系列爆炸性效应。街头巷尾议论纷纷，各家各户屈指盘算，大小企业紧急研究相应对策。

王云五深知，金圆券的发行不是遵循什么市场规则或经济规律，而是以政府的特有权利、以行政命令的形式强迫市场维持币值。因为没有什么准备金，说白了，就是强迫百姓服从政府命令，贡献自己的财富。为稳定金圆券出台后的市场局面、稳定民心，王云五专门制定了一整套实施办法，那就是以国民政府名义做出决定，暂时冻结全国物价，规定各省市物价统一以 8 月 19 日为改算标准，不得随意抬高。

在颁布新货币政策的同时，王云五又以国民政府名义下达了一项政府令：全国所有银行、所有证券公司、所有银号及钱庄等金融机构一律停业三天，以防止市民挤兑。如有违反，按例严惩。

这就是王云五所谓的"八一九防线"的具体内容。

王云五制定的这些规定和措施，说白了，就是强迫私人家庭、民营企业交出金条、白银、银元与各种外币，同时，强制市场经营者冻结商品价格，以防经营者囤积居奇，造成物价暴涨。这些政策的实施可谓双管齐下，也可谓公开掠夺，明火执仗地搜刮民财，毫无常理可言。

为了让这不得人心的政令得以实施，1948 年 8 月 20 日，蒋介石携王云五前往金融经济的中心城市上海，召见各业界巨头 20 余人，要求他们支持政府财经命令。翁文灏主导的行政院随后邀请南京和上海业界知名人士座谈，希望各界人士齐心协力落实政府币改的各项办法。

8 月 21 日，蒋介石亲自下达命令，在各大都市派遣经济督导员，监督各地执行币改政策。其中中央银行总裁俞鸿钧为上海区经济管制督导员，蒋经国为协助督导；张厉生为天津区经济管制督导员，王抚洲为协助督导；宋子文为广州区经济管制督导员，霍宝树为协助督导。

就这样，以行政铁腕手法推出的货币金圆券于 8 月 23 日开始流通了。

第十七章

"太子督导"杀气腾腾

蒋介石作为国民党的总裁、南京政府的大总统，从来不当甩手掌柜，而几乎事必躬亲。特别对于刚刚颁布的法币改革方案，蒋介石格外重视，深知其中的利害关系，因而他亲自发表演讲，要求各界人士必须支持政府的大政方针，必须响应和服从国家财经制度改革令。

蒋介石很明白，仅仅靠发表一两次演讲，搞几次座谈会，是不可能让大多数人心甘情愿掏腰包的。若要真正落实币改的具体方案，必须要有强制手段。为了确保王云五制定的"八一九防线"能够起到遏制经济动荡的作用，蒋介石接连祭出三板斧，打出令人眼花缭乱的组合拳。

都说上阵父子兵，老蒋决定让小蒋在这场金融大戏中好好历练，于是被外界称为"太子"的蒋经国作为"副督导"被派往上海，正可谓关键时刻当仁不让。虽然名义上是协助督导，是俞鸿钧的助手，然而俞鸿钧怎会不识趣，这是总统有意栽培"太子"，是给蒋经国创造一个"建功立业"的机会。俞鸿钧找了个借口，顺水推舟，将管制的生杀大权交给了蒋经国。蒋经国由蒋介石面授机宜，手持"尚方宝剑"，踌躇满志，决心在上海滩干出个名堂。他在日记中写道："此次经济管制，是一次社会改革运动，具有革命意义，不仅是经济的。""如果用革命手段来贯彻这一政策的话，那么，我相信一定能达到成功。"这一年，蒋经国刚 38 岁，正是血气方刚、渴望建功立业的年龄，面对物欲横流、社会剧烈动荡的政治局面，蒋经国来到上海滩，他以严肃法纪、严惩不法之徒为口号，刮起了一阵惊动全国的"打虎"狂飙。

当时南京的《中央日报》发表评论，将推行经济改革比喻为割除发炎的盲肠，"割得好则身体从此康强，割得不好则同归于尽"。

蒋经国的到来，引起了上海各界的关注和揣测。蒋经国有备而来，为了挽救蒋家政治经济的败局，也为了争取社会对自己的支持，树立个人威望，他来到上海的中央银行大楼，向上海各界旗帜鲜明地宣称"经国此行只打老虎，不拍苍蝇""打祸国殃民的败类，救最苦难的同胞"。一时间上海滩风起云涌，众人瞩目，犹如堆满干柴，只待一根火柴或是一桶待燃的煤油。那些往日在金融界呼风唤雨的大亨，不说噤若寒蝉，也是十五个吊桶打水——七上八下。

蒋经国的就职演说确实说到了普通上海人的心坎上。蒋经国人未到上海，就有消息说这次"太子督导"活动，还不是打几只苍蝇，做做样子了事。蒋经国获悉这一类的资讯，针锋相对地提出鼓动口号。我蒋经国的使命不是来打苍蝇的，苍蝇自然有人打，我是为"老虎"而来，上海有"老虎"，没有武松，我蒋经国就是要扮演"武松"的角色，专门"打老虎"。蒋经国有的放矢，特别强调，要抓官商勾结的投机倒把行为。

上海滩藏龙卧虎，什么人物没有。对蒋经国的"打老虎"明眼人早已经看出端倪。老百姓、小商小贩有什么积蓄，有多少银两？维持生计已经是困难重重，家里哪有金砖、金条、袁大头、美金、英镑？只有大老板、大资本家才藏有这些硬通货。可是这些人哪个是省油的灯，肯乖乖拿出来换你的那张纸——金圆券？这些"大老虎"哪个没有很硬的背景或是靠山，哪个不是树大根深，与当朝权贵有着千丝万缕的联系？蒋经国信誓旦旦，要从这些人手中抢钱，无疑是要拿自己人开刀，或者说要公开抢自己朋友的钱了。而这些人岂肯善罢甘休，有道是"拔出萝卜带出泥"，倘若稍有差池，那可就要有好戏看喽。

普通百姓、没有靠山的小商小贩听到风声很紧，害怕"违者没收"的命令，更怕被投入监牢，只好以财消灾，忍痛割肉，将箱底深藏的几块银元或是外币拿出来向银行兑换金圆券。8月23日，金圆券发行的第一天，上海、南京、杭州等地银行，兑换者居然人满为患。兑换工作开始阶段很不顺利，主要是对金银成色的鉴定出现问题，兑换人强调是足金，银行却认为不足，因而因成色发生纠纷，还有因银元年代和品种的不同而产生争执，有的兑换点一半个小时也兑换不成一件，收兑效率低，让兑换者等待时间过长，造成排队等候人员的强烈不满。还有明眼人发现，兑换到手的金圆券票面并未写明"金圆"的字样，觉得这里面有欺诈，一些市民认为这是以前没有发行的法币，对金圆券将来的发行数额表示怀疑。蒋经国令人说明问题真相。原来是作为法币辅币的旧镍币，这一次被改作金圆券辅币使用。这样糟糕的伎俩，怪不得让市民议论纷纷，说是这样难分真伪的货币，少不得日后出现什么麻烦。

8月25日，上海《大公报》报道了兑换点的混乱情景，这让各银行收兑工作更为紧张，在外滩中央银行门前："有许多人早晨六、七时排队，到下午一、二时还没有兑到。交通和中国农民银行挤兑的人也不少，交通银行只兑一百号就截止，中国银行则因24日所发号码未及全部兑清，今日起暂不再发新号码。央行今日起虽委托大陆、盐业等行代兑黄金，但因准备手续关系，大陆等银行并未开始收兑。因此中央银行兑金者更为拥挤，门警用尽力气还不容易维持秩序。"

银行门前等待兑换的排队长龙和众人焦急的表情，让王云五颇感欣慰。他似乎已经看到了币改大功告成的信号，他的同僚们甚至击掌相庆了。但是，一盘大棋怎么可能是三下五除二就能立见分晓？在上海坐镇的蒋经国比较冷静，他告诫他的助手们，千万不要掉以轻心，不要盲目乐观。蒋经国不是好糊弄的角色，他在上海街头巷尾布下了众多耳目，了解各界人士的动态。他知道，普通市民大多听话，老百姓害怕警察找麻烦，害怕当官的不让他们过日子，自古就有"民不与官斗"的俗语，让拿出银元就老老实实拿出，让兑换美元就规规矩矩一张不留排大队去兑换。但是有权有势的大资本家就未必有那么多顺民了。这些人知道很多内部消息，了解国民政府经济危机的重重内幕，他们视财如命，对金圆券的发行并不看好，对于政府的软硬兼施早有防备。他们挖空心思，想方设法想保住家中深藏的硬通货，以备不测之需。他们不敢与蒋家王朝公开对抗，而是采取能拖则拖、能隐藏多少就隐藏多少的办法，对手里的真金白银和外汇美钞，他们绝不会轻易出手，而是洞察风向，能不兑换就不兑换，不得不兑换就尽量少兑换，能应付则应付，能糊弄就糊弄。可是，他们小瞧了蒋经国，他们是怎么想的，他们这一套伎俩，蒋经国洞若观火，已经看破，早就安排下几套方案。蒋经国有的放矢，有针对性地一一召见上海滩知名的资本家，先是好言相劝，劝说不动就改为硬逼威胁。这些资本家什么风浪没有见过，是那么好吓唬的吗？蒋经国知道，不来硬的、不来真的是真不行。他暗下决心，这些人不见棺材不落泪，不让他们掉几个人头，他们岂肯轻易"出血"。为了预防"老头子"干扰，他在 8 月 23 日，赴上海的第一天，即写家书一封给蒋介石："今后在工作过程中，重大问题向大人请示报告外，其余问题皆拟就地解决，以免多烦大人之心也。"字里行间显示他将我行我素、欲"先斩后奏"的想法。

擒贼先擒王，杀鸡给猴看。

蒋经国从苏联回到中国已经有十几个年头，在父亲耳提面命的训导之下，他对中国的政治社会有了新的认识。他处理问题的方式和手段，通过多年的打磨，已经有了自己的主张和见地。他相信"擒贼先擒王"的道理，他相信要杀鸡给猴看，而不是杀鸡儆猴的效果。然而，长时间在苏联的学习和工作，对他处理问题的习惯不能说没有一点影响。

早在十年前，27 岁的蒋经国在赣南就曾经成为国民党人当中打土豪的"另类"。我们不妨来选载《蒋经国传》的一段记述："1938 年春天，蒋介石接受江西省政府主席熊式辉的建议，派蒋经国前往设在省会南昌的江西省保安处担任少将副处长。以二十七岁的青年而言，这个职位似乎蛮高，但是鉴于他在苏联挣得的职位，他在托马契夫中央军政学院的记录以及战事的需要，并不算过分。"蒋经国所担任的保安处副处长，如果按照军队职位来套，也就是个副师级待遇，他那个年纪授有少将军衔在当时的国民党队伍中也不是绝无仅有。

位于赣江旁的南昌市是江西省的中心城市，以工业和矿业为主导产业。当年正是兵荒马乱的时候，南昌城内外流落街头的难民有数十万之多，城市社会秩序混乱不堪。

熊式辉请蒋经国到自己身边任职，用意很明显，不说是拍蒋家的马屁，也是将自己与蒋家的关系拉得更近一些。他深知蒋经国前途无量，让蒋经国来到江西，是为了让初出茅庐的蒋经国拥有一个良好的开端，日后说不定他还要仰仗蒋家父子的关照。因而，他从内心并没有指望蒋经国在任上有多么大的作为。蒋经国名义上的职责是协助省政府稳定城乡的社会秩序。熊式辉告诉蒋经国，不必过问太多，不必承担太多的具体工作。他的意思很清楚，挂个虚名就行了，日后照样可以加官晋爵。"太子"嘛，还有必要"论功行赏"吗？让熊式辉没有想到，蒋经国是要干事的人，一朝权在手，便把令行，他到任以后，便一头扎到基层，按照他的思路轰轰烈烈地开展起了工作。

到江西不久，蒋经国获得了一个实职，担任赣县县长。1939年以后，陆续担任江西第四行政区督察专员、区保安司令、防空司令、防护团长、三民主义青年团江西支部主任、江西省政府委员等职。

蒋经国与熊式辉的执政想法大相径庭，与国民党的政策也相差甚远。他到农村去，亲自颁布命令，地租一律减百分之二十五，引进耕者有其田政策。在佃农土地上成立示范农场，并且把荒地放给贫农耕作。贫农领耕荒地，可以分期付款。蒋经国所推动的这些改革，简直就是共产党推行"土改"的翻版，"与地方既有体制——如地主士绅、军队和党部要员，几乎完全没有关系"。蒋经国要反压迫，反剥削，"他努力终止地主和'地方恶霸'加诸农民身上的许多压榨行径"。当时安远县有个姓丁的恶霸地主，人送绰号"丁老虎"。这个丁老虎手中有一百多条枪、一百多人的武装队伍，一般百姓对丁老虎敢怒不敢言。蒋经国了解到丁老虎的行径，听到很多人对丁老虎的投诉，便下令将丁老虎抓了起来，缴了他的枪，收编了他的队伍。蒋经国发话，既然丁某标榜自己是老虎，好啊，就把这只老虎绑起来，倒吊在竹竿上抬走，游街示众。

蒋经国还成立了一所"新人学校"，丁老虎这类土豪劣绅、地方恶霸统统被送到"新人学校"，这是一种接受再教育的强制培训形式。进入这所学校的学员绝大多数属于"四鬼"之一。所谓"四鬼"就是违背禁止吸食鸦片的"大烟鬼"、赌博成性的"赌鬼"、嫖妓卖淫的"色鬼"和酗酒无度的"酒鬼"。蒋经国为"新人学校"的主管人员立下规矩，要求管教人员对待所有学员，一定要讲人道，教育第一、惩罚其次。蒋经国强调，办这所"新人学校"的目的就是要帮助过去行为放荡的人改掉毛病，重新做人。

蒋经国宣布："新人学校"的学员以一年为勒戒期，一年之后，任何人吸食鸦片，一律枪毙，绝不姑息。如果不想活命，那就可以试一试。这让学员们十分恐惧，大多收敛了自己的行为，但也有以身试法的，警告期满，有人报告蒋经国，抓到一个吸大烟的，是某某大商人的少爷。当蒋经国正在讯问这个人到底因为什么屡教不改，还在考虑有没有可以宽赦的理由时，突然接到熊式辉发来的手谕，命令他把犯人移送到临时省会去。蒋经国马上想到，一定是这个犯人的富商父亲打通关节，让熊式辉帮他解救儿子。蒋经国脸一沉，下达命令：拉出去枪毙，立刻执行。当听到枪声，下面报告：那小子没有气儿啦！他才慢腾腾地向熊式辉报告：电报收到时已太迟，"不及遵令解送犯人"，让熊式辉有苦说不出。

蒋经国向各个县城发布公告，宣布取缔娼妓。当时赣南所辖十一县，共有登记妓院150家，687名注册公娼。各县财政部门纷纷上书蒋经国，告知各个妓院均是纳税大户，赣南各县库收入有相当比重来自妓院。蒋经国不为所动，毫不手软，在1941年取缔了公开的卖淫嫖娼，给妓女安排到工厂做工，靠征收妓院税生活的单位予以裁撤。据当地一名研究人员说，到了当年年底，赣南地区妓院已经销声匿迹。

蒋经国的所作所为让熊式辉万万没有想到，更让赣南各县的官吏们议论纷纷，怨声鼎沸。有的直接跑到熊式辉的官邸诉苦，控告蒋经国简直就是共产党的作风。更让熊式辉大惑不解的是，蒋经国居然还邀请苏联军事顾问到南昌反法西斯的集会上演讲，还接受新四军驻南昌联络办事处的邀请前去参加会议并发表即席讲话。

熊式辉再也不能容忍了，他专门向蒋介石报告了"太子"的所为，委婉地说蒋经国对老百姓的事情过分热心，其所采取的做法与左派无异，甚至让人认为是共产党在治理地方事务，引起公众的反感、恐慌，甚至强烈不满。蒋介石这才意识到应该对儿子加强思想教育。他将戴笠找来，让他定期汇报蒋经国的活动和思想情况，让戴笠找一个可以让蒋经国信服、能够和他谈得来的人去"帮教"。

戴笠是蒋介石最为信任的心腹之一，戴笠对蒋介石交办的事情从来是耳提面命，无论是家事、国事，对戴笠来讲就是圣旨。戴笠思来想去为蒋经国寻找"伴读"人选，最后选中了驻防安徽的"忠义救国军"（戴笠控制的另一个安全组织）的文强。文强是黄埔军校出身，蒋介石的学生，论年纪和蒋经国相当，论职位当时也是少将军衔。戴笠告诉文强，蒋委员长要他定期和蒋经国谈话，讲解中国国内政情，不能让"太子"误入歧途，干脆点讲，不能让委员长的儿子受到共产党的影响。文强在此后的一年半的时间，每个月和蒋经国见一次面，交换对形势的看法，以及政界的动态。

蒋经国和文强见面时认真聆听，借此机会了解国民党内各个派系，以及重要人物之习性、底蕴。但是苏联式的训练依然影响他的思想，他经常以"大资产阶级"来称呼孔祥熙、宋子文这些宋家姻亲。后来，他还是接受了文强的建议，在谈及知名人物，尤其是亲戚时，不再用这类语言和称谓。

蒋经国有自己的为官之道，他坚持每周一次公开接见民众。他提出，不论什么人，都可以到他这里来，有冤的申冤，有苦的诉苦。有资料统计，仅 1942 年，蒋经国接见的人数为 1023 人。美国记者傅尔曼（Harrison Forman）1943 年到赣州采访，访问了蒋经国，并在该年 7 月《柯里尔》杂志（Collier's）撰文报道他见到的一幕：

> 一名店主囤积十二匹布，遭到没收。他陈情说全家五个子女将因之生活困苦。蒋经国命令部属调查此人财务状况，如果此人所言属实，他会准予支付布匹成本，但是要把布匹发放给穷人。
>
> 一名手上抱着婴儿的孕妇，请求蒋经国帮她还债，因为丈夫被抓去坐牢，实在无力付债款。蒋经国一口就拒绝，声称私人欠债怎能要政府负责帮忙，但是他主动表示可以免费提供医院服务，直到胎儿平安落地。
>
> 蒋经国也有能力让大批群众情绪激昂。有一天夜里，赣南童子军营火大会在赣州大操场举行，他站在讲台上率领数千名人高呼口号，"中国万岁！委员长万岁！打倒日本鬼子！"
>
> 接下来，小蒋问："我们应该怎么对付叛徒汪精卫？"
>
> 群众高声喊叫："烧死他！烧死他！"
>
> "我们就这么办！"
>
> 用稻草绑扎成的汪精卫刍像被众人推到操场上，有人往刍像上吐口水，有人将火种投向了刍像。蒋经国抄起一张大铜锣，铛铛敲起来。身旁的人群齐声高呼："杀！杀！杀！"许多名年轻人赤膊上阵，在三座营火火光闪烁中，舞出一条长蛇阵。小蒋由讲台跳下，跟着长蛇尾巴舞动起来，他与大家一起舞动，同时不断高呼口号，声嘶力竭，声音沙哑。一旁的众人向他拍手致意，齐声喝彩。

这一次，蒋经国被派往上海，进行金融管制，依然采用了赣南时"杀鸡给猴看"的手段，公开宣称"不打苍蝇，专打老虎"的宗旨。此时的蒋经国已经在国民党内形成了自己的帮派势力，在社会中已经是颇有名望的青年领袖。蒋经国在召见声名显赫的大资本家时，态度强硬，要求他们必须申报登记个人资产，交出私人收藏的金银和外币，否则，就要依法行事。他的威吓态度给与会者传达的信息就是"要财还是要命？"今天会见就等于是最后通牒。

素有"煤炭大王""火柴大王"的资本家刘鸿生见过蒋经国以后，迈进家门，二话不说，便要属下通知企业的财务主管马上准备金条和美钞。属下人说，干吗这么着急，先看看别人家的动静吧。刘鸿生连连摇头，不行不行，他对所属企业的经理们说："今天开会，我看蒋太子是满脸杀气，他向我们这些工商界的人物大发雷霆，一点不留情面。他是有生杀大权的，这个时候，他是说得出来就干得出来的角色。无论如何也要应付，敷衍一下是不行啊，要防他下毒手！"刘鸿生是聪明人，懂得"花钱消灾"的道理。他对家人讲，就当遇到打劫的、绑票的好啦。"刘氏所属企业被迫忍痛交出黄金 800 条（每条合 10 两），美钞 230 万元、银元数千枚。"[1]

上海商业储蓄银行总经理陈光甫，大名鼎鼎，抗战初期，为国民政府争取贷款不远万里奔赴美国，成功做成"桐油贷款"解决国民政府"燃眉之急"，得到蒋介石赞赏。此时，面对蒋经国咄咄逼人的态势，也不得不向中央银行移存现金外汇 114 万美元。

金城银行总经理周作民实在不想做这样的冤大头，他采取了"躲"的方式，平时不回家，谎称业务忙，一天换一个地方，最后，说是心力交瘁，小病大养住在了虹桥疗养院。警察局发现"守株待兔"的办法不灵，就来了个"跑了和尚跑不了庙"，登门金城银行办公室，"派人来行要周具结，非经批准，不准擅离上海，当将具结书送到医院，由周鉴字，此外别无举动"[2]。

蒋经国最为痛恨的是一些拉大旗作虎皮、倚仗有政府要人做靠山而肆无忌惮横征暴敛的奸商。一朝权在手，便把令来行。他以私逃外汇罪，将与孙科有密切关系的林王公司经理王春哲抓了起来，并且大造声势，让上海市无人不晓。非但如此，为形成自己的威慑作用，他毫不留情，用杀一儆百之策，断然将王春哲祭旗，公开处以死刑。以私逃外汇、窝藏黄金罪，将申新纺织总经理荣鸿元、美丰证券公司总经理韦伯祥、中国水泥公司常务董事胡国梁等逮捕法办，接二连三地统统投进监狱。

---

[1] 《法币、金圆券与黄金风潮》，文史出版社，1985 年版。

[2] 《金城银行史料》，上海人民出版社，1983 年版。

为了确保金圆券发行后的流通信誉，蒋经国手下的"打虎专业队"成为拥有近2万人的专政队伍。这些人手持"尚方宝剑"，掌握了上海滩的生杀大权，先后羁押了一大批公司老板，罪名是：从事走私、套取外汇、哄抬物价、牟取暴利，等等，不一而足。蒋经国对大商人的违纪案尤其重视，明确表示：一定要施以"重典"，严厉打击。

上海一家鞋帽公司的商品价格超过了限价，被服务总队发现，开出了1000元的罚款单。老板自恃上面有靠山，托人向蒋经国求情，请求减免。蒋经国对求情人说：好吧，看在你的面子上，罚款2000元。

上海滩大名鼎鼎、风云一时的大米商人万墨林、杜月笙之子杜维屏、纸商詹沛霖等，以囤积居奇或投机倒把罪，被逮捕入狱。在"打老虎"的过程中，蒋经国正式下达逮捕令的就达64人。为了"以儆效尤"，他大开杀戒，亲自下令枪毙了其中的4人。一直有"冒险家乐园"之称的大上海，一时间循规蹈矩，谨言慎行，照章办事成为流行语录。

王云五在南京没有丝毫懈怠，他代表国民政府在下达强制收兑金银外汇的同时，又强迫各地冻结物价，禁止囤积居奇。9月9日，南京行政院特别公布了《实施取缔日用重要物品囤积居奇办法补充要点》，规定"各地工厂商号所存储之成品及货品，如不尽量供应市销或超过八一九限价，以居奇论"。[①]

蒋经国对上海紧跟着呼应，向上海工商业发布强硬通告：商店即使无货，也不准关门。如若暗中抬价，则将没收封存。

一时间上海滩工商业者风声鹤唳，大小资本家谈"虎"色变，噤若寒蝉。对上海普通市民而言，对蒋经国颇有好感，有的报刊甚至出现了"蒋青天"的溢美之词。

---

① 《大公报》（沪），1948年9月10日。

第十八章
监察院签发"宪机字第五六七五号通知"

这几日的王云五几乎无时无刻不在关注各地的币改动态，虽然心中也不免忐忑，但对自己费尽心血所制定的这一整套币改方案还是颇为自得与自信的。他认为，无论其方式方法乃至制定方案的全过程，都无懈可击。因而在方案公布的第二天，也就是8月20日，王云五在南京召开记者招待会，以财政部部长的身份正式宣布，从即日起实行币制改革，用金圆券代替法币。他特别强调指出：币改早有准备，却未透露一点儿风声，直到公布，大家才知晓。这恰恰反映出社会的进步、政府的进步！

然而，就在这一天，1948年8月20日的《大公报》（上海版）发表了一篇文章，似乎专门针对王云五的讲话而来。你财政部不是说没透露一点儿风声吗？那么我就告诉你，"币制改革的事前迹象"。这篇文章一针见血地指出，就在"19日上午，有某隐名之人从南京乘夜车抵沪，下车后直至某熟悉证券号，一个上午向市场抛售三千万股永纱股票，照昨天股票惨跌的行市计算，此人大约可获利四五千亿元"。这则消息有时间、有地点、有具体人物，令人不得不正视。

一石激起千层浪，市场几乎沸腾。人们议论纷纷，或窃窃私语，或义愤填膺。许多人联想到其中的蹊跷，不禁慨然长叹，遽尔群情激愤。这则消息就是在打王云五的脸，王云五在众目睽睽之下所言全是骗人的鬼话，欺骗社会，欺骗公众，让当权者大发横财，中饱私囊！在财政部内部，在南京政府内部引起轩然大波。全国各大城市、各地多家报刊纷纷转载这篇文章，有一家报纸还增加了更加醒目的大标题：豪门巨富纷纷搜购金公债，隐名之人曾大批抛售。社会舆论千夫所指，财政部和王云五成为众矢之的。

这时，CC派有人发声：这是有人要搅浑水，警惕共党分子肆意造谣中伤。军统也开始悄悄调查《大公报》的消息来源。然而，社会已经动荡，公众舆论已经一边倒，人们不想知道是谁写的文章，只想知道事实真相。

很多人自然想到了就在上海坐镇的蒋经国。无论平民百姓还是工商业大佬，各界人士私下开始议论，看小蒋如何对待这件事情，是真要"打老虎"，还是做做官样文章，这可就是一块试金石。

蒋经国此时断然不能含糊其词，否则，前功尽弃。他选择一个公众场合出面明确表示，要亲自出马督查，一定要搞个水落石出。上海金融管理局局长林崇墉[1]亦主动配合蒋经国所领导的督导组，紧急行动起来，根据线索着手开展调查。

本来心情极好的王云五在看到秘书送到桌前的《大公报》剪报时，几乎要跳将起来，大呼造谣中伤，恶毒之极。气愤之下，他下令要求各家报刊立即辟谣。他一再声称，这是虚构的，绝不可能发生的事情。他一手操办的流程无懈可击，他自认为保密手段非常严谨，不可能发生这等泄密事件。

南京监察院的大多数委员也已经意识到事态的严重性，如果任凭"谣传"发展下去，这个刚刚出台的金圆券信誉岂不毁于一旦？更有甚者，国民政府岂不再无信用可言？很快，监察院签发了"宪机字第五六七五号通知"，委派唐鸿烈、孙玉琳两委员火速赶赴上海，稽查《大公报》所载"隐名之人"之真相，以正视听。

王云五此时围着办公桌打转，犹如热锅上的蚂蚁。尽管他再三声明表态，不要轻信谣言。然而考虑再三，还是以财政部的名义，提笔给上海金融管理局和上海交易所监理员办公处接连下达密电："事关行政纪律，无论是否是事实，均应彻查查究。该案报载既有具体日期、地点、种类、数量，根据此项线索严密追究，并从多方彻查，必可求得真相。合行电仰该局长、该监理员克日严密查究，务将事实真相于电到三日内详细报部，不得稍有隐纵为要，并加派周德

---

① 林崇墉（1907—？），福建福州人，林则徐玄孙，法国巴黎大学法学博士。

伟参事赴沪，会同侦查。"

唐鸿烈和孙玉琳两位监察委员接受监察院派遣，面对大众之意，不敢怠慢，当即着手调查的准备工作。第二天一大早两人到达上海，马不停蹄地径直奔向《大公报》的经理部。两人在南京已经做足功课，知悉《大公报》刊载文章的作者就是该报的记者，名字是季崇威①。当晚，唐与孙二人便找到了季崇威，面对面与其交谈。季崇威不回避自己的撰稿所为，并明确说明就是自己亲自采访所得线索，没有半点诳语。唐、孙二人交换了一下眼色，心中暗喜，进而询问具体细节，却不想碰了软钉子。季回答：无可奉告。两位大员于是板起面孔，打起官腔，晓之以利害关系，要求季崇威从国家大局出发，将相关线索报告国家，以期为民除害。两位大员满以为一个小小记者，面对大人物亲自约谈，不说是受宠若惊，也一定会和盘道出。哪想到，这位季姓记者，对南京来的大员的亲自到访，乃至威逼利诱，很是不屑，更不要说与监察院共同努力，合作破案了。

两位监察大员没有想到一个初出茅庐的小记者居然如此不识抬举。唐鸿烈脸色一沉，祭出监察院委员的大牌子压人，企图以国家利益要求他必须配合调查。季崇威则以新闻自由为据，认为记者虽然没有官衔，却是国际公认的"无冕皇帝"。你若是代表国家，我还是不受管辖的皇帝呢！凭什么必须要听你监察委员的命令？孙玉琳一看事情要弄僵，赶紧好言相劝，两人一个唱红脸，一个唱白脸，软硬兼施。哪料到季崇威软硬不吃，拿出颁布不久的新闻报道自由的《记者法》与两位大员展开辩论，唇枪舌剑，毫不客气。唐、孙二人已经意识到，这个姓季的小子似乎是铁了心，绝不可能为他们提供有价值的情报了。无奈之下，只好悻悻而返。他们哪里知道，这位《大公报》记者是潘汉年直接领导下的中共地下党员。他的消息和线索并不是采访所得，而是来自中共地下秘密组织特别渠道。他的所作所为一直在中共中央重要领导人的密切关注之下。这些秘密，他怎么可能告诉大驾光临的监察大员呢？

财政部派驻上海证券交易所的监理员王鳌堂没有学监察院的大员招摇过市，去吃闭门羹。他的目光首先锁定在《大公报》的新闻稿上，但是他没有去

---

① 季崇威（1922—2001），江苏江阴人，时为以《大公报》记者公开身份为掩护的中共地下党员。新中国成立后曾任国务院经济技术社会发展研究中心常务干事、中国国际金融学会副会长、中国人民大学兼职教授等职。

找撰稿人，而是去拜访《大公报》管记者的老板王芸生。王芸生对这位财政部驻沪代表以礼相待，敬好茶，请上座，十分客气，回答问题却是加倍小心，字斟句酌，滴水不漏。王鳌堂与之周旋半日，同样无功而返。此路不通，自当寻找他途。王鳌堂回去后与下属亲信商量对策，下属都是财务出身，建议发挥财政部的优势和特权：那就是查账，翻账本。从账面上寻找，肯定能够查出蛛丝马迹，顺藤摸瓜，必然可以水落石出。

王鳌堂闻之有理，马上通知证券交易所各经纪人前来配合调查。王鳌堂与属下一道逐一询问，了解当天发生在证券交易所的细枝末节。几乎是在同一时间，财政部上海金融管理局也派人来到证券交易所，要求各经纪人拿出 8 月 19 日证券买卖交易的情况报表。金融专家们满以为这一行动足以获得足够的证据，孰料当天账本逐一检查后，结果出乎意料，各家经纪人的客户委托买卖股票数量十分有限，不要说三千万股，连一百万股也没有一家，最多的不过八十到五十万股，没有发现有任何违法乱纪之举。这是什么原因？莫非《大公报》的报道是误传，有性急之人扬言要与《大公报》记者对簿公堂，告记者扰乱金融市场。还是金管局的稽查人员老道，他们进一步分析："如证券交易所无巨额抛空，必非场内交易。"王鳌堂醒悟，马上抄起电话，与其他调查机关取得联络，并派出熟悉证券业务的精干人员马上展开在场外交易的拉网式调查。

货币改制向社会公布刚刚 9 天，本以为设计缜密，稳操胜券，却不想《大公报》的一篇文章掀起滔天巨浪，一时间全国上下怨声载道，群情激愤。身在莫干山别墅遥控指挥的蒋介石，一时间坐卧不宁，寝食难安。蒋介石很清楚，上海这个泄密案件若是处理不好，牵一发而动全身，说不定就会成为一个导火索，引发大动荡、大混乱。眼看大功告成的货币改制就会付诸东流、功亏一篑。蒋介石已经意识到，这个案件将会是导火索，将会引发各种矛盾的大爆发，蒋家天下很可能就此崩塌。无论如何，这个案件必须要给社会一个说法，必须要平息民众的愤怒情绪。这个案子不是能不能破的问题，而是必须破，马上破，要迅速给民众一个可信的说法。否则，若是拖下去，不要说拖一两个月，就是再拖延十天半个月，这次金融币制改革就可能成为多米诺骨牌，引发连锁反应，造成灭顶之灾，满盘皆输。想到这里，他立即喊来秘书，口述电文，给蒋经国发去不容解释的公开指令。

8 月 28 日上午，蒋经国正在上海市警察局召开会议，商讨"隐名之人"

破案之事。忽然一份总统急电送达,蒋经国阅后神情凝重,遂令众人传阅。寥寥五个字:"限七天破案。"

在座者看罢,面面相觑,眉头紧锁,无一人发声表态。蒋经国扫了一眼手表,略一沉吟,打破了会场的沉默,缓缓说道:"现在距案发已经过去8天了。从我们获得的情报来看,《大公报》所载的消息绝非空穴来风,肯定有这等事。"他顿了顿,想到兵家所言"气可鼓,不可泄",大敌当前,还要仰仗这些人冲锋陷阵,于是为大家打气:"只要各位同仁精诚合作,互通消息,我们一定能圆满完成任务,按时完成总统交付的使命。"

第二天,8月29日,蒋经国在上海兆丰公园(今中山公园)举行声势浩大的"十万青年大检阅"。100多辆摩托车开道,数百匹战马紧随,还有数十辆隆隆行进的装甲车壮行色。大会宣告成立由3000人组成的"行政院戡乱建国大队"和"大上海青年服务总队"。蒋经国的用意很清楚,就是向与会者和社会民众表明自己"打老虎"的决心,同时向社会各界宣布,"打老虎"行动正在进行。

且说驻沪证券所监理王鳌堂深知案情重大,闹不好丢了饭碗不说,恐怕小命也难保。于是,夜以继日,茶饭不思,埋头伏案,查阅各家交易档案。他注意蛛丝马迹,顺藤摸瓜,终于拿到了19日当天各经纪人证券成交数量记录表。上海金融管理局办案人员闻讯即与王鳌堂取得联系,恰巧上海交易所亦将各经纪人证券成交数量表送至管理局。办案人员立即相互对照,仔细核查。对上海二百三十七家经纪人中,选择其中卖出"永纱股票"数量在三百万股以上及其他有场外交易嫌疑的经纪人进行重点核查,很快查出五五、八五、九五、二二四、二三五、二〇四、一九〇、二三七等二十二家具有重大嫌疑。

一团乱麻终于理出了头绪,上海金管局立即抽调大批熟悉业务的工作人员会同上海市警察局,分成几个检查组展开进一步调查。调查工作特别强调,注意有无场外交易及支票存根、送款簿等记载。结果发现重大线索,有场外交易行为的经纪人是一九〇号,名叫林乐耕。其人在8月份两次买进二三七号经纪人杜维屏"永纱股票"一千六百万股。

目标锁定,金管局会同警察局立即行动,展开对林乐耕的搜查。要说偌大的上海滩寻找一个人不是易事,但林乐耕有名有姓、有职业、有地址,警察还是在很短的时间就找到了。林乐耕眼见这两天的股票一跌再跌,懊丧不已。一听金管局的人员要他如实交代买卖"永纱股票"的经过，以为有了倾吐苦水的机会。林乐耕说："我的证券号自 7 月份后交易清淡，直到 8 月 16 日始有大户交易，因为 16 日有杜维屏向我抛出一千六百万股（杜抛出我买进），到 18 日、19 日杜维屏又抛空，他问我要不要？我说不要。后来，杜维屏在 19 日下午就抛给一六号经纪人泰丰证券号五百万股，除杜维屏抛空外，还有二八号、二三七号、六五号、一四五号、三八号、二三一号等经纪人亦有抛空。"说到这里，林乐耕话题一转，爆出一个重大线索，他说："我在市场上听人说，有从南京来沪的某要员将证券交易所要停业的消息告诉杜维屏、盛老七、潘序伦三人……"

一听杜维屏这个名字，录口供的警察就像泄了气的皮球，立马没了精气神。杜维屏是什么人呢？这个人有谁敢惹？那是青帮大亨杜月笙的二公子。杜月笙在上海滩是什么人物，那是要风得风，要雨得雨，一跺脚，上海滩也要颤一颤的重磅人物，一般警察怎么敢"太岁头上动土"。办案警察赶紧上报局长，局长哪敢拍板做主。正当犹豫不决时，蒋经国打来电话，询问案情进展情况，局长只得如实报告。蒋经国脸色一沉，训斥道："现在是什么时候，总统都说话了，限期破案。还犹豫什么？不论是谁，都要为破案出力，给我传讯杜维屏！"

9 月 2 日上午，在上海市警察局七楼会议室，监察院监察委员、上海市警察局、上海市金融管理局及南京财政部特派员等一同传讯了杜维屏。上午 10 时半，杜维屏带来了下属证券主管邱云峰，以下即为审讯的原始笔录。

审讯官："姓名、年龄、籍贯、职业、住址。"

杜维屏："杜维屏，二十七岁，上海，鸿元证券号老板，住霞飞路新康花园九号。"

邱云峰："邱云峰，二十八岁，上海鸿元证券号经理，住证券大楼四六五室。"

审讯官："据我们调查所得，贵号于 8 月 11 日、12 日有永纱股票一千六百万股卖与林乐耕。"

杜维屏："我不清楚，请问我号中的邱经理，他知道。"

邱云峰："19 日早晨，还没有开门营业，就见一个男子与两位女人一道来门前等候。那个男子我们认识，是老客户，名叫李伯勤。这三个人一看就是有备而来，等我们一开始营业，他们每人迫不及待抛出二百万股。本来本号限制每人一次交易不超过一百万股，可是他们表示，愿意即付保证金。于是，允许其进行交易。没有想到，三个人一抛之后即是跌停板。本号因此亏了大本。下午开盘以后，这三个人又来了。我们的人已经看出这三个人有来头，在他们和其他客户闲聊中得知，一个女人是李伯勤的妹妹，另一个女人是一大早搭火车由南京赶过来的，说话是北方口音。"

警察立即按照李伯勤在证券所登记的地址前去寻找，没有见到李伯勤，却见到一个女人，一问得知，这个女人是李国兰，李伯勤是她的哥哥。这里是李国兰的家，李伯勤只是借住于此。警察在屋内没有搜到李伯勤的踪影，于是将其妹李国兰拘捕，讯问其兄的去向。她只说其兄已离开她家半年多了。后来，警官乐嘉芳从李家仆人处探悉：李伯勤有时寓于复兴路瑞华坊五十七号其友高祥生家。警察赴高家四周布控，守候李伯勤。同时，根据李国兰的口供，警察将住在湖南路三四三号中国石油公司宿舍内的另一嫌疑人杨淑瑶也拘捕归案。

几经审讯，李国兰供出是她的丈夫陶启明让她抛售股票。陶启明又是何许人？他是南京政府财政部资料室的秘书，也是这起大案的第一个泄密者。

警察询问李国兰："你丈夫 18 日晚回来和你谈起抛空的事了吗？"

李国兰："谈过，当时我们以为最近报上经济有变动消息，所以预备做股票，我丈夫表示同意。"

警察："那你抛空事先你丈夫知道吗？"

李国兰："知道的。"

警察："二百万股赚了多少钱？"

李国兰："约二十四亿。"

警察："你同杨淑瑶是怎么碰见的？"

李国兰："我去找她的。"

警察："怎么开户的？"

李国兰："没有开户，我是托我哥李伯勤代开'兰'户做的，一切手续托他办的。"

在警察局接受审讯的另一名嫌疑人杨淑瑶，她生性胆小怕事，警察一问，马上道出了事情的经过。

杨淑瑶："8月19日上午8点多，李国兰来约我去华美做股票，说有内部消息，这次包赚不赔。上午9点到交易所那里，由李伯勤为我及李国兰开了'淑记''兰记'账号。9点半开市即做好抛出永纱股票的准备，在一万六千四百五十点时抛出一百万股，在一万六千点时续抛出一百万股，赚到的钱托李国兰存了起来，其他的事情我一概不知。"

真相大白，水落石出，一切都已清楚，那个神秘女人就是李国兰，而她身后的"隐名之人"就是她的丈夫陶启明。

财政部上海金融管理局局长林崇墉马上接通南京财政部部长办公室电话。王云五已经下班回家，接电话的是财政部秘书长徐百齐。徐百齐表面上不动声色，聚精会神做着笔录，但旁边人发现，他的额角已经渗出冷汗。

财政部的不少官员知道，陶启明之所以能够进入财政部，就是徐百齐保荐的。徐百齐心知肚明，"币改"属于特级机密，可还是透露给了陶启明。怎么办？要不要马上报告王云五，徐百齐心中顿时翻江倒海，不报告行不行？上海方面会不会给王云五家中打电话。徐百齐毕竟是王云五的心腹，关键时刻还是掂得出哪头轻哪头重的，他决心舍车马，以图保住王云五。于是出了办公室，径直去了王云五家。

王云五震惊之余，当机立断，提笔手书一函，派人送往南京警察厅直接面呈厅长黄珍吾。黄珍吾与王云五交往不多，虽然上海的案件闹得沸沸扬扬，但还未涉及南京方面，黄珍吾展开信函一看，不禁愣住了："据报，本部秘书陶启明19日曾抛售永纱股票，该员泄露公务秘密，嫌疑重大。身为公务人员，竟有如此不法行为，实堪痛恨，应请贵厅即予逮捕，依法究办。"

既然财政部部长亲自手书，警察厅长还有什么含糊的，黄珍吾当即对警长下达命令，派得力警员即刻前去财政部三楼单身宿舍捉拿陶启明。一时间警笛长鸣，一行人马跑步行动。没承想扑了个空，陶启明不在宿舍。莫非这小子听到风声，或是有人向他走漏的信息，逃遁了？黄珍吾听了报告，马上抓起电话，接通了财政部，他将没有拿到陶启明的情况向王云五通报。此举也是一箭双雕，他暗示王云五，作为警察厅长已经闻风而动，为什么没有抓到人，或许有其他原因。王云五是何等人物，焉能不知其意何为。事关重大，警察厅长是要摆脱干系；还有，那就是说我财政部部长装模作样报案，又事先通知案犯逃遁，两头落好人不成？

不成，不管怎样，抓不到陶启明，财政部就摆脱不了干系，我王云五也有洗不清的罪名。想到这里，王云五随即找来人事处处长吴兴周，要他调出陶启明的档案，将陶启明的身体基本特征，身高、肤色、口音等一一摘录，并取出档案中陶的二寸照片，交送黄珍吾，请警察厅务必协助缉拿。

黄珍吾一看王云五如此动作，知道其是真要拿陶启明来顶缸了。立即调兵遣将，将陶启明的照片同时翻印了数百张。黄珍吾下达命令：务必要捉拿陶启明归案。当天晚上，南京警察厅出动警员达千余人之多，水陆码头，交通要道，进出南京市区的所有通道，统统布下网线，开展密集巡查，以防止疑犯潜逃出南京市区。

陶启明去哪儿了呢？其实，陶启明还在自鸣得意，满以为自己做得天衣无缝，不费吹灰之力，就发了一笔横财。此时，他还不知道财政部和警察厅为他所采取的所有动作，也不知道在上海的妻子已经身陷囹圄。他心情蛮好，晚上无事，兴致勃勃地参加朋友的一个宴会，欢歌艳舞，一直闹到深夜，才步履踉跄地回宿舍。埋伏在宿舍"蹲坑"的警察，拿出照片对照来人，没错，正是陶启明。

9月3日上午8时，警察开始审讯大梦初醒的陶启明。作为财政部秘书，陶启明熟知法律，他深知这个时候如果道出实情会是什么后果。他怀着侥幸心理，利用法律条款与审讯人员周旋和狡辩。当警察拿出证据，告诉他：8月18日夜晚，你的妻子到达南京下关火车站，19日早上7时30分到达上海北火车站，叫了一辆祥生汽车公司的出租车，来到位于外滩附近的九江路证券交易所。陶启明闻之一怔，末了还是百般抵赖，坚持概不认账。警察厅已经将此案定为重要大案，所选办案人员自然是老谋深算、极有办法之人。你陶启明一时不交代，没有关系，审讯人员有耐心，更有办法。陶启明坚持了一天、两天，到了5日，陶启明再也支撑不住，终于招出事情的原委。这个陶启明没有好汉做事好汉当的江湖义气，而是想方设法推卸自己的罪责，他不承认自己是出谋划策之人，拉上了一个"垫背"——他的上司财政部秘书长徐百齐。

徐百齐原系中央研究院研究员，是王云五的嫡系，一直为王云五鞍前马后。王云五到财政部走马上任，徐百齐便跟着王云五进了财政部，担任财政部秘书长。同年6月，徐百齐推荐了在台湾法院任职的陶启明，因"法律、英文均好",被引进财政部当秘书。

陶启明被南京警察厅逮捕之后,徐百齐坐卧不安,一夜未眠。他十分清楚,这件事情无论从哪个方面讲,自己都难脱干系。第二天上午刚刚上班,徐百齐主动找王云五要求单独谈话。两人密谈了数个小时,而后由王云五电话通知警察厅厅长黄珍吾:"徐百齐为表明心迹,自请看管,请派员来部监管。"

当陶启明供出徐百齐之后,王云五又发函致黄珍吾:"本部停职秘书徐百齐,因为陶启明之介绍人,自请看管。倾据贵厅刑警总队审讯陶启明之口供,认徐百齐有重大嫌疑,请自行逮捕,拘押法办⋯⋯"

于是,徐百齐被"请"到了南京警察局,至此,由于财政部泄密而引发上海证交所发生抛空大案的案情已是昭然若揭。财政部内部人员窃窃私语:这一回轮到财政部"地震"了。

9月10日,蒋经国在上海梵皇渡路艺乐饭店召见上海银行业公会理事长李馥荪、金城银行董事长周作民、上海联合银行总经理戴笠庵,要求这些人觅具保结,勒令上海银行界将所存黄金、白银和外币、外汇资产等,全部清单报中央银行,不经允许不得离沪。只有周作民找到一个借口,搭乘美国人陈纳德的飞机前往香港,得以逃脱。

9月12日,蒋经国发表"上海何处去"演讲,下了最后通牒。蒋经国说:"为了压倒奸商的力量,为了安定全市人民的生活,就必须要打击奸商的力量。投机家不打倒,冒险家不赶走,暴发户不消灭,上海人民就不得安定。"上海的舆论对蒋经国的演讲纷纷叫好,有的甚至高呼其是"蒋青天"。

第十九章
毛泽东否决人民券最初设计图案

南京国民党政权颁布币改方案、准备发行金圆券的第二天，中共华北银行总行迅速做出反应，为减少金圆券发行给解放区人民带来的危害，确定了加速自己货币的发行方案。南京政府抛出所谓的币改方案，表面上看，似乎是为了拯救国内金融市场的困境；实际上，蒋介石在这葫芦里究竟装的什么药，中国共产党人已经看得一清二楚，南汉宸在华北银行内部讲话，已经剖析得入木三分；一句话，就是老蒋打算转嫁经济危机，让全中国人民为其填补天文数字的财政亏空，为国民党政权金融赤字深渊埋单。新华社于1948年8月28日发表文章，一针见血地指出，这个"币制改革"说穿了，就是"以变相大膨胀，实行空前大掠夺"。

中国共产党领导下的华北银行总行展开针锋相对的方针策略，拟定《关于发行中国人民银行券的补充意见》正式上报中共中央。这个补充意见针对人民币的发行比价、票版面额、发行时间、发行步骤、发行数量和印制计划等问题做了详细具体的报告。

人民银行筹备处依据过去各个边区根据地货币斗争的成功经验，提出建议，统一后的人民银行货币不规定含金量，并申明与金银脱离关系，其汇率主要依据货币实际的购买力而决定浮动比例。作为筹备处主任，南汉宸深知自己的家底，在金银储备方面解放区根据地处于劣势，如果人民券一定要与金银储备挂钩，增发货币势必要收购相当数量的金银，其结果必然导致市场物价上涨，通货膨胀。这一现象已经在国民党政府调整法币与白银关系时出现过，我们不能重蹈覆辙，犯历史性错误。

人民银行筹备处向中央建议，在人民币正式发行的同时，应采取低价冻结政策。金银定价远低于物价上涨速度，也低于国际金银价格。如无特殊情况，银行原则上只对土改退押农民所得的金银定价收购。南汉宸认为，人民币必须摆脱金银贵金属的束缚，只有摆脱金银、外汇的关联度，对国民党金融政策反其道而行之，才能够减轻国民党统治区金融经济对解放区经济的牵制和影响力，人民券才可以尽快成为在全国范围内发行的统一市场货币。

作为中共中央工委金融系统的主要负责人，董必武对于第一套人民币的发行深知非同小可，责任重大，因而在票样送交中央书记处审定之前，董必武已经反复研究，做足了功课。

首先，董必武与南汉宸等人对几种货币的流通过程进行了全面调研，对已经出现的问题和弊端进行了及时处理和解决。然而，有一些问题积重难返，不可能迎刃而解，一蹴而就。例如对冀南币、晋察冀边区票、北海币和农行券先后固定比价统一流通，在便利民商往来与物资交流上，的确起了很大作用。但是，在货币制度上仍然存在着两个亟待解决的问题：第一，货币版式过于烦琐复杂，这四种发行的货币，票版竟然有几百种之多；且印制技术简单、粗糙，造假很容易，老百姓不但对假钞票难以识别，还对各区货币兑换有折算之苦。此外，各区货币发行有习惯上的地区性，亦不能作为统一货币的基础条件。第二，货币面额太小不便行使。由于十年战争的消耗，生产减退，各地区货币的购买力，实际已经逐渐降低。现在一张千元晋察冀钞票仅仅相当于战前的一角钱（实际购买力不超过3斤小米），一元钞票则仅相当于战争前的一毫，公私款项在收付携运上均极感不便，市场交易亦受明显影响制约。

董必武在调研时发现，很多企业，不管是公家所办还是私人所有的，无不为点款而发愁。为此，各单位点钞票不得不增加人员加班加点，几乎每一家银行都要安排接近一半的工作人员从事出纳工作。即便这样，出纳业务量特别是点钞工作还是忙不过来。"因此滞碍了金融流转，不便于商品流通，浪费了人力、物力"。

鉴于此，在董必武的首肯之下，南汉宸以华北银行总行总经理名义签发了《关于发行中国人民银行钞票的指示信》。指示信指出，为了进一步统一三区货币，经华北、山东、陕甘宁、晋绥政府会商决定：将华北银行、北海银行、西北农民银行三行合并，成立中国人民银行。即以华北银行总行为中国人民银行总行。以人民银行筹备基金及华北银行、北海银行、西北农民银行之全部资产准备统一为中国人民银行之资产准备。即于本年十二月一日施行。并于同日开始发行中国人民银行钞票，统一华北、华东、西北三区货币。新币与旧币固定比价，中国人民银行钞票一元等于冀币或北币一百元、边币一千元、西农币或陕甘宁贸易公司流通券二千元。新币发行之后，旧币即停止发行并逐渐收回。在旧币未收回前，仍按固定比价照旧流通。如此，则可消除四种货币的复杂局面，减少货币收付携运之繁，易于防假，改变对伪金圆券比价的不利形势，且对今后发展生产支持战争提供了有利条件。

中国人民银行钞票之发行，不但统一了华北、华东、西北三区的货币，且将逐步地统一所有各解放区的货币，成为新中国战时的本位货币。同时也就加强了对敌斗争的力量，给予国民党政权货币和经济上以致命打击，加速其经济的崩溃。

第一版人民券票面图案设计出来时，中共中央主要领导人还在陕北，董必武则已经随中央工委来到了晋察冀边区的平山县西柏坡村。这一天，他接到毛泽东从陕北发来的电报，不同意其报请的钞票设计。什么原因呢？很简单，因为钞票设计上印有毛泽东的像。

这是毛泽东第二次拒绝在货币上印他的标准像。第一次是在红军时期的中央苏区。中华苏维埃共和国国家银行准备发行自己的货币，票样设计师黄亚光设计图案时就准备采用毛泽东的像。因为那时毛泽东是中华苏维埃共和国临时中央政府主席。黄亚光的理由是，钞票上大多有国家元首的头像，美元有美国的总统像，英镑有英国的国王像。然而，毛泽东在审看票样时却说："我的像不能用，我没有这个资格。"主席没有资格，谁还有这个资格呢？毛泽东提出他的意见：列宁是全世界无产阶级的领袖，中国革命是世界革命的一部分，可以考虑采用列宁的头像。于是，在中国的苏维埃辖域内，中国的红色货币图案出现了列宁的像。尽管毛泽东曾经表示不同意货币上印他的像，但是在抗日战争时期，他的像仍然多次出现在中国共产党所管辖区域内的红色货币上，在解放战争时期这一现象同样也曾出现。然而，在设计中国人民银行发行的统一货币上，毛泽东还是表示不同意用自己的像。

毛泽东的意见当然要认真对待，董必武经过一番思考，向银行总经理南汉宸提出一个原则：人民币，是人民自己的货币，那图案就应当以反映解放区人民从事工农业生产为主。董必武思忖了一阵又说道："另外，还有一点要特别注意，人民币是新中国的货币。我们是独立自主的国家，在票版的正面和背面，除了必要的阿拉伯数字之外，一律用中文，不能像某些货币那样，掺杂着英文。"

在上报中共中央书记处的发行人民券的意见书中附有五个品种、七种版别的人民币设计样稿。其中有壹圆券（工农图）、伍圆券（帆船图）、拾圆券（火车站图）、伍拾圆券（水车、运输图）、壹佰圆券（有三种图案版别，即耕地图、火车站图、万寿山图）。

票面的正面，底纹呈浅蓝色，花边是高粱红色，图景为黑色，中间花符线为紫色。正上方有"中国人民银行"，中间有"伍拾圆"等正楷字样，左边为"水车"，右边为"煤矿"等图景。

背面底纹呈黄茶色，背边为深茶色，正上方有"中国人民银行"，中间及左右两边均有"五十"等字样。人民币的票面风格从此确定，直至新中国成立以后二十多年没有改变。

第一套人民币的设计工作是董必武和南汉宸委托晋察冀边区财政印刷局承办的。南汉宸及时向人民币的设计人员传达了董必武提出的要求，强调人民币的票面设计应尽量体现人民性质，反映工农业生产。在财政印刷局局长王文焕的直接组织下，由设计师王益久和沈乃镛具体承担了票面设计工作。《晋察冀边区财政印刷局简史》记载："不久，南汉宸派人到印刷局传达了董必武及中央的指示，票券需要重新设计，要反映解放区工农业生产的情景，正面和背面，除必要的阿拉伯字码外，一律用中文，不用英文。同时，将董必武为人民币题写的行名与金额题字也一并送来。"

董老将题字交给南汉宸同志时还说，字写得不好，由制版的同志去挑选用吧。据当事人石雷回忆，董老的题字，写满了整整一张纸。其中有"中国人民银行"，有"圆、角、分"，还有大写的数字和汉字的数字。其中，"贰"字有两种写法。石雷觉得很奇特，便问南汉宸同志，为什么"贰"的写法不一样。南汉宸告诉他，这两个字法通用。

根据中共中央及董必武的指示精神，王文焕立即召集设计人员重新开始人民币票券的设计修改工作。同时，边区政府财政处立即派人准备印钞用纸及油墨等印刷材料，先后从冀中、山东调运了大批模造纸和道林纸，为人民币的生产提供了基础资料保证。

对于第一套人民币上要书写的"中国人民银行"六个字，董必武颇费思量。该用什么字体，由谁来书写呢？南汉宸的意见很明了，就是请董必武来写。这不仅仅因为董必武是中共中央工作委员会常委和华北财经办事处主任，还因为董必武书法造诣很高，年逾花甲，德高望重，被党内称为"五老"之一。董必武知道这几个字印在人民币上的分量，因而格外重视，回到家里，静下心来，心中反复揣摩良久，才拿起笔，一气呵成，写下"中国人民银行"这六个字。

人民币设计小组的王益久和沈乃镛仔细体会中央领导同志的设计思想主旨，反复思考以后，确定了创作思路，才动手进行票样设计工作。

由王益久和沈乃镛设计的第一套人民币样式：10元券正面图案为车水灌溉和矿山，反映工农业生产；20元券正面图案为矿山采煤和工人推动煤车，反映工业生产；50元券正面图案为毛驴车水和矿山工厂，也是反映工农业生产的。

票样的小样出来以后，经过反复修订才放到了南汉宸在夹峪村的窑洞办公处。南汉宸仔细审核后，认为可以了，呈报董必武审定。董必武认为，这次的票样设计比较准确地体现了中央指示精神，便请中央书记批阅。此文件经毛泽东、刘少奇、周恩来、朱德、任弼时等领导圈阅批准，样稿送印钞厂正式开始制版，然后送至各解放区印刷局。

1948年9月，华北财经委员会第一次会议决定："人民银行券于明年1月1日发行。今年的三个月为准备阶段。在印制上力求精美，防止造假。由南（汉宸）起草一个关于发行人民银行券的指示，内容着重号召人民予以支持，注意稳定物价，金融避免波动，防止假票，与蒋币斗争等，并向各级党委、各级政府和广大人民说明，我们这次发行是统一货币，整理发行，不是币制改革。"

为什么要特别强调人民币的发行不是币制改革呢？因为当时国民党政府正在搞币制改革，由金圆券取代法币，实际上宣布了法币的崩溃，从而引起国统区民众的恐慌与不安。中共中央了解到各地民众对币改的顾虑与担忧，为了有别于国民党的货币发行乱象，特别强调说明，我们不过是对各个解放区原有货币的整理和统一，与国民党的币改有本质区别，让老百姓大可放心，不必担忧。

此时，晋察冀边区财政印刷局已改称华北银行第一印刷局。根据华北银行总经理南汉宸的指示，第一印刷局进行了生产总动员，全厂上下迅速投入第一套人民币的印制工作中。华北银行第一印刷局生产的第一套人民币，有10元、20元、50元三种面值。

10月3日，中共中央发出关于印制新币问题的指示："决定中国人民银行新币……委托华北、华东印制10元、50元、100元的新币，尽可能于年前完成50亿元。印刷必须力求精细，应由中国人民银行派人负责检查票版、票纸，切勿粗制滥造，以防假票流行。"

毛泽东在看到第一版人民币时欣喜之情油然而生。首批人民币刚刚印出，票样在第一时间送到了中共中央所在地西柏坡，由华北财经办事处主任董必武直接面交毛泽东审阅。毛泽东接过崭新的人民币眉开眼笑，在深秋的阳光下反复端详，连声称赞"不错不错"，然后意味深长地对身边的同志说道："人民有了自己的武装，有了自己的政权，现在又有了自己的银行和货币，这才真正是人民当家作主！"

毛泽东高瞻远瞩，他十分清楚，这次货币的发行不同于在江西苏维埃政权所发行的货币，也不同于在抗日战争时期发行的"边区票"。这是中国共产党人第一次面向全中国所发行的货币，这是一个重要的标志，同时也是向蒋家王朝的金圆券宣战的重要武器。

但是，对于人民币如何发行，中共中央没有具体指示，仅仅要求华北银行总行向下属分行和处室下达了一封指示信。现抄录如下：

为了保证新币发行顺利，信用巩固，各级行处应进行以下工作：

一、在接到指示后，首先在内部进行教育，使所有人员了解发行新币的必要与其重大意义，同时结合目前形势进行学习，提高干部思想，迎接胜利，提高工作效率，出纳人员还须注意，熟识新币票样。

二、配合政权部门分发张贴华北人民政府关于发行中国人民银行钞票的布告，并组织力量，通过各种方式（开会、黑板报、广播等）向群众进行广泛的宣传解释，说明发行新币的意义及布告的内容，号召群众使用与爱护新币，宣传重点首先放在城镇和集市，然后普及于农村。

真是言简意赅，就是这么简单的两点指示，人民币发行工作就布置下去了。由此可见，当年的银行队伍整体素质之高，工作能力之强，任务落实之迅速。

第二十章
王云五为何执意飞往美国

　　一向以精明果决著称的王云五此时心情十分复杂，他现在是真忙，按下葫芦浮起瓢，忙得焦头烂额。也难怪，这么个烂摊子，放在谁头上也不是好收拾的。然而，面对岌岌可危的金融市场，众多人马寻找破解之策的关键时刻，他却做出了一个让很多人匪夷所思的决定：执意要去美国参加一个会议。很多人认为，作为财政部部长，面临币改的关键时刻出国，大为不妥。

　　1948 年 9 月 3 日，从美国访问归来的傅斯年[①]致函王云五："此事关系国家之生存，非公之无既得利益者不足以为此，卓见毅力。我是向来好批评而甚少恭维人的，此次独为例外。"傅同时劝说王云五取消赴美开会计划。事实证明，傅斯年的这一担忧，若从币改角度出发，不无道理。

　　王云五为什么执意要去美国呢？事情起因很简单，南京政府相关人士通知王云五：9 月下旬，国际货币基金及国际复兴建设银行理事会第三届年会将在美国召开，这届年会是由中国做轮值主席。王云五闻之内心不由一动，这是一个代表国民党政府登上国际舞台的好机会啊！应当参加。可是这时出国是否适宜？王云五心里也是权衡再三。人在犹豫时，他的潜意识总是有两种以上意见在辩论；在做出决定时，一定要自己说服自己，一定要找一个能够说服自己的

---

　　① 　傅斯年（1896—1950），山东聊城人，著名历史学家。抗战胜利后，一度代理北大校
　　　　长。时任南京国民政府立法委员，中央研究院院士。政治上亲蒋反共，1949 年去台湾，
　　　　兼任台湾大学校长，1950 年因脑溢血去世。

理由。那么，王云五找到什么理由做出了这么个让外界匪夷所思的决定呢？笔者分析，大约有三点。

首先，王云五并未意识到币改之后可能出现的潜在危机，他认定币改一定会大功告成，国内短时间不会出现太大的金融问题；其次，在权衡出国与继续为币改坐镇两者的关系时，他认为这次会议非常重要，特别是中国政府是轮值主席，轮值主席国的财政部部长不出席，成何体统？再者，他甚至认为，参加这次会议对币改是十分有利的事情。他企图借做大会轮值主席的机会，向西方国家特别是美国政府谋求贷款，作为已经实施币改之后援。对这个如意算盘，对美国国情了解较深的朋友告诉王云五：西方国家对于财经会谈，往往看重专家的意见，对不是专家的官员常常敷衍，甚至冷淡。然而，王云五去意已决，或许是鬼使神差，或许是哪一根神经"短路"，还是固执己见，坚持远行。王云五之所以能够找到这么多的理由，最重要的，也最关键的，就是：让虚假的好消息冲昏头脑。

王云五之所以坚持赴美参会，还有一个决定因素，就是王这个人生性非常自信。他认为，金圆券的发行尽管有一些小的纰漏，但肯定会成功的。金圆券发行的最初几天，他听到的几乎全是赞美之声。身旁的财政部官员投其所好，报喜不报忧，王云五所看到的简报几乎全是"形势大好，不是小好"，或许就是好消息不绝于耳，冲昏了这位财政部部长的头脑。

财政部研究人员向王云五报告：资金市场与商品市场在币制改革后，出现了"奇迹"。例如，收兑金银外汇取得了进展，利率开始下降，商品价格也多控制在金圆券发行前的水平。面对这样的局面，王云五不说兴高采烈，也是长舒一口气了。

正是这些报告让王云五很快放松了警惕，认为币改已经大功告成，至于后顾之忧，那就是争取美国人的经济援助。因而，他认为此行是必需的，再者出国这么几天，财政部部长不在国内，天也不会塌下来。其实，他所得到的信息大多是片面的、表面的，有的甚至是虚假现象。

实际上，金圆券发行不过刚刚15天，国民党政府所控制的汉口、重庆和广州的物价就分别上涨了21%、40%和83%。一个月以后，整个国统区出现的存款挤兑和物资抢购狂潮，导致当时中国银行、中央银行和交通银行等几大银行门口人满为患，当局不得不调动军警维持秩序。这些现象还不算什么，关键是涉及老百姓日常生活的粮食供应出现危机，各地米店面铺已经十店九空。

就上海市场而言，表面上，物价没有大的浮动，但已是有价无货。商人们为了减少出售即赔本的局面，千方百计藏匿商品。一些商人为逃避货物登记，宁肯多付运费，让货物留在火车的车皮内，在上海附近的无锡、镇江等地区转悠，就是不进上海车站。生产企业很快陷入原材料紧缺、生产难以为继的困境，因而打算停工。坐镇上海的蒋经国了解到这个情况，立即做出更严厉的措施，声称如果停工，将予工厂没收，"彼等不得不以其生产品亏本出售"。可见金圆券发行之初的"奇效"是在什么高压状态下形成的！

然而，王云五的头脑已经发热，他已经分不出孰轻孰重，置币改纷杂事务于不顾，于9月20日率席德懋、宋子良等人飞往华盛顿。这样的行为，居然没有人指责他"擅离职守"。虽然有很多朋友极力相劝，作为币制改革的制定者，对币制改革能否成功自然是第一责任人，一个有着极强责任感的人本应该在国内坐镇，应付可能发生的突变事件，可他为什么竟然忘记了"帅不离位"的老例，轻率地撂下紧迫的需要随时处理的难题，执意飞往美国。

20世纪40年代，通讯条件远没有今天这么便捷。若想相隔万里实施遥控，进行业务方面的指示相当困难。王云五只要一踏上飞机，他对中国的金融业务的指挥就等于切断了。然而，王云五似乎胸有成竹，似乎已经安排妥当，了无牵挂地飞往西方世界。

说来颇有戏剧性，就在王云五踏上飞机之时，金圆券发行速度明显加快，短短几天，到9月底已达12余亿元。王云五返回国内以后，"已经显露的通货膨胀已然是恶性膨胀"[1]。商品市场愈见枯竭，北平"所有粮食店油盐店均空空如洗，不按照官价购不到一切，即按黑价亦无觅处。"[2]上海"商店纷纷藉词休息，甚至民众赖以生活之食粮肉类亦均无法购置，以致造成人心空前之恐慌。"[3]

1948年9月15日，上海法院开始公审金圆券泄密案。因为涉及币制改革

---

[1] 中科院历史所第三所南京史料整理处：《中国现代政治史资料汇编》第4辑28册，第11345页。

[2] 中科院历史所第三所南京史料整理处：《中国现代政治史资料汇编》第4辑28册，第10161-1页。

[3] 《大公报》（沪），1948年10月27日。

的内幕太多，法庭不得不刻意回避某些敏感问题，最终判处徐百齐、陶启明有期徒刑各7年。9月28日下午，上海法院开庭宣判杜维屏、李国兰等人：李国兰被判处有期徒刑十个月，杜维屏被判处有期徒刑八个月，杨淑瑶被判处有期徒刑七个月。对于违法经营场外交易者，财政、工商两部根据情节给予处分，经纪人杜维屏被吊销营业执照。

监察委员孙玉琳等联名纠举王云五用人不当，严重失职，但监察院认为该案与王云五无关。财政部和上海金管局又派人会同调查上海证券交易所监理员王鳌堂失职一事，王鳌堂代人受过，成为又一只倒霉的替罪羊，不久即被免职。

实际上，陶启明案件不过是所有泄密案件中的一件。1948年8月上旬，时任广东省政府主席的宋子文因公来到南京，这位前财政部部长与蒋家关系密切，有什么事情能够瞒得住他？当他获悉即将币改的情况以后，立即通知广东省府方面准备大量法币，在市场上以低价套购了数量可观的大米。等金圆券发行以后，奸商们立即把大批物资，包括粮食统统囤积库中，等待涨价后牟取暴利。

台湾学者吴相湘对王云五出国颇有微词，认为金圆券发行之初的良好反应，并未预示中途不发生变化，更不能保证最后完全成功。加以当时军事情势不佳，一旦剧变，必影响全局。王云五这个一意孤行的决定究竟取得了什么成果呢？与之前往的同行者的回答是"大失所望"。然而，王氏为遮人耳目，10月9日回国后，面对采访记者，硬着头皮大言不惭地称："美国朝野对继续贷款援助我国问题，极愿予以考虑。"[1]

"王云五以发行新币主持人，理应坐镇首都，随时因应。不宜远赴万里外出席会议。这是一非常错误不能见谅国人的决定。"[2]吴氏所言不无道理，但是，从全局来看，假使王云五没有飞往美国，他依然在南京财政部，大厦将倾，人民解放军打过长江，兵败如山倒，依靠王云五这个"独木"能够支撑起来吗？

古人云，水可载舟，亦可覆舟。国民党政权横征暴敛，巧取豪夺，民心丧

---

[1] 《大公报》（沪），1948年11月14日。

[2] 吴相湘：《王云五与金圆券的发行》，《传记文学》（台湾）第36卷2期。

尽，假使不搞这个金圆券的币改，难道蒋家王朝能够留在南京吗？

顺便说一句，王云五在中国共产党的眼里是什么角色呢？由于王云五从政时位居国民政府高官要职，且一贯支持蒋介石领导下的国民党政权，积极反共，加之他设计的金融改革方案又闹得天怒人怨，因此在 1948 年 12 月 25 日新华社发布的 43 名战犯名单中，他被列为第 15 号战犯。

事后有人分析，让王云五在金融危机关头置方针大计于不顾，执意坚持飞往美国，有一个人物最值得关注。这个人是谁？就是潜伏在当时南京政府中央银行的共产党人冀朝鼎。冀朝鼎时任外汇管理委员会主任，是掌管有上亿美金的"平准基金"委员会的负责人，是国内外著名的经济学家。王云五欲出国参会，有没有征求冀朝鼎的意见？或者说，冀朝鼎主动找上门，希望财政部部长参加这个国际货币组织的专业性会议。的确有这个可能。

五十年以后，有人披露真相，说冀朝鼎才是金圆券崩盘的幕后推手。果真如此吗？横看成岭侧成峰，历史总是由置身局外的后人们记述评说。应当认为，冀朝鼎在王云五出国以及币改当中确实发挥了别人没有意识到的重要作用，但是，决定王云五铸错的还是南京政权本身。

第二十一章

人民币提前发行刻不容缓

1948 年 11 月，林彪、罗荣桓率领的东北野战军解放东北全境之后，挥师入关，与聂荣臻领导的华北野战军分兵合围，迅速对天津、北平等城市实行战略包围，平津的解放指日可待。面对这一形势，中共中央开始思考解放之后的大都市接管问题，毛泽东认为统一货币的时机已经来到，应当马上统一货币。

11 月 15 日，周恩来打电话给董必武，说："全国形势发展很快。平津不仅是中国的大城市，而且是东北、华北解放区结合部位，是军需、民用采购集中点。它的周围现有八九个解放区的银行，这些解放区的票子，印刷很粗糙，不仅比价不一，而且天天在贬值，折算困难。如果让这些票子一起进入平津，将会造成多种货币闹北平的混乱局面，不但采购、折算难度大，也给平津商民带来很大不便。群众将责难我们：光会打仗，不会管经济。因此，必须赶紧动员一切力量发行全国统一的人民币，否则，中央就要采取别的措施。"

董必武所领导的华北财经委员会半年前升格为中央财政经济部，董必武兼任部长。对于周恩来对当前局势的分析和工作要求，让他明显感到人民币的发行已经很迫切，已到了刻不容缓的地步。原来计划在第二年 1 月的发行要提前，眼下可是计划赶不上变化，已经不容拖延。"否则就要采取别的措施"，不管周副主席所说的"别的措施"是什么，也表明那将是对人民银行筹备处无声的批评。

董必武虽然是老革命，是党的一大代表，可是如果不能完成党组织交办的任务，那也将是十分愧疚的事情啊。因此，他马上回答周恩来："我们立即商量人民币发行，然后向中央汇报。"

11月18日，根据周恩来的指示精神，已经当选为华北人民政府①主席的董必武主持召开了华北人民政府第三次政务会议，其中一个中心议题就是研究成立中国人民银行，发行全国统一货币。

华北人民政府政务会上，董必武明确提出："我们要在平津解放前，成立中国人民银行，发行解放区统一货币。原定在1949年1月1日成立中国人民银行的决定要提前！"说罢，他向在座的南汉宸问道："汉宸，时不我待呀！你们的筹备工作做得怎么样了，可不可以明天就把人民银行的牌子挂出去？"

"我看可以了。"南汉宸胸有成竹地回答。"经过一年多的筹备，各项工作都已经就绪了，12种面额的票版，已经请中央几位领导审定过了，如果明天挂出人民银行的牌子，明天就可以把钞票发行出去。"显然南汉宸已经有了充分准备，信心十足。

董必武是个做事非常慎重的人，他依然有些不放心，再一次问道："这是一件十分重要的事情，你们的具体工作做得怎么样？"

"为了准备北平解放后立即由我们人民币占领市场，城工部的同志已经派人携带印版进入北平，同那里的一家印刷厂谈妥，已秘密地代我们印出一批钞票。等解放军一进城，人民币就可以在市场上流通。"不但如此，人民银行筹备处遵照中共中央关于印制新币问题的指示已经着手印制新币②。华北银行赴东北负责办理印制新人民币的人员，已经带着印好的人民币回到了石家庄。在

---

① 华北人民政府正式成立于1948年9月26日，它是根据中共中央的指示精神在原晋察冀和晋冀鲁豫两边区政府的基础上建立起来的。成立初期管辖北岳、冀中、冀鲁豫、冀南、太岳、太行和晋中七个行署及石家庄、阳泉两市。1949年8月建省以后管辖河北、山西、察哈尔、绥远、平原五个省和北平、天津两市。全区共有人口5600万人。政府驻地，1948年9月在河北省平山县王子村，11月2日迁往平定县城，1949年2月，迁驻北平西皮市。华北人民政府在中共中央及华北局的领导下，调动一切人力、物力和财力，完成了华北区的统一和支援全国解放战争的任务，为新中国的政权建设和经济建设积累了经验，为中央人民政府的成立做了组织上的准备。

② 1948年10月3日中共中央关于印制新币指示信主要内容："决定中国人民银行新币……委托华北、华东印制10元、50元、100元的新币，尽可能于年前完成50亿元。印刷必须力求精细，应由中国人民银行派人负责检查票版、票纸，切勿粗制滥造，以防假票流行。"

此之前，东北财经委员会按照上级的指示，印好票面金额和发行银行（中国人民银行）的名称。为防止被盗，运回的新人民币都是没有裁开的大张，而且只有每一大张的号码，却没有每一小张票面的号码。经过华北印制厂进行了再加工，发行部门通过审核以后，最后验收，从而完成了钞票的全部印制任务。南汉宸这时向董必武交了一个实底。

为了顺利进入北平，接管北平，中共中央的准备相当充分。早在9月17日，中共中央社会部在河北省建屏（今为平山）县西黄泥村成立"干部训练班"，为准备接管北平市着手培训干部。还有，远在上海中央银行的冀朝鼎在蒋经国发表《告上海兄弟姐妹》演讲之后，接到李克农的密信，要他争取到北平，到傅作义身边工作。这一天，南汉宸通过情报系统获悉，傅作义任命了华北"剿总"主管粮秣大权的经济处长，马上就要走马上任。这个财经处长姓甚名谁？不是外人，就是他的同乡，也是傅作义最信任的经济学家——冀朝鼎。有这样一位"财经专家"掌管华北五省特别是北平和天津的财经业务，他南汉宸怎能不底气十足呢？

有了南汉宸"明天就可以挂出牌子"的郑重承诺，董必武在大会上果断拍板，做出决定："好，这样我们就定下来了，马上对外宣布，中国人民银行成立！"

华北人民政府第三次政务会议发表公报，指出：11月18日，华北人民政府在石家庄人民礼堂召开第三次政务会议。时任华北人民政府主席董必武在会上临时加了一项"关于发行统一钞票问题"的议题，由中国人民银行筹备处主任、华北银行总经理南汉宸向会议报告筹备工作情况。会议一致通过决议："发行统一货币，现已刻不容缓，应立即成立中国人民银行，决定任命南汉宸署理中国人民银行总经理。"华北人民政府决定，即日成立中国人民银行，发行统一货币。

会后，华北人民政府决定：人民银行和发行人民币的时间定在1948年12月1日。一面电商各解放区，一面加速筹备工作。

南汉宸从政务会场出来，径直奔往华北银行总行，他知道刻不容缓的意义。他将负责发行的秦炎和石雷招呼到他的办公室，问他们如何保证在12月1日——中国人民银行宣布成立的当天，就把人民币发到市场上与人民群众见面，目前有什么困难？

石雷汇报具体问题："目前，我们的库中，只有 50 元、20 元和 10 元三种票子，数量不多，主要还是 50 元的。原定的一元、五元和一百元虽然票版已经做好，但一种也没有印出来，现在只有一小部分机器印人民币，已有六七天没有送票子来了。"他见南汉宸皱起了眉头，便顿了一下话头，表态说："行长放心，无论如何，我们会保证在 12 月 1 日把人民币发到市场上与群众见面。"是啊，不管怎么样，人民币总是可以发行的，尽管主要还是 50 元的票子，象征意义大于实际流通，这一步迈出去就是胜利。

南汉宸用目光询问坐在一旁的秦炎，看他还有没有需要补充的事宜。秦炎犹豫了一下，还是说道："库存的票子，石雷已经汇报了。委托东北代印的人民币何时能送来，到今天一点消息都没有。"

南汉宸点头，告诉秦炎："中央已经给东北发电报，催促他们尽快运到华北。"

秦炎接着说："就是今天到了，还要加印号码图章、检查封包，距离 12 月 1 日还有 10 天，肯定指望不上了。"秦炎看了一眼正在沉思的行长，解释道："我们已经告诉印刷局，停印冀南币和中州币，全部改印人民币。此外，我们争取多制几块版，等平津解放后带进平津印刷。"

南汉宸点头称好。他说："原来打算先发一元和五元小票，之后再发大票，以避免引起市场波动。现在，大局已定，只好有什么票子发行什么票子。发行 50 元人民币，虽然也算是大票了，但它也只能买十五六斤小米，再加上秋季以后，农产品上市多，加之解放区面积的扩大，估计对市场影响不会太大。而且，人民币刚发行，数量比较少，还不能一下子铺开，占领全部市场，各解放区的票子还要流行一段时间，之后人民币印制多了再逐步收回。"他叮嘱秦炎，停印冀南币和中州币，全部改印人民币，一定要检查落实。

"一定要让人民券流通与军事行动同步。"南汉宸在而后召开的人民银行筹备处全体人员大会上，提出了工作目标和具体要求。中国人民银行当前的首要任务就是如何在人民解放军进入北平城时，人民券同一时间在北平城正式流通。

南汉宸曾经在平津地区从事党的秘密工作多年，人脉很熟，他与华北局城工部取得联系，通过中共北平地下组织，秘密寻找在北平城中可以利用的印钞设备和印钞厂房。潜伏在北平城内的中共党员已经渗透到北平社会各个阶层，南汉宸所交代的工作很快就得到了落实。在北平南城白纸坊附近一个僻静的小胡同内，在民国初期的一个印钞厂中，在中共地下党组织的主导之下，已经悄悄地做好了印制人民币的一切准备，器械、油墨、纸张，等等，只要人民币的印版一到，就可以开机印制。

11 月 22 日，华北人民政府主席董必武签发了《成立中国人民银行、发行统一货币》的训令。

11 月 23 日，南汉宸指示有关人员将人民券印版秘密即刻送进北平城。

11 月 25 日，华北银行总经理南汉宸、副总经理胡景法、关学文签发了《华北银行总行关于发行中国人民银行钞票的指示》。是日，在原华北银行总行基础上建立的中国人民银行总行发出《关于发行中国人民银行钞票的指示》，说明成立中国人民银行是革命形势发展的需要，发行人民币的重要意义和它对国民经济发展的重要作用，要求各级银行首先在内部进行教育，使所有工作人员了解发行新币的重要意义，并以各种形式向人民群众进行广泛的宣传。

11 月 30 日，董必武与华北财经委员会副主任薄一波、黄敬联名致电中共中央，提出了发行人民币、统一各解放区货币的具体方案。毛泽东、周恩来等中央领导很快回复："同意。"

12 月 1 日，在石家庄市中华北街 11 号原华北银行旧址，举行了中国人民银行挂牌仪式。至此，中共中央正式建立了全国统一的金融机构——中国人民银行，发行了全国统一的货币——人民币[①]，为全国金融统一迈出了最为重要的一步。

同日，华北人民政府关于建立中国人民银行和发行人民币发布公告，公告指出："于本年十二月一日起，发行中国人民银行钞票（下称新币），定为华北、华东、西北三区的本位货币，统一流通。所有公私款项收付及一切交易，均以新币为本位货币。新币发行后，冀币（包括鲁西币）、边币（晋察冀）、北

---

① 1948 年 12 月 1 日，中国人民银行成立并发行第一套人民币，共 12 种面额 62 种版别，其中 1 元券 2 种、5 元券 4 种、10 元券 4 种、20 元券 7 种、50 元券 7 种、100 元券 10 种、200 元券 5 种、500 元券 6 种、1000 元券 6 种、5000 元券 5 种、10000 元券 4 种、50000 元券 2 种。统一发行人民币是为迎接全国解放采取的一项重大措施，促进了人民解放战争的胜利，在建国初期经济恢复时期发挥了重要作用，第一套人民币于 1955 年 5 月 15 日起停止流通。

海币、西农币（下称旧币）逐渐收回。"

负责发行的秦炎和石雷等人在南汉宸布置工作以后，马上动身前往印厂，督查人民券印制的每一个细节，进一步检查发行前的各项准备工作。12月1日上午9时许，石雷来到金库，将准备好的人民币送往石家庄分行。上午10时，石家庄分行工作人员开始人民币的发行工作。人们看到印有中国人民银行字样崭新的人民币时，颇为兴奋，一些有收藏爱好的人们争相用旧货币进行兑换。石雷作为银行的发行科长，职业习惯让他已经有了敏锐的收藏意识。近水楼台先得月，当平山县银行的同志前来领取新货币时，石雷便用他自己口袋中的冀南币换下第一张人民币留存。这张冠字为罗马字"Ⅰ Ⅱ Ⅲ"，号码为"00000001"的伍拾圆人民券，今天已经成为珍稀的货币纪念。据石雷说："当时，我是有意收藏，原因是：其一，作为我参加筹建中国人民银行的纪念。自1948年10月起，直至人民银行成立发行钞票为止，我从始至终参加了人民银行的筹建工作，具体联系票版的设计，票子的印刷、运输、保管，直至1948年12月1日人民币的发行工作。其二，中国人民银行成立，在中国银行史上占有重要地位。留此票子庆祝它的成立，为中国人民银行钞票史留下史料。这种思想是董必武、南汉宸等老一辈教育的结果。在筹备人民银行期间，他们经常鼓励和教育我们，要全心全意地把每件工作搞好，把目前的具体工作和将来人民银行成立联系起来。今天的每项工作都在谱写中国人民银行的历史，将来写中国人民银行史就会联想到此时此刻的情景。"

石家庄的市民攥着手中的人民券，纷纷议论："这下可快了！你看，这次不是晋察冀票，也不是北海票，还不是华北券，是中国人民的票子，是中国人民银行的票子！这说明啥？全国，都要成为解放区了，全中国快解放了。"

人民币的发行，在那个历史时期，除了有其金融作用之外，还给人民群众带来了胜利的希冀和更大的希望。特别是向国民党统治地区的发行，动摇了国民党的军心、政心，加快了南京政府经济基础走向坍塌。

中国人民银行成立当日发行了10元、20元、50元三种面值的人民币，均为华北银行第一印刷局在南峪村印刷。

除晋察冀边区之外，东北是最早参与人民币印制工作的解放区。据《晋察冀边区银行》一书记载："11月，赴东北负责办理印制新人民币的同志，带着印好的人民币冒着艰险回到了华北。在此之前，东北按照东北财委的指示，印好票面金额和发行银行（中国人民银行）的名称。但运回的新人民币都是没有裁开的大张，而且只有每一大张的号码，却没有每一小张票面的号码。据承办的同志谈，主要是为防止被盗。运回华北，经过华北印制厂又进行了一番加工和中国人民银行发行部门的检查、验收，这才最后完成了钞票的印制任务。"

《东北解放区印钞简史》一书也有相关记述："1948 年曾代为中国人民银行筹备处印制图案为双马拉犁的壹仟圆券（只印制大张，未裁切成小张成品）。"

华北行政委员会财政经济办事处主任董必武（当时主持中央财经部工作），电请中共中央东北局协助，代中国人民银行筹备处印制 1 万令纸人民币。其中以 6000 令纸印伍佰圆券、4000 令纸印壹仟圆券（1948 年 6 月 5 日来人嘱告伍佰圆券停印）。东北局批转东北银行将此任务交由佳木斯东北银行工业处承办。在《东北解放区印钞简史》一书的附图中，收入了两种 1000 元版人民币，1948 年版为佳木斯厂生产，1949 年版为沈阳造币厂生产。沈阳造币厂生产的 1949 年版人民币还有甲种 100 元券、200 元券、500 元券和乙种 100 元券的不同版本。

东北印制的千元券从票面设计上看，与关内所印制的有所不同。一是从票面规格上，长宽比例关内为 2:1，东北为 2:0.8；二是正面"中国人民银行"和"壹仟圆"书写的文字不是董必武题写的，这应是第一套人民币发行和印制中的一个特例；三是背面无"中国人民银行"字样；四是在第一套人民币中首次采用了水纹钞票纸；五是钞票号码与罗马数字左右位置与关内相反。

在河北涉县悬钟村的原冀南银行印钞厂，生产了 1948 年版 5 元券人民币，正面图案为帆船。该厂在中国人民银行成立之时奉命改称中国人民银行第二印刷局以后，印制过 1949 年版的 20 元券，正面图案为农民打场画面。

山东解放区的北海银行印钞厂，奉命改称为中国人民银行第三印刷局。他们在印制第一套人民币过程中，主图案大多为工农业生产或风景名胜，但是印制的 10 元券和 50 元券采用了人物肖像的设计。

人民币在隆隆的炮声中诞生，随着解放大军的滚滚铁流，向全国各地迅速发行，在新的解放区广泛流通。中国人民银行从山沟里筹备，从农村郊野中起步，自 1947 年 5 月 8 日成立筹备处，到 1948 年 12 月 1 日挂牌宣告正式成立，仅仅一年半的时间，从黄土高坡走向华北平原，从太行山坳走向东海之滨，从北方走向南方，迅速占领全国流通市场，担负着统一全国币制的神圣使命。12

月 7 日,《人民日报》(华北版)发表社论:"我们解放区的货币正在配合着战争的胜利,迅速扩张它的流通范围,并把蒋币驱逐到它的坟墓里去。"

为了在货币统一过程中不使人民群众的利益遭受损失或是少受损失,中国人民银行采取了"固定比价,混合流通,逐步收回,负责到底"的方针,有计划按步骤地将各解放区发行的货币逐步收回。华北人民政府根据各解放区的物价水平,规定了人民币与冀南币、晋察冀边币、北海币、陕甘宁商业流通券的合理比价,并停止了上述各地区货币的发行,要求各地银行按照规定比价逐步收回上述货币。①

中共中央此时明确规定,发行人民币的任务是统一各解放区的货币,同时作为新中国政权的本位币,发行方针是"适当稳定"。这是在总结过去各根据地货币斗争经验的基础上,迈出发行统一货币关键的第一步。

人民币与国民党的金圆券有本质的不同,与西方货币和以苏联为首的东方阵营的货币也有很明显的区别。具体地说,人民券没有规定含金量,并申明与金银脱离关系,汇率主要的依据就是一点:货币在市场流通中的实际购买力。

人民币执行不与金银、外汇挂钩的政策,就与拥有强大金银储备的西方货币割断了联系。人民币继承了解放区根据地货币的独立特性,与通行的银本位、金汇兑本位划清了界限。这一独立货币制度虽然对外贸有不利的一面,但却让中国共产党人领导下的经济摆脱了西方金融的连锁作用力,也没有依附于以苏联为首的东方社会主义阵营的金融经济。

华北人民政府规定,人民银行要根据各地区生产和商品流通情况以及市场货币松紧程度,有计划地慎重地将新币投入市场。中共中央要求第一批人民币发行 50 个亿,因为新中国的成立需要货币的有力支持。人民币发行后,逐步扩大流通区域,原各解放区的地方货币陆续停止发行和流通,并按规定比价逐步收回。

---

① 天津解放前后,华北人民政府再次公布人民币对各解放区货币的固定兑换比价(有的是重申,有的是新规定)。例如:对中州币是 1:3;对冀南币、北海币、华中币是 1:100;对长城银行券是 1:200;对晋察冀边币、热河省银行券是 1:1000;对西农币、陕甘宁商业流通券是 1:2000;对冀热辽边币是 1:5000。这些比价,与当时市场流通中形成的自然比价基本上是一致的。

　　为了消除手持解放区货币的人的一些顾虑，1949 年 1 月 10 日，南汉宸以中国人民银行总经理的身份对外发表讲话，向各界人民保证："人民政府不但对人民银行新币负责，而且对一切解放区银行过去发行的地方货币负责。将来我们收回地方货币的时候，一定按照现在所规定的比价收兑，兑到最后一张为止。"随后，中国人民银行对收兑各解放区货币的工作多次进行部署，定期检查进展情况，及时解决收兑中遇到的问题，并适时做出规定：凡持有解放区货币者，在兑换期限以后仍可到人民银行按规定原比价兑换。以后，人民政府不但对抗日战争时期和解放战争时期解放区所发行的货币负责收回，而且对土地革命时期根据地银行发行的货币、期票、公债也按合理的比价收回。

　　平津战役胜利结束后，华北人民政府于 1949 年 4 月 15 日宣布：停止东北银行券和冀南币在平、津地区流通，并限期进行收兑。与此同时，华北人民政府与东北人民政府在山海关建立了联合办事处，挂牌兑换华北、东北两地的货币，实行通汇，以便利两个地区之间的往来。

　　至 1949 年 9 月 30 日之前，新中国成立前夕，各地人民政府通过银行业务、财政征收、贸易回笼等方式，陆续收回了关内各解放区发行的货币，华北、西北、华东和中南大部分地区的货币已经统一为人民币，为新中国的货币统一奠定了牢固的基础。由于那个时期收兑工作非常到位，以至今天的货币收藏爱好者很难得到当年的藏品。

第二十二章

"打老虎"的结局：虎头蛇尾

就在中共中央下达印发人民币的 10 月 3 日，国民党军队最高统帅、总裁蒋介石飞抵北平，他从 CC 和军统密报的动态中，已经嗅到北平城的政治气味有些不大对头了。尽管很多亲信不同意他在此刻北上视察，但他坚持必须要亲自前往。他觉得，一方面要对北平的民众特别是那些文化人、大学教授、专家学者以示怀柔，顺从政府的安排，跟随党国的需要；另一方面，他要亲自叮嘱傅作义，真若顶不住林彪和聂荣臻的进攻，索性南撤，保存实力。

北平是历史古都，是全国文化中心城市，大学院校多，文人墨客多，教授学者多。北平的学潮接二连三，针对老百姓的生活现实，具体提出什么"反饥饿，反内战"，几乎是一呼百应，北平城的话语权已经被左派学生掌控。政府的政令几乎寸步难行。如果大多数知识分子不与政府合作，公然对抗政府，那么这个社会必将动荡不安。蒋介石此时想到了北京大学校长胡适、南开大学校长张伯苓、清华大学校长梅贻琦，还有傅斯年、梁实秋，等等，南京政府需要这些有影响力的知识分子的支持或者说鼎力相助。蒋介石到北平，除了安抚一线将士，总还要会一会这些文化教育界的知名人士，不能让这些人与党国同心同德，至少不能与国家分庭抗礼啊。

1948 年初，北平市参议会联名致电南京政府，向蒋介石提出建议，国民政府迁都北平。蒋介石面对有重大影响力的北平参议会，也不是没有动心思。可他权衡利弊，怎么可能应允？蒋介石的政治影响和经济家底大多在东南江浙一带，怎么可能将政治中心迁到危机四伏的北平？但是，政治家总会有政治方面的考量，接到电文后三天，蒋介石的高参们斟酌再三，最终以总统名义颁布国民政府令，确立北平市为国家之陪都。蒋介石以为，命为陪都了，北平人总该气顺了吧。哪料想，北平的参议会不是要个虚名，是要陪都的待遇。1月中旬，北平参议会长及工商界代表亲赴南京，向国民政府请求放宽输入限制，解除南粮北运之限制，以华北外汇换取外国麦面，以煤易粮，美国救济物资之粮食全部运往华北，恢复生产贷款等一系列关系北方国计民生的要求。兵荒马乱之际，绝不可再节外生枝：1月26日，蒋介石迫不得已，极不情愿地接见了赴宁请愿代表，表示尽可能安定北方，扶植北方。言外之意，是要告诉北平的民众，我蒋某对南方、北方百姓是一视同仁的，四海之内皆我子民。2月17日，国民政府召开粮食配售会议。通过北平、天津、上海、南京、广州配售通则。规定市民凭证每月购粮一斗（约15市斤），暂定4个月，每月配售一次。什么是"杯水车薪"，这就是再明晰不过的解读。不过，这个办法多少还是缓解了当时北平城民众的一些愤慨情绪。

进入9月以来，驻北平的军统、中统工作站将"华北剿总"的动态向南京方面一一如实禀报，蒋介石听取关于北平的汇报和分析，意识到北平的事情要出乱子，需要他亲自出马了。蒋介石飞至北平的第二天，就去了宛平城的卢沟桥，一方面他是视察军事阵地，另一方面，则是凭吊在抗战中壮烈殉国的义士。他必须要向北平市民表明一下态度，他是不会忘记"七七"事变的卢沟桥的，也不啻提醒国民，他是抗击日本侵略的总司令。除了要做的表面文章，蒋介石来北平的主要目的还是对这座业已成为陪都的城市进行安抚与鼓气。老实说，他对于驻守北平的将领并不放心，特别是对傅作义这个"剿总"司令心存疑虑。傅作义不是黄埔系，不是他的嫡系，让傅驻守北平，只是因为他长期在华北经营，根深蒂固，旁人无可替代。蒋介石在中南海怀仁堂听取了傅作义的军事动态汇报后，表情凝重，推心置腹地劝傅作义将主力南撤，留得青山在，不愁没柴烧，饮马长江，保存实力。说白了，就是要傅作义为确保长江以南的半壁江山当盾牌。傅作义是何等人物，久经沙场，焉能看不透其中底牌。他沉吟，点头，却低头不语。在蒋介石的一再催问之下，傅作义回答：不到万不得已，北平还是不应丢弃。随后挺胸立正，直面南京方面的一行人马，朗声表态：我三军将士愿意与北平城共存亡。蒋介石百感交集，对傅作义的态度还是满意的，当离开怀仁堂，他转身面对送别的傅作义意味深长地讲：北平固然重要，但中央政府更重要，覆巢之下安有完卵？还望傅将军三思。是啊，傅作义怎能不三思呢？他的女儿傅冬菊就是中共的秘密党员，他的部下，他同在抗日战场拼杀的患难兄弟当中，不少人有中共秘密党员的身份。他们能答应南撤吗？

此时东北战事告急，蒋介石从北平匆匆飞往东北长春，但他始终对傅作义放心不下，视察了东北一线，他再一次返回北平。他要鼓舞士气，他要求傅作义召集北平守军部队军师长一级将领来与他这个委员长见见面，谈一谈话。华北守军将领戎装整齐来到会场，接受总统训话，最后按照阶级排列几行，准备与总统合影留念。蒋介石笑容满面，正要步入为他安排的位置坐下时，他的贴身侍从突然出现在会场，急匆匆地走近他面前，贴着耳朵告知："夫人急电，要你务必马上接电话。"

蒋介石是知道夫人的脾气的，他也知道，不是非同小可，夫人也不会这么急切。他对傅作义点了一下头，示意去接电话。傅作义对正襟危坐的将领摆摆手，让诸位稍候，内心却在想：真是内外交困。苦战的将士正需要慰问鼓气，后方女人电话追到了千里之外的前线。不用说也可猜出，不是火上房的急切也不至于此。想到这里，他不禁长吁，扪心自道：蒋家天下还能支撑得下去吗？

蒋介石本想在北平多停留几日，这座古城不说危在旦夕，也是前途未卜，需要了解傅作义和将士们的真实想法，更需要明确战略部署。然而，与上海的事情相比，北平还是可以缓一缓的。傅作义至少在表面还会服从他这个总司令；上海的事情，靠电话指示两句，那是绝对行不通的。他必须赶往上海。必须要当面锣对面鼓，晓以利害，如若不然，蒋经国真的要将上海闹腾得昏天黑地，无法收拾了。

蒋经国在上海"打老虎"轰轰烈烈，声势浩大。上海的资本家可谓风声鹤唳，惶惶不可终日。应当说，这场运动确实惩处了一批贪官污吏或是官商勾结的资本家。为了杀一儆百，也为了自身形象和影响，蒋经国大刀阔斧，将虚与委蛇与其周旋的资本家捉拿，在大庭广众之下给予声讨，甚至没收资产，并课以重刑，或是下令执行枪决。不说是草菅人命，也是血雨腥风。上海滩的有产阶级吓破了胆，什么金银财宝、外汇美钞，倾其所有上缴，只求留下性命。不仅是企业界有头有脸的人物被蒋经国打击，一些与资本家有联系、为资本家通风报信的行政官员也因此受到严惩。如宪兵大队长姜公美，因破坏经济管制被判死刑；上海警备司令部科长张亚民、大队长戚再玉，因勒索罪被公开枪决……杜月笙之子杜维屏也在蒋经国亲自命令之下入狱收监。

当时上海的大多数报纸和广播电台极力鼓吹蒋经国，不惜版面大肆宣传蒋经国在经济改革方面的丰功伟绩，有的甚至吹捧蒋经国为"蒋青天""蒋包公"。说蒋经国大有扭转乾坤之势，一扫抗战胜利后国民党在百姓心中"劫收大员"的恶名，为国民政府树立了新的亲民形象。

蒋经国本人虽然没有飘飘然，但是在光鲜的光环之下，他感觉良好，以为为南京政府赢得了民心。他没有看到轰轰烈烈的背后，隐藏着难以弥合的危机险境。他以行政手段强迫冻结物价，造成的结果是市场上有价无市。生意人哪个甘心做赔本生意，为了保住本金，他们一定要想方设法待价而沽。他们了解市场，对行情的预测很少误判。他们很清楚，政府所推行的一系列政令不会坚持太久，因而咬牙坚持，将货品深深藏匿起来，或者干脆将商品悄悄转移到上海周边的农村，放到蒋经国的属下找不到的地方。上海的大街小巷，公开的市场出奇地清冷，交易量大幅减少，有的交易为零，市场基本上已经停摆；铤而走险的交易寥寥无几，实际上只是在外人很难察觉的黑市秘密进行。

蒋经国获取情报的渠道不止一条，除了听取下级的汇报和亲自视察之外，他还在大街小巷安排眼线和耳目，因此对上海滩细枝末节的情况了然于胸。面对几乎停摆的市场，他针锋相对，采取更加严厉的手段调查囤积居奇的资本家。他微服私访，到小菜摊抄录当日的蔬菜、鸡蛋和鱼肉价格。他还成立了11个"人民服务站"，专门接收来自各个阶层的密报和检举信。

9月底，蒋经国在浦东大楼召集上海工商业代表开会，重申"打老虎"宗旨，并对与会代表提出要求，对"打虎"行动必须表态。正当大家面面相觑之时，杜月笙站了起来，显然，他是有备而来，胸有成竹地开口发言道："二十年来，镛（杜月笙之字）之爱护领袖，服从政府，众所周知。币制改革，只能成功，不许失败。经国先生执法以绳，不枉不纵，深致敬佩！"说到这里，杜月笙停顿了一下，接着说道："犬子维屏违法乱纪，是鄙人管教不严，无论蒋先生怎样惩办他，是他咎由自取。"说到这里，杜月笙顿了一下，静默片刻，话锋一转，目光注视蒋经国，说道："不过，我有一个请求，也是今天到会各位的一致要求，就是请蒋先生派人到扬子公司查一查。"全场众人的目光齐刷刷聚在蒋经国身上。蒋经国心知肚明。他晓得，这帮大佬要反击，这是在将自己的军。于是当即表态，回应道："扬子公司如有违法行为，我也一定会对其绳之以法。"

扬子公司大名鼎鼎，谁人不晓，都知道那是谁家的生意。只是无人敢说破其中的真相，用老百姓的话讲，那是"老虎屁股摸不得"。蒋经国在工商界代表会议上的表态，让上海报界终于有了可以公开的新闻。他们立刻行动，将早已经一清二楚的扬子公司的情况和盘托出。当奔跑的报童将白纸黑字的新闻散发到幽深的里弄时，上海社会各界舆论翻江倒海，众人聚焦蒋经国，他的一言一行都成为上海人高度关注的对象。有幸灾乐祸者，揶揄蒋经国"打老虎"此时算是遇上了"真老虎"。有人称赞杜月笙老辣，一剑封喉，直指要害命门。

原来，扬子公司与蒋家有着千丝万缕的关系，其董事长是孔祥熙的长子孔令侃。

孔令侃1936年毕业于上海圣约翰大学，不久担任了国民政府中央信托局的常务理事。抗战爆发后，中央信托局迁往香港。1939年，港英当局查出孔令侃用秘密电台给重庆国民政府发报，将其驱逐出境，孔令侃避往美国。1943年，宋美龄访美，在美国国会演讲，为中国抗战求援；身在美国的孔令侃担任了宋美龄访问团的秘书长。孔令侃正是抓住这个机会，取得了美国多家大公司在中国经销产品的合约。抗战胜利后，孔令侃在上海成立了扬子建业股份有限公司。

其一，在过去的几年里，上海扬子公司一直从事倒卖美元、推销美国商品的行当。抗战胜利后，国民政府规定的外汇牌价，一美元兑换法币1.2万元，而在黑市上，则是一美元兑换法币4万元。孔令侃通过中国银行外汇部主任以官方牌价拿到美元，然后拿到黑市倒卖外汇，炒作黄金。其二，销售美国货，主要是美国汽车。根据扬子公司工业部副经理宋子昂后来的回忆，扬子公司有一个附属机构——利威汽车公司，是美国多家汽车公司在中国的独家代理商，每辆美国汽车进货价约1800美元，拿到中国市场倒卖，每辆至少净赚5000美元。

自实施币制改革以来，有报纸报道说扬子公司是上海肆无忌惮的囤积大户。蒋经国散会以后，毫不迟疑，于10月7日下令搜查扬子公司上海总部并查封该公司的所有仓库。第二天，国内各大报争相报道蒋经国大义灭亲，要"清算豪门"了。上海市民街谈巷议，有的甚至击掌称道。

事情至此，孔令侃胸有成竹，毫不慌张。孔令侃认为，自己没有官衔，没有担任什么显赫的公职，扬子公司说到底就是一个民营企业。按照中华民国宪法，监察院监察的对象是国家的公务人员和国家所属单位，并没有调查民营企业的权限。另一方面，他孔令侃是谁？别人对蒋经国视若青天，他才不理会，更不怕蒋经国那一套虚张声势的表演呢！他有底气，有自己的底牌。他直接将电话打到了姨妈宋美龄的住处。他不是请求宋美龄帮忙，而是摊牌。假若经国不讲情面，那么，好，我就一一交代，把扬子公司的生意一一公布于众。

宋美龄十分清楚一损俱损的道理。扬子公司与她和蒋家的关系千丝万缕，如何扯得断？经国一副黑脸包公的做派，说不准就要拿令侃开刀；而令侃年轻气盛，不依不饶，一旦撕破脸皮，真的较起真来，那可真的会家不是家，国不是国，一塌糊涂，将一发不可收拾。她对蒋经国的脾气是清楚的，一旦他开口决定的事情，就是九头牛也拉不回的，他对扬子公司绝不会网开一面，绝不会心慈手软，绝不会轻易鸣金收兵。想到这里，宋美龄不能犹豫，她放下手中电话，专程奔赴上海。她将蒋经国约到永嘉路孔宅面谈，以图双方和解。孔令侃毫不示弱，在此后的呈文中，坚持"所存货物并无违法"，上海市长吴国桢在晚年的回忆中称，当时组建了一个委员会和律师一起研究此案，"结果是律师公会认为一切均属合法"。蒋经国哪肯相信，指出其偷税漏税极其严重。宋美龄再三相劝无效，只好告诫蒋经国："此案非同小可，必须由你父亲来沪后再行处理。"

蒋经国身边的大小人物满以为身为总统的蒋介石肯定会站在蒋经国一边，因为这是为蒋家巩固江山的大计方针啊。哪料想，夫人的一席话让蒋介石已经有了主意，他与蒋经国单独交谈不到半个小时，蒋经国就垂头丧气地走出了办公室。第二天，按照惯例举行新闻发布会，宣布"扬子公司所查封的物资均已向社会局登记"。而积极报道"扬子案"的《大众晚报》《正言报》被勒令停刊。

不久，上海广播电台播发了蒋经国"告别上海父老兄弟姐妹书"，宣布经济管制失败。蒋经国轰轰烈烈的"打虎"行动至此仓促收场。据民国著名记者曹聚仁记述，那些日子蒋经国"几乎天天喝酒，喝得大醉，以至于狂哭狂笑。他曾经呼吁老百姓和他合作，老百姓已经远远离开他了……"

说起这个狂飙骤起的历史事件，笔者不禁要问，蒋介石身为大总统，他为什么不让为他的江山冲锋陷阵的太子继续做下去干到底呢？作为一个老谋深算的政治家，他为什么不干得"遮人耳目"隐蔽一点呢？

蒋经国"打老虎"那么坚决，为什么蒋介石仅仅与他进行了半个小时谈话，就能让他回心转意决定打道回府"草草收兵"？蒋经国真的心服口服吗？这半个小时，蒋介石说了什么，能让儿子不再坚持己见将老虎继续"打下去"呢？

笔者剖析，虽然"打老虎"为蒋介石默许或赏识，但蒋经国还是不明白老爸的真实意图。蒋介石放手让蒋经国"打老虎"，其真实目的，其一，或是为了上海人箱子里、口袋里的真金白银。他要将上海人的黄金白银、外汇美钞统统装进自己的箱子和腰包。不说这是利用政府的铁腕公开打劫，也一定是强取豪夺。但是，打哪一个都可以，底线是不能打孔家和宋家。蒋家不是不能得罪孔、宋两家，而是这两家与蒋家本是一家。如果孔祥熙和宋霭龄夫妇和他翻脸，蒋介石恐怕连逃往台湾的船钱也付不起了。

蒋介石在短短半小时内就让蒋经国不再坚持自己的意见，大约有三种可能。一个方式不用多讲，父为子纲，君为臣纲，以私人关系讲，老子与儿子的关系，老爸让你停下来就得停下来。这样的对话恐怕两三句话就可结束，肯定用不了半个小时。如果真是这样，蒋介石也没有必要从北平乘飞机赶到上海，一个电话或是一封电报就能解决问题。如此看来，他还是要做蒋经国的"思想工作"的。那么，蒋介石会说什么呢？必然要讲这件事情的利害关系，或者说与孔、宋两家的利害关系，打孔、宋两家就是打自己嘛，就是打他蒋介石。四大家族"打折了骨头连着筋"，一荣俱荣一损俱损。蒋经国当年还是年轻，没有看出蒋介石更深一层的用意。也就直接告诉他施行"币改"也好，"打老虎"也罢，目的是什么？仅仅是杀贪官污吏，是让老百姓说好？肯定不是，那是为了什么？蒋经国一时没有弄明白蒋介石的"醉翁之意"，倒是时为蒋经国的上司、上海经济管制督导员俞鸿钧，对蒋介石的真实意图心领神会。

俞鸿钧当年是中央银行总裁，到台湾后更被蒋介石委以重任，为什么呢？他做了一件和蒋家王朝生死攸关的大事。笔者从史料中看到一份资料，足以说明俞鸿钧与上海"打老虎"的干系重大。现摘录如下：

> 1948 年，国民党政权陷入全面危机，其时时局失利，面临撤离台湾前夕，金融剧烈波动，复因改币关系，全国纷如，先生力支危局，虽未能力挽狂澜，然大势已去，尽心尽力，盖良苦矣。适值京沪处于共军兵临渡江前夕，朝不保夕时，举国骚然，唯国民党政权命脉所系，能搬运的仅是库存黄金，先生默审事机，谋其安全，毅然排除各方非难阻挠，密将全部库存黄金，于数夕之间，以海军巡舰，悉数运台。犹虑旅途有失，中心沉重，朝夕绕室彷徨，及台湾安抵电至，始欣然若释重负。未几国民党兵败如山倒，京沪相继被共军占领，长驱直入，而黄金库存及时应急转移至台湾，皆俞先生力也。旋台湾改革币制，即以此笔黄金库存作为新币发行准备，以坚币信，用能奠定今日新台币之基础，使台湾草创殆兴，得以顺利成章，累积其功尤足多也。当年政府以外省人币份的总代表入驻台湾。所谓入台问境，入境问俗，入乡随俗，务必有熟悉的过程，同时政府发行纸币，充裕库存以坚币信的执行货币政策，俞鸿钧立下不可磨灭的汗马功劳耶！[1]

由此可见，蒋经国"打老虎"的最大成果就在于此，"旋台湾改革币制，即以此笔黄金库存作为新币发行准备，以坚币信，用能奠定今日新台币之基础"，如果没有蒋经国大开杀戒，如果没有"太子"竭力搜刮金银财宝，蒋家如何能够在台湾站住脚呢？笔者揣摩蒋介石的心思，打劫的用意就是要将真金白银、外汇美钞搞到台湾，作为蒋家"东山再起"的本钱。目的达到了，为什么还不收兵，还有什么必要再施以威吓呢？

北京《新生报》社论指出："我们希望当局再创打虎纪录，借人头，平物价。"[2] 但被誉为"打虎英雄"的蒋经国此时做何感想呢？他在 10 月 6 日的日记中写道："一切都在做黑市买卖"，"一般中产阶级，因为买不到东西而怨恨，工人因小菜涨价而表示不满，现在到了四面楚歌的时候"[3]。可以说，这就是他

---

① 摘录自台湾国史馆褒扬俞鸿钧专档。

② 中科院历史研究所第三所南京史科整理处：《中国现代政治史资料汇编》第 4 辑 28 册。

③ 《蒋经国自述》，湖南人民出版社，1988 年版。

"打虎"的真正成果或是功绩。

1948年10月的上海,物价再度飙涨。《申报》报道:"黄牛党无缝不钻,长蛇阵随处可见,绒线香烟西药等物无一不被抢购。"面对如此严峻的局面,南京行政院不得不采取行政干预策略。10月26日,南京政府宣布:调整"八一九"限价,做出变通的规定:"如系国产货品,按产地收购价格或原料价格予以调整。进口货按照进口成本调整。"[①] 时隔两日,鉴于社会的强烈呼声,在28日又决定准许粮食自由买卖,货物可计成本定价。至此则没有遮羞布可言,政府承认了这次币改的失败。

11月1日,南京国民党政府对外颁布了《改善经济管制补充办法》,宣告物价管制全面撤销。问题还不仅仅到此为止,两天之后的11月3日,行政院长翁文灏代表内阁宣布总辞职。南京行政院长由孙科继任,财政部部长由徐堪接任。组阁不足半年的翁文灏就此夹包走人,草草画上了一个句号。

翁文灏的内阁为什么辞职?不言而喻,就是这个金圆券闹腾的。金圆券为什么崩盘?就因为王云五设定的"八一九"防线挡不住汹涌的物价洪峰,一下子就冲垮了他自以为"固若金汤"的防波堤。

金圆券发行仅15天,物价一波接着一波开始暴涨,老百姓苦不堪言。一个月过后,整个国统区出现了存款挤兑和物资抢购狂潮。翁文灏内阁辞职后一周时间,截至11月9日,金圆券已发行19亿余元,与法定20亿元限额非常接近。俞鸿钧密电蒋介石:"军政费增加极巨,请尽快放宽发行限额。"11月10日,南京爆发大规模抢米风潮,南京政府不得不宣布实行"首都戒严令"。

11日,国民党政府紧急颁布《修正金圆券发行办法》和《修正人民所存金银、外币处理办法》,决定取消金圆券发行最高限额;准许人民持有外币,银行开始可以流通;金圆券存入中心银行一年后可折提黄金或银币;对外汇率由原来1美金折合4金圆券增至20金圆券。这些措施无异于饮鸩止渴,引发更大规模的金融挤兑和物资抢购狂潮。

说起来,王云五这个"八一九"防线和其制定的金圆券政策就是为蒋家王朝以冠冕堂皇的伪装,实施空手套白狼的办法,达到搜刮中国民间大量黄金白银的目的。平民百姓们在银行门口排长队用硬通货换成了一落千丈

---

① 《大公报》(沪),1948年10月27日。

的金圆券，仅上海一地，中央银行就用金圆券收兑了美元三千四百万，黄金一百一十万两及银元五百万块，占了全国的百分之七十左右。

11月20日，中央银行开始办理存款兑换金银业务，并委托中国、交通、农业三家银行同时办理。自此，各存兑处人头攒动，争相挤兑。

12月2日，国民党南京政府又发布公告，允许民间再用金圆券来兑换黄金，即一千元金圆券兑换一两黄金，但每天限售一千两，先来先换，兑完为止。于是，无奈的市民们只能夜里就赶到中央银行大门前去排队。许多人为了能够兑现，头一天晚上竟然露宿在黄浦江边的船上。

12月23日，约10万人挤兑黄金，因拥挤不堪，导致7人死亡，105人受伤。面对愤怒的挤兑大军，南京政府不得不做出表态，将中央银行总裁俞鸿钧免职。

1949年1月，金圆券从两元兑换一块"袁大头"，变成一千元金圆券兑换一块"袁大头"。到南京解放前夕，又变成一千万元金圆券兑换一块"袁大头"。

金圆券钞票面值不断升高，最终出现面值一百万元的特大钞票，即便如此，还是不足以应付交易之需。至1949年5月，一石大米的价格要4亿多金圆券。各式买卖经常要以大捆钞票进行。由于贬值太快，早上的物价到了晚上就已大幅改变。市民及商人为避免损失都不想持有金圆券，交易或发薪后所取得的金圆券，皆尽快将其换成外币或实物，或干脆拒收金圆券。

痛定思痛，蒋经国在虎头蛇尾的经济监督失败之后，在日记中总结了失败的原委："此次失败之最大原因，乃在于新制度未能成熟与确立，而旧制度先已放弃崩溃。在此新旧交接紧要危急之一刻，而所恃以建国救民之基本条件，完全失去，是无异失去其灵魂，焉得不为之失败？"

蒋介石彼时日记，对当时监察院的所为评价直书"无法无天""无形中间接协助共匪，以摧毁党政""卑劣无智之民意机构"等语。但其还是有所反省，在日记中写道：

当政二十年，对其社会改造与民众福利，毫未着手，而党政军事教育人员，只重做官，而未注意三民主义之实行。今后对于一切教育，皆应以民生为基础。亡羊补牢，未始为晚。

……

党应为政治之神经中枢与军队之灵魂，但过去对于军政干部无思想领导，驯至干部本身无思想，而在形式上，党政军三种干部互相冲突，党与军政分立，使党立于军政之外，乃至党的干部自相分化。干部无政治教育，不能使全党党员理解中央之政策，而且对于干部亦未能有集体的、配合的、系统的领导与运用。于是，领导之方向不明，而无力贯彻政策之执行；使每一个干部只感觉受其拘束，无权力；于是心存怨望，且诿卸责任。要改正上述缺点，应拟定具体纲要实施才行。

……

一切以组织为主，纪律为辅。故组织应在纪律之先。组织的对象：第一为人，第二为事与物（包括经费在内）。至于干部训练与重建之方针：必须陶冶旧干部，训练新干部。其基本原则：（一）以思想为结合；（二）以工作为训练；（三）以成绩为黜陟。

蒋氏父子在检讨当年的过失时，不可谓不深刻。他们认识到了金圆券失败的最终原因首先是"在此新旧交接紧要危急之一刻，而所恃以建国救民之基本条件，完全失去，是无异失去其灵魂"，而深层次的原因则是："对其社会改造与民众福利，毫未着手。"蒋经国在台湾执政时，大概没有忘记1948年的教训，"今后对于一切教育，皆应以民生为基础。亡羊补牢，未始为晚"，"水可载舟，亦可覆舟"，痛定思痛，蒋经国在台湾执掌权柄之后，重视民生，以民生为要，在某种意义上，是他的理念让台湾在很短的时间一跃成为亚洲的"四小龙"之一。

第二十三章

人民币发行要不要一个上限

国民党所发行的货币，不论是法币还是金圆券，其最后的失败和崩盘无不是通货恶性膨胀所致。原因何在？印钞机疯狂开印，钞票无限制地超海量发行。那么，中国共产党于 1948 年 12 月 1 日开始发行的人民券要不要吸取国民党的教训，确定一个上限呢？

艰难的抉择

当毛泽东拿着刚刚发行的人民币点头称道，认为这是人民当家做主的一个显著符号之时，新的问题接踵而来。人民币正式流通，进入城乡市场，成为解放区的本位货币，这似乎是金融战场一个成功的标志了。然而，人民币需要印多少，有没有一个上限，凭什么确定发行钞票的上限。如果无限制地印票子，那么，人民币会不会步金圆券之后尘，造成经济社会严重的通货膨胀，甚至金融市场的全面崩盘？

一场争论因此而来，一个艰难的抉择成为中共中央最高决策层的会议主题。

有人主张，人民币发行必须确定一个上限，要根据我们解放区的财力和硬通货来确定一个比例，决定发行钞票的数量。虽然解放区的面积在短短两年内增加了数倍，但就经济实力来讲，与国民党所统治的区域相比较仍明显薄弱。就经济基础而言，要应对战争大量人力和物资消耗，是十分困难的。怎么解决？有人提出建议，坚决紧缩货币，以此来消除通货膨胀；另一方的意见，则与蒋经国所采取的方式相近，以坚决镇压投机为主，强闯价格关，至于出现的经济和金融问题等全国解放、革命成功了再想办法解决不迟。

1948 年 12 月 7 日，在华北地区发行的《人民日报》头版位置发表新华社的社论《中国人民银行发行新币》，社论指出："解放区的货币统一工作，与蒋匪所谓的'改革币制'丝毫没有类似之点。蒋匪的所谓'改革币制'，目的是为实行更剧烈的通货膨胀，并以此来更残酷地掠夺人民。所以实行结果，不但物价飞涨，民怨沸腾，而且更加速了经济崩溃。我们的货币统一，是为了使我们的货币制度更简单、更巩固；是为了更便利于物资交流和经济发展，完全是从人民的利益出发的。因此，可以预料新币的发行，必将促成各解放区市场的更统一、更繁荣。……持有解放区货币，任何人民，可以在任何时期、任何市场，充分获得他们所需的各种生活资料。我们既不需要限价，更不会发生抢购，所以解放区的币值物价，比国民党统治区远为稳定。"

这篇社论给读者吃了一颗定心丸，人民币与金圆券不可同日而语。

蒋家最后一粒棋子

面对人民解放军的强大攻势，退守长江的国民党政权还没有最后死心。虽然战场上节节败退，但蒋介石依然沉得住气，不承认自己的失败。不是说困兽犹斗，而是他自认为还有撒手锏，现在谈论这个政权的失败或者倒台还为时尚早。那么，蒋介石手中究竟还有什么王牌呢？军事上，充其量还有招架之功，绝无还手之力。一个政权除了军事能力之外，还有什么？就是经济基础支持力度的强弱。在蒋介石的心目中，他还有经济实力。他的所谓经济实力就是资本，就是真金白银，外汇储备的美金和英镑，这是他得以翻本的最大实力。

蒋介石的智囊团献策：金圆券不行了，也是一件好事，这意味着纸币将重回金本位。若论手中的黄金，共产党人能有多少？可以肯定，与我们相比那是小巫见大巫。毛泽东决然应付不了因为战争所带来的巨额开销。另一方面，加大加速金圆券的印发数量，将金圆券抛向共产党所占领的城市，让共产党用他们的货币兑换吧。试想一下，那会是什么结局？共产党的货币信用将被"少得可怜的黄金存量与巨额战争开销"彻底撕裂。如果再暗中唆使民众大规模挤兑，共产党的财政如何支撑得了？这样一来，共产党如何收拾这么大的一个乱摊子，共产党打下天下就能够坐稳天下吗？用不了多少时间，在国家治理上共产党就会败下阵来。

这是蒋介石残棋中最有分量的最后一粒棋子，也是蒋家王朝最后的如意算盘。

这时，驻扎在各个新开辟的解放区的野战军向中共中央和中央军委提出了一个迫在眉睫的问题。野战军开辟了新的区域，可是进驻新解放区以后的物资供给怎么解决？别的不讲，百万大军一天的口粮就是数百万斤。以前是由老解放区各个根据地直接承担物资补给，使用老解放区各自发行的货币。现在新的解放区，商人和群众大多对刚刚发行的人民币持怀疑态度，拒绝使用；加之生产一时难以恢复，野战军的日常补给只能跑到老解放区去采购和解决，运输费用不说，新的解放区中精明的商人也随之跑到老解放区购买物资，进行投机倒把活动，从而造成解放区新一轮的通货膨胀、物价上涨。

中共中央就此问题专门向各分局、各个解放区转发了陈云提出的"沈阳经验"。

从1948年9月起，中国人民解放军集中主力，相继发动辽沈、淮海、平津三大战役，国民党军队如大河决堤，一溃千里。解放军进展神速，胜利来得快，随之而来的是一个新的难题，自古就有"打江山易，守江山难"的说法，如何妥善接收和管理新解放的大城市，这在许多干部心中没有底，可以说，既缺乏思想上的准备，更缺乏经验上的积累。

几年前，陈云担任中共中央北满分局书记时，领导接管了北满的大城市哈尔滨。根据那次的接管经验，陈云提出了接管沈阳的总方针：一切旧机构不要打乱，暂按原有系统接管，工厂、矿山、仓库、机关、学校、器材、物资、房产、现款、人员，直到文件档案，都原封不动，绝对不准破坏。

陈云提出，所有入城部队要严格遵守接收原则。各按系统自上而下，原封不动，先接后管，顺序绝不能乱。接收时，先找各系统头子，让他们向民主政府报到，由军管会派干部实行军代表制。各系统有接收之权，无分配之权。陈云嘱咐接管人员必须兢兢业业、有条不紊地处理接管工作：外事要妥当；抓人、杀人要慎重；私人银行不能动，金圆券可压低比价25%兑换一些；对工厂职工、公教人员和城市贫民发放生活维持费、救济费；中间派的报纸可继续出版；旧警察在缴枪后要继续上岗维持秩序。

1948 年 11 月 1 日，东北人民解放军向沈阳市区发起总攻。

2 日下午 5 时，中央人民广播电台宣告沈阳解放。陈云在苍茫的暮色中同军管会其他负责人一道分别乘 3 辆吉普车先行进入沈阳市区。

陈云了解到群众最关心的问题是物价和金圆券的处理办法。如果不收兑敌币，群众吃亏；但收兑价过高，又不利于驱逐敌币。军管会采取了积极稳妥的步骤。为了不使群众蒙受损失，又确保驱逐敌币，军管会对金圆券的处理，是先观望 4 天，当金圆券 1 元跌至东北币 150 元时，军管会挂牌以 1 比 100 的比价，收兑一个星期，迫使金圆券自动向关内流出。为照顾持有九省流通券的贫民，军管会参照国民党统治时规定的与金圆券的比价，规定 30 万元九省流通券兑换 1 元东北币，同样收兑一个星期，这样基本兑完九省流通券。

陈云同志对粮食供应和物价问题十分重视，进入沈阳之后，很快做出明确指示：沈阳粮食价格应比铁岭、开原高一些，应根据成本加运费及合理利润定价格。粮食的市价低，贸易局可以用适当价格收购农民运进来的粮食。加上国营贸易公司调运一部分以及接收敌人的存粮，就可保证沈阳市的粮食供应。同时他又指出："沈阳物价不宜低于老解放区，否则市场上的大量物资会隐藏起来，对我们不利。"从而避免了外地商人来沈阳抢购物资造成物价暴涨等现象的发生。

针对部分商人不明币值和物价行情，陈云同志指示，尽快公布沈阳周围地区物价表，让商人在第一时间获悉，帮助商业尽早开市。入城第四天，商店普遍开始营业，失业工人领到粮食和生活费。

军管之后的沈阳，在短短一个星期，已经平稳运行。商店大多开张营业，商品价格走向平稳。当时，随军记者刘白羽在《光明照耀着沈阳》的通讯中这样写道："在沈阳解放后的十天内，市民有三大高兴的事：第一是解放军纪律好，第二是水电交通恢复快，第三是粮食价格低落。"

当年的城市与农村一个明显的区别在于货币的流通上。农村对日常生活用品，大多自给自足，需要使用钞票购买的应急或是必需品不多，甚至可以说，没有现钱在乡下也能生活。在城市生活则不同，吃饭需要买粮，取暖烧柴、用自来水，都要掏钱，使用钞票的频率极高，几乎每天都要与钞票打交道。在某种意义上讲，手里没有钱，在城市寸步难行。陈云意识到，必须注意市民的货币收入问题、民生问题。

军管会接管的工厂、企业、行政事业单位、大中学校的公职人员大约是15万人（包括抚顺和本溪地区），这15万人大多有家眷子女，这些人员的工资发放涉及几十万人的日常生活问题。

工资问题历来就是十分敏感而又很难做到让人人满意的问题。陈云撇开这个需要花费一定时间才可解决的议题，将主题改为发放生活维持费。鉴于沈阳市较长时间处于战争状态下，粮食和生活必需品价格处于畸形高位之上，军管会决定：不按原薪，首先普遍发放生活维持费10万，很快缓解了矛盾的激化。11月份，军管会对员工发放了临时工薪，还调拨了10万斤粮食用于救济特困职工。

大凡社会动荡时，黄金黑市交易就会异常猖獗。在陈云的指示下，军管会迅速成立了国家经营的金店，随时掌握金价的动态变化，领导金店工会审查私人金店，规定成色，注明牌号，劝告私人金店不得以低成色伪造冒牌，混淆市场，对黄金市场进行了有效的管理。

短短几天，沈阳市各系统接收工作已基本走上正轨。

有文章介绍沈阳当时的市容市貌："大街上，成批的青年高歌行进，墙上的红绿标语与街道上的白雪相映成趣（沈阳11月5日下了入冬第一场雪）。电车在城市里穿行，新华广播电台发送的电波在城市的空中飘荡，市场重新开始营业，工厂纷纷重新开工，人们又开始上班、购物，报贩又开始在街上叫卖报纸。沈阳与外地的铁路交通也开通了。到12月25日，每天有96列客货车进出沈阳，绝大部分工厂已经恢复生产。"

11月28日，陈云对沈阳接收工作做了认真总结，写出了一份简要报告，上报中共中央东北局并转中央。简报总结了完整接收和迅速恢复秩序的经验。完整接收的主要经验有4条，即各按系统、自上而下、原封不动、先接后分。迅速恢复秩序的主要经验有5条：（1）入城后首先要恢复电力生产与供应。（2）要迅速解决市场及金融物价问题。（3）对警察必须收缴枪支，让其徒手服务。（4）迅速出版报纸，稳定人心，宣传党和政府的政策。（5）工资问题需要妥善解决。

沈阳经验，是中国共产党人从农村全面进入城市时取得的第一批重要成功经验，为新中国恢复经济、发展生产创造了有利条件。

应当说，陈云是中国共产党内最为成功的经济学家之一。早年，他在上海从事党的秘密工作，为了进行职业掩护，他甚至在街头摆过摊，他还操持开办了一些商业机构，并亲自负责经营，在从事党的工作的同时，还对经济运营有了实际操作的体会与心得。陈云的经济才能很早就得到毛泽东的欣赏与倚重。1944年，就是在毛泽东的提议下，陈云出任西北财经办事处副主任，负责陕甘宁边区财经工作。

这时候，陈云对于新接管的城市的管理，特别是解放后的城市金融管理，货币的发行，经过深思熟虑，向中央提出一个新的货币发行理念：人民币要支援全国解放战争，不但不能紧缩，还要大力增发。应该用动态的眼光看增发——人民解放军每解放一片土地，就获得了土地上的粮食、森林和矿产等资源，人民币的发行就有了物质基础；与解放同步进行的土地改革激发了亿万农民的信心和生产热情，为解放革命增加了动力，货币的发行也有了经济基础。对于大中城市的通胀，不能强闯价格关，自造混乱；应统一全国粮、棉、油、金属等重要战略物资的调度，实施类似"籴粜、均平"之策；边解放，边均平；均平为主，震慑为辅，不能操之过急。

陈云的这一思路解决了战争年代货币发行的一大难题。没有足够支撑市场的真金白银，没有借以流通的美元和英镑，共产党人以粮棉油、金属等战略物资为物质基础进行调度，作为人民币发行的"硬通货"。事实证明，中国共产党人的这一谋略是正确的。

第二十四章

兵临城下的货币现象

1949 年北平的和平解放，让两个政权的交接没有出现浓烈的硝烟；但是，这并不意味着没有发生战事，新政权对城市的接管，特别是接过权力之后对城市的管理，还是给后人留下了一张波澜起伏的画卷。国共两个政权在金融方面的角逐，在经济领域的较量，使得新中国成立前夕北平的四九城依然是暗流涌动、惊心动魄。

南汉宸对中共中央的谏言是在 1947 年 12 月间，一年之后，1948 年 12 月中旬，当人民解放军大队人马突然出现在北平城郊的时候，这个现象还是出现了。

围绕平津两大城市的中国共产党领导下的晋察冀边区，有不少的"土八路"，什么县大队、区小队、民兵连等军事武装力量，在解放军、野战军大部队未到北平城下之前，这些游击队就活跃在北平城的西山脚下，如今的妙峰山风景区当时已经处于边区政府控制的范围之内。因而，在北平城郊交易市场出现晋察冀票子，并不让人感到陌生和意外。然而，当大批"八路"掏出"冀南票""北海票""热河银行券""陕甘宁商业流通券""西北农民银行券""长城银行券""鲁西券""冀热辽边区券""东北券"等五花八门的钞票，就让北平城郊百姓和商人看得眼花缭乱，甚至瞠目结舌。北平城外的交易市场，商贩们无所适从，拒绝接受。当有人强迫市场必须使用这样一些货币交易支付时，这个市场就停摆了。

我们不禁要问，一年的准备时间，怎么还是出现了这种流通货币的现象？就在这个月初，12月1日，中国人民银行在石家庄宣告成立之时，正式对外发行了"人民币"。怎么在半个月后，人民解放军进入北平城郊时还是横生枝节呢？

笔者注意到，在中国人民银行成立当天，也是人民券公开发行当天，华北人民政府所发布的"金字第四号布告"留下了隐患。

让我们重读一下这张布告：

> 为适应国民经济建设之需要，特商得山东省政府、陕甘宁、晋绥两边区政府同意，统一华北、华东、西北三区货币，决定：一、华北银行、北海银行、西北农民银行合并为中国人民银行，以原华北银行为总行，所有三行发行之货币，及其对外之一切债权债务，均由中国人民银行负责承受。二、于本年十二月一日起，发行中国人民银行钞票（下称新币），定为华北、华东、西北三区的本位货币，统一流通。所有公私款项收付及一切交易，均以新币为本位货币。新币发行之后，冀币（包括鲁西币）、边币、北海币、西农币（下称旧币）逐渐收回，旧币未收回之前，旧币与新币固定比价，照旧流通，不得拒用。……

关键问题出现在布告的最后两句话，人民币新币发行之后，原有的货币不是停止使用，而是逐渐收回，这个"逐渐"没有确定最后停止使用的具体时间，更要命的是，旧货币在未回收之前，"照旧流通，不得拒用"。这样一来，这些各地分别使用的货币出现在北平城郊就不足为奇，甚至是"合理合法"的。

然而，"不得拒用"却是执政者一厢情愿的事情，各路大军内部有纪律，有要求，可以兑换或者交换使用，但是在新解放的地区，就北平城郊的老百姓来说，不行。他们哪里看得懂这些花花绿绿的纸票的作用，虽说有兑换比价，可对普通商人来说，何必去找那个麻烦，一句话，不收不用。老百姓使用什么？还是国民党发行的金圆券或者干脆就是"袁大头"银元。老百姓不认可的政策，能够行得通吗？

1948年12月22日，中共北平市委彭真、叶剑英、赵振声关于入城前所做的准备工作在给中共中央及华北局的报告中，特别谈到了这个问题：唯因货币政策混乱，我公营商店未到，粮煤供应问题未解决，商店尚未开门。工人因久未发工资，粮食困难，门头沟矿工已有逃散者，已决定并部分开始发借粮，将来从工资中扣除。我们决定以大力先将长辛店、丰台、石景山、门头沟等处工作做好，以取得经验，上述各处情况及工作布置另报。

各路大军驻扎在北平城郊周围，人要吃饭马要喂料，虽然各个部队有各自的供应系统，有自己的供应渠道，可是也缺不了日常用品的消费，要买菜买油盐酱醋，要与老百姓进行货币交换，要公买公卖，可面对各路大军不同的钞票，老百姓的态度却让人没有想到。大多数老百姓虽然欢迎解放军的到来，但是在商品流通时，在市场做买卖时，一见解放军掏出的陌生票子就犹豫了，这能花吗？就这小花花纸片能换走一车大白菜、几筐胡萝卜？小商小贩大多拒绝接受。有人讲："拿走吧！我们不要钱，就当是支援解放军啦。"

解放军有三大纪律八项注意，不拿群众一针一线，可部队战士要有蔬菜吃，要有生活日用品供应，你的票子老百姓不认，不接受你手中的钱，如何打开这个僵局？

当时的中共中央还在太行山坳的西柏坡办公，针对北平和天津郊外发生的货币问题，特于 1948 年 12 月 30 日做出决定：明确平津地区以人民银行券为本位币，冀南钞与东北券为辅币，照规定比价通用。其他如晋察冀边币、长城券及北海币等，一律不准进入两市区内行使，不论军民人等携有非通用货币而想在平津行使的，均须在人民银行兑换处照规定比价兑换人银券、冀钞或东北券。

对于货币兑换的具体工作方案也做了明确规定：冀南钞与东北券比价为 1 比 10，即冀钞 1 元比东北券 10 元。人民银行券与冀钞比价为 1 比 100，与东北券比价为 1 比 1000，即人银券 1 元比冀钞 100 元，比东北券 1000 元。

1948 年 12 月初发行人民币时，华北人民政府根据各解放区的物价水平，规定了人民币与冀南币、晋察冀边币、北海币、陕甘宁商业流通券的比价，并停止了上述各地区货币的发行，要求各地银行按照规定比价逐步收回上述货币。然而，停止发行与停止流通是两个截然不同的概念。不能否认，北平城郊货币流通的混乱与这个"决定"是有因果关联的。

中共中央的决定，解决了解放军内部和共产党所领导的"供给制"人员在金融流通中出现的问题和主要矛盾。但是还有一个问题，就是在社会上、在市场中各种货币的流通问题。

货币兑换的形式不可能是商贩之间的事情，必须由政府部门和人民银行来承担，这在短时间内完成有一定困难。为了尽快解决货币流通问题，北平军管会和金融管理部门决定采取固定比价、混合流通的过渡办法。这个措施可使各地区之间原来被割断的经济关系得到迅速恢复和发展，关键是方便了手持不同货币的人的使用，解决了货币流通的梗阻。老百姓如果使用这些货币在兑换时有了一个依据，为解决市场因为货币问题而发生的停顿向前迈进了一步。

政治路线确定以后，干部就是决定因素，为了迎接北平和平解放，北平市军管会在成立之时，迅速组建近百人的金融队伍，在良乡集结培训，以应对进入北平城之后金融市场出现的各种局面。

时不我待，中国人民银行筹备处先期印制的钞票已经装上五辆大卡车，由银行专业人员武装押运，从石家庄出发，浩浩荡荡过了滹沱河，经过正定、新乐、明月店、定县、清风店、望都，向北平城方向进发。既然明确了人民币为本位币，那么，没有充足的可以兑换的钞票岂不又是一个尴尬的问题。之前，中国人民银行与中共华北工委城市工作部合作，派出精干人员秘密携带人民币印版，化装潜入北平，联系了印钞厂，已经开始进行人民币印制的各项准备。

即使这样全力以赴，也还是出现了一些细节上的问题，譬如人民银行工作人员所携带的人民券，大面额的充足，小面额的量小，百元以上大钞的兑换绰绰有余，而一元、五元、十元小面额人民券出现短缺。如果缺少几毛钱倒也有应对之策，可以以邮票、火柴等小物件作为找零之需，而几元的钞票就不同了。一般老百姓将几元的钞票当作一个月乃至几个月的花销。如果兑换不成，对一个普通家庭来说也是一个大问题。遇到这种情况的时候，现场人员采取的办法，一是让辅币发生作用，辅币也就是尚在流通的东北券和冀南券。人民银行明文规定，这两种地方券与人民券有相应的比价兑换，因而可以应付人民券找零不足的问题。如果辅币还是解决不了货币交换出现的矛盾，军管会最后一个"撒手锏"，就是用共产党政权的"硬通货"——小米用作计量单位。民以食为天，尤其在战乱和饥荒的年代，一袋小米要比一块银元还好使。

一场货币之战首先在北平城郊打响，且持续了一个月左右，人民银行的金融管理有条不紊，见招拆招，有针对性地发布相关通告，逐渐稳住了民心，稳住了自己的阵脚，进而采取了驱除法币，清剿金圆券，控制硬通货兑换，打击假币，逼得挑战者一步步退却，人民银行逐步完善规章，确立章法，金融市场最终朝着有序方向迈进了。

　　回顾当年的货币之战，说到底，根本原因是准备不足。凡事预则立不预则废，然而准备不足，准备的方案与实际发生的问题相矛盾，有些问题很难想得周到。知己知彼，百战不殆，然而，怎么能够知道你的对手更多的情况，假若不是百分之百了解怎么可能不出一点纰漏呢？有人当时检讨，认为准备不足。其实是前瞻方面出现了判断不准确，对可能发生的问题的预见性出现差池。如果说是因为胜利而出现的问题，或许并不为过。从华北人民政府公布的关于金融方面的公告到人民解放军进入平津地区，前后不过十几天时间。一是人民解放军攻城进展神速，很多共产党人也没有料到；二是国民党军队溃败的速度太快，兵败如山倒，让接管政权的队伍准备时间大大缩短，尽管从大局上看是好事，但是却造成接收时的忙乱，忙中难免出错，以至于虽有思想上和措施上的准备，在实际接收中的某个操作环节还是没有准备相应的办法，计划赶不上变化，依然出现暂时的打乱仗的混乱局面。

第二十五章

货币兑换：因人而异

北平城和平解放，傅作义将四九城门的一大串钥匙交给人民解放军卫戍部队，标志着政权移交工作的完成，中国共产党人和人民解放军对北平这座千年古城接管伊始。所谓接管，至少包括两个方面的工作，一个是接收，另一个是管理。管理工作方方面面，千头万绪。特别是对于金融领域的接管，不仅仅是接管金融机构，最直接的任务应当是市场货币的转换。国民党政权流通的货币终止，人民政权发行自己管理的货币，即停止金圆券在市场的流通，让人民券成为北平市场交易的本位货币。所谓停止使用，不能简单地宣布这种货币就是一张废纸，没有价值了。一般来说，通过兑换，停止使用的货币还有一定价值。对于停止使用货币的持有人来说，这个兑换的方式和兑换比值是特别被关注的。

对宣布停止使用的金圆券如何处置？老百姓手中的金圆券价值几何？与人民券如何兑换，兑换的比例怎么确定？这些决策涉及千家万户每一个持有人的切身利益，牵一发而动全身，稍有不慎，就可能踩响一个地雷，酿成难以收拾的混乱局面，甚至掀起一座城市的滔天大浪。

中共中央深知金融政策的影响和巨大作用，特别针对北平金融接管可能出现的问题及时发出指示，首先强调，对国民党政权留下的金圆券是不负责，也不能负责。"故如我们能把金圆券向上海、汉口推出，则普遍兑换人民券，对我们都是有利的。至于照顾基本群众方面可有二种比价，对工人学生基本群众的比价是固定的,而对其他群众可采取逐渐提高比价往外压缩办法。"① 这是人民券与金圆券兑换的原则，是从阶级分析的观点出发，对新政权所依靠的对象实行优惠政策，对其他人则采取了施压的措施。

> 关于比价应按自然比价（以粮价为标准）贬低三分之一。至于流通期限应根据我们的筹码及物资能否接上而决定。至我们筹码能够流通时便可停止金圆券流通。故估计在北平得半月，同时物资要迅速能接上，要使群众按比价换得本币后能够买到物资，而且物价要以本币为计算单位，这样可使本币不致受金圆券贬值的影响，对物价开始时能维持原状便已不错。②

这是中国共产党北平市委和军管会在货币兑换工作中必须要遵循的原则。中国共产党北平市委于 1949 年 1 月 10 日提出关于入城后几个具体工作的决定，特别提到货币问题，并做出入城后的基本安排。

> 关于兑换伪钞问题。进城后在十五天内兑换。在此期间准许伪币流通，但人民有拒绝使用的权力。关于比值问题，可派人去天津问一下他们的情形。我们的票子，把需要的估计多些，并且到手才算。兑换、企业贷款、订货、学校收购工业品、电灯、电话、自来水、电车、兵工厂、消防队、产业工人、公共汽车、仓库看管人、警察、清道夫、报馆等都需要票子，共需四、五亿。兑换所每区设四个或五个，要计划一下，拨三四百学生协同办理。③

这里提到了兑换时间的限定，半个月完成，有点速战速决的味道和决心。

---

① 《北平市军管会物管会关于金圆券兑换对象、比价、限额、限期等问题的讨论纪要》，1949 年 1 月 9 日。

② 《北平市军管会物管会关于金圆券兑换对象、比价、限额、限期等问题的讨论纪要》，1949 年 1 月 9 日。

③ 《北平市军管会物管会关于金圆券兑换对象、比价、限额、限期等问题的讨论纪要》，1949 年 1 月 9 日。

同时考虑到兑换的工作量很大、兑换所需要的人民券的数额以及兑换比价的计算方式。关于比值的计算方式很简单，就是参照天津兑换的经验和比值。没有考虑，或许没有时间研究和考虑，北平城与天津的金融市场有什么不同。

对于北平城市场兑换的比价，军管会确定了一个指导思想：原则上采取平价政策，但为避免金圆券继续下跌的情况下，使公家不致损失过大，按人民券与金圆券的粮棉价格相比，所得实际比价，再将金圆券贬低三分之一，作为第一次兑换的牌价，比价规定后以不变动或尽可能少变动为宜，以免因我们兑换力量不足，不能同时收兑，使后兑者吃亏。这个意见，总体还是考虑到手中有金圆券的兑换者的自身利益，同时也是考虑市场的接受能力，还是以稳定金融市场为出发点。

兑换工作的基本原则，就是采取收兑与排挤相结合，最终将金圆券驱逐出境。在初期应普遍限额收兑，对工人、学生等基本群众在限额上优待，不在比价上优待。

决策者依据什么确定这么个工作方针呢？

首先，据统计，北平有二百万人口，估计工人、学生等基本群众为一百万，每人限兑金圆券二百元，其他一百万人每人限兑金圆券一百元，则合计约兑换金圆券三亿元。本币在市场上占一半以上便可占优势。其次，如在比价上优待，根据石家庄经验有很多缺点，如别人委托工人代兑，工人卖去衣服换得金圆券，兑换后再买回衣服，及其他种种办法，这样无形中提高了金圆券的威信，一般小贩反而收金圆券，因此影响排挤蒋币政策。在限额上优待毛病比较少。在初期要排挤是困难的，因平津只能向南方排挤。这工作还是要做的，但可放在后期，如排挤不出再想具体办法，如在市场上还起作用可一鼓作气，全部低价收兑，运至南方。如在市场上作用不大，则干脆宣布作废。

前车之鉴值得注意，北平城不是中国共产党接管的第一个政权，在东北，在华北的石家庄已经有了金融接管的一定经验，因此，有关部门提出，"对于国民党政权留下的金圆券，北平军管会根据优待劳动人民和学生的原则，按照不同的兑换数额与兑换时间，规定各时期不同的兑换率，即限额、限期兑换，并限期禁用。对于工人、洋车夫、苦力、贫民与学生及兑换少额金圆券者，应予优待，应规定在一定数量内，平价兑换。每个市民可凭居民证兑换一份，工人、学生可有组织地兑换。超过定额以上者，应递减兑换比值，超过限额和超过限期不予兑换者，应允其封包出境，并可酌令换回部分物资"。

这个具体兑换的办法已经对总体兑换原则有了一定的修订，至少在优惠对象上限制了兑换数额，对于可能出现和已经出现的问题及时进行了修正和明确。

1949 年 2 月 2 日，北平市军管会发布金字第一号通令，宣布中国人民银行发行的人民币为法定本位货币，国民党的金圆券立即作废，但暂准其继续流通 20 天，以备市民依法兑换人民币。为了保证人民群众及时拿到人民币，全市设立了 13 个票券分库，247 处委托兑换点，组织 5000 余人从事收兑工作。

由初定半个月的兑换时间延长至 20 天，兑换点由一个区设四至五个增至 247 处，兑换工作人员由三四百人增至五千余人，从这些变化可以看出，这个第一号通令是经过认真研究讨论之后的成果，与最初的设想已经有了明显的进步。那么，这样的"安排计划"在实施当中的效果如何呢？军管会金融管理部门在工作汇报中曾特别提及。

> 我们入城后立即采取如下措施：
>
> （一）宣布以人民券为本币，并规定作价记账均以人民币为本位。除冀南币、东北币暂作辅币外，其他解放区钞票不准入城，但准许在市郊进行兑换。
>
> （二）伪金圆券在二十天内暂准流通，但人民有拒用及议价自由，这样使人民券逐步占领市场，且在人民券未全面投出前，市场交易没有停滞，伪金圆券的兑换按两种比值：工人、学生、独立劳动者、工厂职员、城市贫民、公务人员、警察（后两种人未在报上公布）每人可按一比三兑伪金圆券五百元，其余均按银行牌价一比十收兑。共计兑入伪金圆券八亿元，内优待兑换五亿元，按一比三兑人民券一亿六千万元，若按一比十只兑五千万，计劳动人民所得实惠合人民券一亿一千万。[①]

兑换票价的优惠政策体现了中国共产党人强调以阶级划线的特点。其用意很明显，就是对赖以依靠的各阶层给予倾斜式特别照顾，争取赢得劳动人民对

---

① 《北平市军管会物管会接管工作总结报告》，1949 年 4 月 16 日。

新生政权的拥护与支持。

北平市军管会在总结入城后的工作中同样谈到了货币兑换工作：

> 入城后集中大力兑换工作，规定一比三的限额，每人五百元，对工人、学生及贫苦市民（后来并放宽到一般职员及收编傅军）的优待比值和一比十的普通比值，鼓励大宗封包出境，经半个月努力，终于扫清金圆券市场，建立人民券的本币位置。但因优待限额太宽，曾造成学生、贫民在市场上买入金圆券再拿来兑换，后并发现大量制造伪证件者，计兑入伪金圆券七亿九千八百万元，内优待兑换占百分之六十，造成一比六的黑市比价（但不久即消散）。[①]

采取"因人而异"的兑换政策其目的何在呢？在确立政策前的讨论中，有激进者提出，只给工人、学生兑换，对有钱人、资本家不给兑换。这种思想还让刚刚进城的为数不少的干部认为"好""有道理，应当"，但在最后确定方案时，还是被摒弃了。接管队伍当中毕竟有经济方面的专家，有对新解放城市经济运行有经验积累的干部，他们分析：如果这个政策真要推出，会是什么结果呢？如果只兑换工人、学生等基本群众，那将造成整个城市贸易市场停顿，至少是市场混乱，金圆券不可能马上肃清，势必造成通货膨胀，物价高涨。因此，应当对所有人所持金圆券给予兑换。不能走极端路线，但必须要体现工农联盟为基础的新民主主义政权的倾向性，要给劳动人民在兑换上以政策优惠。

那时对"劳动人民"的概念为泛指，具体说则是：工人、学生、独立劳动者、工厂职员、城市贫民、公务人员、警察（后两种人未在报上公布）。不包括的人群有哪些呢？官僚、资本家、小业主、店主、房产主、戏班班主、不劳而获的人等。享受优惠和不享受优惠的人员比例是多少，按照有关部门的测算是各占百分之五十。也就是说，有一半市民可以将手中的金圆券以三比一兑换人民券五百元，另外百分之五十的人或是家庭则要以十比一的比例进行兑换。

这样的兑换政策体现了什么思想？

"谁是我们的敌人？谁是我们的朋友？这个问题是革命的首要问题。"毛泽东

---

① 《北平市军管会接管工作概况》，1949 年 4 月。

在依靠谁打击谁的问题上思路非常清楚，特别是在新政权刚刚建立、百废待兴的时刻。这与国民党人在法币改革当中形成明显的反差。这应了那句古老的真理：得民心者得天下，失民心者失天下。在金融领域的战火中，失掉民心，或许就是国民党人失败的真正原因；而共产党人"得道多助"，照顾弱者，照顾自己阶层的依靠对象。

再次回放当时接管北平及人民券与金圆券的对决情形，惊心动魄之感犹在昨日。1948 年 12 月 14 日，中国共产党华北局城市工作部由刘仁部长领导的西黄泥村"干部训练班"成员提前结束培训，根据平津局势紧急奔赴北平地区，接受接管北平的具体任务。

1948 年 12 月 17 日至 18 日，中共北平市委第一次会议在保定地区举行。会议重点研究了入城工作人员纪律，还有外国人企业及中国私人企业所设银号、钱庄与私人纸币流通等问题。

12 月 25 日，北平市军管会金融处做出兑换工作计划。然而，新接管的城市金融工作应该如何运转，还在激烈的争论之中。按金融界的传统理论说，那就要有黄金，要有白银，要有硬通货，可是北平接管时，共产党接收了多少白银和黄金呢，让我们翻一翻当年的接收账目吧：

> ……赤金四百一十两，银元一千四百五十六元，银币十六万九千元，伪金圆券二千五百二十三万元。

经营和管理北平这样一个特大城市，一个二百九十万人口以消费为主的城市，用这点黄金和白银包括银元、银币为本金或者说筹码不是杯水车薪吗？

新任北平市委书记彭真，将办公地点移至城郊西南的良乡。12 月 29 日，北平市委举行会议。12 月的北平正是最为寒冷的时节，迎着呼啸的寒风，作为就要被接管的城市，共产党人的首要任务是什么？彭真明确指出，进城后第一件事就是解决煤和粮的问题。如果市民没有饭吃，没有下锅的米，没有取暖的煤，老百姓饥寒交迫，怎么能说解放？彭真对所属人员下达指示，千方百计从老解放区调集粮食，在有余粮的地区采购粮食。

会议还学习了"沈阳经验"，研究了公务员、学生、工人的粮食如何配给，剩余粮食如何出售等急迫问题。

12 月 30 日，中共中央做出平津地区货币问题的决定。明确平津地区以人民银行券为本位币，冀南钞与东北券为辅币，照规定比价通用。其他如晋察冀边币、长城券及北海币等，一律不准进入两市区内行使，不论军民人等携有非通用货币而想在平津行使的，均须在人民银行兑换处照规定比价兑换人民币、冀钞或东北券。

此时，南京方面，截至 12 月底，国民党政府金圆券发行量增至 81 亿元。

面对战争急需的物资和人力物力的需求，印发钞票似乎是国共双方均不可少的方式。华北方面，人民政府向市场投放人民币的速度同样在加快，投放人民币的数量在加大，造币厂的机器昼夜隆隆作响，三班运转……

1949 年 1 月，百万大军进驻平津地区，引发了华北地区大规模物价上涨。4 月，完成了平津、淮海战役的部队进行渡江准备，四处采购各类必需物资，引发华北地区城乡物价又一次飙升。

战争的非常时期，传统的金融管理思维模式不能解决特殊状态下的市场经济。在西柏坡，毛泽东夜不能寐，他在考虑派谁来承担全国解放区财经工作呢？他从中央领导人的履历当中查找，最终认为，若论对经济工作最有研究、最有发言权的莫过于陈云。抗战时期，他就直接领导过解放区的经济工作，在经营东北解放区、成功接管沈阳以后，陈云及时总结出一整套接管的经验。中央特意将此转发全国各个大区和野战部队。陈云对金融工作中需求与供给的问题有了一套通过实践检验的工作思路。

1949 年初，毛泽东在西柏坡与陈云彻夜长谈之后，与周恩来商定，调陈云到中央，主持中央财经工作。

人民解放军占领南京，通货膨胀同样渡过长江。此时的物资供应又出现了新的问题，这时的形势与北方的农村包围城市时期发生了变化，现在是先占领城市，再进入乡村，一时之间很难从当地农村获得粮食等生活必需品的补给。随着管理区域的扩大，在北平的中共中央需要保证各地 750 多万脱产人员的吃饭和生活日用品的供应问题。

中共中央财经委员会预计 1949 年全年财政收入折合小米大约 303 亿斤，支出则需要 567 亿斤。

薄一波后来回忆说，当时最为严重的情况是收支脱节：收入的大头是公粮，都掌握在地方手里，其他税收也有一大半由地方掌控。"近水楼台先得月，自己可以先用，中央拿不到。"但是野战军"吃皇粮"，由中央支付，"收在下面，支在上面，中央的日子就过不去了。发行钞票主要是中央有亏空"。薄一波在《若干重大决策与事件的回顾》中这样写道。

美国《时代》周刊当时的报道分析说，中国共产党过去依靠简单的供给模式，由分散的根据地直接用物资维持根据地内的军队，受货币规律影响小。现在使用无固定供给地的大兵团跨地域作战，其方式与组织形态已与国民政府相似，由军费增长引发的通货膨胀不可避免。

民主党派负责人忧心忡忡地上书中央：中国共产党此时面临的危机与过去三年国民政府的情况相似，如不控制军费增长，新政权成立之时就是中国经济再次崩溃之日。

谁来破解这道难题？

1949 年 4 月，中央两次致电东北局，要求陈云速到中央主持经济工作。陈云自我介绍说："过去好比是在上海永安公司门前摆小摊做生意的，现在让我当大公司经理，做大买卖，不知道能不能胜任。"

第二十六章

解放区金融为何不会崩盘

作为中央主管全国经济工作的陈云，刚刚从东北解放区赶回来就面临严峻考验。对此，陈云确实忙而不乱，心中有数。在东北时，他就负责经济工作，包括接管哈尔滨，继而接管东北最大的城市沈阳。由陈云担任主任的沈阳军事管制委员会，仅用了不到一个月时间就让满目疮痍的沈阳成为有条不紊开始运行的大都市，世人无不称道。

然而，市场经济的运行自有其规律，不是一个思路就可能逆转的。1949年是新中国成立的第一年，是解放战争取得胜利的一年，同样是在这一年，新生政权的财政支出猛烈增加。这一年中，曾多次出现程度不等的通货膨胀。特别是10月中旬以后，全国物价剧涨，币值大跌。

尽管新中国的通货膨胀与旧中国的恶性通货膨胀有本质的区别，但也对人民生活和经济建设产生了明显的负面影响，人民币流通开始经历一场严峻的考验，这同样也在考验执政者的智慧。

陈云同志及时指出：这次币值下跌、物价上涨的主要原因，是政府的财政赤字庞大，因而钞票发行过多。他又说：在政府的财政措施上，不能单一依靠增发通货，应该在别的方面寻找出路。①

---

① 见《陈云文稿选编》第34-35页，人民出版社，1982年版。1949年7月22日至8月15日，在陈云的主持下，在上海召开财经会议。参加会议的有华东、华北、华中、西北、东北5区负责财经工作的领导人，并邀请即将进军两广、西南的野战军的（接下页）

当时没有什么人相信共产党能管得了通货膨胀。陈云到上海调查研究，当时正是雨季，南京路上可以行船，陈云涉水寻访之后，采用了两个办法，问题便迎刃而解。一是严控货币投放，二是加大商品供应。因为，看到街上的东西越来越多，囤积保值的心理倾向就会逆转。等到了囤物者熬不住也向市场抛卖商品，通胀连同通胀预期就会败下阵来。

1949 年 7 月 22 日至 8 月 15 日，在陈云主持下，在上海召开财经会议。陈云提出，上海的骨干工厂不能外迁，由各大区承担粮棉调拨任务，共同帮助上海恢复生产。华东局向陈云汇报说，常州不让粮食运到上海，赣东北对杭州也是封锁的，皖北、常熟、无锡等地也对上海禁运。其他解放区有自己的正当理由：经过多年战乱，粮棉自给都很不容易，调出去农民就会挨饿。再比如，当时交通破坏严重，从四川运米到上海，运费与收购价相当。薄一波后来在《若干重大决策与事件的回顾》中回忆说，上海财经会议的重要指导思想就是，观察和解决财经问题要有政治观点，即从全局、全国看问题。

通过讨论，大家获得的最大共识是，仍然要把支援战争放在第一位，小困难服从大困难。

陈云还告诉各大区主要负责人，中央希望他们"说服各地同志，既交出权力，又勇于负责，以此精神共渡难局"，"必须强调部分服从全体，地方服从中央"。

会后姚依林代表中财委去东北"要粮食"，一次运出数千万斤，"讨价还价的零头也得几百万斤"。当时在一次领导人会议上，陈云提出，上海是个好地方，但暂时是个包袱，运进来的东西多，出去的东西少。当时运进的是"两白一黑"，即大米、棉花和煤炭。只是因为上海没有恢复生产，运往外地的工业品不多。

上海财经会议决定，马上着手统一全国财经工作。陈云提出，统一财经的

代表等。会议先由各解放区和上海代表汇报各地财经情况，然后组成金融、贸易、财政、综合 4 个组进行讨论，形成了《关于若干问题的共同意见》。8 月 15 日，陈云为这次会议作了《目前财经工作中应注意的问题》的总结。上海财经会议的召开，为新中国的财政经济的恢复和发展奠定了基础，意义十分重大。在这次会议的指引下，对平稳全国物价、制止通货膨胀和统一全国的财经工作，恢复国民经济，实现全国财政经济状况的根本好转发挥了重要作用。

第一步，统一税目、税率，加强统一征管；第二，建立统一的人民币发行库，进一步掌握货币发行权；第三，建立粮食公司、纱布公司等，统一购销。

陈云特别提到，各地区对原属野战军的支援物资，一般的要由中央统一调度。"我们不应因为统一管理工作方面的小困难，而造成国家经济和人民生活的大困难。"

上海财经会议落幕后，物价一度平稳。陈云却向毛泽东汇报，预计物价有"剧烈跳跃之可能"，并督促落实上海财经会议决定的各项措施。

1949 年 10 月，上海果然爆发"棉纱风波"。投机分子集中攻击纱布，导致上海的纱布价格在一个月内上涨 3.8 倍，棉布上涨 3.5 倍。棉纱上涨带动了其他物资价格，并波及华中、西北。

中财委按照既有计划调拨物资，一战而胜。1950 年春节，上海的投机势力开始囤积粮食。但此时中财委从四川征集的 4 亿斤大米已进入上海，华中、东北的粮食也源源不断地运到。再战再胜，这就是"米粮之战"。

榜样的力量就在于"复制"，上海经验致使全国各地"照方抓药"。各个地区在加大市场商品的投放量上下功夫，同时适当放缓了货币的投放量。通货膨胀的浪潮终于开始减退，新政权的金融货币逐步走向平稳的过渡期。

此外，新政权在治理通货膨胀上有一个客观因素同样起到了"减压阀"作用，即中国共产党人与国民党政权在管理的侧重点上有一个显著的不同之处。国民党主要是面向城市，在各区域中心城市管理上投入过多，忽视或者忽略广大农村乡镇的运行管理。而当时的中国是典型的农业大国，农村人口占全国总人口的百分之九十以上。可以说，支撑中国共产党政权的重要力量和物质基础来自农村；而货币在农村的作用大大低于城市，通货膨胀对农村生活的群体影响不是"洪水猛兽"，充其量不过是湖水因风波泛起的涟漪。农村人口对生活的基本需求局限在"柴米油盐酱醋茶"，这些生活必需品大多可以不用货币交换就能获得，农村有自己运行的机制，主要就是自己生产，自我供应，就地取材，无需或少需交换和购买。

新政权建立以后的城市，由于农村人口的流动，加强了与农村至少是郊区的纽带联系，因而通货膨胀在农村广大地区得到了一定程度的化解。这样一个工作重心的不同，导致中国共产党所领导的大部分解放区相对容易地解决了这个外人认为很严重的经济问题。多少年之后，一旦城市发生经济方面的"风吹草动"，甚至难以解决的金融困难，首先采取的重要手段就是向农村转移。

在经济困难的境地，共产党争得了民众的支持，赢得了民心。民众已经丧失了对国民党政权的信任，正如国民党元老陈立夫在《得与失》文章中所指出的，"民众厌恶了旧政权，希望换一个新政权来试一试"。

第二十七章
银行接管进行时

遵照周恩来的指示精神，中国人民银行全体人员在南汉宸的指挥下，让人民币几乎跟随人民解放军的步伐一同占领城市和乡村。解放军每进入一个城市，人民银行则跟进一个城市，就像一条运转的链条，环环相扣，紧紧相随，接管国民党的银行，查封国民党钞票，代之以人民币的发行。

人民银行首先接管的是天津和北平的银行和金融业。

1949年1月14日，在刘亚楼直接指挥下的东北野战军向天津守军发起总攻。29小时以后，解放天津的炮火一停，南汉宸率领银行接管干部进入天津市区，开始了银行接管工作。2月底，人民银行共接收了天津地区11家银行和信托、保险等金融机构，连同其所附属的机构加在一起，共有36个单位。接收了金圆券现钞1.2亿元，黄金300两，白银130万两，银元7万箱，还有一部分玉器。接管的职员1019名，工友828人。人民银行在天津的分支机构就在这样的一个基础上开始组建。

随着解放战争的胜利进行，人民银行需要的货币数量越来越大，而相对简陋的印钞设备和器材远远不能满足工作的需要，必须尽快增加和扩大印钞厂生产规模。南汉宸在准备接管北平银行、尚未进城之前，特别交代张云天①："这

---

① 张云天（1910—1949），又名张寓进，福建省闽侯县人。1931年考入上海（接下页）

次接管印刷厂必须迅捷，保证做到一接管就能够开机印刷。"

在人民解放军正式进入北平城的前一个星期，在华北城工部组织安排下，中国人民银行平津银行印刷厂接管组由秦炎同志带队，成员有原晋察冀解放区王尚明、庞润田，山东解放区魏任斋等十余人，在经过城市接管工作培训后于1月23日和24日携带人民币票券印版，分两批秘密进入了北平城。1949 年 1月 31 日，北平城正式宣布和平解放。先遣组已经在该厂工作数日，做好了印制人民币的各项准备工作，并且已经印出了一批人民券的半成品。

1 月 31 日，中国人民银行总行由石家庄迁至北平。进城后人民银行第一个办公所在地选择在西交民巷 20 号，原国民党政权北平中央银行旧址。

南汉宸组织了以张云天为首的金融接管处，负责接管北平的金融和银行机构。张云天是福建人，大学所学正是会计银行专业，在晋察冀边区银行主抓业务，是总行业务部部长；石家庄解放时，他担任晋察冀银行石家庄分行经理。但他对北平这座城市了解不多，特别对北平城金融和银行基本状况掌握得很少，在乘车前往北平的路上，他捧着与北平金融相关的资料一通"恶补"。当到达北平城下时，他对北平金融发展历史已经有了较为清晰的认识。

清末的北京，曾经是全国金融业的中心。清代的票号在全国可谓首屈一指。清朝末期，票号逐渐演变为银号。1905 年清廷户部设立银行，1908 年改为大清银行。同年，交通银行问世。20 世纪以后，上海金融经济发展迅速，金融中心逐渐向上海转移，虽然北京的金融地位较上海有些逊色，但依然不失

光华大学经济系。次年转至国立暨南大学商学院会计银行系。1935 年毕业后留校任教。1936 年 11 月，国民党当局非法逮捕沈钧儒、邹韬奋等人，制造"七君子事件"，张云天组织各种进步活动声援"七君子"。1937 年供职于福建省银行。不久加入福州文化界救亡协会，参与组织"战友社"，出版《战友》刊物。1938 年 8 月加入中国共产党，同年 9 月赴延安出席全国青年联合会代表大会，1939 年秋担任青工委秘书长。1941 年夏调任中共中央政治研究室任研究员，专门研究国民党统治区状况。1942 年初调中共中央办公厅，任李富春的秘书。1945 年 11 月起，历任冀察热辽边区兵工厂政治部主任、晋察冀边区银行总行业务部部长等职。 1947 年 11 月石家庄解放，张云天负责接管该市金融机构，担任石家庄银行分行经理。1949 年 2 月北平和平解放，张云天任北平市军管会物资接管委员会金融处处长，负责接管北平市官僚资本银行，筹建中国人民银行北平分行，就任行长兼经理。同年 9 月调任中国人民银行广东省分行行长兼经理，随同叶剑英前往广州，在随军南下途中因车祸不幸牺牲。

为全国金融中心之一。

1880 年，英国的汇理银行在北京设立分行，以后相继有多个列强在北平设立银行或是合资银行。20 世纪 20 年代初，私营银行发展迅速，1917 年北京银行业公会成立时有 19 家，1925 年就发展到 25 家，先后有金城、大陆、盐业、中南规模银行，银行数额占全国（141 家）华商的 16%，居全国第二位。

1937 年 7 月，北平被日军占领以后，入侵者和汉奸们狼狈为奸，在北平成立伪中国联合准备银行，滥发大量没有准备金的伪联银券，赤裸裸地掠夺北平劳苦大众的资财；发行数量完全根据日本人的战略需求，1938 年 3 月至 1939 年底，发行"银联券"45600 万元，到 1942 年 1 月，突破 10 个亿。到 1942 年底，猛增至 40 亿元。据一直担任伪中联总裁的汪时璟供认，他在任职期间发行伪钞达 1238 亿，当时华北地区沦陷区不过一亿人口，平均每人 1238 元。

如 1939 年 1 月，北平玉米面每市斤一角左右，1944 年 8 月上涨达 5 元一斤，1945 年 8 月，日本投降之前，每斤则 1000 至 1400 元，仅玉米面就涨了一万多倍，与 1939 年相比上涨了 55 倍。1943 年，日本人就是用这些形同废纸的票子，强行购买京郊粮食 3738 吨。

日本伪政权在发行伪"联银券"的同时，极力排斥打击国民党政府发行的法币，颁布《扰乱金融暂行处罚法》，禁止法币流通，强令百姓用法币以低值兑换"联银券"，然后用法币到国统区套购外汇和物资。

1948 年 8 月 19 日，南京政府强行推行金圆券，并且兑换黄金、银元和外汇；仅 8 月 23 日至 9 月 30 日 30 多天时间就从北平收兑黄金 1 万多两，白银 69 万多两，银币 124 万多元，美钞 60 多万。

北平当时的金融机构有国民党政府金融体系内的四行两局一库，即中央、农民、中国、交通银行的北平分行，中央信托局和邮政储金汇业局以及中央合作金库。连同私营银行、抗战胜利后北平共有 26 家，外国人参与的银行有东方汇理、汇丰银行等。

张云天搞到一册《北平市银行商业同业公会会员册》。这个会员册出自 1947 年的北平市工商业的调查统计表。

会员册如下：

行名	经理姓名	所在地
中国银行	常文熙	西交民巷 37 号
交通银行	郑大勇	西河沿 17 号
盐业银行	韩振华	西河沿 11 号
新华信托储蓄银行	曹滋	前外廊坊头条 8 号
金城银行	杨允缉	西交民巷 108 号
中孚银行	潘善闻	西交民巷 4 号
中国实业银行	赵重毓	西交民巷 36 号
浙江兴业银行	沈范思	前门公安街 4 号
中国农工银行	萧缉亭	西交民巷 89 号
大陆银行	谈季祯	西交民巷 20 号
中南银行	马竹铭	西河沿 37 号
上海商业储蓄银行	唐庆永	西交民巷 3 号
六生银行	刘华亭	西交民巷 99 号
国华银行	潘砚芬	西交民巷 14 号
大中银行	张希陆	公安街 3 号
聚兴诚银行	李培之	正阳门大街 1 号
四行储蓄会	张友熊	西交民巷 102 号
河北省银行	尚培增	西交民巷 1 号
北平市银行	赵立鹏	西交民巷 44 号
中国农业银行	查石村	东交民巷
邮政储金汇业局	殷锡琪	东交民巷 3 号
北平商业银行	孙瑞萱	西交民巷甲 40 号
大同银行	王锡桓	前外大街 29 号
正太银行	侯贺一	大栅栏 58 号
中央合作金库北平分库	张光钰	东安门大街 63 号
北平汇丰银行	关敬一	东交民巷 32 号
北平东方汇理银行	丁晴湖	东交民巷
中法工商银行北平分行	史济宏	东交民巷

张云天按图索骥，了解各家银行的办公地址。他发现，统计表列出的银行大多聚集在西交民巷。银行商业同业公会共有 28 家，位于西交民巷的就占了13 家，差不多将近一半。如果算上东交民巷的 5 家，几乎囊括了京城金融业的大头，其他几家银行也距西交民巷不远，如前门、西河沿、正阳门大街附近，如果将这 28 家银行所在地画一张区位图，那不也是一个紧凑的棋盘街？

当年京城银行业为什么会集中选择在这个区域呢？张云天有些不解，敌工部的同志告诉他，原因很简单，一是东交民巷当年为使馆区，外国人在京城的聚集地；二是距离京城最繁华的商业区最近，如前门、大栅栏等。这也正应了北京人那句老话"东富西贵"：东城是巨贾云集之地，而作为金融行业，自然要依附在富人聚集处。外国人包括官僚买办和工商业实力雄厚的有钱人，与银行打交道最为频繁。过去生意人讲究"一步差三市"，这个银行集中区恰恰是容易兴旺发达之处。

经过多方面考虑，中国人民银行从河北石家庄市进入北平城后的第一个办公所在地，同样选择在了位于这条"金融街"的西交民巷 20 号。

北平军事管制委员会金融处负责对旧银行的接管工作。当时对银行的接管工作主要有三项：一是接管官僚资本金融机构，包括原中央银行、中国银行、农民银行、交通银行、中央信托局、中央邮汇局、中央合作金库，简称为四行二局一库，共有 11 个行局，加上其他分支机构共 43 个单位。从 1949 年 2 月3 日起，北平军管会派出军代表或联络员，分别进驻这些银行机构，开展接管工作。

对于城市银行的接管，张云天不是头一遭，没有到北平之前，他是晋察冀银行总行业务部主任，石家庄解放时，他担任晋察冀银行石家庄分行经理。

据曾任晋察冀边区银行冀中分行辛集办事处经理的杨海泉回忆：石家庄市（1925 年至 1947 年 12 月 25 日称为石门市）隶属于冀中区，是晋察冀边区银行冀中分行辛集办事处的业务辖区，为接管石家庄的金融，辛集办事处受分行的指示，在石家庄解放前即设立训练班，准备进城的力量，训练初级银行干部近 200 人。1947 年 11 月，辛集办事处抽调大批干部支前及参加解放石家庄市的工作，11 日夜随解放军一起突入石家庄市。在石市军管会财贸负责人黄敬同志的统一指挥下，他们当夜查封了国民党中国银行的库房和账册，并宣布将人员办理移交，即实行留者欢迎、去者欢送等政策。

石市解放后的第四天，晋察冀边区银行总行经理关学文来到石家庄。因为敌机连日来轰炸扰乱，在国民党中国农民银行的地库里由其银行负责人相关经理向我方移交了账册，清点了库存。原银行负责人自愿回到北平去，我方给他们雇了马车，送他们到了石家庄市的北道口的卡子。

1947 年 11 月 18 日，石门市政府发出公告，公布了稳定货币金融的四项办法：（1）边币（即晋察冀边区政府发行的货币）为唯一合法的本位币，一切交易概用边币；（2）蒋币由边区银行收兑；（3）为便利商民交易，短期暂准使用蒋币；（4）严禁私自兑换，违者以扰乱金融论处。

1947 年 11 月 29 日，晋察冀边区银行宣布成立石门分行，分行下设营业部和两个办事处。分行成立当日，即发布公告："自即日起，边区石门分行停止蒋币流通，限期兑清，违者，兑换贬低牌价的 30% 。"

12 月 13 日，石门市敌伪物资管理委员会发出布告，对国民党河北银行石门分行实施清理整顿。提出限期两周之内，客户归还该行的借贷款，并对存款逐一进行登记。由此对国民党在石家庄的银行开始接收和清理，对其货币开始兑换。

当时接管国民党在石家庄的银行共有六家，即中央银行石门分行、中国银行石门分行、中国交通银行石门分行、中国农民银行石门分行、河北省银行石门分行、石门市银行。除河北省银行石门分行和石门市银行已经被烧掉外，其余银行均完好。其中中央银行石门分行原主要负责代理国库，解放时，它的库存有 28 亿元；中国银行石门分行主要负责国内汇兑和少量的军政存款；中国交通银行石门分行在解放时还未开业；中国农民银行石门分行负责贷款和军政存款。这四家银行很少经营一般商业银行的业务。河北省银行石门分行和石门市银行主要经营一般的商业业务。

对银行业的接收首先是查封库存、账目、报表、函件和一切现金，公布发还私有存款；接着是对银行的旧职员进行初步审查，经初步审查，除个别有政治嫌疑的交公安局，其余的均送回家。

对于接收的存款出现的差池和资不抵债的情况，接收人员采取了属于公款的部分不予追究，而私款部分则要求由原有职员负责设法调款补充，以此来确保普通储户的资产不受损失或是少受损失。

石家庄解放时，国民党政府在石市的六家银行分行，资不抵债的款额有

129亿元（法币），我方银行的接收办法是对不同类型的存款采取没收、代管、发还的三种处理原则：一是对敌伪的公款、公股及战犯、特务的股金和存款一律没收，属于国民党县党部书记、调查统计局长、县长、还乡队长、法院院长、警察局长的私款均没收，军需、财政科长等以个人名义存的款项，数目相当大的也一律没收。被没收的有123户，28亿元。二是对于敌伪机关工作人员的存款数额较大的、公私款不易分清的、敌伪人员职位不清和无下落的，接收人员采取了代管的方法，共代管139户，9亿3千万元。三是对于除以上情况外的敌伪机关一般的工作人员、敌伪群众团体、一切私人的存款均予以归还。

除了接收银行外，石家庄解放时有益恒昌、义庆隆、德全昌等19家银号。在石家庄解放时，一家全部被烧，两家被抢，一家全部逃光。这些银号的资金来源属于商业资金的占64%，属于地主资金的占23%，属于敌伪人员的占13%，主要业务是汇兑、商业存放款、金融商业投机和经营货物买卖。除此之外，涉及金融业务的还有天宝、恒利、三阳等13家金店。经了解，这些金店是以买卖金银首饰为掩护，与国民党军政人员、航空员密切联合进行黄金投机的买卖。全市的13家金店，有10家是私商，3家与敌伪有关。对金店中的敌伪股份，我方分别采取了没收和代管的办法，如：荣华金店有一个股东叫唐凤鸣，在日本统治时期当过冀县五区伪区长，日本投降后，来到石家庄当了冀县同乡会主任，对于他的资产予以没收；正兴金店的一个股东当过顽军军需连长，他的大额财产一时无法查明，我方予以代管；新宝成里有股份是永年、冀县县长的，它的股东、经理均已逃跑，我方对其实行代管。其余的股份则仍旧独自经营。

为了避免经理、店主的破坏、逃跑、转移、隐瞒，我方接管人员对银号和金店采取了全面掌握和有重点地进行接收的方针。首先采取查封账目、冻结库存与存款，然后开始对一般股东和存款户进行调查，分清敌伪、地主与一般存款商民的股金与存款，还登报号召原存款户进行登记，以便归还正当的存款。

石家庄解放后的第四天，晋察冀边区银行率先进城，晋冀鲁豫边区的冀南银行也随后进城。晋察冀边区银行进城后成立了石家庄分行，级别与冀中分行并列。晋察冀边区银行总行委任总行业务部主任张云天为石家庄分行经理，委任总行办公室徐敬军为副经理，在南大街原中国银行原址办公营业。

分行成立后，为支持经济和市场的运转，开始发放贷款。据《晋察冀日报》1948 年 4 月 3 日报道：从 1948 年 2 月中旬至 4 月初以来，先后贷款 8.5 亿余元，各行业获得贷款者达 69 家。其中，扶植国营工业 4 亿元（公营是裕民实业公司，主要是用于兴办工商业、购运民粮和人民生产、生活的必需品），商业贷款 4480 万元，合作社（全市共有合作社 115 个，以纺织业最发达，生产的各种条布、包布、白洋布、毛巾等，除供应本市外，大都销往外地，其中 24 户有贷款）贷款 1.2 亿元；同时支持其他所有制经济发展：工业贷款 7300 万元，棉织业贷款 9750 万元，电磨业贷款 2400 万元，制皂业贷款 3500 万元，油坊业贷款 5900 万元。

私营银号相继开业。据《冀中导报》1948 年 4 月 7 日报道：石家庄私人经营的华丰银号在 3 月 19 日开业，大兴公、同兴裕、裕隆等 36 家私商都入了股，股金最大者达 300 万元。至报道日，华丰银号已经募集股金 6000 万元。

实际上，早在石家庄解放之前，中国共产党领导的两大解放区人民政权——石家庄北面的晋察冀和南面的晋冀鲁豫解放区已经逐渐在接近。两大根据地的货币交换问题早在石家庄解放之前就已经列入双方的议事日程，并有了具体工作方案。

据 1947 年 8 月 10 日出版的冀南银行总行的《银行月刊》第 16 期载：第 15 期月刊载下半年银行工作的方针任务与做法中，关于对友邻区货币态度问题曾有过原则指示。"最近，先后收到冀南区（属晋冀鲁豫边区政府）和冀中分行（属晋察冀边区政府），太行一分区和冀中十一分区关于双方边沿带友区货币管理的协议，基本精神都和总行所规定相符合。……冀南区指派负责干部亲去冀中与该地分行成立协议的认真精神是很好的。"刊物还附有两个协议，分别是《冀南区行和晋察冀边区银行冀中分行关于划定边沿区货币混合市场及建立兑换所草案》《晋冀鲁豫边区太行一分区和晋察冀边区冀中十一分区关于边沿地带货币管理工作的协议》。两个文件的中心议题是，双方确定货币管理精神是互相扶持、共同发展、一致对敌和建立边沿区兑换制度。

1947 年 11 月 12 日，石家庄解放当天，晋冀鲁豫边区政府和晋察冀边区政府就下发了《晋冀鲁豫边区政府和晋察冀边区政府共同商定两区货币在两边区统一流通使用并固定比值》的文件，规定自本日起，冀南银行币和晋察冀边区银行币在两边区统一流通使用，确定两种货币的固定比值为冀钞 1 元比晋察冀边区 10 元。

1948 年春，晋察冀边区银行总行、晋冀鲁豫边区冀南银行总行奉命迁入石家庄市政府拨给的中华北大街 11 号大楼，两行开始合并办公。

北平因为是和平解放，接管工作是在旧金融机构的配合下有序进行的，总体上说是顺利的。北平和平解放当天下午，在南汉宸的指示下，张云天亲自带人接收了国民党的中央印制厂在北平的工厂——北京印制厂，并马上将它更名为"中国人民印刷厂"。他将接收情况迅速报告南汉宸。南汉宸一听，连声说道："好！好！解决了印钞这个大难题了！"中国人民银行印刷厂自此就开始昼夜加班加点赶印人民币。

从 1949 年 2 月 4 日到 20 日，中国人民银行供应市场人民币各种票券共达 1.98 亿余元，基本保证了市场对人民券的需求。

人民解放军的胜利进军使得对人民币的需求量急剧增大。北京印钞厂曾经直接接到聂荣臻的指示："解放军打到哪里，人民券就运到哪里。"为了支援战争，印钞厂工人夜以继日地工作。一时之间，印钞厂的金库门前停满了军车。只要人民币一印出，就立即装车，直接运往前线。于是，人民币在全国各个老解放区、新解放区出现，取代国民党的金圆券，成为流通货币。

这时，南汉宸领导人民银行根据"边接管，边建行"的方针，在接管国民党的官僚买办银行的基础上，迅速地在全国各地普遍地设立银行的基层机构。

1948 年底，淮海、平津战役胜利结束，中原、华北、华东三大解放区连成一片。此时，人民解放军二野、三野百万雄师饮马长江，即将发起渡江战役。四野南下大军铁流滚滚，即将过境中原。人民币随军进发，在支持人民解放军胜利进军的同时，也在完成自身的使命：占领全国流通市场，统一全国币制。

中原解放区是人民币扩展的最早地区。1948 年 12 月下旬，中国人民银行总经理南汉宸来到郑州，与中州农民银行商议并签署《华北中原统一货币方案》，为人民币南下做准备。1949 年 3 月 2 日，中原局发出紧急指示："东北南下大军均携带与使用新币（也就是人民币），因此中原区必须争取时间，在东北大军未到前，即发行新票，使新币与人民见面，以免引起金融市场的混乱与物价波动，影响部队的供给，增加财政困难。"指示还特别强调：全党同志要高度重视新币的发行工作，向群众做好宣传解释工作。"货币问题不仅影响到财政经济，而且还会影响到军事政治。"国民党反动派最后垮台固然缘于其军事上的失败，但国民党政权的金圆券暴跌引发经济大崩溃也不能说不是重要因素之一。

1949 年 3 月 10 日，人民币在中原解放区正式发行。

随着解放的城市的增多，各地人民银行迅速建立。1949 年 10 月 1 日，中华人民共和国宣告成立，10 月 19 日，中央人民政府任命南汉宸为中国人民银行行长。至 1949 年 12 月底，中国人民银行先后建立了华东、中南、西北、西南 4 个区行，40 个省（市）分行，1200 多个县（市）支行及办事处，加上中国人民保险公司、中国银行、交通银行，全国已设有金融机构 1308 个。

第二十八章

"青州纵队"的历史使命

1949 年 4 月 25 日，一支代号为"青州纵队"的数十辆大卡车组成的队伍从扬州过江，向上海进发。当时大雨倾盆，道路泥泞，步兵、骑兵、炮兵，人喊马嘶，青州纵队的车队在拥挤的道路上行进缓慢。

这时，陈毅的车队开过来了，大家纷纷让路。陈毅看到堵在路旁的这支长长的大卡车车队的不同之处，高声问道："你们是啥子部队？"

司机回答："报告首长，我们是青州纵队。"

"哦，青州纵队！晓得晓得。"陈毅记得，这是中共中央华东局 2 月份抽调专业人员组成的金融接管队伍，先在山东青州集训培训，准备接收南京、上海等城市的国民党金融机构，代号"青州纵队"。这支队伍由近 2000 名财经干部组成，由顾准任总队长，石英任副总队长，黄耀南任总队政委，下分财政、银行、外贸、商业、工业、交通、公用事业、房地产、劳动工资、农林等十余个大队，准备分头接管上海财经各个部门。

陈毅知道，这是一支特殊的队伍，其中有专家、学者，有企业管理者，有技术工人，他们的使命是接管南京、上海各种官僚资本机构与官僚金融企业。陈毅很清楚，眼前这几十辆大卡车车厢遮挡得严严实实，不用说，装的一定是人民币。于是，他一挥手，以军人的果断对青州纵队的领队说："跟着我陈毅的车队走。"于是运钞车编入陈毅的车队。深夜沿着苏州河进入上海市区，当夜抵达金门饭店，第二天就着手接管国民党的中央造币厂和中央印制厂的各项工作。

邓小平作为中共华东局的主要负责人，经常来往于南京与上海之间。一天，邓小平和负责接管上海财经工作的骆耕漠[1]乘吉普车从南京到丹阳，直至深夜才到。邓小平和骆耕漠一整天没有吃东西，于是停下车到街上转，打算找点可以吃的东西。街头虽然很冷清，但还有亮着灯光的铺面，不待他们沿街敲门，就发现一个热气腾腾的馄饨挑子。于是，他一行人走上前，每人来上一碗。吃完馄饨，骆耕漠付账，他想了想，从口袋里翻出一张崭新的人民币，递给小贩，试探着问道："这种钞票你愿意收吗？"

小贩接过来，喜上眉梢，连连点头，说："这个票子值钱，能买好多东西，大家都愿意要。不像国民党的票子，只能当草纸擦屁股。"邓小平听后，感慨地对身旁工作人员说："这就是人民的心声！"

20 世纪初的上海，长期保持着远东金融中心的地位。当时在上海聚集着中央银行、中国银行、交通银行、中国农民银行等官办和私营银行共 48 家，其吸纳存款总额高达全国总额的 76%。上海的黄金市场交易数额在世界上仅次于伦敦和纽约，超过法国、日本和印度的总和。接管上海金融业，稳定金融秩序，对于新生的人民政权来说，就意味着控制了全国的金融和经济命脉。中共最高决策层对此极为重视。

青州纵队进入上海以后，成为接管上海金融行业的基本力量。总队长顾准[2]此时的职务转为上海市财政局局长兼税务局局长，成为新上海的当家理财掌门人。

中央印制厂上海厂是当时中国规模最大、员工最多、生产能力最强的印钞

---

① 骆耕漠（1908—2008），浙江於潜（今临安）人，著名经济学家，时任中共华东局财委委员兼秘书长、政务院华东局财委副主任兼秘书长。

② 顾准（1915—1974），早年毕业于上海立信会计学校。1935 年加入中国共产党。先后担任过上海职业界救国会党团书记，职员支部书记，江苏省职委宣传部部长、书记。1940 年后，曾任中共江南行政委员会秘书长、苏北盐阜区财经处副处长、淮海区财经处副处长。后赴延安中央党校学习。1946 年 1 月回到华东后，先后担任苏中区行政公署货管处处长、中共华中分局财委委员、山东省财政厅厅长。解放军占领上海前夕，任青州纵队长，负责上海金融行业的接管。1949 年 5 月，任上海市财政局局长兼税务局局长。顾准对经济学、会计学、政治学研究颇有建树，著述颇丰，主要著作有《试论社会主义制度下商品生产和价值规律》《顾准文集》《顾准日记》《顾准自述》等。

厂，自 1941 年成立以来，一直是国民政府最重要的国家印钞厂。抗日战争胜利后，中央印制厂上海厂是国民政府钞券印制的骨干厂，完整地接收这家印钞厂，对稳定上海的金融具有重要意义。

"青州纵队"第八支队的工作任务就是接管国民政府中央印制厂上海厂，接管以后立刻组织人民币的生产。第八支队由中共华东局所属北海银行与华中银行印钞厂的印钞人员所组成，约有 200 余人，负责人为时任北海银行发行局局长杨秉超和时任北海银行印钞厂厂长张瀛，他们随身携带第一套人民币钞票 12 种原版，接管后的第一任务就是立即利用上海厂的设备开工生产。

5 月 27 日，外滩 6 号，原国民党政府中央印制厂总管理处所在地成为上海市军事管制委员会金融处接管组办公室。杨秉超、张瀛以军代表身份会见原中央印制厂总管理处及上海厂的负责人糜文溶、高杰，向他们阐明中国人民解放军的政策和接管方法。5 月 28 日上午，中国人民解放军上海市军事管制委员会主任陈毅、副主任粟裕签署任命书送达接管组。5 月 28 日中午 1 时，原北海银行印钞三厂厂长冯锦章及张腊良两位接管上海厂代表率领接管人员和一个连警卫战士，踏入光复路 10 号（原中央印制厂上海厂厂址，现光复西路 976 号）。与此同时，上海厂在齐齐哈尔路、番禺路附近分厂和上海厂协作厂京华书局等与之有关联的印钞企业全部完成接管。

5 月 29 日，原中央印制厂上海厂的印钞机开始转动。5 月 30 日，第一套人民币一元券出现在上海街市。从此，人民币开始在这座亚洲最大的金融中心流通。

上海市人民政府适时宣布：国民党政权发行的金圆券作废，人民币为合法货币，并公布了 1 : 100000 的比价，即用 10 万金圆券兑换 1 元人民币。兑换工作开始时进行得很顺利，但几天之后情况突然发生逆转。市面上出现了大量人民币假币，一时谣言四起，一度造成市场交易的混乱。

国民党早在解放军打入上海之前就曾放言，我们除了有明枪还有暗箭，还有一把把锋利无比的"软刀子"。这些假币的出现就是国民党的所谓"对付共产党的一把软刀子"。

1948 年底，国民党在大陆的政权已经摇摇欲坠，华北人民政府正式开始发行人民币。当国民党特务机关获得人民券的票样之后就开始实施伪造假人民币的阴谋，其目的就是破坏中共解放区的金融秩序，造成社会混乱。1949 年 5 月 10 日，国民党特务伪造人民币开印，几天时间，已经印制出假人民币 1.69 亿元。隐藏在上海滩的反动势力狂妄叫嚣："人民解放军可以打进上海，但人民币进不了上海！"

上海一些市民对人民币难辨真伪，因而拒绝使用人民币。一些投机奸商和敌特分子利用人民币尚未建立信誉的条件，在金融市场上刮起了一场近乎疯狂的倒卖黄金、银元的歪风，进而打压人民币正常使用和流通。5 月 28 日，人民币与银元的兑换比价为 600∶1，到了 6 月 8 日，黑市上这个数字竟变成了 2000∶1！

中共上海市委和上海市军管会针对这一现象采取相应措施，一下在市场上投放十万银元，然而，出乎意料，十万银元根本起不到平抑效果。有人估算，上海民间藏有银元至少 200 万以上。人民银行为平抑物价每天早上发出去的人民币，到了晚上大部分又回到了银行。老百姓吃够了通货膨胀之苦，因而不计成本将人民币兑换成银元或实物。这样一来，人民币每周转一个轮回，银元贩子就会大大赚上一笔，物价也跟着上涨一波。不法分子的破坏不仅严重损害着人民币信誉，而且引发了新一轮通货膨胀。在很短时间内，大米、面粉、煤炭等生活必需品价格上涨了二至三倍。

位于九江路的上海证券大楼是当时上海金融最活跃和混乱的地方。每天上午 9 时一过，一些专门左右上海金融市场的"大亨鼠"便出现在这里，他们在这里呼风唤雨，敲定银元、美钞、黄金价格；金融掮客们得到当天通货价码后，就如水银泼地一般，渗透到上海市区大街小巷，从事银元交易的买卖人都会参照这个行情进行交易。在某种意义上，上海证券大楼就是金融风暴的策源地，这里时时会形成上海金融动荡的旋涡。

针对上海金融出现的异常情况，军管会主任、上海市市长陈毅发表广播讲话，对银元投机者发出郑重警告，人民政府不愿不教而诛，奉劝投机分子改弦更张，停止不法行为。《解放日报》发表专题文章，呼吁那些扰乱市场的人悬崖勒马，痛改前非。但是，那些利令智昏的投机分子，根本不相信顶着高粱花子的"土八路"能治理好上海的金融市场，对陈毅的讲话他们一笑置之，根本不当一回事，对于《解放日报》的文章，更似过眼烟云，银元投机之潮愈演愈烈，几乎要出现难以遏制的汹涌风潮。

6月7日深夜，中共中央华东局召开紧急会议研究对策。曾山①在会上报告了上海证券大楼银元投机活动的情况。他认为，如果不采取断然措施，不出一个月，人民币就有可能被挤出上海，当前金融形势很危险。会议决定，立即报请中央批准，在政治上和经济上双管齐下，坚决打击投机倒把活动。具体措施是，查封银元交易的中心场所——上海证券交易所，惩办一批违法乱纪的首要分子。作为上海市市长，陈毅在会议上不无激动地说："一定要把这次行动当作经济战线上的淮海战役来打，不打则已，打了，就务必一网打尽！"

第二天，在公安局长李士英的指挥下，一批侦察员化装后进入证券大楼了解情况，一连两天，在交易所熟悉地形，观察形势变化。

6月10日清晨，10辆军用大卡车满载全副武装的解放军战士，驶向汉口路。这是上海警备区出动的一个营兵力，将证券大楼团团包围。部队的指挥员是副旅长刘德胜，此外还有很多有组织的工人和学生协助解放军将通往证券大楼的各个路口全部封堵，任何人不得通行。公安系统由李士英、黄克指挥，率领200多名便衣警察，按预定部署分散进入证券大楼。证券大楼于9时开门，外面的包围已经完成，便衣警察同时亮明身份，分头搜查各个投机字号，并控制大楼内的所有人员，收集名单及财物，当场扣押238人。这次行动共抄得黄金3642两、银元39747枚、美元62769元、港元1304元、人民币1545多万元，囤积的呢绒、布匹、颜料、肥皂等商品一批，以及手枪2支。对被扣押人员的审查处理工作由公安局、法院及金融处派出工作队共同配合进行。

依据《华东金银管理暂行办法》有关规定，贯彻经济惩罚为主的原则，对6月10日扣押人员分三批作了处理，主要是从经济上给予严厉制裁，其中受到刑事处罚的由人民法院判处。不过有一特例，即凡被处有期徒刑的，允许以罚金折抵刑期。

以"淮海战役"的勇猛来打击金融投机行动，无疑立竿见影，投机者只能束手就擒。第二天，银元"袁大头"从2000元猛跌至1200元，大米跌价一成左右，第三天再跌一成，食油跌价一成半！广大市民拍手称快，有人对店主明知故问："侬的价钱是不是搞错了？"

---

① 曾山（1899—1972），江西吉安市永和镇锦源村人，时任中共中央华东分局委员、华东财经办事处主任，华东军政委员会副主席兼财经委员会主任兼上海市副市长及财经委员会主任等职。

银元风波平息下去不久，市面的粮食和棉纱价格暴涨。6月24日，从棉纱开始，米价随后跟上，涨到最高潮时，已经是5月底时的13倍之多。

政府对付涨价的方法很简单，就是从各地调集物资，什么价格高涨就抛什么，以此平抑市场价格。7月中旬，国营的上海粮食公司向市场抛售的粮食总量，超过交易总额的36%以上。然而，政府方面低价抛出，粮食商那边就高价吃进，抛出多少就吃进多少。最初几天，上海的粮价依然涨幅不减。有的粮商自诩，我们的肚皮大得很，有多少吃多少。他们自以为实力雄厚，有的是钞票，就怕吃不到货物哩！

让他们没有想到的是，共产党的政权不是国民党的政权，这个政府不但有能力以最短时间调集各地物资，而且可以不计成本，甘愿赔钱高价买进，低价卖出。短短一个月时间里，上海市粮食公司抛售大米总量，相当于前三个月抛售总量的350%以上；与此同时，上海市政府开始采取收紧银根，征收税款、收缴公债，确定公家的钱只能存进国营银行，不准向私营银行和私营企业贷款，用薄一波的话来说，"资本家这是两边挨'耳光'"，完全失算了。

物价之战就以这样的方式被平息下来，慢慢趋于稳定。"当然我们也付出了很大代价。"薄一波在回忆录中写道。"那时，从四川调运大米到上海，运价和粮价差不多，销售价要是不提高，国家就必须往里贴钱。赔钱做买卖，私人是不会干的。"为保卫红色政权而进行的经济之战，就是在赔钱的情况下赢得了主动，获得了物价的话语权，攻下了金融货币的上海阵地。

在打击金融犯罪的同时，上海市军管会对伪造人民币的违法犯罪分子加大了侦查力度。5月29日一大早，上海印刷厂地下党支部书记黄石霖急匆匆奔向军管会办公室，他在秘密暗访中发现，一家印刷厂在秘密印刷假人民币。

什么印刷厂？金山印刷厂。

在什么地方？提篮桥昆明路。

军管会负责人闻言，马上安排人员随黄石霖一道前往窝点侦查。

黄石霖久居上海，带领军管会同志很快就摸到了金山印刷厂，趁印厂人员没有防备，突然闯进了印刷车间。当场发现一大卷印制钞票的纹纸，还有印钞机版子及假人民币样本等实物证据。黄石霖向工人询问情况，得知老板是翁滋和，不在厂里。黄石霖等人立即动身追寻到苏州河南面翁滋和的居住地，查获假人民币等实物后，有关方面立即对翁滋和、翁滋友兄弟采取控制措施。军管会提篮分局当天即对翁氏二兄弟展开审讯。

翁氏兄弟在事实面前低头认罪，老实交代了事情的前因后果。

原来，有人得知印刷厂生意清淡，几乎没有订单，工人大多放假回家了，便找到印厂工头李安庆，告诉他有一笔生意可以赚大钱，工作很简单，就是用他们工厂的机器印刷假钞票。

李安庆不敢做主，答应找老板商量。翁氏兄弟知道这其中的风险，没有贸然答应，但还是答应和来人见面谈一谈，他们在思考值不值得冒险，值不值得赌一把。于是，李安庆与翁氏兄弟来到汾阳路 150 号白公馆，与对方见面。翁氏见面一看发现认识，是卢湾警察分局的冯伯驹。冯是留用人员，原是二股警长，与翁打过交道。冯说，不是自己的生意，是受人之托，帮助牵线搭桥。你要愿意做，我就让他们过来和你谈。

翁答应谈谈看。于是，隐身之人露面，原来一位是大来舞厅的老板娘周月英，还有一位姓艾名中孚的男士。提篮分局将情况迅速上报上海市军管会，并开始对周月英住处进行监视。

为防假币出笼，曾山指示人民银行，将目前在市面流通的 17 种人民币票样张贴在全市交通要道附近，附上识别假币破绽的 10 条方法。

6 月 2 日，银行印制了 250 份关于识别假币破绽的方法，张贴在全市公共场所。同时，通报各报社发布发现假币的消息，提醒人们注意识别和举报。

6 月 3 日，上海各家报纸登载"沪市已发现伪造的一百元及五十元人民币各一种钞票，请全体市民注意识别追查"的消息，同时翁犯等人已被拘捕的消息在社会上业已传开，但是敌特犯罪分子活动依然猖獗。

6 月 10 日，《华东区金银管理暂行办法》公布，重申禁止金银计价使用、流通和私下买卖，并规定了处罚原则。与此同时，军管会专案人员加大了侦查伪造假币的力量。不久，在淮海路、四川路的一些商店，发现有人多次使用假人民币。侦察人员顺藤摸瓜，了解到国民党国防部二厅少校副官、谍报组长艾中孚是假币制造的核心人物。艾与舞厅老板周月英关系密切。

6 月 16 日，上海军管会专案人员在对周月英家突击搜查，当场查获印制假币机两台、铜印版 4 套、假币号码 16 枚、假人民币上千万元、手枪 3 支、子弹 150 发，然而，艾中孚漏网。经过办案人员交代政策，周月英交代了艾的下落。原来，艾去徐州推销假币去了。7 月 10 日，艾犯刚下火车，即被埋伏在站台的专案人员抓捕归案。

早在 1949 年 3 月，艾就开始策划伪造人民币。当时国民党发行的金圆券已经买不到什么东西了，500 万元金圆券只能和 1948 年 9 月的 1 元买相等量商品。在上海每石大米需要金圆券 4.4 亿元。有人做过测算，若以每石米 320 万粒计，买 1 粒就要 130 多元金圆券。于是，国民党政府所辖许多地区干脆拒用金圆券，国民党军队的军饷常常原封不动退回，因为这些钱等同废纸。艾中孚就是在这样的大环境下接受上司指令，实施伪造人民币的计划。其目的，一则破坏人民币的信誉，再则还可以让自己发一笔横财。他就是抱着这样的美梦与交际科长徐亚力、上校参谋兼第五特工组长黄浩秘密潜伏到上海。

早在 1949 年 1 月，黄浩和艾中孚就在南京进行过伪造中州币和人民币的勾当，但因技术和设备问题没能得逞。上海解放前夕，交际科长徐亚力受上峰委派携银元 5000 枚、黄金五百两来上海督制假币，并向黄浩和艾中孚传达国防部秘密指令，立即制造，尽快投入市场。艾中孚在活动中结识了周月英，并通过周月英认识了制版商林子道、照相师王兴贤、跑街采购陈荣根。林子道、张锡芳为他们购得印钞机四台，由王兴贤设计了中州币票版，再由张锡芳招来三名工人，自 1949 年 4 月 1 日起，仅用一周时间就印制假中州币 2000 万元。人民解放军渡江后，黄浩和艾中孚预感形势不妙，愈发加紧扩大印制假人民币，但因为设备和人手不够，便用黄金 30 两、银元 800 枚买通昆明路金山印制厂老板翁滋和、翁滋友兄弟俩人及工头李安庆，商定由该厂担任印制假人民币，又由照相师王兴贤设计 100 元和 50 元面额的两种人民币版。这时，黄浩已经感到处境的危险，以回总部汇报和观察假中州币销路为由，只身离开上海，一去不回头。上海解放后，人民币开始流通，艾中孚以为时机已到，勾结奸商黎明、平仲秋，银元贩子金天云、倪槐庭、姚企范等将大量假人民币投向市场，收兑黄金、银元，抢购贵重紧缺物资。直到破案时，还在各犯家中、身上搜出大量假人民币、中州币。

经查证，军管会接连破获数起伪造人民币案，将犯罪分子二十余人，先后悉数捉拿归案，外流假人民币也陆续追回。

12月1日，主犯艾中孚、李星宇、蔡伯钧、丁兆成、施子良、周胜官等六人，在上海南京路、四川路、金陵路、外滩等地游行示众后，执行枪决。其他23名罪犯判处有期徒刑。上海的社会形势得到了稳定，市场经济走向平稳运行的轨道。

第二十九章

两件事做好，即可安定民生

1949 年 1 月 31 日，农历大年初三，北平宣告和平解放。解放军正式进城，开始接管这座千年古都。

北平是文化中心城市，20 世纪 40 年代，已经拥有 200 余万人口。虽然属于和平解放，古老的都城从景观上看，没有过多的损伤，但是政权的交接，政治的属性，管理城市的理念依然给人留下许多悬念。

1948 年 12 月 13 日，中共中央和中央军委任命彭真为北平市委书记，叶剑英为北平市委副书记、北平市军管会主任兼北平市市长。从 1948 年 12 月至 1949 年 1 月，北平市委在北平西南的良乡办公，2000 多名准备进城接管的干部在良乡集训，其中就有近百名干部是专门负责金融接管工作的，北平市军管会任命张云天、贾星五、殷玉昆三人为金融处负责人（军代表）。

彭真曾经任中共中央北方局书记，对北平情况不可谓不了解，但是对如何处理北平当前的实际问题他非常慎重，提出"先了解情况，后决定政策"的工作思路。那时了解情况，就是调查研究，"访贫问苦"，召开各个层面的座谈会。

作为市委书记，彭真认为，北平的城市管理工作，也就是涉及国计民生的主要工作，归纳起来就是两点，一是金融，二是粮煤供应和物价。由此看来，中共北平市委的主要负责人确定的工作要点、要抓的主要矛盾就很清晰了。目标明确，主攻方向的确定，决定了这座城市的命运。

首先是金融问题。开门七件事，城市生活的人都少不了要用钞票，政权易主，过去的钞票也必须要换，金融问题涉及千家万户。金圆券与人民券的斗争首先体现在兑换工作上。1949 年 2 月 18 日，中共北平市委在给中央并华北局、总前委的报告兹先报告金融问题。报告谈及六点：

一、我们进城后，对伪金圆券于丑支开始以一比三比值进行优待兑换，以优待工人、职员、学生、苦力及其他劳动人民，并于丑鱼起一比十比值进行普遍兑换。

二、截至丑铣止，共兑入伪券约八亿，计优待兑入四亿八千五百万，普遍兑入三亿一千万，优待兑换已于丑删截止，享受优待兑换人口约一百万（全市人口据敌过去统计 235 万）。

三、优待兑换方式，工人、学生、职员以工厂、学生为单位集体兑换为好，即迅速易办，又少出毛病（我们开始几天未这样做误了些事）。对于贫民与其他劳动人民以保①为单位，派工作团去办理，进行也很快，原则是宁可稍宽些多优待两户，不要因太严而有所遗漏，因而也不必去详细划分阶级。群众看到我们的干部辛辛苦苦地到工厂、学校，保上去给他们办理优待兑换，很满意，说共产党真是给人民办事的。而干部会工作的便于兑换中结识一部分群众，开始建立了一点群众联系，并了解一些社会情况，很有好处。

四、此次兑换的毛病是规定的优待比值和普通比价差额太大，有人暗中收买金圆券，因而在后几天发生了黑市（一比八），使金融也有些波动。现伪券已兑得差不多（估计尚有三、四亿），拟即停止伪金圆券流通，银行仍按规定兑换。

五、在此期间，银元仍在市面继续流通，并有不少奸商投机倒把，但当时因为我人民币尚未放出，金圆券数目尚大，首先应该集中力量打击伪金圆券。同时，保有银元者多系中等之户，内有不少是教职员、自由职业者与熟练工人、小市民，故到昨日尚未禁止银元流通，因而亦影响物价

---

① 保，旧时地方管理户籍的一种方式，即为保甲制，若干甲为一保，甲有甲长，保有保长。

与金融。

六、现伪金圆券已兑得差不多，经总前委、华北局批准决定自明日起禁止银元在市面流通，但仍允许人民保存，并于银价稍平后即由银行挂牌价兑换。特报。[1]

通过这个报告看得出，货币兑换上还有些未及预料的问题，但是总体没有大乱子，没有出现动荡和涉及政权巩固的问题，也就算是平稳过渡了。

此外金融问题还涉及税收，以前税收以金圆券为计算单位，如今要按照人民券，而金圆券与人民券的兑换比值就成了新问题，是按照优惠的一比三，还是按照黑市的一比七，还是按照银行牌价一比十？对于刚刚接管的城市，在税收问题上军管会是慎重的。作为军管会财政处第一任处长的赵子尚，于1949年2月15日专门就税收征收办法向市长请示。

关于税收已决定按伪政权时代规定之税目税率暂行开征，但对伪金圆券与人民券之折合征收，兹提出下列办法：

一、凡从价计征者，仍按现在售价（人民券）照原税率计征。

二、凡是固定或者查定金圆券税额者，如房捐、使用牌照税、汽车捐、营业税等，则将原定税捐（金圆券）按十比一折成人民券征收之。这个折算法显然征税轻了些，可是人民券与金圆券之挂牌比值为一比十，黑市出现一比七，我们为照顾政治影响，不宜依照黑市比值。另外，平市工商业过去在国民党反动政府下已很萧条，今虽解放伊始，而恢复繁荣尚须时日，所以征税稍轻。

三、折合人民券时，以元为计算单位，元以下四舍五入，每户不足一元者征一元。[2]

这个税收政策的设计方案，无疑是合理的，令人心服口服。你在兑换上给工商业主是十比一，在收税上按照三比一折合，肯定会出现一些麻烦。笔者在

---

[1] 《中共北平市委关于金融问题给中央并华北局、总前委的报告》，1949年2月18日。

[2] 《北平市军管会财政处关于税收征收办法的请示》，1949年2月15日。

翻阅相关资料时，特意找到《民国时期北平市工商税收》一书，这是一部百万余字的资料本，提供了当年详尽的税收实施状况。因而在中国共产党人接收这座城市时，制订税收政策时，必然有所依据，以期平稳过渡。

另一项重点工作是煤粮和物价。物价与煤炭和粮食有连带关系，如果粮食和煤炭问题解决了，总的物价就不会有大乱，因而彭真将这三项具体工作归纳为一项。没有粮食，老百姓饿肚子，将无法生存，粮食因此是社会稳定的第一要素。解放军进城，正是北平的冬季，北平城里假若没有煤炭供应，老百姓岂不是在"饥寒交迫"之中，冬季的北平甚至有冻死人的问题出现。这两个问题涉及老百姓的基本需求，现在来说就是温饱问题。

首先是粮食，手中有粮，遇事不慌。吃饭是天下一大问题。作为北平市第一把手，彭真重点抓了粮食工作。作为军管会主任、市长叶剑英则重点抓煤炭供应。

当年北方粮食以小米为主，正因为如此，才有"小米加步枪"之说。小米颜色为金黄，故为抓"黄"。多年来，民间就有一句顺口溜，说是"老大难，老大一抓就不难"。作为市委书记的彭真亲自抓粮食问题，这一问题很快得到了缓解。

1949年1月21日，彭真在相关干部会议上谈进城前的准备工作，着重强调粮食问题。今天读之，亦让我们感觉到老一辈领导人在处理具体问题时的缜密思考与严谨认真的作风。摘要如下：

关于粮食问题，应完成下列具体任务。（1）要采取主动，不要被动。我们必须有粮食拿出来，商人才肯拿出来。我们如果拿不出粮食，则将陷于被动，一进城就陷于被动则易造成混乱。这样，我们共产党在世界上将被认为无能，不会管理城市，这并不是几个人丢脸的事情。这办法也有坏处，因为从外地运来粮食成本高，从经济原则上看是不合算的，但在政治观点看是合算的，我们宁在物质上遭受损失，也不能在政治上受到损害。千万别存侥幸心理赌博。我们的党要把脚步站稳，绝不让自己栽跟头。（2）粮食到手才算。必须把准备的粮食拿到自己的手中才算。天津的粮食在附近，就是进不去，那不算，必须在自己的手中才算。（3）进城后把我们的粮食堆出来，让老百姓和商人看得见，粮食价自会下跌。（4）不努力不会有成绩，张垣粮食一千八百万斤，由我负责要来，我们能把这粮食运到通火车的火车站就算完成任务。粮食的来源有三个地方，一为张垣的粮，二为罗玉川那里的粮，三为冀中的粮，共有五千万斤。等到二月底津浦路通车，就能喘一口气了。（5）进城后如何掌握粮店，防止囤积居奇，你们应该研究一下，我有两项意见：第一要拟就方针政策，第二召集干部研究，找粮商中的地下党员和他们商讨。

关于粮价问题。收购粮价要与当地粮价差不多，否则老百姓不满意。首先要把通州粮价带起来。谷贱伤农。城市粮价不能比石市高，不能比城内现有市价高，但不要比四周低，要高一些，这样可使运粮食商人获些利润。粮价太便宜了不合算。我们应经常有人研究物价问题。

关于采购工业品问题。关于工业品，只要弄到乡下有利，能换回粮食就行，除去运费、损耗、开支，能尽义务就干。这样可以促进工业品与农业品的生产，且可使农民得到便宜的工业品，城市的人能得到便宜的粮食。①

这是彭真在没有进城之前对粮食问题所做的指示。

由于北平和平解放，新的政权接收了相当的物资，据资料显示：粮食一千三百万斤，面粉七万三千余袋，布匹一万三千二百零八匹，煤炭十万零四千余吨……赤金四百一十两，银元一千四百五十六元，银币十六万九千元，伪金圆券二千五百二十三万元。

由此可见，硬通货虽然很少，粮食和煤炭还可应付一阵子，但是新政权没有因此放松粮食的调运。在军管会的统一调度之下，很快运来了大量生活必需品，计粮食四千万斤、油三十万斤、煤七万余吨。让新政权领导没有想到的是，北平城居民不缺粮食，粮食价格还很便宜。原估计城市内工业品多，会便宜一些，农产品缺，价格将很高，实际情况恰恰其反，工业品价格贵，农产品价格贱。什么原因呢？有关领导分析，因商人知我将运粮来，不敢继续囤粮，争相抛售，致使城内粮价下跌。面对这样的局面，负责贸易的干部十分精明，他们看到城内小米大约七八元一斤，比冀中、平西地区还低很多，进城后

---

① 《彭真谈进城前的准备工作》，1949 年 1 月 21 日。

二十天未挂牌卖粮，对手中的粮食，除供给一部分学校和公营企业员工一部分粮食之外，一斤未进市场，还以商人面貌出现，在市场购粮达298万斤，从而让粮价平稳中略有所升，城乡交易渐趋活跃（如过去张家口公家购粮占百分之七十，后减至百分之五十，宣化由百分之九十减至百分之三十，私商比重随之增大）。

对于北平的另一件大事，取暖问题，也就是煤炭供应问题，则是由市长叶剑英直接抓的。叶剑英是广东人，青年时代从来没有到过北平。他第一次来北平是在三年前，1946年1月13日，叶剑英作为军调处三委员中方委员，由重庆飞往北平，参加军调处执行部的成立仪式。这一天，叶剑英在北京饭店会见记者，他说，本人从未来过故都，适才在北平上空俯视一周，深感其名不虚传，堪称我国最伟大的都市。叶剑英当时任中共中央委员，八路军参谋长。三年后，他成为这座新生古城的掌门人。他深知得民心者得天下的道理，当时正值隆冬，北平滴水成冰，如何为北平人民送上温暖就是一件天大的事情。那时，北平的煤炭供应主要来自西郊的门头沟矿区，叶剑英就把自己的居所和办公地点设在了三家店。众所周知，当年北平军管会的办公地点是在今天丰台区的长辛店，但是作为军管会主任实际居所和日常办公地点则是在三家店。三家店是当年煤炭的集散地，西山运往山外、运往北平城的煤炭必经此地，三家店与长辛店有火车线，叶剑英往返两地十分方便。叶剑英对门头沟的煤炭运输格外重视，当时叶剑英直接处理了这样一件事：西郊有一支骆驼运输队，有三十余人，靠从门头沟往市区运煤为生。中共方面去接管时，没有傅方代表参加，也没有带联合办事处的介绍信，只召集他们讲了一番话，宣布将运输队接管，让其照常运输。可是，第二天这几十人都跑光了。有的同志觉得一个小骆驼队跑了也没什么大不了的，叶剑英却不这样认为，而且从中发现了两个问题。他责问接管的干部："为什么不请傅（作义）方代表参加呢？进城之前，我们就已反复强调，要准备同党外人士合作共事，而我们一些同志对此认识不足，习惯于自己包打天下。尽管有了联合办事处这样的组织，也不注意很好地去发挥作用，这不对嘛。"笔者以为，这支骆驼队从接管的规模角度看，似乎是一个小企业，即使失去了也是小问题，小事一桩，但是，叶剑英所看到的是，那时正值冬季，是朔风凛冽的腊月天，这支骆驼队担负着往北平城里运送煤炭的任务，什么叫把"人民的冷暖记在心间"，这个例子是再典型不过了。

当时东北野战军解放军第十三兵团司令员是程子华，程子华的司令部就设在三家店。从军事角度上看，三家店是通往西山和北平的咽喉要地，三家店东北一侧的山峦就是香山的北部，那时香山已经确定为中共中央毛泽东等主要领导的办公地点。据当年在门头沟任军管会主任的冯佩之 [①] 讲，叶剑英在一个月时间数次到门头沟煤矿调查了解情况，并且专门为门头沟煤矿工人调来几车皮东北的高粱米，解决矿工的吃饭问题。经过调研，军管会确定以订货购货的方式积极扶植门头沟 178 座煤矿迅速复工，日产煤炭很快就达到 4160 吨，已经恢复到解放前水平（略高于解放前）。最终让门头沟的煤炭源源不断地运往北平城，解决了北平城里人在滴水成冰的日子没有取暖用煤的问题。

[①]　时任门头沟区委书记、军管会主任。

第三十章

工资薪金不以"元"论，以小米计算

凡事预则立，不预则废，中共北平市委和北平市军管会在没有进城之前，未雨绸缪，已经有了充分的思想准备和物资准备。12月21日，也就是中共中央发出关于接管北平金融问题的指示第二天，中共北平市委、北平市军管会做出开展工作的指导意见，其中特别强调，动员公私力量，向城市输送煤、粮等主要必需品，力求保证对城市人民及时的供应。然而，问题并没有从根本解决。社会上出现通货膨胀并有恶化趋势，投机分子倒卖金银，倒卖袁大头、现大洋，商品价格剧烈动荡，老百姓怨声载道。

北平是文化大都市，大专院校多，国有学校的教职员工就有数万人，其薪水依靠政府发放，拿什么发？金圆券肯定不能，而人民币，社会上还是心存疑虑。

让我们翻一翻1948年北平报纸所报道的几则消息：

10月16日，北大学生自治会16日上书训导长，因公费"不足维持最低之伙食"，要求"公费全部配给面粉，副食费亦按官价配售"。第二天，北平《益世报》报道了北大学生自治会上书训导长的这条消息。

10月27日，北平《益世报》消息：北大讲师、教员、助教联合会发表《停教宣言》："币制改革以来，物价上涨10倍。而我们的薪给被冻结着，……我们和我们的眷属为饥寒所迫，不得已只好自10月28日起，忍痛停教5天，进行借贷，以维持生计，谨此宣言。"

这是解放军尚未进城前的情景。

人民解放军进驻北平市郊之后，12 月 21 日，中共北平市委、北平市军管会迅速做出开展工作的指导意见（通告）。现摘录其片段如下：

> 对于工人、公务员、学生和贫民，可以考虑以适当的价格实行部分的配给。城市接管的物资，首先必须注意满足部队的一部分需要，慰劳部队，其次要尽可能设法用城市的工业品供给乡村的农民。
>
> 一切公私企业之员工薪资，均应暂维持原状，即按其最近三个月或半年左右的平均实际薪资为基础，暂维原职原薪，按原有等级差额发给本币或部分实物。①

笔者注意到，这里强调了原职原薪，但是这里"薪"的内涵发生了实质性变化。这里的薪不是金圆券，而是本币或部分实物。这个实物是什么？食物。什么食物？小米。可能有的部门和单位对实物的解释不同，但是笔者采访到的当年经历者均以"小米"多少多少斤来说明当年薪金制人员的级别或能力。

国民党的金圆券已经让老百姓对纸币心存疑虑，北平人还没有找到信任人民币的理由。老百姓讲，什么钞票好，能够买到粮食的钞票。从山沟里出来的共产党人带来了山里的粮食，小米，金黄的小米，胜过硬通货的黄金，黄金不能吃进肚子，那时候，老百姓的第一大事就是吃饭问题。作为一个新生政权要解决的最基本问题，就是老百姓饿肚子的问题，就要靠小米来解决，于是共产党人发明了以小米作为薪金的方式，劳动报酬以小米斤为计量和计算单位。

这在当时似乎没有什么争议，被认为是最认可的方式。今天看来，这应当是共产党的一个发明、一个创造。就这最简单不过的小米，将金融领域的难题破解了，甚至说小米一到，金融难题迎刃而解。以小米为计算薪金的基本单位一直延续到新中国成立以后一段时期，在人民币切实成为全国统一货币之后才完成其历史使命。

但是，从笔者所翻阅的档案资料可以看到，所谓"原职原薪与工资问题"的解决处理办法是：

---

① 《中共北平市委关于如何进行接管北平工作的通告》，1948 年 12 月 21 日。

为了保证接管与复工的顺利，必须适当而及时地解决薪资问题。我们在接管初期一般采取暂借办法；军政系统每人发六十斤至一百斤维持费（编者：请注意，这里的计算单位不是货币中的"元"，而是"斤"），企业技术性部门按半月薪金标准暂借，以后按原薪扣齐。城外自十二月份至二月份三个月，城内则是二月份一个月。

既然是强调"原薪"，那么与发的小米怎么换算呢？从史料记载中笔者找到了答案：

"原薪"计算办法是按底薪，依去年九至十一月份之平均米价算出实得米数，再以发薪时期米价折款发给。对高级技术人员（如著名工程师、医科专家等）则对底薪三百元以上，按百分之二十计算（国民党是按百分之十计算），以示优待。三月份起，军政机关凡月薪350斤以上的统按350斤发给。这样折算出的结果，职工实得比过去为多。

人们生活当中不能仅仅用小米度日吧，还需要柴米油盐等其他生活必需品，如果就"以小米"计算薪资，那么要买其他生活品怎么解决呢？这在运作之中有哪些问题或不妥呢？当年军管会金融处的同志在总结工作中并没有回避，可谓一分为二：

旧人员的生活维持与薪给问题，亦必须及时解决，才能稳定他们的情绪，使工作顺利进行。此次入城，先后共发出维持粮食二千余万斤，有的部门因发维持粮不及时，而发生一些波动。

我们又实行半月发一次，并于发薪时由贸易公司合作社低价配售粮煤油盐等必需品，深得职工们的拥护。（编者按：原来，除了小米作为主要的"薪资"之外还有低价配售其他生活必需品，回想新中国成立之后的计划经济时期，实施计划内指标与计划外价格的差异，大约就是那个时期形成的模式吧。）

但在执行中发生了如下的缺点与问题。……而我们未及时召开专门会议讨论解决，又加票子印不出，财政困难，以致二月薪资到三月上旬才发出，军事系统的后勤、卫生部门则更迟，结果公家多花了钱（物价涨了）有些职工受困，表示不满。另外我们的细粮少，有些专家、教授、医生吃小米很不舒服。

为什么有"不舒服"之感呢？经过了解情况，接管人员这才恍然，原来北平城所谓小米面，与新政权从外地运来的小米不是一个概念。北平人以前吃的是小米面，实际是玉米与黄豆的杂和面，而事先准备大量的小米则不易脱售。

吃惯了大米和白面或者小米面的"白领"突然改吃小米，如果是吃一顿两顿尝尝"鲜"未尝不是好事，但是一天三顿，尽数小米伺候，相信无论是哪一个也免不得要皱眉头，或者发出几句牢骚话来的。

薪资与市场粮价挂钩，这在当时是老百姓或是工薪阶层尤为关注的，军管会在工作总结中特别提道："粮食价格因和平接管，粮食商人看到今后解放区粮食源源入市，已不是特别投机对象，纷纷抛出，以致在一个相当时期内，市内粮食价格低于四乡，有倒流现象，我在此时曾经有计划收购，使粮食价格逐步上升，采取使市内略高于四乡、来粮有利可图的价格政策，刺激粮食入市。不过中间仍然曾因四乡来粮少，造成一度粮价波动，经及时大量抛售，平抑下去。现在临近春荒，各地粮价皆显上涨，平市亦受影响，上涨速度较大，三月上旬小米一斤十二元，下旬已经涨至二十一元，涨百分之七十五。至于工业品方面，因我未掌握大量物资，故控制较难。总之，由于进城前调集大批粮食和生活必需品，复以和平方式接管，在这方面没有发生大的困难。商人投机是无孔不入的，但只要我们的准备充足，政策执行得好，我们仍然能够掌握的。"

北平城的粮价为什么比城外便宜？许多人弄不明白，就连当年参与军管的共产党干部也没有弄清楚。原因可能是多方面的，但有一点，因为当时傅作义主政北平，傅作义手中有粮食。他的粮食从哪里来的？从绥远运来的。绥远哪来的粮食？绥远就是现在的内蒙古自治区巴彦淖尔盟，地处黄河流域的河套地区。古人有"黄河百害，唯富一套"之说，这一"套"指的就是后套地区。傅作义在后套驻兵，也是屯兵的方式，战时打仗，闲时种田。八路军有三五九旅，有南泥湾，傅作义有后套平原，傅作义经营后套，主要是解决了后套的水利灌溉问题，将黄河水充分利用。后套的农田水利在20世纪40年代已经成为塞外江南，成为傅部的粮仓。部队吃不了的粮食，运到傅作义司令部驻地北平，卖给粮店或者是自己亲属的粮店，当然比城郊粮食价格便宜。北平城外的农民基本是种菜为主，供应城里人吃菜，城郊那点粮食能够自给自足就已经不错，遇到不好的年景，自己还是"糠菜半年粮"，哪有粮食卖到城里，因而城郊特别是西郊（门头沟和石景山又是工矿区）粮价自然就贵。解放前，门头沟山里人从来就不知道种麦子，主要作物就是土豆、高粱、小米和老棒子（玉米）。那点粮食供应北平城是杯水车薪，根本不可能，自己还得花钱买粮食吃。钱从哪里来？走窑，挖煤。

有人或许要问：人民币不是已经作为薪金发下去了吗？一沓钞票装进兜里难道不比一口袋小米用起来实惠？那个时期，小米的确比纸币实惠，金圆券在暴跌，人民币呢？情形亦不容乐观。

1949 年 4 月，人民解放军渡江以前，解放战争是先解放乡村后包围城市，然后再解放城市。因此，在金融和贸易方面，人民币在乡村已经形成一定的流通市场，等待城市解放以后，恢复城乡交流之后，市场接受人民币相对容易一些。

解放大军胜利渡江以后，情况发生了变化，改由先解放城市，后占领乡村，城乡市场流通的货币均以银元为主，因而人民币推行十分困难。即使在北方的老解放区，由于人民币同样在贬值，乡村中的实物交换所占比重也较大。经济手段的有效实施是以人民币币值基本稳定为前提条件的。因此，人民政府采取的促使人民币下乡措施和人民币真正深入广大农村、占领农村市场，则是在 1950 年 3 月统一财经之后。

第三十一章

金融家陈光甫[①]

1897 年，由李鸿章、盛宣怀主办的中国首家私人银行——中国通商银行在上海成立，标志着中国近代金融业的发端。

此后不久，一位引人注目的民族资本家出现在金融买办林立的上海滩，这个人就是陈光甫。有人评价他是一位真正意义上的金融企业家，创办了中国最出色的私人银行——上海商业储蓄银行。有人甚至将之媲美于美国的金融大亨摩根，称之为"中国摩根"。

陈光甫在民族大义面前，为中国抗战之初争取到美国人第一笔贷款所谓"桐油贷款"做出了艰苦的努力。

当年，美国政府面对中日战争一直在公开场合宣称保持中立。他们在不触及其根本利益前提之下，不愿介入中日之争，更不愿得罪日本军政各界，特别在贸易往来上努力表现出"不偏不倚"，坚持与日本保持贸易往来。虽然如此，美国各界一些有识之士认为，从美国自身在华和亚太地区的利益出发，应当在法律允许的范围内援助中国。美驻华武官史迪威就提议拨一笔贷款给中国购买军火，他认为这是替美国买下最便宜的国防线，而财长摩根索对此更是持积极

---

① 陈光甫（1881—1976），原名辉祖，后易名辉德，字光甫，江苏镇江人。近代中国最大的私营银行上海银行创始人。陈光甫开创了中国金融史上的多个"第一"：第一个推出一元起存，第一个推出零存整取、整存零取等业务。陈所创办的上海商业储蓄银行，曾经是民国时期最大的民营银行。

态度。1938 年 9 月，摩根索在巴黎与中国驻法大使顾维钧谈到中国的战争形势和财政状况，表示一定可以找到使中国从美国得到援助而又不使美国政府为难的办法。他表示：如果国民政府派两年前与美国政府签订《白银协定》时有过愉快合作的金融家陈光甫赴美，则有可能找到粮食信用贷款的途径。顾维钧迅速将此消息转达至重庆，国民政府遂决定派陈光甫与徐新六两人同飞美国。由于徐新六自港飞渝时座机被日本飞机击落，陈光甫只得独自赴美。陈光甫到达美国以后，备感压力和困难。他在日记中写道："奉命之初，病体未复，极感责任重大：美国孤立主义等分子活跃，如何避重就轻？我国求援之切与希望之大，如何达成使命？加以战局正急，未来变化未可预测，我财政当局对牵涉借款之种种问题一时未能拟具明确方案。"

与美方谈判之前，陈光甫对国内可作贷款抵押的各种产品进行了详细的研究，并在美国财政部驻华参赞尼克尔森的建议下，选定桐油作为贷款抵押品，当时桐油是中国最大的出口商品。

1938 年 10 月 25 日，中国重镇武汉失陷。当晚，摩根索专门邀请胡适与陈光甫到家中做客，宣布贷款一事。胡适后来致函摩根索，再三强调这是个值得纪念的夜晚。在信中，胡适对于"桐油贷款"的成功，喜悦之情溢于言表："正当中国局势危急的时候，这笔钱，对于中国真有救命及维持体力的作用，也是心脏衰弱时的一针强心剂。而由此'桐油计划'确立，……中国国际信用大加改善。关系之重大，不言可喻。"

陈光甫对那一段日子的感受却没有胡适那么美好。陈光甫在日记中写道："余在此接洽事宜，几如赌徒场中掷注。日日揣度对方人士之心理，恭候其喜怒闲忙之情境。窥伺良久，揣度机会已到，乃拟就彼方所中听之言词，迅速进言，借以维持好感。自（1938 年）9 月以来，无日不研究如何投其所好，不敢有所疏忽。盖自知所掷之注，与国运有关，而彼方系富家阔少，不关痛痒，帮忙与否，常随其情绪为转移也。"

"桐油贷款"是美国政府援助中国抗战的第一笔借款，在抗战史上的意义非比寻常。事后，与陈光甫一同为此事四处奔走的胡适题诗赠陈，对他的这次美国之旅给予了高度评价："偶有几茎白发，心情微近中年。做了过河卒子，只能拼命向前。"

1947 年 4 月，陈光甫在蒋介石坚邀下出任新的国民政府委员，参加了由国民党召集的部分在野党参加的"国民大会"。大会通过《中华民国宪法》，宣布结束"训政"，实行"宪政"。陈光甫有写日记的习惯，今天我们读陈光甫当年日记，颇感耐人寻味，这里不妨录入一二：

陈光甫在 1947 年 4 月的日记中写道："这是一个新纪元的开始。"中国"几千年来没有宪法这一回事，一向是以兵力争天下"。国民党执政二十年，也是如此。如今提前实施宪政，原因有二：一是执政表现差，"尤其是抗战胜利之后，失尽民心"；二是"受世界潮流所逼迫而不得不作还政于民的表现"。但又担心民主选举制度被滥用，"大家想办法，玩手段，目的在获选。在现今的恶劣环境中，结果当选的必多是些无知无识的土痞流氓"。

作为银行家，陈光甫"三句话不离本行"，调侃他对政府的理解："政府比如银行，大股东一向是国民党，而蒋主席是董事长，银行闹恐慌，大股东急了，去找些人来帮忙，一面给他一个董事或监察人的名义，一面送一二十股的股票给他，算是参加的代价。"他分析："要继续打内战，国民党本身已经没有这能力，于是非向美国借款不可，于是才有今天的新政府。"但仍寄望于"既然有新股东参加，就少不得有新股东说话的权利"，"今天所成立的联合政府将减少国民党独裁的程度"①。

陈光甫和上海经济界都认为"要解决当前紧急的经济问题，先得停止内战"，他抱着一线希望参加了政府。而国民党方面的状况则是："求统一，就不得不打共产党；要打共产党，就不得不向外国借钱；要借钱，就不得不改组政府，至少也得表面上换个样。美国政府说得很清楚，钱可以借，一党专政要结束，政府要改组。"

1948 年战局大变，中国共产党发布"五一口号"后，香港 125 位民主人士在一封公开信中说："一年以前，都市里许多不关心政治的上层人物，表示并不反对国民党打共产党，但希望早一点打完共产党，快点给他们和平。现在呢，他们改变了，他们希望共产党早点打完国民党，快点给他们和平。"陈在 1948 年 11 月 23 日的日记中写道："全国人民莫不要和，今日要打惟南京耳，此为吾在各地观察之结果。"

陈光甫判断出中国共产党将胜，担心"一边倒"。1948 年 12 月他抵达香

---

① 《陈光甫日记》，1947 年 4 月 23 日。

港后，读到英文报纸上刊载的宣言，说共产党取得政权之后，允许私人经营事业云云。陈已准备长住香港，此刻又觉似可不必："一来搬家费事，二来共党政策不扰动做生意的人，不反对中外私人事业，不仿照俄国铁幕政策，我住上海，与香港有何不同？"[①] 他开始注意搜集中共政策，尤其关注经济政策。

1949 年 1 月 21 日蒋介石"引退"后，沪上各界组成"上海人民和平代表团"前往北平和谈，代总统李宗仁邀请陈光甫参加，被其婉拒。中国共产党方面也期待他去北平，不断释放善意。上海解放前夕，陈光甫避居香港。毛泽东、周恩来通过特使多次劝说他回归祖国，为社会主义建设事业贡献力量。毛泽东曾把亲笔签名的《毛泽东选集》送给陈光甫，而陈光甫则以一部清代胡林翼的来往书信作为答礼回赠毛，因为胡林翼号"润芝"，与毛泽东的字同音。

老友章士钊、黄炎培、李济深等接连劝归。出于种种顾虑，陈光甫一直称病，实则观望拖延。

"不变随缘，随缘不变"——这是章士钊送给陈光甫的一副对联。生逢乱世，"随缘善变"，只是生存的需要。

陈光甫与冀朝鼎的关系十分微妙，虽然他无意间将共产党人冀朝鼎带进了国民党政府金融要害部门，但是对于王云五的所谓金融币制改革，他并没有参与其中。蒋经国在上海督查"金融币改"，让其深受其害，逼迫他交出了为数可观的真金白银和大量外汇。他虽然口中没有说什么，但从内心恐怕不无抱怨吧。

---

① 《陈光甫日记》，1948 年 12 月 5 日。

第三十二章
金圆券发行失败的历史启示

　　1948 年 10 月初，上海物价再度飙涨。《申报》报道："黄牛党无缝不钻，长蛇阵随处可见，绒线香烟西药等物无一不被抢购。"面对如此严峻的局面，南京行政院不得不采取行政干预策略。10 月 26 日，南京政府宣布，调整"八一九"限价，做出变通规定："如系国产货品，按产地收购价格或原料价格予以调整。进口货按进口成本调整。"①

　　鉴于社会强烈呼声，南京政府于 28 日又做出决定，准许粮食自由买卖，货物可计本定价。至此，则再没有遮羞布可言，国民党政府承认了这次币改的失败。

　　11 月 1 日，南京国民党政府对外颁布了《改善经济管制补充办法》，宣告物价管制全面撤销。问题还不仅仅到此为止，两天之后的 11 月 3 日，行政院长翁文灏代表内阁宣布总辞职。南京行政院长由孙科继任，财政部部长由徐堪接任。组阁不足半年的翁政权就此拍拍屁股夹包走人，为历史上短命的"币改"早早画上了一个句号，或许还需加上一个感叹号。

　　翁文灏的内阁为什么总辞职？不言而喻，就是这个金圆券闹腾的。金圆券为什么崩盘？就因为王云五设定的"八一九"防线挡不住汹涌的物价洪峰，一下子冲垮了他自以为"固若金汤"的防波堤。

---

　　①　上海《大公报》，1948 年 10 月 27 日。

金圆券发行仅 15 天，物价一波接着一波开始暴涨，老百姓苦不堪言。一个月过后，整个国统区出现了存款挤兑和物资抢购狂潮。翁文灏内阁辞职后一周时间，截至 11 月 9 日，金圆券已发行 19 亿余元，与法定 20 亿元限额非常接近。俞鸿钧密电蒋介石："军政费增加极巨，请尽快放宽发行限额。" 11 月 10 日，南京爆发大规模抢米风潮，南京政府不得不宣布实行"首都戒严令"。

11 日，国民党政府紧急颁布《修正金圆券发行办法》和《修正人民所存金银、外币处理办法》，决定取消金圆券发行最高限额，准许人民持有外币，银行开始流通，金圆券存入中心银行一年后可折提黄金或银币，对外汇率由原来 1 美金折合 4 金圆券增至 20 金圆券。这些措施无异于饮鸩止渴，从而引发更大规模的金融挤兑和物资抢购狂潮。

说起来，王云五这个"八一九"防线和其制定的金圆券政策就是为了让蒋家王朝以冠冕堂皇的伪装，实施空手套白狼的办法，达到搜刮中国民间大量的黄金白银目的。平民百姓在银行门口排长队用硬通货换成了一落千丈的金圆券，仅上海一地，中央银行就用金圆券收兑了美元三千四百万、黄金一百一十万两及银元五百万块，占了全国的百分之七十左右。

11 月 20 日，中央银行开始办理存款兑换金银业务，并委托中国、交通、农业三家银行同时办理。自此，各存兑处人潮如涌，万头攒动，争相挤兑。

12 月 2 日，国民党南京政府又发布公告，允许民间再用金圆券来兑换黄金，即一千金圆券兑换一两黄金，但每天限售一千两，先来先换，兑完为止。于是，无奈的市民们只能从夜里就赶到中央银行大门前去拥挤排队。许多人为了能够兑现，头一天晚上竟然露宿在黄浦江边船上。

12 月 23 日，约 10 万人挤兑黄金，因拥挤不堪，导致 7 人死亡，105 人受伤。面对愤怒的挤兑大军，南京政府不得不做出姿态，找了另一个替罪羊，将中央银行总裁俞鸿钧免职。

1949 年 1 月，金圆券从两元兑换一块"袁大头"，变成一千元金圆券兑换一块"袁大头"。到南京解放前夕，又变成一千万元金圆券兑换一块"袁大头"。

金圆券面额不断升高，最终出现面值一百万元的特大钞票，即便如此，还是不足以应付交易之需。至 1949 年 5 月，一石大米的价格要 4 亿多金圆券。各式买卖经常要以大捆钞票进行。由于贬值太快，早上的物价到了晚上就已大幅改变。市民及商人为避免损失都不想持有金圆券，交易后或发薪后所取得的金圆券，皆尽快将其换成外币或实物，或干脆拒收金圆券。

这时，国共双方在各个军事战场胜负出现了不言自明的局势，国民党军队兵败如山倒，已经出现大溃退局面；为应付战争巨大资金，国民党政府每月赤字达数亿元至数十亿元，其所采取的主要办法，就是以大肆发行钞票来补救。至 1949 年 4 月，金圆券发行增至 5 万亿，至 6 月，增至 130 万亿，比十个月前初发行时增加 24 万倍。

中国人民解放军 4 月 23 日占领南京，5 月 27 日攻取上海，6 月 5 日下令禁止金圆券流通。以金圆券 10 万元兑换人民币 1 元的比率，收回后销毁。

国民党政府迁到广州后曾继续发行金圆券，但"多数地方已不通用，即在少数尚能通用之城市，其价值亦逐日惨跌，几同废纸"。甚至广州，"所有交易非港币莫属，金圆券则完全拒用"。鉴于"恢复金圆券之信用殆不可能，改革币制似已无可避免"。①

广州国民党政府明知是饮鸩止渴，依然故技重施，于 7 月 3 日停发金圆券，改行"银元券"，企图最后一次利用纸币劫掠广东、重庆等国统区人民的财富。对此，中共中央明确宣告，今后在新解放区，银元券一律作废，不再收兑，并号召国统区人民团结一致，拒用银元券。金圆券的经历已经让千百万老百姓不再相信国民党人的谎言，许多市场根本不接受银元券的交易，从而加速了银元券的崩溃。但是，在华南和西南解放以后，为了减轻劳动人民的损失，人民政府还是限期收兑了银元券。如重庆解放以后，军管会宣布按人民币 100 元兑换银元券 1 元的比价收兑，仅 10 天即收兑完毕，共收兑银元券 1017 万元，折合人民币 101700 万元。

蒋介石和蒋经国哪料到，发行仅仅 10 个月的金圆券就此收场，银元券也很快寿终正寝。

同样是国民党政府发行的货币，抗战初期的法币在恶劣的战争状态下居然坚挺至少有四年之久，甚至在日本占领地区照旧流通，金圆券为什么不到一年就被人们彻底唾弃了呢？金圆券发行的失败给我们带来什么样的启示？

---

① 中科院历史研究所第三所南京史整理处：《中国现代政治史资料汇编》第 4 辑第 28 册，第 9852-2 页。

抗战初期的法币为什么坚挺？

抗战时期的中国，经济建设遭到了严重的破坏，战火遍及大半个中国，人口减少更是非常严重，民生问题更是非常突出，为什么此时的金融体系没有崩溃？相反，那时的法币甚至在日本占领的区域依然流通。而到了解放战争时期，国民党的金融体系却崩溃了，出现了严重的通货膨胀。对比这两个时间，解放战争持续的时间比抗战还要短。抗战时期的政府是如何控制通货膨胀的？

应当说，在抗战的头四年，通货膨胀被控制得相当有效。国民政府尽量不发行太多新的法币。它尽量用公债及向四家银行透支来弥补赤字。法币流通到1941年8月，仍基本维持法币的规定价格，即每一元等于美金三角，美金一元等于法币三元三。如何做到这个程度的呢？有一个方式不能不提及，当时中英在金融方面进行合作，1938年10月，两国各有一家银行出资，在香港成立了一个基金，总金额最初为两百万英镑。基金对法币贱时买进，贵时卖出，运作颇为成功。其后基金增加一千万英镑，中英两国各有两个银行参加。这两次基金的作用就把法币的汇价稳定了。到了1941年8月17日才开始第一次降低法币汇价（市场价格1940年达到每1元美金等于法币5元2角3分，在1941年11月降到每1元美金等于法币8元6角5分）。

国民政府对法币的发行额也竭力限制。最初创行法币之时，总数是18亿3千3百万元。到了抗战猛烈进行半年以后，亦即1937年底，发行总数才只有21亿。到了1945年底，法币发行总数才达到5569亿。

国民政府成功抑制通货的第一个办法是在1941年把田赋从省政府手中收归中央，作为国税，同时在中央的预算中列入补偿各省政府的费用，也准许各省政府征收有限度的地方税。不久以后，国民政府又把田赋不收法币而改收粮食称为征实。再其后，国民政府于田赋以外，加行所谓"征购"，亦即强迫农田所有人再缴若干粮食，算是卖给政府的，由政府出"期票"，言明于抗战结束之时还钱。政府用这个方法，避免了以大量法币抛入粮食市场以购买粮食，供应一千四百万军人与应征壮丁以及很多的公务员、教职员及其眷属及来自沦陷区的学生。国民政府于1941年10月至1942年9月这一个"农业年度"之中，就这样取得了两百一十九万五千公吨的米、四十八万七千公吨的麦。在其后的三个农业年度，亦即从1942年10月到1945年9月，政府又于征实、征购之外加行"征借"，取得了两百六十六万五千公吨的米、五十七万三千公吨的麦。

抗战期间，国民政府获得了国际上大量的援助。如苏联、英国、美国均希望中国牵制和拖住日本侵略世界的脚步，因而除了提供物资和军事援助之外，还提供了大量的经济援助，从而使得战时国民政府金融体系能够得以安全运行。

上海沦陷之后，国民党军队向南京撤退。中国和苏联在日内瓦呼吁国际联盟采取行动。国联以及美国等国家敦促日本撤军，也表示同情中国际遇，可是除了教会团体捐助粮食、药物之外，西方国家并没有伸出援手。当时斯大林领导的苏联政府开始对华援助。1937 年七七事变以后，中国全面抗战爆发第二个月，中苏签署互不侵犯条约。条约签订之时，苏联向中国保证提供五千万美元的军事贷款，而且在双方还没有签订正式协议时，苏联就于 1937 年 10 月开始向中方提供军火；1938 年 3 月双方正式签订协议时，协议中的五千万美元已经提供了大半；1938 年 7 月，双方再次签订五千万美元的贷款协议；1939年 6 月，再次签订一亿五千万美元的第三次贷款协议。

1937 年 8 月 21 日，苏联船只开始由黑海奥德萨港运载军用设备及补给品运往广州港。数以百计的苏联飞行员、教官和飞机，飞越戈壁沙漠，进驻位于甘肃省的中国基地。此后两年，苏联提供给蒋介石大约一千架飞机、二千名飞行员，以及五百名军事顾问。由 1937—1945 年，中国得到的苏联援助总值约两亿五千万美元，其中绝大部分援助是在抗战的头四年提供的。

1939 年 3 月，英国政府为了帮助中国维持法币的币值，拨款 500 万英镑作为法币安定基金，12 月，英国再度提供法币安定基金 500 万英镑，并另行提供 500 万英镑作为其他方面的开支。英国前后不少于 1500 万英镑的支持，以使法币能够较稳定地运行。

1938 年 12 月开始，美国向中国提供了第一笔实在援助，就是陈光甫领衔谈妥的"桐油贷款"，金额为 2500 万美元。1940 年 3 月，作为对蒋介石政府的支持信号，美国提供了两千万美元的"锡贷款"，此后援引《租借法案》，向中国提供武器。美国共向中国提供了超过 8 亿美元的援助。

法币发行之初，1936 年 4 月，中德签署协定，德国开始大规模为中方提供武器，中国则向德国输出金属矿产。签订这个协定的同时，德国向中国提供了一亿马克的贷款。这些外汇的输入，对战时中国政府货币的稳定起到了相当作用。

除此之外，抗战前夕的法币改革在一定程度上促进了经济的发展。具体来说，由于法币与现银脱钩，中国的货币就完全摆脱了世界银价涨落的影响，并且由于法币与英镑挂钩，可以到世界市场去流通——这有利于中国的对外贸易发展和国际收支平衡；再则，法币发行之初规定一个银元兑换法币一元，实际兑换时，却是白银60%可兑100%的法币，增加了市场货币的流通量，进而刺激了商业的活力和工业生产的运转。

此外，抗战开始以后，资金开始向内地后方流动，资金的内流使大后方银行的存款增加，从而使银行有能力向企业放款。这就使得内迁的企业可以有条件恢复一定程度的生产，同时也能够让一些战时急需的产品有可能投入生产。抗战后期以及解放战争时期，法币超量发行，造成通货恶性膨胀，从而走向了必须要实行的改革。

金圆券发行初期，在强制没收法令的威胁下，大部分的城市小资产阶级民众被迫服从政令，将积蓄之金银外币兑换成金圆券。与此同时，国民党政府试图冻结物价，以法令强迫商人以8月19日以前的物价供应货物，禁止抬价或囤积。而资本家在政府的压力下，虽然不愿意，亦被迫将部分资产兑成金圆券。在上海，蒋经国将部分不从政令的资本家收押入狱以至枪毙，以作杀一儆百。在这一严厉的"打老虎"声势之下，金圆券的发行被公众勉强认可。

金圆券政策失败的致命处与法币的崩盘一样，均是发行限额没有得到严守。国民党曾希望得到的美国贷款援助，却从来没有得到落实。

美国学者费正清后来分析说，当时最反共的城市上层中产阶级，手中剩下的少许余财被束缚在金圆券上，平民百姓对国民党事业的最后一点支持，也同金圆券一样化为乌有。

有人问，是谁打垮了国民党？或许有人会说，是中国共产党和他领导的军队。其实，打垮国民党的一大原因何尝不是国民党自身呢。国民党的金融政策将国家政权与民众对立起来，将赖以依靠的民族资本阶层也彻底抛弃了，国民党政府成为一个依靠铁腕横征暴敛的强盗，不管什么人，钱多的多拿，钱少的少拿，没有钱的因为通货膨胀而无法生存。绝大多数平民百姓成为统治权搜刮的对象，这样的政权能够支撑下去吗？

笔者曾读到关于探讨金圆券发行失败原因的一篇文章，作者从金圆券发行失败来分析其对蒋家王朝垮台的作用。文章说：受金圆券风暴影响最大的，是城市内的小资产阶级。他们没有大资本家的财力和资源去保护自己仅有的财产，亦不如乡间农民或无产阶级的无产可贬，在金圆券发行初期或被迫、或出于信任政府，将累积所得的财产换成金圆券。在恶性通胀中所承受的损失最大，部分人因而变得一无所有。国民党政府虽然因金圆券发行，搜得民间的数亿美元金银外汇，却失去了国内本来最应倾向他们的阶层——城市人民的信任与支持。1948 年中，国民党在军事上已节节失利。金圆券风暴令国民党在半壁江山内仅余的民心、士气亦丧失殆尽，这是造成整个国民党政权迅速在大陆崩溃的原因之一。有资料介绍：国民党逃离大陆前，将库存金、银和发行准备金秘密运往台湾。据不完全统计，有黄金 296 万余两，白银 69000 余两，银币 5300 余万元，外汇全部。

可以说，金圆券流通的日子，是国民党在大陆统治的最黑暗时期。它非但没能挽救蒋介石失败的命运，反而加速了国民党政权经济的大崩溃。

金圆券仅存活了十个月，但它给国家经济和人民生活带来的伤害，却需要很长时间来医治。当然，如果不算上江山易主、政权丢失这样的成本，也许蒋家王朝是这场币制改革中的唯一赢家。据统计，利用强行兑换金圆券的方式，国民党政府总共搜刮了价值 2 亿美元的金银与外汇。这笔巨额财产为其以后在台湾发展打下了相当厚重的物质储备。

第三十三章

兑换工作一波三折

　　1949年2月2日，北平市军管会发布公告，公告序号为金字第一号。公告签发人是军管会主任和副主任，即叶剑英与谭政。按今天的话说，那就是一号文件，应对老百姓最为关注的问题。什么问题？关于金圆券与人民币的兑换办法①。

　　这个办法，首先考虑的就是普通大众的切身利益问题，从政治上讲，"国民党反动派政府所发行之伪金圆券，即将随着整个国民党反动政权的崩溃而成废纸。北平业已解放，本应立即禁用伪币"，但是，老百姓手中的金圆券不是

---

① 　伪金圆券兑换办法：一、工人、工厂职员、学校教职员（以上均包括家属在内）及中等以上学校学生（只限本人），可持旧有之户口单与"国民身份证"并工厂、学校证明文件，到中国人民银行北平分行所设伪钞兑换审查组检验登记，领取兑换证，凭证到各委托所，按照优待比价（人民券一元兑换伪金圆券三元）进行兑换。此项优待兑换自本月四日开始进行。二、独立劳动者及城市贫民（均包括家属在内），可持旧有之户口单与"国民身份证"，向区政府工作组审查登记，领取兑换证后，依上述办法按优待比价进行兑换。上述优待兑换自本月六日开始进行。三、一般市民及工人、学生、独立劳动者、工厂职工、学校教职员、城市贫民所持限额以外之伪钞，可直接至各委托兑换所，按照人民银行规定之比价进行兑换，不再经过审查及检验手续。此项兑换自本月六日开始进行。四、封包出境数额在十万以上者，须至本市工商局办理出境手续，十万以下者，可径到中国人民银行北平分行领取携带证。五、兑换牌价审查组及委托兑换所之地址由中国人民银行北平分行另行公布。

白来的，一旦成为废纸，那将有多数家庭难以为继，"为了减少人民损失，安定人民生活"，完全出于对劳苦大众的利益考虑，特规定兑换办法。同时，公告确定以中国人民银行发行之钞票（简称人民券）为本市本位币，一切公私会计与交易均须以人民券为计算单位，并确定暂以冀南银行发行之银票（简称冀钞）及东北银行发行之流通券（简称东北券）为辅币。上述各币之比价为：人民券一元等于冀钞一百元，等于东北券一千元。其他各解放区所发行之各种地方币，均不准在本市流通，但可持向中国人民银行北平分行所设立之兑换所兑换。

这是一件烦琐且细致的工作，出现问题和纰漏在所难免。社会上一部分人有意见、有情绪也是情理之中。但是，那时刚刚从农村进入都市的中国共产党人从谏如流，批评与自我批评的工作作风表现尤为突出。1949 年，中共北平市委和北平市军管会的领导干部勇于面对工作中的不足，在工作总结中主动进行自我批评。笔者从档案史料中找到北平军管会关于金圆券兑换工作的总结，对兑换工作的全过程进行评估，肯定工作的各项具体措施基本是成功的，"但以下几点应加以检讨和注意"。兑换金圆券工作结束了，至少在北平市不会再有这项工作了，可一点不放过工作的不足和缺点，认真剖析，对应当引起注意的问题不是敷衍了事，不是走过场，而是一针见血，鞭辟入里，切中要害。

准备不足，缺乏小票

如果不是直接参与兑换的具体工作，局外人根本想不到这个问题的严重性。当时从石家庄运往北平的人民券，上级下达的调拨令只是明确多少数额的人民券，不可能具体到调拨多少不同面额的钞票，不可能明确调拨百元大钞多少，十元小票多少。试想一下，当金库的出库人员一看调拨单，没有指示具体面额的数量，那么面额大的钞票自然比小面额钞票清点时要省力。当年第一版的人民币有多少币种呢？从资料中可以得知：第一套人民币从 1948 年 12 月开始发行，共有 12 种面值 62 个品种，所有的面值都是老币值，分别是：1 元、5 元、10 元、20 元、50 元、100 元、200 元、500 元、1000 元、5000元、10000 元、50000 元。既然 50 元以下有那么多种，为什么不多带点小票？或许是调拨人员为了省一点点钞的力气和时间，在兑换过程中却出现了意想不到的麻烦。

说起来，这不过是个细节问题。但是细节往往决定成败，当时，对这个被忽视或是说被忽略的问题，确实造成很大的负面影响。当时北平城的平民百姓、劳动人民多无什么积蓄，即使不是家无隔夜粮，手头能有个百十块钱就很不错了。可要兑换成人民券，享受优惠的比例是三比一，一百块换33块3角3分。可兑换点的人民券一般是50元一张，没有低于50元的人民券，那么手里这点金圆券怎么办？反正兑换不成。

由此推测，当年兑换中没有"小票"的问题，一定是掀起了不小的声浪。好在中共中央书记处有先见之明，在未进入北平城之前就做出决定，明确两种解放区货币作为辅币，应付意外。强调平津地区以人民券为本位币，冀南钞与东北券为辅币，照规定比价通用。冀南钞和东北券大约不乏小票，或许可以应付过去。但一般民众对兑换的不是人民券，而是辅币，会有什么感想呢？

什么叫把人民的冷暖记心头，从这份工作总结中可谓窥一斑而见全豹。问题解决了，风波平息了，事情已经过去了，何必那么自责呢？反正以后北平城不会再有这样的事情发生了，经验也好，教训也好，有什么值得借鉴的吗？

纵观那个时期的历史可以得知，写总结做自我批评的人员目光是深远的，他们没有局限在北平城，这对于已经解放并且兑换结束的北平来说确实无关紧要，但是，对准备进入新的城市的军管人员来说，却是大有裨益的。

总结出四大问题

中共北平市委关于金融问题给中央并华北局、总前委的报告中将金融问题中的兑换问题进行了专题汇报，概括起来有以下几点：首先是对伪金圆券兑换时间，"于丑支开始以一比三比值进行优待兑换，以优待工人、职员、学生、苦力及其他劳动人民，并于丑鱼起一比十比值进行普遍兑换"；其二是兑换金额，"截至丑铣止，共兑入伪券约八亿，计优待兑入四亿八千五百万，普遍兑入三亿一千万，优待兑换已于丑删截止，享受优待兑换人口约一百万（全市人口据敌过去统计285万）"。

对于兑换工作中出现的问题，总结出了四大问题。（1）忽视组织力量。学生兑换，多没有通过学校，工人未通过工厂，冒领假造者甚多。（2）优待兑换与普通兑换比值差额太大，形成可投之机。（3）优待限额较高，许多贫民市民没有五百元伪金圆券，纷纷争购，使伪金圆券一时上升。（4）二十天的流通期为时太长，给投机倒把者活动余地，优待兑换不得不提前于二月十五日结束。

禁用白洋失之过迟

"一开始时为了不树敌太多，先集中力量打伪金圆券，暂不过问是对的；但到二月十日以后，伪钞大部已经收兑，能够抽出力量时，仍迟迟未禁。直到二月底才公布停用，白洋已由180元（人民券）涨到240元。这不能不多少影响本币体制的建立。"[1]

这是货币政策的一个失误。这个失误涉及人民币作为本币的权威，或者说在市场的地位。

经济上受到一些损失，还由于解放后本币信用尚未确立，市场筹码缺乏，一时白洋成为交换过程的主要工具，各类悉以白洋计价，商人、小贩，甚至一些学生、失业工人在市场竞相买卖，追逐其价格变化中的差额，致形成银元市场，影响金融与物价甚大，我们当金圆券收兑结束后，随宣布收兑银元价格一二〇至一九〇比一，禁止买卖及流通，并采取政治压力，检举、没收等措置，但以南京伪政府宣布使用银元为计价单位，及公开兑换流通后，大量银元经蚌埠流向京沪，投机商人从中牟利，钻我空隙，到目前为止，虽已收到相当效果，街头小额公开买卖者已经绝迹，商品已经脱离银元计价而走向市场本币计价，但银元黑市依然存在，黑市价格已经从禁止流通时之240元上升至310元。[2]

然而，亡羊补牢，为时不晚。在北平市所属的几个区的报告当中，我们可以看到具体工作的进展和变化。

1949年3月4日，北平市军管会查缉银元黑市，在3天内拘捕银元贩子380人。

---

① 《北平市军管会物管会接管工作总结报告》，1949年4月16日。

② 《北平市军管会接管工作概况》，1949年4月。

四区于二月份抽调干警 21 名，重点深入到西四、马市桥、护国寺等三处进行稽查。截至 3 月上旬，共抓获银元犯 163 名，查获银元 616 枚，其中没收 83 枚，代兑 533 枚。

内一、内三、内五公安分局和人民银行动员大批干部到东单、东四牌楼、交道口、北新桥一带取缔银元非法买卖，打击倒卖金银黑市活动，缉拿金银贩子。仅三天时间内三区就查获金银贩子 80 人。内一区 1949 年内破获黄金案 39 起，美钞案 5 起，共查获黄金 29267.1 克，美钞 8216 元，白银 39847.5 克，银元 8394 枚。

二区于六月份查获国民党、日伪官吏王元孚等 4 人伪造银元案，当场缴获部分银元及全部犯罪工具。据王犯交代，解放以来，伪造银元 4000 多枚。[①]

将白银禁用过迟与金圆券兑换工作放在一起来总结和检讨，除了其前因后果关联之外，同属于金融业务。应当说，这不应当属于兑换工作的缺陷和不足，或许当年这样归纳总结，是因为金银也有一个兑换的问题。

---

① 《北平市军管会接管工作概况》，1949 年 4 月。

第三十四章

兑换或收缴的金圆券如何处置

北平市军管会在人民券兑换金圆券过程中采取的是"三限"原则，即限额兑换，限期兑换，限期禁用。限额就是不管你手中有多少，我就给你一个额度，500元封顶，这是优惠兑换的额度，兑换比例是一比三，而超过部分怎么兑？若是按照十比一比例兑换，那不是太吃亏了吗？如果你认为吃亏可以封包出境，军管会鼓励封包出境换回物资，但是，这一条让许多人不是封包出境，而是通过黑市兑换，因为优惠兑换的比例与一般兑换的比例相差悬殊，黑市按优惠兑换的一倍也不过是一比六，比一般兑换还要合算得多，因而在北平金圆券兑换人民券的20天当中，黑市买卖"火爆"。

北平市委领导很明白，这个限额政策当然不能彻底解决问题，于是还有第二手，即限期兑换，从时间上限定，过期不候。原计划限期15天，公布时改为20天，过了20天不但不能兑换了，还禁止在市场上使用，也就是限期禁用。

据当年参与金圆券兑换工作的人民银行工作人员回忆：为了加快完成收兑金圆券的工作，北平市军管会发出紧急通知，动员组织大批人员，投入收兑金圆券工作中，其中设立发行、调拨人民币的分库13个，收兑点（所）247个，参加发行和收兑工作的人员达5000余人，使收兑金圆券的工作在18天内基本完成。

在这18天当中，北平市军管会收兑了多少金圆券呢？据北平市军管会向中共中央和华北局、总前委的报告，"共兑入伪券约八亿，计优待兑入四亿八千五百万，普遍兑入三亿一千万"。不管怎样，北平市军管会手中有了八亿元金圆券。

这八亿元金圆券怎么处理？

北平市军管会在公告中就明确表示，鼓励"打包出境，换回物资"。收兑以后的金圆券当然也要尽量投入国统区去，换回解放区需要的物资。

中国人民银行行长南汉宸十分清楚南京政权统治地区的金融状况，金圆券的比值一天不如一天，已经面临崩溃，不是一天一个价而是一日三变。据1949年2月28日上海《申报》的报道：金钞市场一瞥，美钞十元兑换袁大头十五枚，"袁大头"一枚兑换金圆券三百圆，"袁大头"一枚兑换人民券十元。

形势严峻，必须尽快将手中的金圆券抛出去，不能让这些金圆券在人民银行的金库中变成废纸。不但北平市军管会收兑了数亿的金圆券，还有天津、整个华北地区及中南、西北的解放区均有一大批收缴兑换的金圆券。中共中央对这笔金圆券的出路也格外重视，特别指示北平市军管会主任、北平市市长叶剑英想办法，尽快将解放区政权所拥有的金圆券运往"国统区"，交给地下党组织处理，换回我们所需要的物资。

叶剑英无论在红军时期，还是在抗战时期的八路军将领当中，向来以足智多谋为人称道，接到中央和军委的指示时，他正忙于安排接待南京来北平的和谈代表，找他请示工作的人如走马灯一般，负责金圆券抛出具体工作的王磊知道这项工作的时间急迫，便早早赶到叶剑英的办公处向他要"锦囊"。叶剑英举重若轻，不动声色，依然按部就班，接待着来来往往的一拨拨客人。待客人告辞后，才招呼王磊近前来面授机宜。

南京政府也清楚中国共产党的意图，收兑了那么多金圆券总不能一把火烧掉吧。那会怎么样？一定要抛向江南的国统区。这几十亿金圆券一下抛过来，会造成什么局面？肯定会让国统区的经济雪上加霜，造成通货膨胀，物价暴涨，使本来已经濒临崩溃的经济基础加速坍塌，使动荡的金融市场更加不安。

"堵住。一定不能让中共手中的金圆券过江。"这是国民党军政要人的共识。一道急电向长江江防部队逐级下达。"不管是什么船，一律不许靠岸；不管是什么人，一律搜身检查。"其用意当然主要是军事防御，但同时也与金圆券有关，只有严密封锁长江两岸的通道，才可能不让江北的金圆券漂过江南。除了封锁来往的船只之外，南京当局还在沿江的码头、渔村安排大队人马设岗盘查，企图达到封死金圆券所有旱路的目的，在沿海和香港周边地区也布置了大批军警特务，防范中国共产党通过香港将金圆券转进国统区。

王磊将国民党的这些动作向叶剑英一一做了汇报。末了，他叹了口气，说道："国民党军队已经将水陆通道全部堵死，我们又没有翅膀，飞不过去，这下可难了。"不想，这一句无意的牢骚话，提醒了叶剑英。水陆空三条道，断了两条，还有一条嘛。叶剑英抬头望望窗外蓝天之上传来的呼啸的飞机引擎声，心中有了主意。

此时，南京中航公司的飞机正在承担运送国民党谈判代表的飞行任务，让这趟飞机将金圆券送过去不是最快捷的途径吗？通过机组人员，不妥。他们的本职是安全飞行，何况机组人员也是在军统人员的严密监视之下，即使通过机务人员将"货物"送上飞机，那么运出机场也不是他们所能承担的。

必须要有一个能够做这件事情，并且十分可靠的人才行。于是，叶剑英开始关注中航公司随谈判代表团来北平的服务人员的情况。

1949 年 4 月 1 日，双方在北平开始谈判。中国共产党参加谈判的首席代表是周恩来，代表有林伯渠、林彪、叶剑英、李维汉、聂荣臻。国民党方面的代表是张治中（首席代表）、邵力子、黄绍竑、章士钊、李蒸、刘斐。

在这次正式谈判之前，叶剑英作为北平市市长和军管会主任，奉中共中央的委托，承担接待来北平的南京方面代表及有关人士的安全和食宿生活等具体事宜，为双方的正式谈判做好准备工作。

第二天，1949 年 4 月 2 日，天津《进步日报》以"本报北平专讯"做了报道：张治中、邵力子等和谈代表专机于一日下午四时飞抵北平机场，全体代表连同顾问二十余人下榻六国饭店，当晚中共当局邀宴洗尘，谈判日程正草拟中。此行代表中无女士，但有空中小姐二人随来。三十一日通航通邮代表飞机来时，带来银元一万五千元，供代表团在平兑换应用。北平很多人说：和谈代表在愚人节来平，盼望他们不骗人才好。

谈判共分为两个阶段。第一阶段从 4 月 1 日至 12 日，双方代表就各项问题广泛进行商谈，其中主要的是战犯问题和人民解放军渡江问题。中国共产党代表坚持无论和谈成功与否，人民解放军都必须渡过长江。

在谈判过程中，叶剑英侧重的谈判内容是北方和南方之间恢复通航、通邮及商业联系等具体问题。在谈判的休息时间，叶剑英没有休息，他以安排来平随行人员食宿问题与南京方面交换意见。叶剑英了解到，随谈判代表团来北平的有两名航空署的专员。这两位专员负责谈判代表团专机的往来。这两个专员的政治背景如何？有关部门很快就将两个人的基本情况报告给了叶剑英。一个来自航空检查所，名叫郭子玉，其具有国民党军统的背景，这次与南京代表团随行的主要任务就是监视谈判代表的动向。通过这个人来办这件事情可不可以？叶剑英分析不是不可以，给他一点好处，或者是给他点钱，或许就能答应，但是风险较大，闹不好就会将这条空运之路完全堵死。另一个随员呢？叶剑英在翻阅来平人员的名单中，意外发现了于仲仁的名字。"哦，是他呀。行了。"叶剑英击掌道："这件事情，我来办。"

原来于仲仁与叶剑英是几十年前的老同学，早年交往颇深。老朋友来北平一定是要相见的。叶剑英找了个机会，邀请于仲仁来到自己的办公室。老同学久别重逢，分外亲热。叙过昔日情谊之后，叶剑英让陪同人员回避，把谈话引入正题，说："老同学，今天要劳你的大驾，有一件事情要请你帮忙呢！"于仲仁忙问："什么事？"

"掉脑袋的事！"叶剑英注视着老同学，神情凝重地说。

于仲仁意识到事关重大，但又感到老同学交付的事情，那是信得过他，而且叶剑英此时的身份说出这番话，肯定是国家大事，于是他毫不含糊地表态："只要我于仲仁还能做点有利于民族、国家和人民的事，掉脑壳也算不了什么！"

"好，就等你这句话！"说罢，叶剑英一招手，招呼在外边等候的王磊，让他与于仲仁讲述了空运金圆券的计划。送走了于仲仁，叶剑英向王磊交代行动计划的注意事项。王磊立即到金库，组织人力将收缴的金圆券打包装箱。这批包装箱与谈判代表所使用的行李箱大多一个类型。

这一天，中航公司的机组人员突然接到命令：准备起飞，谈判代表邵力子先生有急事要回上海。于仲仁得到消息后，立即报告叶剑英。叶剑英闻言微微一笑，对于仲仁说："好啊，万事俱备，就等你下令起飞了。"同时他提醒于仲仁，最好想个办法避开郭子玉的眼睛，省得找麻烦。

的确，如果郭子玉问起这些行李箱是谁的，要打开看看怎么办？如何才能摆脱郭子玉的监视呢？正在于仲仁苦思冥想之际，突然接到通知，说郭子玉因肚子疼被批准留在北平，由于仲仁单独护送邵力子先生回上海。"这下可好了！"于仲仁暗自高兴。

原来，郭子玉这次来北平，除了负有特殊使命的"公事"外，他还有自己的一点"私事"要办，不想来北平几天总找不到合适的机会。今天刚刚从饭店出来，就碰见了老同学王磊，得知王磊从山西调北平来，在金融部门工作，不禁喜上眉梢。他问王磊能不能搞点金圆券。王磊问："北平老百姓要把金圆券当草纸用，你要那玩意儿干啥？"郭子玉直言不讳："现在机会难得。我想收点废票，拿到江南，发点小财。反正我是坐飞机回去，不会有军警检查。"王磊表示小事一桩，愿意帮忙，可是需要两天时间。郭子玉满心欢喜，踏破铁鞋无觅处，得来全不费工夫，他表示要静候佳音。回到驻地，张治中将军打来电话，通知他立即动身飞回上海，郭子玉心想，空手回去岂不太可惜，于是灵机一动，谎称自己突然肚子疼，上不了飞机。

于仲仁闻讯赶来，心中暗喜，为了表示对同行的关心，他特意去找谈判代表团的陈医生，请陈医生为郭子玉好好检查一下。陈医生心领神会，拿着听诊器为郭子玉仔细检查，诊断结果，怀疑郭子玉患了"急性阑尾炎"，于是，马上打吊针进行观察。

郭子玉心中窃喜，但他躺下输液时，侦察生涯的本能让他眼角和耳朵依然灵敏。他发现，机组人员怎么有那么多行李物品，特别是那些又沉又重的大皮箱？他越想越觉得不对劲，越想越觉得这里面可能有名堂，于是，他欠起身对陈医生说想到外面去看看。陈医生连连摇头，说什么也不肯答应。

此时，飞机引擎发出巨大的轰鸣声，马上就要起飞了。郭子玉突然感到这里面一定有文章，想到这里，他猛地推开陈医生，拔下腕上的针头，冲出门去。郭子玉醒悟得太晚了，这时飞机已经呼啸着冲上了跑道，郭子玉知道追是追不上了，他转身跑去给上海发电报，让上海方面做好拦截检查专机物品的准备。郭子玉万万没有想到，这趟飞机虽然终点是上海，可还要在南京停留片刻。叶剑英早就安排妥当，装有数十亿金圆券的行李箱，顺利在南京卸下。这时的上海机场，军统局已经安排了一批人员虎视眈眈地等候飞机降落，特务们似乎胸有成竹，径直奔向机舱的行李舱，迫不及待地要乘务人员打开舱门接受检查，结果当然是一无所获，大失所望。

第三十五章
不为金钱而忘我工作的人

1963 年的夏季，天气格外燥热。身为国际贸易促进委员会副主任的冀朝鼎正在忙着出访阿尔及利亚的准备工作。他的身体近几年一直不好，糖尿病和高血压很严重，医生要求他必须住院治疗，可他在医院治疗几天就又回到办公室，他放不下手头的工作。8 月 8 日清晨，冀朝鼎像平时一样进入办公室，像上紧的发条一样开始紧张忙碌的工作，然而绷得过紧的琴弦，当发出最强音时，也是行将断裂之际。超负荷的运转致使他脑溢血突发，当时就倒在办公桌前，于 8 月 9 日中午与世长辞。

国际贸易促进委员会隶属国务院外事办公室，当时分管外事工作的国务院领导人是副总理陈毅。陈毅听取了外事办公室关于冀朝鼎追悼会的安排意见，没有表态，却要通了周恩来总理办公室的电话，秘书戚剑南接了电话。陈毅要求戚剑南将冀朝鼎去世的消息向正在杭州视察的周恩来报告。

周恩来获悉，马上做出指示：第一，要在治丧委员会中加入周恩来和邓颖超的名字；第二，要等他回到北京，他要亲自参加追悼会；第三，追悼会不能在一般地方举行，要改在首都剧场。

周恩来向北京发出指示不久，发现国外已经有不少关于冀朝鼎的报道，有的外电还刊发了冀朝鼎的生平事迹，于是他又指示新华社要发关于冀朝鼎的消息。

在怀念冀朝鼎的回忆文章中，笔者注意到几个关键词：出污泥而不染，不计较个人得失，夜以继日忘我地为党工作，国际活动的榜样。

冀朝鼎的秘书廖训振回忆说，周恩来在审阅怀念冀朝鼎的文稿时，亲笔加上一句："尤其在秘密工作时期中，他能立污泥而不染。"

冀朝鼎的秘书说，冀朝鼎 1949 年以前的工作只有周总理能够说得清楚，因为冀朝鼎在秘密战线的直接领导人是周恩来。

国民党元老陈立夫在以《成败之鉴》为题的回忆录中，专辟一节写到了冀朝鼎，名曰"冀朝鼎祸国阴谋之得逞"。在国民党政权所推行的币制改革中，冀朝鼎扮演了一个任何人都不能替代的角色。他究竟在其中发挥了什么作用，至今还有不少疑团，在他身上，有很多永远难以破解的谜。

国际经济界的知名人士拉铁摩尔称赞"冀朝鼎具有能够轻松自如地向外国人阐释中国历史文化的才能。这基于他对中西两种文化均有深刻的理解和认识"。"他虽然多年旅居美国，但他从未改变中华民族的品性。"拉铁摩尔特别赞扬"冀朝鼎在抗日战争时期，（在国民党政府中）他虽然获得了称心如意、纸醉金迷的官职，但他却没有腐化堕落，也从不对任何人阿谀奉承"。剑桥大学著名教授李约瑟和中英贸易协会主席凯撒克总结冀朝鼎的主要贡献是"他搭起了一座中国同西方交流的大桥"。

他的精神支柱是什么呢？

对于冀朝鼎在 20 世纪 40 年代国民党与共产党货币之战中的作用，有人说，他最大的成功就是让国民党与民争利。冀朝鼎是一个不为金钱而工作的人。他冒着极大的危险为中国共产党秘密工作，绝对不是为了获取更多的金钱，也不是为了荣华富贵。国民党人给了他荣华富贵，给了他掌管数亿美金的权力，他要想得到巨额钱财可以说是轻而易举，但他眼中却从没有将打理资本当成真正的工作，内心甚至可以说是不屑一顾的。他完全是为了信仰，为了主义，为了崇高的理想而不顾个人安危。我们不禁要问，他是在什么样的环境下，受什么因素影响，才成为这样的一个公而忘私的人？我们不妨从他人生的足迹来探寻一番：

1919 年，参加北京五四学生爱国运动，在六三大宣传中被捕。参与组织校学生自治会，任评议部委员，成立唯真学会，编辑出版《清华通俗周刊》，并组织工读团。

1924 年秋，在清华毕业后赴美国留学，考入芝加哥大学攻读历史学。

1926 年，参加留美学生和华侨响应上海"五卅运动"的反帝爱国活动，任《芝城侨声报》编辑，并被推选为大学国际学生会委员长及会计。同年冬，被选为芝加哥中国留学生会会长，他表示，拥护孙中山三大政策和国共合作的北伐战争。

1927 年，前往欧洲出席世界反帝、反殖民主义大同盟大会，经与会的中共代表团介绍，加入中国共产党。不久，参与组织美国共产党中央中国局，任委员兼《先锋报》编辑。

1928 年，被组织派回国参加革命斗争，途经莫斯科见到周恩来，留在莫斯科中山大学学习。不久，参加中国共产党出席共产国际六大代表团工作，随后调任中国驻赤色职工国际代表邓中夏的秘书兼翻译。

1929 年，被派到美国，参加美共《工人日报》和美共中国局工作，创办《今日中国》和《美亚杂志》。同时，继续攻读经济学，撰写出《中国历史上的基本经济区与水利事业的发展》专论，获得哥伦比亚大学经济学博士学位。此后应聘在美国各大学讲学，曾在太平洋研究所从事研究工作。

1941 年回国，被中国共产党秘密组织派到国民政府从事经济工作。先后任平准基金会秘书长、国民政府外汇管理委员会主任、中央银行经济研究处处长，并兼任圣约翰大学、暨南大学商学院教授等。抗日战争胜利后，任中央银行稽核处处长，到上海接收日、伪金融机构。他利用合法身份和经常接近国民党要人的机会，为中共中央提供了许多至关重要的经济情报，为解放区购买医药器械，掩护地下党员开展秘密工作。

1948 年，到北平任"华北剿总"经济处处长，曾数次与傅作义商谈和平解决北平的问题。中华人民共和国成立后，历任中国国际贸易促进会副主席兼中国人民银行副董事长、中国拉丁美洲友好协会副会长等职，创办并主持贸促会研究室工作。曾多次率外贸代表团赴西欧访问和举办展览，被誉为"中国最干练的经济学家"。

从冀朝鼎的经历上，笔者认为，他是以事业为重的人，是一个为了事业的成功而不惜生命的人。他的这种对事业的执着，是怎么形成的呢？

从冀朝鼎的回忆录中我们知道，他从清华大学毕业，准备出国留学时，曾走访了各派名人，听取他们的建议。冀朝鼎在20世纪50年代时回忆：

> 1924年出国以前，我代表我们的小组织去见李大钊同志，请他指出我们出国念书的方向。大钊同志告诉我们要实事求是，结合中国的实际情况进行研究，不要学帝国主义的那一套。我们事前用电话和他联系，地点约定在他家里。大钊同志对我们很热情、亲切。
>
> 出国以前，我们决定去请教几位专家。除大钊同志外，也去访问了当时的名流学者鲍民权，他对我们说：出国后不要只管读书，要以学习升官发财的门径为主。卑鄙极了。我们请教他法律和救国的关系，他说：法律和救国毫无关系，主要是学会一套处世的本事就可以了。此人后来成为北京新民学会的会长（日本人统治北京时），决非偶然。
>
> 我们也去访问过辜鸿铭，向他请教如何学习英文。他拖着辫子，一进屋就问我们："你们这几年学了点什么？"我一想，在清华几年，物理、化学学得也不深，就告诉他学了点英文。他说："英文，你们懂吗？"我们一愣，只好说："糙！"他顺手指着墙上的对联："淡泊可以明志，宁静可以致远"，问我："懂吗？你把它翻作英文。"这一下可把我们难住了，真是不懂，结果他把我们骂了一顿。
>
> 1925年大家都到美国后，我们在旧金山开"超桃"的全体会，我从芝加哥赶来参加。会上决定支持改组后的国民党和三大政策，强调要走共产主义的方向。这时大家还不明确一定要加入共产党，但已倾向于共产主义了。
>
> 在旧金山会议上决定一边念书，一边活动。我们先后分别参加了美共领导的反帝大同盟。同时我在中美，他们在西美华侨中进行支持国民党和北伐的活动。这时，因为政治形势的迅速发展，在留学生中引起很大的变化，在如何对待国民党的态度问题上，标志着留学生政治上的分化，不久展开了一场大辩论。这年在芝加哥举行留学生大会，罗隆基从纽约赶来参加，亲自领导"大江"派的活动，参加辩论，反对国民党，和我们展开了激烈的辩论。论战的结果他们失败了，会上三分之二的学生选举我为芝

加哥学生会的会长。

1927 年 2 月，全世界反帝大同盟在布鲁塞尔举行大会，我代表美国的反帝大同盟，同时也代表中国留美学生中的"中山学会"（左派国民党组织，在留学生中受到很广泛的支持，编辑过一些小册子，出了份报纸，叫《奋斗》）去参加。参加这次大会的中国代表是廖焕星同志和邵力子等。会后接着召开世界反帝反殖民主义大同盟的大会。参加大会的中国工会代表陈某是陈郁同志的朋友，我替他做翻译，他告诉我当时蒋介石已经靠不住了，要革命就要靠共产党了。会后五六天，我展开了思想斗争，看来这时形势已很明显，要革命就要和共产党一起搞，于是决定加入共产党。我是 1927 年 2 月入党的，介绍人是廖焕星同志。当时在巴黎有中共旅欧支部，由沙可夫同志负责，我入党后就到巴黎和他取得联系，然后回到美国。

回芝加哥后我寄信给"超桃"的会友，告诉他们我已入党了，并说明如果这次错过机会，将来不易再找到旅欧支部的关系，所以来不及和他们商量就决定加入共产党，但觉得这方向是正确的，所以也不一定非等待他们的同意不可。不想他们在这时也先后加入了党。这是中国留美学生的第一批共产党员，于是成立了一个中国支部，由美共领导。入党以后，我们就宣布把"超桃"解散了（"超桃"中人，只有梅汝璈一人未入党）。

此外，还有家庭环境的熏陶和影响。

冀朝鼎与美国妻子海丽最终选择了离婚，第二任夫人罗静宜（罗书素）是当年他和施滉同志组织的进步组织"超桃"社的唯一女性，当时她还是师大女附中的学生，后来与施滉结婚。施滉同志在 20 世纪 30 年代初被国民党反动派杀害。冀朝鼎与罗静宜 20 年代在莫斯科，三四十年代在重庆、上海都曾在一起共事，新中国成立以后，经党中央批准，冀朝鼎与罗静宜正式结婚。

罗静宜 50 年代初曾任中国贸促会业务部部长（法律部前身），后调任对外文委研究室副主任、中调部二局局长等职，她的最终身份是国家安全部副部长级离休干部，于 1998 年去世，享年 93 岁。

古人云"近朱者赤，近墨者黑"，冀朝鼎世界观的形成，与其家庭环境的影响应当说有直接关系。

冀朝鼎的弟弟、曾任驻外大使的冀朝铸回忆其家庭时说："我父亲是山西省教育厅厅长。他非常非常仁慈。他觉得，这世界上应该是一律平等的。贫富差距这么大啊，是很不对头的。富人欺侮穷人是错误的，应该打倒。所以很快地就倾向于革命。我的大哥在很小的时候就认识了周恩来同志。我的生活里面，当时有两位大人，我的爸，我的大哥，我就是靠他们，而且他们都是自己奋斗出来的。"

冀朝鼎的父亲冀贡泉是中国当代著名法学家，新中国第一部《婚姻法》的主持制定者之一。早年留学日本，在东京明治大学专攻法律，回国后一度供职于北洋政府教育部，与鲁迅先生共事。幼年失母、深受父亲影响的冀朝鼎自小勤奋读书，成绩优异。读小学时，冀朝鼎有一次考了第一名，回家后兴冲冲向父亲报喜，不料，父亲却说："第一名算得了什么！"冀朝鼎由此明白，学无止境，从此更加发愤读书。

1939年，冀朝鼎获得洛克菲勒基金会提供的一笔资金，开始对中国问题进行研究，他以搜集资料的名义回到国内，向周恩来汇报工作。周恩来决定，要冀朝鼎和他父亲冀贡泉一道去美国，做扩大反法西斯统一战线的工作。

据汪向同在《我的丈夫冀朝铸》一书中披露，当时周恩来同志交给冀家父子的任务有两点：一是在全球性的反法西斯战争期间，促进国际反法西斯统一战线的建立及壮大；二是促进中美人民友好，并促使美国人民支持中国人民抗日，建立新中国。

冀贡泉很高兴地接受了任务，携夫人张陶然、长子冀朝鼎、四子冀朝理、五子冀朝铸和女儿冀青离开重庆，经昆明、西贡、新加坡、法国，辗转万里，于1939年1月初抵达美国纽约，从此开始了旅居美国的新生活。

冀贡泉到美国不久，就同在美国的中共地下党员徐永瑛和唐明照接上了关系。根据周恩来的指示精神，他们共同创办了《华侨日报》，由冀贡泉担任主编。由于冀贡泉的社会地位和努力，在他主持下，《华侨日报》很快产生了较大的社会影响。《华侨日报》开辟专栏，聘请法律顾问，运用消息、社评、专论等形式，不断编发《新华日报》、《解放日报》以及美国共产党所属《工人日报》、《工作周刊》和《美亚》杂志的文章，其中有"皖南事变"的真相、斯诺等人的通讯，以及美国共产党的活动和苏联的情况，从而使订户由原来的五六百户增加到九百多户。

1941 年 12 月，太平洋战争爆发。美国急于要了解亚洲特别是日本的情况，于是聘请曾经留学日本、目前又在反法西斯阵营工作的冀贡泉，到美国战争情报署（OWI）太平洋司工作，主要从事反法西斯宣传。唐明照也在其中兼职。据汪向同说，冀贡泉在战争情报署一直工作到 1947 年（当年，他回国担任北京大学法律系主任）。后来，美国战争情报署和战略服务署（OSS）合并为美国中央情报局。

在美国，冀贡泉工作任务繁重，生活担子也不轻，但他在异国他乡仍注意培养和教育子女千万不可数典忘祖，而要利用机会多多学习知识本领，日后报效祖国。

可以说，冀朝鼎能够坚定不移地为中国共产党的工作奋斗一生，在安逸与危险之间，他选择了危险；在生活艰苦与富足享乐之间，他选择了艰苦。他不惧危险，不在乎有没有薪酬，就是因为他的信仰，他对真理的虔诚。

可以说，在那个年代的中国，就有这么一个群体，一切为了主义，为了理想，富贵不能淫，利禄不能移，而冀朝鼎就是这个队伍中的一员。在一个时期里，共产党人强调人的因素第一，人是第一可宝贵的。正因为有了冀朝鼎这样打进国民党内部、不为金钱所动的共产党人，国民党的货币政策才可能一败涂地，不可收拾。

北平和平解放不久，冀朝鼎还没有来得及脱下国民党的军服，他乘着美国吉普车上街，没走多远就被巡逻的解放军战士发现，以为是落网的敌人，便立即被拦下来押往军管会。刘仁得知消息，马上电话通知有关部门，赶紧放人。冀朝鼎这才发现是自己的服装出了问题，他愉快地脱下旧军装，换上了解放军军管人员的灰布军装，一个洋博士变成了"土八路"。很快，他被南汉宸收于麾下，后奉命随军南下，以副军代表身份在上海接收中国银行，任中国银行副总经理。中国银行迁到北京后，他又被任命为董事长兼总经理，随后又出任中央财经委员会委员兼外资管理局局长。

回顾冀朝鼎的生平，不禁让人感慨，除了冀朝鼎，还有别的像他这样的人吗？

潜伏在国民党内部的中国共产党人当然不止冀朝鼎一人。新中国成立后很多人亮明了真实身份。1949 年 2 月 4 日，在北平城的国会街礼堂，中共中央北方局召开了北平地下党会师大会。参加会议的中共北平地下组织代表达

3000多人。林彪、聂荣臻、薄一波、彭真、叶剑英、李葆华、刘仁参加了大会。林彪、聂荣臻、薄一波、彭真在讲话中都称赞了北平地下党的工作。彭真还特意将坐在后台的刘仁领到了前台亮相，告诉大家说，这就是长期领导你们艰苦战斗的刘仁同志。全场顿时响起了长时间的热烈掌声。那一次会议虽然有3000多人公开了身份，但还有为数不少的秘密工作者并没有出席，甚至到去世时也没有公开自己的真实身份。如，一直在傅作义身边工作的阎又文，他对于平津战役取得胜利和傅作义接受和平改编做出了很大贡献，他的真实身份是中共中央社会部长期潜伏在傅作义身边的秘密工作者。阎又文1938年加入中国共产党，经组织严格考察后，被派到傅作义部队工作。阎又文与傅作义是同乡，他才华出众，文笔犀利，办事稳妥，深受傅作义器重，长期担任傅的机要秘书。1947年傅作义担任国民党华北"剿总"总司令后，阎又文又被委以华北"剿总"办公室副主任、政工处副处长、新闻发言人等重要职务。

中共中央社会部部长李克农对于阎又文的工作特别关注，两次派人秘密潜入北平，与阎取得联系，交代任务。阎曾向中共中央提供了华北"剿总"的作战计划。辽沈战役刚刚开始时，阎就将傅作义守卫平津的作战计划报告给李克农，这对中共中央、中央军委制定平津战役的战略部署起到重大作用。阎又文还向李克农报告了傅作义可能准备西撤绥远或由津塘南下的重要情报。中共中央和中央军委确信情报准确后，立即决定提前发动平津战役，指示东北野战军结束休整，迅速入关，切断傅作义西溃或南撤的退路。北平围城期间，阎又向中共中央社会部多次报告傅作义的动向，并谨慎地开展对于傅作义的争取工作，促成傅作义派代表出城与解放军谈判。阎又文受傅作义的委托，同解放军代表苏静一起草拟的《关于北平和平解放问题的协议书》，他对于傅作义接受和平改编做出了不可替代的贡献。北平解放后，因为工作需要，按照中共中央安排，他继续留在傅作义身边工作，直到1962年病逝。他的真实身份和突出贡献直至1995年前从未披露。1995年，北京《金盾》杂志发表了一篇《隐蔽在傅作义身边的共产党员》的文章，作者是北京市公安局副局长刘光人，至此阎又文的身份才得以公开。1997年7月，阎又文诞辰83周年之际，《北京日报》发表了原中共中央调查部部长罗青长的纪念文章，题目为《丹心一片照后人——怀念战友阎又文同志》，向世人公开了这位长期在隐蔽战线上对于北平和平解放和接管做出杰出贡献的中国共产党地下党员的伟大功绩。

正因为中国共产党有这样一大批忠诚的、不计个人安危、不图金钱和私欲的杰出党员，中国共产党才可能在那个非常时期取得举世瞩目的光辉业绩。

第三十六章

人民币如何占领全国市场

两军对垒，厘清胜负的标志是什么？一言以蔽之，那就是占领阵地。人民券与金圆券的对决之战，其胜利的标志就是谁占领市场。那么，人民币是凭什么利器一举占领了全国大部分市场？

"三把火"烧红人民币市场

民间有"新官上任三把火"之说，新生政权的人民币成为主导货币同样也借助"三把火"造势。第一把"火"，灭掉了金圆券；第二把火，灭掉了黄金白银的私下买卖和计价流通；第三把火，实现了外汇由国家统一管理。这三把火使人民币阔步走向了全国大街小巷、千家万户，真正成为中国大陆的主导货币。

1949 年的春天，纵观整个中国大陆的货币市场，多种货币流通的乱象依然存在。在国统区，除了美钞、港币广为流通外，在市场上还流通着英镑、法郎等各式各样的外币。据专业人士估算，1949 年新中国成立前夕，在中国大陆流通的美元约有 3 亿，港币约有 5.8 亿。

银元在中国历史上曾经是本位货币，在兵荒马乱的年月，其贵金属的本性致使其重新流入市场，在纸币大幅贬值的前提下，遽尔成为计价流通的货币，使用频率极高，市场需求旺盛。1948 年以来，其交换价格不断上涨：法币未流通之前，一两黄金一般可换 110 枚银元，而 1949 年 5 月只能换 30—40 枚银元了。

人民解放军渡江以前，以南京、上海、杭州为重心的华东地区市场，银元已经成为主导货币，金圆券事实上成为银元的辅币。江南解放以后，金圆券全面崩盘，银元成为金融投机的主要对象。人民币进入市场的最大障碍就是在市场猖獗的银元。中共党组织和各级人民政府发布公告，明确严禁金银流通，规定金银买卖与兑换统一由国家银行办理，私下买卖和计价行使属于犯法行为。

与国民党政权在推行币改时的政策恰恰相反，人民政府允许人民持有金银，同时以适当的价格进行收兑，把保存在人民手中的金银逐步集中到国家银行用作外汇储备。依靠广大人民的支持，各地采取各种措施取缔金银投机活动，金银管理办法开始奏效。

此外，实行外汇管理。人民解放军每解放一个地区，取消外国银行的货币发行权，禁止外币流通，实施外汇管理。外汇（包括外币）均须存入中国银行换成外汇存单或售予中国银行，任何人不得经营买卖或私下转让，统一由国家银行经营管理。通过以上措施，结束了金银、外币在市场上流通计价的历史。

新中国成立前夕，人民券虽然已经发行，但是还没有成为唯一合法货币，各个解放区之间的货币仅仅是确立了一个比值，没有实际停止使用。进入北平市区的货币虽然有所控制，也仍有三种之多，即人民券是本位币，还有东北券和冀南券作为辅币。这虽然不是"七八种货币一起上，像八国联军那样混乱"，却也让刚刚接触人民解放军和共产党人的普通市民不知所措，或有所顾虑，特别是摆摊卖货的小商小贩。可以说，人民币发行初期，只是解决了解放区货币的统一问题，还没有解决货币流通的稳定问题。

1949 年是人民解放战争取得全面胜利的一年，这一年解放区财政支出猛烈增加，大大超出收入，财政赤字非常严重。1949 年 4 月底，人民币发行总量为 607 亿元，7 月底达到 2800 亿元，各地多次出现程度不等的通货膨胀。特别是 10 月中旬以后，全国物价暴涨，币值大跌，人民币在流通市场的本位币地位岌岌可危。刚刚接管的北平城乡市场，人民币的本位币地位甚至还没有真正形成，就遭到银元、黄金以及美钞等的袭击。这一点，身为市委书记的彭真非常明了，在分析北平市场时曾经毫不掩饰地提及这个问题。

问题究竟出在哪里？是白银惹的祸，还是另有原因？

主管中央经济的陈云同志及时指出：这次币值下跌、物价上涨的主要原因，是政府的财政赤字庞大，因而钞票发行过多。他又说：在政府的财政措施上，不能单一依靠增发通货，应该在别的方面寻找出路。[①]

建立行之有效的人民币管理制度

新中国成立以后的人民银行，第一个任务就是建设银行制度，抑制通货膨胀。具体而言，就是在经历了多年经济混乱后，确立人民银行的权威地位，确保人民币在市场的本位币功能。

由于通货膨胀，货币价值不稳定，造成大部分机关单位拿到钱就尽量都花光，购买可以保值的商品，诸如粮食、棉布之类的物资。"款子拨给部队就有去无回，银行基本成为货币发行公司"，存款微乎其微。

中国人民银行总行行长南汉宸经过调研后，向中央建议在各地建立发行库。各地财政收入由银行分支机构交给发行库，在当地入库，由北京集中调拨出库。

政务院根据东北和苏联的经验颁布了现金管理办法。根据规定，国家机关、团体、企业只留三天的现金开支，其他必须存入人民银行，公家之间不许用现金付款，只准用转账支付。

同时，各单位必须从银行提取现金支付工资和零星开支，国营商业场所收入的现金必须在当夜送交银行。通过这一系列措施，货币从银行发行出去，当月就可以回到银行，"当时货币流通速度，大体上一年达12次，这就加速了货币回笼的速度，有利于减少货币发行数量"。

1949年3月1日，中国人民银行天津分行创办了折实储蓄存款办法。在南汉宸的肯定之下，这种折实储蓄于4月1日起，先后在北平、石家庄、阳泉、邯郸、长治等城市试办。如，北京1个折实单位包括面粉1斤、小米1斤、五幅布1尺等，取款时，银行再按照这些物资的即时市价兑付。

人民币与实物挂钩，这在今天几乎是匪夷所思，然而就因为如此，当年才被普通百姓所接受。

经济迅速恢复是金融稳定的关键

当年蒋经国在上海"打老虎"，很多当事人认为是卓有成效的，却不知蒋

---

① 《陈云文稿选编》，人民出版社，1982年版。

经国忽略了一个至关重要的问题，那就是遇到了来自国民党内部的重大阻力。还有市场的供应问题。你"打老虎"不允许囤积居奇不错，可是市场供应不上造成市场停滞，则是问题症结所在。中国共产党管理下的北平、上海等城市，在金融问题上所采取的策略则是以寻找商品供应渠道为主，不怕你囤积，我有供货来源，这是蒋经国在上海"打老虎"失败而共产党在北平顺利接管，市场正常平稳运行的一个主要原因。

北平市军管会最初的工作是集中力量进行接管，肃清金圆券，禁用银元，借以安定人民生活，接着即提出以恢复、改造、发展生产为中心任务。特别重视的就是加快恢复生产的步伐，抓紧解决生产恢复中的矛盾和问题。

北平解放后，中共北平市委和军管会在经济政策上特别提及保护私营工业，并进一步扶助他们促其恢复和发展。仅仅半年的时间，私人工业的生产大部分恢复，有一些行业甚至得到相当发展。截止到1949年6月，增加新企业148户，占总户数的48%；手工染织业新设123户，占总户数的26%；有些工业的生产不仅恢复了，并且达到1948年度的生产水平。

在扶植私营工业生产中应指出如下几点经验：

1. 贯彻政策，消除顾虑。解放以来，我们历次召开工人和资本家的座谈会，阐释政府保护和扶植有益于国民生计的工商业政策，五月份在办理工业登记中，结合了宣传政策与调查情况，并解决了一些生产中的实际问题，如劳资纠纷、原料的供给和成品的推销，等等。

2. 通过银行和贸易公司帮助私营工厂解决了许多生产上的困难。由银行贷予款项的有40余家，共9100万元。另外，为了扶植特种手工业，贷给17个行业共305户，2700万元。贷给出口商的打包放款4700万元，此外银行又在公私两利与扶植生产防止投机的原则下试办了订货、折实等贷款办法，解决了一些厂家在原料与继续再生产中的困难。对于手工业的扶植，合作银行到七月底共贷予986户，贷出35920008元，这些贷款部分地解决了一些小的工厂作坊复业和一些工人的失业问题。

贸易公司则用了以原料换成品（对染织业针织业）、收购成品（对肥皂业）、委托加工（对面粉业染布业）及代销成品等方式，解决了许多行业的供应、成品推销问题。此外在税收上也贯彻了发展生产的精神，在税率上工业轻于商业，在征收春季营业税时规定小型手工业、特种手工艺、制造业等免纳营业税，工业机器业税率减低为 1%。

由于以上这些积极扶植工业的有效措施，就使得私人资本家们更进一步地了解了工商业政策，从而启发了他们的积极性，也鼓励了许多以前不从事生产的人们转向生产。

另外，在恢复与发展生产的工作中，抓准了沟通城乡贸易这一环节，成立了城乡贸易指导委员会，积极发展了许多地区的贸易关系。六月份由工商局协助工业，曾举办了工业展览会，邀请华北各地和其他解放区派代表团来平参观，交换了各个地区的生产情况，了解了各个地区对本市工业产品需要的情形，并与各地成交总值一亿六千万的货物，开始建立了与各地交换物资的关系，并由市贸易公司、贸易指导委员会共同组织了东北、西北调查小组，研究了各地需求情况。

一盘棋就这样走活了，新的北平走向了正常运行。

作为新中国的首都，经济走上正轨运行，货币问题得以顺利解决，对接下来解放的南京、上海等大城市的金融工作的管理，乃至全国金融工作的管理起到一个示范和标杆作用。

应当指出的是，1949 年至 1950 年的货币统一行动，并不是在全国范围内进行的。它只是集中于关内的广大地区，而对较早解放的东北、内蒙古和刚解放的新疆并没有实施货币统一，这三个地区仍然行使其原有的地方货币，中央人民政府没有急于实行全国货币的统一。中国国土辽阔，民族众多，经济状况参差不齐，政治上还有需要调整的需求，凡事"一刀切"总是会给某个区域、某个层面造成不便甚至是伤害。货币的发行牵扯到黎民百姓日常生活，水到渠成要比强行推行要省力，结果也要好上许多。

结束语

1949 年，是旧时代的结束，也是新时代的开始。在中国大陆，国民党政权彻底失败，金圆券也最终走到了尽头。即使国民党政权退到了台湾，金圆券也没有在台湾流通。1949 年 10 月 1 日，中华人民共和国宣告成立，人民币终于确立了在中国大陆的主导地位。

从这场金圆券与人民币的金融对决当中，我们不难悟出一个道理：一种货币的发行、流通能否成功，能否为人民大众认可，离不开三个要素：一是强大的政治力量，二是雄厚的经济基础，三是充足的货物供应。三者缺一不可，就像一只板凳的三条腿，缺一条就无法立足，三条腿一旦长短不一，坐在这个凳子上的人也将不能稳定。

子曰：温故而知新。当年的货币决战仍具有启示意义。

附录（一）
货币决战大事记（1946—1949）

解放区

1946 年

12 月 30 日　南汉宸便以中共中央晋察冀分局委员身份，向中央发电报，以晋察冀边区政府名义，建议召开华北财经会议，主要讨论统一货币和协调财政问题。提出"统一对敌斗争、统一出口、价钱一致"的口号。

1947 年

1 月 3 日　中共中央致电晋察冀边区政府，批准召开华北财经会议，讨论统一各区货币和协调战时财政金融问题。

是月　中共华北财经会议在河北邯郸召开，后转移至武安县冶陶镇。

4 月 11 日　中共中央致电董必武，拟由其担任华北财经办事处主任，要其经五台转太行，参加财经会议。

4 月 16 日　中共中央就成立华北财经办事处及董必武任主任的决定，向中共中央华东局、晋绥分局发出通知：为着争取长期战争胜利，中央决定在太行成立华北财经办事处，统一华北各解放区财经政策，调剂各区财经关系和收支，并决定董必武同志为办事处主任，由华东、五台、太行、晋绥各派一得力代表为副主任，并经常参加办事处工作。

4月18日　董必武被委任为华北财经办事处主任后，即致电中央表示：中央给我的新任务是很光荣的，但也是艰巨的，我对华北各解放区财经情况不明，请中央为我挑选得力者三五人予以协助。

是月　中共中央决定成立华北财经办事处，以统一华北各解放区的财经政策，指导各解放区财经工作的开展。董必武任主任，杨立三、南汉宸、薛暮桥、汤平为副主任。除特别重大的问题需经中央批准之外，一般问题由华北财经办事处直接指挥各解放区的财经部门自行解决。

5月　华北财办筹备处召开财经会议，会议决定各个解放区货币的兑换比价，明确可以相互流通，向统一发行货币过渡，并积极筹建全国性的银行。

5月8日　经中共中央同意后，成立以南汉宸为主任的中国人民银行筹备处。

5月24日　中共中央华北财经办事处正式成立，统一领导华北各解放区的财经工作，同时，中共中央批准华北财经会议决定，由中国人民银行筹备处具体着手进行各地区货币的统一印发事项。

7月　随着中国革命转入战略进攻，晋绥、晋察冀、晋冀鲁豫和山东解放区逐渐连成一片。为了适应革命形势的发展需要，在中共中央领导下，筹划组建"中央银行，发行统一的货币"的工作遂提上议事日程。

8月1日　董必武拟定出的《华北财经办事处组织规程》正式上报中央。在这个文件中，华北财办的任务有八条，其中第五条就是：筹建中央财政及银行，对南京政府财经货币政策进行研究提出应对办法。

8月16日　中共中央批准董必武上报的组织规程，并要求各中央局各区财办实行。

9月25日　晋察冀边区银行召开财经会议，围绕中央银行的名称问题，展开了讨论。

是月　中共华东中央局工委书记张鼎丞、邓子恢向董必武提出建议，成立联合银行或解放银行，以适应解放战争的需要。董老派南汉宸到渤海去找张鼎丞和邓子恢，商讨成立银行，发行一种通行各区的钞票事宜。

10月2日　董必武致电中共中央，建议成立行使统一金融职能的中央银行——全解放区银行。

10月8日　中共中央复电华北财办董必武，认为建立统一的银行是否早了点？但进行准备是必要的。对于银行名称最初以"中国解放银行"为好，后改为："至于银行名称用中国解放银行或中国人民银行均可"，最后才改为"可以用中国人民银行"的字样。

11月12日　石家庄市解放。晋冀鲁豫边区政府和晋察冀边区政府下发《晋冀鲁豫边区政府和晋察冀边区政府共同商定两区货币在两边区统一流通使用并固定比值》文件。规定自本日起，冀南银行币和晋察冀边区银行币在两边区统一流通使用，确定两种货币的固定比值为冀钞1元比晋察冀边区10元。

11月18日　为结束多种货币在石家庄混用的状况，市政府颁布稳定货币金融秩序的四项办法。（1）边币（即晋察冀边区政府发行的货币）为唯一合法的本位币，一切交易概用边币；（2）蒋币由边区银行收兑；（3）为便利商民交易，短期暂准使用蒋币；（4）严禁私自兑换，违者以扰乱金融论处。

11月29日　晋察冀边区银行石门分行发布公告，宣布停止蒋币的流通。

12月　负责华北财经工作的董必武向中央报告中指出，各个解放区"互相建筑的关税壁垒，各区票币互相压抑抵制，商业上互相竞争，互相摩擦，忘记了对敌"。

是月　在平山县西柏坡不远处的夹峪村，挂出"中国人民银行筹备处"的牌子。

1948年

1月　董必武指示人民银行筹备处，要千方百计为成立中国人民银行、发行统一货币创造条件。提出研究城市金融管理，了解国民党统治区的金融、经济情况，研究如何对敌进行经济斗争，如何接管官僚资本银行为我们所有等问题。此外，还要向各区筹集货币发行基金，等等。

3月　中共中央"五大解放区金融贸易会议"在石家庄举行。董必武主持会议，讨论创立中国人民银行、发行统一货币和整理地方货币的会议。会议决定，不采取立即成立中国人民银行、发行统一货币统一解放区货币的办法，而根据不同地区不同的情况，实行不同的办法，来逐步达到统一解放区货币的目的。会议最后确定两条原则：第一，对大体上已连成一片的晋察冀和晋冀鲁豫两区，实行完全合并，两区货币自1949年4月15日起，固定冀南银行币一元等于晋察冀边区银行币十元比价在两区混合流通，以冀南银行币为两区本位货币，并停止晋察冀边区币发行。两区的银行和贸易完全合并。第二，对正在进行战争的山东和西北地区，货币发行和流通仍保持原状，各区仍有货币发行权。为了使两个地区货币逐步过渡到与华北货币的统一，在华北与山东、华北与西北边界上设立两区银行的联合办事处，来掌握货币的比价，并准备在一年内完成华北解放区的货币统一工作。

4月　中共中央在石家庄召开会议。会上讨论了由董必武起草的《中国人民银行组织纲要草案》。与会代表认为建立中国人民银行和发行人民币时机还不成熟，决定金融货币统一分步实行，在一年内先实行各区货币的互相流通，再建立中国人民银行和发行人民币。

是月　晋察冀边区银行与冀南银行迁入石家庄市中华北街11号联合办公。

5月　中共中央决定撤销晋冀鲁豫和晋察冀两个中央局，成立中共中央华北局。

是月　周恩来同志在听取华北金融贸易会议报告后指示，不能再搞联合政府了，要搞统一政府。中央决定，改华北财办为中央财政经济部，成立中国人民银行，发行统一货币。

6月　中共中央决定成立财政经济部，董必武任财政经济部部长，薛暮桥任秘书长，南汉宸任人民银行筹备处主任兼任华北银行总经理。

7月21日　中共中央指示，华北、西北和华东三大解放区的货币，固定比价，相互流通。至此，各解放区初步完成了货币统一的准备工作。

7月22日　晋察冀边区银行与冀南银行两银行合并组成华北银行，南汉宸任总经理，胡景法、关学文任副总经理。

8月21日，中共华北银行总行上报中共中央《关于发行中国人民银行券的补充意见》，对人民币的发行比价、票版面额、发行时间、发行步骤、发行数量和印制计划等问题都作了详细报告，并附有五个品种、七种版别的人民币设计样稿。此文件经毛泽东、刘少奇、周恩来、朱德、任弼时等中央领导圈阅批准。其中有壹圆券（工农图）、伍圆券（帆船图）、拾圆券（火车站图）、伍拾圆券（水车、运输图）、壹佰圆券（有三种图案版别，即耕地图、火车站图、万寿山图）。此后，上述样稿立即送往各印制局制版印刷。

8月28日　新华社发表文章对南京政府"币制改革"提出批评，一针见血指出，是"以变相大膨胀，实行空前大掠夺"。

9月17日　中共中央社会部在河北省建屏县西黄泥村成立"干部训练

班"，为准备接管北平培训干部。

9月26日　中国共产党华北人民政府宣告成立，董必武任主席。

是月　中共中央在西柏坡召开会议，毛泽东指出，金融工作、货币发行必须先统一，行政上的统一要由华北财政经济工作委员会来下命令。

是月　根据中共中央指示精神，华北财委召开了会议，研究成立统一银行和发行统一货币的问题。会后发表华北政府华北财经委员会第一次会议决定："人民银行券于明年1月1日发行。"

秋　中国人民银行筹备处迁至石家庄，国民党飞机在上空狂轰滥炸。筹备处同志在弹片呼啸中去抢救赶印的人民币和其他备用物资，没有一个人顾及个人的安危。

10月3日　中共中央发出关于印制新币问题的指示："决定中国人民银行新币……委托华北、华东印制10元、50元、100元的新币，尽可能于年前完成50亿元。印刷必须力求精细，应由中国人民银行派人负责检查票版、票纸，切勿粗制滥造，以防假票流行。"

11月上旬　周恩来根据四野百万大军进关，形势发展迅速，打电话给董必武和南汉宸，让其赶紧动员一切力量发行全国统一的人民币，否则就要采取别的措施。

11月18日　中国共产党华北人民政府在石家庄人民礼堂召开第三次政务会议。时任华北人民政府主席董必武在会上临时加了一项"关于发行统一钞票问题"的议题，由中国人民银行筹备处主任、华北银行总经理南汉宸向会议报告筹备工作情况。会议一致通过决议："发行统一货币，现已刻不容缓，应立即成立中国人民银行，并任命南汉宸署理中国人民银行总经理。"中国共产党华北人民政府决定，即日成立中国人民银行，发行统一货币。

11月22日　董必武签发了《成立中国人民银行、发行统一货币》的训令。

11月23日　南汉宸指示有关人员将人民币印版秘密送往北平，以备北平解放时用于印制人民币。

11月25日　华北银行总经理南汉宸、副总经理胡景法、关学文签发了《华北银行总行关于发行中国人民银行钞票的指示》。

是月　华北银行赴东北负责办理印制新人民币的人员，带着印好的人民币回到了华北。在此之前，东北财委按照上级的指示，印好票面金额和发行银行

（中国人民银行）的名称。为防止被盗，运回的新人民币都是没有裁开的大张，而且只有每一大张的号码，却没有每一小张票面的号码。经过华北印制厂进行了再加工以后，中国人民银行发行部门通过审核以后，最后验收，从而完成了钞票的印制任务。

12月1日　中国人民银行在河北省石家庄市宣告成立（由原华北银行、北海银行、西北农民银行合并而成），并从即日起发行中国人民银行钞票"人民币"。当时确定发行人民币的任务是统一各解放区的货币，同时作为新中国的本位币。

是日　华北人民政府发布关于建立中国人民银行和发行人民币的布告。布告中明确："于本年十二月一日起，发行中国人民银行钞票（下称新币），定为华北、华东、西北三区的本位货币，统一流通。所有公私款项收付及一切交易，均以新币为本位货币。新币发行后，冀币（包括鲁西币）、边币（晋察冀）、北海币、西农币（下称旧币）逐渐收回。"

是日　中国人民银行成立当日即发行了10元、20元、50元三种面值的人民币。

12月7日　《人民日报》（华北版）发表社论："我们解放区的货币正在配合着战争的胜利，迅速扩张它的流通范围，并把蒋币驱逐到它的坟墓里去。"

上旬　中共北平市委和北平市军管会进入北平城外的良乡、长辛店一带开展工作。当时驻扎北平郊区的解放军来自不同的地区，所使用的货币也是不尽相同，其中使用较多的货币就有：冀南解放区的冀南币、东北解放区的热河券和东北券、山东解放区的北海券以及冀热察券，总计有8个解放区的钞票流通，票面达五百多种。

12月14日　中共中央社会部西黄泥村"干部训练班"成员提前结束培训，奔赴北平地区。

12月17日—18日　中共北平市委第一次会议在保定举行。会议研究了入城工作人员纪律，外国人企业及中国私人企业所设银号、钱庄与私人纸币等问题。宣布中共北平市委正式成立。

12月21日　中共北平市委发布关于如何进行接管北平工作的通告，确定北平解放后的中心任务：一、迅速消灭混乱现象，安定社会秩序；二、系统地进行接管工作；三、肃清反革命残余；四、动员公私力量向城市运输煤、粮等生活必需品。

12月22日　彭真、叶剑英、赵振声（李葆华）向中共中央及华北局报告入城前所做的各项准备工作。

中国人民解放军平津前线司令部颁布"约法八章"。宣布解放军入城后保护人民生命财产、保护民族工商业、没收官僚资本等。

12月25日　北平市军管会金融处做出兑换工作计划。

12月下旬　中国人民银行总经理南汉宸到郑州，与中州农民银行商议并签署《华北中原统一货币方案》，为人民币南下做准备。

12月29日　彭真在良乡办公，对相关人员强调，进城后第一件事就是解决煤和粮的问题。如果市民没有饭吃，一切就都完了。会议研究了公务员、学生、工人的粮食如何配给，剩余粮食如何出售等急迫问题。

12月30日　中共中央做出平津地区货币问题的决定。明确平津地区以人民银行券为本位币，冀南钞与东北券为辅币，照规定比价通用。其他如晋察冀边币、长城券及北海币等，一律不准进入两市区内行使，不论军民人等携有非通用货币而想在平津行使的，均须在人民银行兑换处照规定比价兑换人银券、冀钞或东北券。

是月　华北人民政府再次公布人民币对各解放区货币的固定兑换比价（有的是重申，有的是新规定）。如：对中州币是1：3；对冀南币、北海币、华中币是1：100；对长城银行券是1：200；对晋察冀边币、热河省银行券是1：1000；对西农币、陕甘宁商业流通券是1：2000；对冀热辽边币是1：5000。

是月　按照中共中央指示，冀朝鼎到北平，接受傅作义的邀请，担任经济处处长。

1949年

1月1日　叶剑英发布北平军管会成立公告。

1月4日　叶剑英做出关于军管会问题的报告要点。

1月9日　市军管会、物管会关于金圆券兑换的相关问题展开研究讨论，做出纪要。

1月10日　按照中共中央的部署，中共北平市委提出关于入城后几个具体工作的决定，特别提到货币问题，并做出入城后的具体安排。

人民银行行长南汉宸发表谈话："人民政府不但对人民银行新币负责，而且对一切解放区银行过去发行的地方货币负责。"

1月16日 天津军管会颁布通告，规定自即日起，金元券可以流通10天，在此期间按人民币对金元券1:6的比价予以兑换。

1月20日 北平接管干部在良乡召开会议，叶剑英作《目前时局与入城准备工作报告》，彭真阐述了入城后的政策和策略问题。

1月21日 中共北平市委书记彭真部署进城前的准备工作；傅作义与中国共产党达成《关于和平解决北平问题的协议》；林彪、罗荣桓、刘亚楼命令包围北平的各部队停止射击与攻击。

1月24日 南京保密局北平站长徐宗尧与中共华北局城工部刘仁建立联系，宣布加入和平起义行列。

是日 北平市军管会铁道运输司令部在丰台成立，对平津、平汉、平古（古北口）、平门（门头沟），实行统一管理。

1月27日 叶剑英在颐和园北宫门空地上为2000余名接管北平的干部讲话，强调接管纪律和原则。

1月31日 （大年初三）解放军进驻北平，北平宣告和平解放。

是月 云集平津地区的部队引发了第一次大规模物价上涨。随即中共管辖区域物价出现连续暴涨。

是月 毛泽东、周恩来等中央领导在西柏坡听取陈云关于东北地区经济建设工作汇报，事后拟将陈云调中央主持经济工作。

2月2日 北平军管会发布通告，规定自即日起金圆券可以流通20天，在此限期内，人民群众有拒用金圆券及议定比价的自由。政府的收兑比价为1:10，但是劳动人民可以按1:3的优待比价每人兑换金圆券500元。

2月3日 北平市军管会接管中央银行、中国银行、交通银行和中国农民银行驻北平分行以及中央信托局北平分局。

2月4日 北平城内伪金圆券优待兑换工作开始。

是日下午 北平市长叶剑英召开原北平市政权全体工作人员大会，宣布接管政权开始。

2月5日 由中共北平市委和市军管会组织的北平市第一个贸易公司宣告成立。

2月6日 人民币与金圆券兑换以1:10实行普通兑换。

2月15日　北平城内金圆券优待兑换停止。

2月18日　中共北平市委关于金融问题向中共中央并华北局、总前委做出报告。

2月19日　中共北平市委关于兑换金圆券及银元问题向中央请示并报告。

2月20日　华北人民政府由石家庄迁至北平市办公。

2月22日　北平市军管会所辖贸易公司开始营业，最初以粮食、煤炭、油盐、布匹为主。

2月23日　北平市军管会公布挂牌出售粮食。

是日　宣布停止人民币与金圆券兑换；兑入金圆券83000亿元；享受优待兑换人数达99万，其中学生16万，职工17万。

2月28日　北平市军管会关于禁止银元在北平市流通和买卖发布布告兑换比例为190∶1，而后230∶1。

是月　中共中央华东局指示北海银行抽调人员组成南下支队，代号"青州纵队"，先在山东青州集训，准备接收南京、上海等城市的国民党金融机构。培训结束后，青州纵队开始南下。同行的有一支由三四十辆大卡车组成的车队，满载人民币以供南下部队解放南京、上海使用。

3月1日　中国人民银行北平分行进行存放款及汇兑业务；北平市军管会主任叶剑英向中共中央毛泽东主席报告北平市接管工作初步总结。

3月2日　中共中央中原局发出紧急指示："东北南下大军均携带与使用新币（也就是人民币），因此中原区必须争取时间，在东北大军未到达前，即发行新票，使新币与人民见面，以免引起金融市场的混乱与物价波动，影响部队的供给，增加财政困难。"

3月3日　中共北平市委书记彭真向中央总前委和华北局做出关于"安定民生工作"报告。

3月10日　人民币在中原解放区正式发行。

3月15日　北平市的中国交通银行开始营业；北平市人民银行、中国银行开始营业。

3月16日　中共北平市委书记彭真就北平市当前经济工作出现的一些问题提出具体意见。

3月17日　北平市人民银行宣布白洋牌价提为230元。银元黑市依然存在，黑市价格从禁止流通时之 240 元上升至 310 元。

3 月 18 日　北平市军管会宣布，自即日起禁止白洋流通，但准许人民保存，人民银行以牌价 190 元收兑。

是月　北平市内市场小米上旬价格为 1 斤 12 元，下旬已经涨至 21 元。

3 月 25 日　中共中央和解放军总部移驻北平西郊香山。

是月　张云天正式担任人民银行北平市分行行长、总经理。

4 月 4 日　北平市军管会发布禁止倒卖金银外币券的布告。即日起，禁止金银与外国币券私相买卖，计价流通及携带出境。

4 月 15 日　华北人民政府宣布：停止东北银行券和冀南币在平、津地区流通，并限期进行收兑。与此同时，华北人民政府与东北人民政府在山海关建立了联合办事处，挂牌兑换华北、东北两地的货币，实行通汇，以便利两个地区之间的往来。

4 月 16 日　北平市军管会、物管会对金融接管工作进行总结和报告。

4 月 23 日　南京解放后，宣布人民币与金圆券兑换比价为 1∶2500，期限为 10 天。

4 月 25 日　青州纵队从扬州过江，两天后到达丹阳。在这里，又进行了培训，为接收上海做准备。押运人民币的车队向上海进发，陈毅看到运钞车队，特别允许运钞车编入他的车队。运钞车队深夜沿着苏州河进入市区，当夜抵达金门饭店，第二天接管国民党的中央造币厂和中央印制厂，第三天就开始印制人民币。

是月　北平军管会在总结入城后的工作中特别强调了货币兑换工作。

是月　完成了平津、淮海战役的解放军各部队就地筹备物资，准备南下，再次拉动了区域物价。

是月　中共中央两次致电东北局调陈云到中央主持经济工作。

5 月 10 日　陈云抵达北平，着手筹建中央财经委员会。

5 月 27 日　上海解放，人民政府规定人民币与金圆券的比价为 1∶10000，并在市内设立了 369 个兑换点，仅用 7 天即完成收兑工作。

是月　一两黄金仅可换银元 30 至 40 枚。

6 月　中央人民政府宣布停止金圆券流通，以金圆券 10 万元兑换人民币 1元的比率，收回后销毁。

是月　中共中央以中国人民解放军的名义宣告，今后在新解放区，银元券一律作废，不再收兑；并号召国统区人民团结一致，拒用银元券，从而加速了银元券的崩溃。但是在华南和西南解放以后，为了减轻人民的损失，人民政府还是限期收兑了银元券。如重庆解放以后，军管会宣布按人民币100元兑换银元券1元的比价收兑。

是月　人民币发行2800亿元，是1948年底发行的15倍。北京的民主党派负责人就此问题寄书中央人民政府。

国民党统治区

1947 年

1 月 30 日　中央银行抛出黄金 1.9 万条，收回法币 750 亿元。

2 月 10 日　金价冲高，每条 609.8 万元。宋子文下令停止"暗售"。

2 月 11 日　上海物价上涨 80% 至 200%，许多粮店惜价待售，造成市场大面积混乱。

2 月 15 日　宋子文下令停止"明配"，宣告关闭黄金市场。

2 月 16 日　行政院通过经济紧急措施，禁止黄金、美钞自由买卖。此时黄金市价飙升每条 900 万元法币，为黄金市场开放之初的 6 倍多。据统计，自 1946 年 3 月 8 日至 1947 年 2 月 15 日，中央银行售出黄金 350 余万两。

3 月 1 日　宋子文辞去南京政权行政院长职务。

3 月 2 日　南京监察委员对宋子文、贝祖诒提出弹劾。弹劾书指出："宋子文的财政政策无一不与民争利，无一不在培植官僚资本，无一不为洋货张目，人们认为是买办政权。"

12 月　国民党政权财政总收入 138300 亿元，财政支出为 409100 亿元，军费开支 213100 亿元，占总支出 52%，赤字达到 270800 亿元。

是年　北平物价飞涨，1 月初每石米 6 万元，6 月涨到 55 万元，7 月涨到 65 万元，11 月涨到 110 万元，11 个月上涨 19 倍。

1948 年

1 月 10 日　北平参议会致电蒋介石，建议国民政府建都北平。

1 月 14 日　国民政府命令北平为陪都。

1 月中旬　北平参议会长及工商界代表赴南京向国民政府请求放宽输入限制，解除南粮北运之限制，以华北外汇换取外国麦面，以煤易粮，美国救济物资之粮食全部运往华北，恢复生产贷款。

1月26日　蒋介石接见请愿代表，表示尽可能安定北方，扶植北方。

2月17日　国民政府召开粮食配售会议。通过北平、天津、上海、南京、广州配售通则。规定市民凭证每月购粮一斗（约15市斤），暂定4个月，每月配售一次。

5月　南京政权行宪选举后，由翁文灏出任行政院长，王云五被任为财政部长，开始筹划货币改革。

6月　王云五提出币制改革案，以金圆券代替业已崩溃的法币，限制物价暴涨（即以行政办法平抑物价）。

王云五亲拟"币制改革平抑物价平衡国内与国际收支联合方案"，其中第一条就是：采行管理金本位制，于最短期内发行新币。

7月3日　新华社讯：北平市工业资本和社会游资大量南移，仅六月份第二周涌入上海的资金每日达1万亿元。

7月9日　蒋介石在浙江莫干山秘密召开紧急会议，内容为"挽救国统区当前经济颓势，商议日后对策"。此次会议极为机密，与会者只有区区六人，包括国民政府行政院院长翁文灏及刚上任三个月的财政部部长王云五等。

7月29日　翁文灏、王世杰、王云五、俞鸿钧等人从南京赶赴莫干山，与蒋介石会面，共商币制改革案。为保密起见，这一行人返回南京途经杭州时，拒绝会见任何人。

8月18日　《办法》公布前夜，各种文件的起草与誊正，均由王云五一人办理，"不肯假他人之手"。

8月19日　国民党召开中央政治会议，通过由翁文灏、王云五提出的货币改革方案。当晚即由蒋介石以总统名义发布"财政经济紧急令"，做出全国广播，并公布"金圆券发行法"。规定自即日起以金圆券为本位币，发行总限额为二十亿元金圆券，限11月20日前以法币三百万元折合金圆券一元、东北流通券三十万元折合金圆券一元的比率，收兑已发行之法币及东北流通券；限期收兑人民所有黄金、白银、银币及外国币券；限期登记管理本国人民存放国外之外汇资产。按以上要旨，同时公布《金圆券发行办法》《人民所有金银外币处理办法》《中华民国人民存放国外外汇资产登记管理办法》《整顿财政及加强管制经济办法》等条例。发行金圆券的宗旨在于限制物价上涨，规定"全国各地各种物品及劳务价，应按照 1948 年 8 月 19 日各该地各种物品货价依兑换率折合金圆券出售"。这一政策，使得商品流通瘫痪，一切交易转入黑市，整个社会陷入混乱。

8 月 20 日　国民政府财政部部长王云五在南京召开了记者招待会，宣布政府从即日起实行币制改革，用金圆券代替法币。金圆券正式开始发行。

北京大学秘书处通知全体教职员，北大遵照金圆券发行办法规定，即日起，会计出纳一律以金圆券为单位。又，国民政府教育部训令：自 1948 年 8 月份起，公教人员薪给一律改发金圆券。

全国的银行、证券公司、银号、钱庄等统统停业三天，以防止市民挤兑。

8 月 23 日　金圆券正式在全国进入流通。以金圆券 1 元换法币 300 万元，外汇牌价为金圆券 4 元换美金 1 元；0.75 元换港币 1 元，金圆券 1 元换东北流通券 30 万元。

8 月 29 日　蒋经国在上海兆丰公园举行"十万青年大检阅"。蒋经国表决心："只打老虎，不打苍蝇"开始"打老虎"行动。

是月　蒋介石派出经济督导员到各大城市监督金圆券的发行。金圆券的发行初期，在没收法令的威胁下，大部分的城市小资产阶级民众被迫将积蓄之金银外币兑换成金圆券。与此同时，国民党政府以法令强迫商人以 8 月 19 日以前的物价供应货物，禁止抬价或囤积。在上海，蒋经国将部分不从政令的资本家收押入狱以至枪毙，以作杀一儆百。而杜月笙之子杜维屏亦因囤积罪入狱。蒋经国在上海严厉"打老虎"，曾稍微得到民众对金圆券的信心。

9 月 10 日　蒋经国在上海梵皇渡路艺乐饭店召见上海银行业公会理事长李馥荪、金城银行董事长周作民、上海联合银行总经理戴笠庵，逼迫这些人觅具保结，勒令上海银行界将所存黄金、白银和外币、外汇资产等，全部清单报中央银行，不经允许不得离沪。只有周作民找借口搭陈纳德的飞机飞往香港得以逃脱。

9 月 12 日　蒋经国发表"上海何处去"演讲，下了最后通牒。蒋经国说："为了压倒奸商的力量，为了安定全市人民的生活，就必须要打击奸商的力量。投机家不打倒，冒险家不赶走，暴发户不消灭，上海人民就不得安定。"

是月　蒋经国集中了 6000 人，组成 1600 个检查组，在上海全市实施物资总检查，声称要防止奸商兴风作浪。

是月　蒋经国在浦东大楼召开工商业人士大会，他说："谁手中有多少黄金、白银和美钞，我都清清楚楚。谁不交，就按军法从事。"到场老板有数百名，面面相觑，心惊胆战。

是月　上海一家鞋帽公司的商品超过了限价，被服务总队罚款 1000 元。老板托人向蒋经国求情，蒋经国对求情人说：好吧，看在你的面子上，罚款 2000 元。

10 月 1 日　国民党政府被迫宣布放弃限价政策，准许人民持有金银外币，并提高与金圆券的兑换率。限价政策一取消，物价再度猛涨，金圆券急剧贬值。

10 月 3 日　蒋介石飞抵北平。

10 月 4 日　蒋介石视察卢沟桥。

10 月 5 日　蒋介石离开北平。

10 月 16 日　北大学生自治会 16 日上书训导长。因公费"不足维持最低之伙食"，要求"公费全部配给面粉，副食费亦按官价配售。"

10 月 17 日　北平《益世报》报道了北大学生自治会上书训导长的消息。

10 月 23 日　北大秘书处通告："查公教人员 9 月份配备面粉，本校业向平市配委会借到每人半袋（22 斤）。定于 25 日至下月 5 日配发，请携私章、面袋一个、手续费、运费、出库费等共金圆 3 角，至庶务课领取。"

10 月 24 日　蒋介石在北平邀请各大学校长和知名教授胡适、陈垣、梅贻琦等座谈，征询经济问题的方案。

10 月 25 日　北京大学教授发表《停教宣言》："我们每月收入不过维持几天的生活……难于安心工作。""政府对于我们的生活如此忽视，我们不能不决定自即日起，忍痛停教三日，进行借贷，来维持家人目前的生活。"同日致函胡适校长"要求学校在 1 周内借支薪津二个月，以免冻馁。"在宣言上签名的有 82 人。北平各院校的学生自治会发表《支援师长停教宣言》。

同日　南京国民党政府教育部代电：奉行政院核定，学术研究补助费，自本年 7 月份教授每月法币 500 万元，副教授 400 万元，讲师 300 万元。助教 200 万元。自 8 月份起改发金圆券，教授每月 20 元，副教授 15 元，讲师 10 元，助教 5 元。

各校教授电请调整公教人员待遇并增加学术研究补助费为金圆券 100 元。

行政院 1948 年 10 月 11 日指令，均应从缓议。

10 月 27 日 北平《益世报》消息：北大讲师、教员、助教联合会也发表《停教宣言》："币制改革以来，物价上涨 10 倍。而我们的薪给被冻结着，……我们和我们的眷属为饥寒所迫，不得已只好自 10 月 28 日起，忍痛停教 5 天，进行借贷，以维持生计，谨此宣言。"

是月 在北平的胡适请陶希圣转告蒋介石：翁不能做行政院长！胡适说："蒋先生谬采书生，用翁咏霓（翁文灏字）组阁。翁咏霓自在长沙撞车以后，思想不能集中。同时，他患得患失，不知进退，他不能做行政院长。"

是月 南京当局共收兑黄金价值 2 亿美金，其中上海收兑达 1.7 亿。

11 月 1 日 北京大学沙滩四院的自费和半公费学生致校长函："四院冷清清的整个在饥饿中，一天每人吃到 3/10 两油，一餐每人吃三块丝糕以及十几块苦味的萝卜。下月预算说：除 2/3 袋面粉（30 斤）外，还要 40 多金圆券。面粉何日运来还遥遥无期，至于 40 多金圆券，那也更不是我们所能负担的。我们吃不饱饭，不能安心上课。万不得已，请校长立即解决我们的困难。我们的要求是：（一）给我们特种救济金，与全公费待遇相同。（二）特种救济金教育部未答复前，请学校暂垫。"

11 月 3 日 国民党南京行政院翁文灏内阁因故被迫辞职。

11 月 8 日 行政院政务会议通过《修正金圆券发行办法》，撤销以 20 亿为限的规定。

11 月 9 日 金圆券发行增至 19 亿元，接近初订上限之数。国民党政府在 1948 年战时的赤字，每月达数亿元至数十亿元，主要以发行钞票填补。金圆券发行一个月后，至 9 月底已发行到 12 亿元。

上旬 上海广播电台播发了蒋经国《告别上海父老兄弟姐妹书》，宣布经济管制失败。

11 月 11 日 国民党政府宣布《修正金圆券发行办法》，其他三个办法也做了相应的修改。取消金圆券发行限额，准许人民持有外币，但兑换额由原来 1 美元兑 4 金圆券立即贬值 5 倍，降至 1 美金兑 20 金圆券。金圆券贬值百分之八十。

11 月 22 日 胡适为职员生活问题致函南京教育部，提出：教职工役等自改行金圆券后，物价又复上涨，员工实感不支，请设法予以调整。

是月 国民党政权以行政手段强迫冻结物价，造成的结果是市场上有价无市。商人面对亏本的买卖，想尽方法保有货物，等待机会再图出售，市场上交易大幅减少，仅有的交易大都转往黑市进行。蒋经国在上海打老虎遇上阻力。蒋经国查封的其中一家公司为孔祥熙之子孔令侃所有。蒋经国因宋美龄的压力而被迫放人，其本人亦因此事而辞职求去。物价管制最终失败，全面撤销。

是月 平汉路北段办事处职工2000余人到前门车站工会请愿，要求按期发给工资、发粮、发煤，解决吃饭问题。当局被迫满足了工人们的部分要求。

是月 南京政府财政部长王云五在美国访问，依然在大谈金融券发行成功。

12月21日 北大讲师教员助教联合会致胡适函："同仁们真已走到山穷水尽的地步，请校长向政府据理力争，从11月份起按实际物价指数发薪，以维持低到无可再低的生活。还请求学校设法立即每人借薪一月，分期扣还，帮助我们渡过难关。"

12月底 国民党政府金圆券发行量增至81亿元。

1949年

1月 蒋介石电令台湾各机构统由陈诚指挥监督。

1月21日 蒋介石宣布"隐退"，李宗仁代理总统职务。

蒋介石在老家奉化溪口对汤恩伯面授机宜，并下了手令：上海存有约值3个多亿银元的黄金白银。上海市长吴国桢请假，由陈良任上海市政府秘书长兼代理市长，负责将金银抢运至台湾。在未运完之前，汤恩伯应集中全部兵力死守上海，……如该项金银不能安全运抵台湾，则唯汤恩伯、陈良是问。

1月24日 南京保密局北平站长徐宗尧与中共中央华北局城工部刘仁建立联系，宣布加入和平起义行列。

是月 金圆券发行208亿元。

是月 蒋介石电令台湾各机构统由陈诚指挥监督。

4月 国民党政府发行金圆券增至5万亿。

5月 国统区价格暴涨。一石大米的价格要4亿多金圆券。由于贬值太快，市民发薪后所取得的金圆券，皆尽快将其换成外币或实物，或干脆拒收金圆券。

6月 国民党政权金圆券发行增至130万亿3046亿元；超过原定发行总

限额的六万五千倍。票面额从初期发行的最高面额一百元，最后竟出现五十万元、一百万元一张的巨额大票。金圆券流通不到一年，形同废纸，国民政府财政金融陷于全面崩溃。人民拒用金圆券。

7月3日　国民党广州、重庆政府宣布停止发行金圆券，改以银圆券取代，结束了金圆券的历史。

附录（二）
相关文件资料摘录

邓小平《太行区的经济建设》摘要

1943 年 7 月 2 日，小平同志在《太行区的经济建设》一文中曾就冀南银行所做出的贡献和发行的抗币"冀南票"的作用论述道："我们的货币政策也是发展生产与对敌斗争的重要武器。货币政策的原则，是打击伪钞保护法币。我们鉴于敌人大发伪钞，掌握法币，大量掠夺人民物质的危险，所以发行了冀南钞票，作为本战略区的地方本币。实行的结果，打击了敌人利用法币的阴谋，缩小了伪钞的市场，强化了对敌经济斗争的阵容，给了根据地经济建设以有力的保障。为了保障本币的信用，我们限制了发行额，大批地贷给人民和投入生产事业，取得了人民的热烈拥护，本币的信用是很巩固的。我们不断地对敌占区进行政治攻势以及适时的利用物质，给了伪钞以相当的打击。"

中共北平市委关于如何进行接管北平工作的通告
（1948 年 12 月 21 日）

第一（略）

第二（略）

第三（略）

第四，动员公私力量，向城市输送煤、粮等主要必需品，力求保证对城市人民及时的供应。对于工人、公务员、学生和贫民，可以考虑以适当的价格实行部分的配给。城市接管的物资，首先必须注意满足部队的一部分需要，慰劳部队。其次要尽可能设法用城市的工业品供给乡村的农民。

（略）

第五，对于敌人的金圆券，应根据优待劳动人民和学生的原则，按照不同的兑换数额与兑换时间，规定各时期不同的兑换率，即限额、限期兑换，并限期禁用。对于工人、洋车夫、苦力、贫民与学生及兑换少额金圆券者，应予优待，应规定在一定数量内，平价兑换。每个市民可凭居民证兑换一份，工人、学生可有组织的兑换。超过定额以上者，应递减兑换比值，超过限额和超过限期不予兑换者，应允其封包出境，并可酌令换回部分物资。

第六，一切公私企业之员工薪资，均应暂维持原状，即按其最近三个月或半年左右的平均实际薪资为基础，暂维原职原薪，按原有等级差额发给本币或部分实物。

彭真、叶剑英、赵振声关于入城前所做的准备工作给中共中央及华北局的报告

（1948 年 12 月 22 日）

（略）

（五）石景山炼钢厂、发电厂、门头沟煤矿、长辛店铁路工厂等，均未遭破坏，唯因货币政策混乱，我公营商店未到，粮煤供应问题未解决，商店尚未开门。工人因久未发工资，粮食困难，门头沟矿工已有逃散者，已决定并部分开始发借粮，将来从工资中扣除。我们决定以大力先将长辛店、丰台、石景山、门头沟等处工作做好，以取得经验，上述各处情况及工作布置另报。

北平市军管会金融处兑换工作计划

（1948 年 12 月 25 日）

兑换工作于入城前后可分为两个工作阶段，兹述如下：

第一阶段：在北平解放前，首先肃清市郊周围之金圆券及收兑东北券、长城券、冀热辽边币，以澄清金融市场，平稳物价，恢复市场，保证供应，安定民生，为市内货币工作打下基础，并从实际工作中学习和创造经验。具体计划

布置如下：

在市外立即张贴布告，禁止金圆券之行使流通，并采取低比价政策，限期十天普遍收兑，以期迅速肃清，比值暂定人民券一元比金圆券三元六角。此外，并宣布停止东北券、长城券、冀热辽边币的行使流通，按华北政府规定比价进行兑换（中央来电后，实际上我们仍允许东北券流通）。

机构设置及干部配备：

（1）金融处设兑换组，由黄子良同志担任组长，刘峰、郭华任副组长。组内设会计二人，由高士英、武建华担任。调查组四人，由邵平、吉虹等担任，以了解情况掌握比价政策。设管理员一人，总务会计一人。另由秘书分组副组长杨欣同志负责汇总材料、整理报告、并由人事组派李栋梁等二人、建行组派出出纳二人协助工作。

（2）于门头沟、丰台、长辛店、清华园、大兴、通县，各设一个兑换所，由兑换组直接领导。丰台组长雷金来，现二十三人，将来留五人。长辛店组长赵弘，现二十二人，将来留五人。门头沟组长刘荣堂，现二十三人，将来留五人。大兴组长李英杰，现十六人，将来留五人。通县组长宋振堂，现六人。清华园组长石亚民，现十八人，将来移西直门。

（3）兑换总库由建行组出纳股兼任（王信哲负责），如向后方运送款项另由专人负责，或则于后方适当地点建立分库，视情况而定。

（4）关于市内伪钞兑换的具体准备工作由刘峰负责。

兑换基金分配：

将现有基金中抽出五千万进行市外兑换，下余一亿五千万元，准备进城后兑换伪钞之用。

该期工作至明年一月五日告一段落。北平解放时，除兑换伪币人员一律立即进城外，至本币兑换人员视情况再为转移。

第二阶段：入城后兑换工作计划：

入城初期，首先集中力量进行肃清伪金圆券的工作，为避免市场停滞，入城后暂准伪钞流通十五天，以便在此期间设法使本币投放市场，我们对伪金圆券基本上采取排挤的方针，宣告非法，号召商人携带至蒋区抛出换回物资。为照顾基本群众困难和使用本币迅速占领阵地起见，并进行限额收兑。同时一方面要建立人民券的第一货币市场，确定人民币为本位币，由于小票缺乏，暂以东北券、冀钞为辅币，准予流通。此外各解放区所发行之货币一律不得入境，至外币金银管理工作俟伪钞兑换告一段落再为进行。依据上述方针具体计划如下：

关于收兑伪金圆券：

限额兑换对象只限于工人、学生、职员、独立劳动者、城市贫民等基本群众，每人限额以半月所用小米二十斤，每斤以十元计，则每人需兑人民券二百元，全城以一百万计则需人民券二亿元。

比价：基本上采取平价政策，但为避免金圆券继续下跌的情况下，使公家不致损失过大，按人民券与金圆券粮棉价格相比，所得实际比价，再将金圆券贬低三分之一，则作为第一次兑换的牌价，比价规定后以不变动或尽可能少变动为宜，以免因我们兑换力量不足，不能同时收兑，使后兑者吃亏。

期限：暂定为二十天（内部计划）。

兑换凭证：兑换一律以户口册和身份证对照为凭，兑后加盖兑讫戳记。兑换检验批准工作最好由各区街政府负责，办理具体手续人员由银行派遣，工厂、学校则由银行负责。

所收金圆券之推出：随收随送石家庄总行转送中原，向敌区抛出。

入城前将一切布告、兑换手续、机构设置、干部配备，准备妥善，于进城后即行调查粮棉价格，并与各部门配合召集商会共同研究，确定比价与委托机构后，于次日在报纸上公布比价和兑换地址，以配合贸易部门公布物价，迅速将人民券物价建立和稳定起来，避免市场混乱。

兑换的组织机构手续与干部的配备：伪钞兑换，采取我们掌握凭证、大量委托私营银行号与商店代兑的办法，具体组织办法如下：

将我们干部分组，共设立十四个兑换所，负责检验户口册身份证，检验后按成分批准限兑额数后，于户口册和身份证上加盖"兑讫"字样，然后发给兑换人兑换证，并发还户口册，兑换人凭兑换证至各委托所进行兑换。

委托兑换所凭证件兑换后，将兑换证留存，于每日下午兑换完毕后将所兑金圆券连同所有兑换证交分行出纳股（也即兑换总库）核对查收，委托兑换所一百个，第一次首先建立四十个。

本行兑换所地址及负责人如下：

天　桥　　　　组长 贾玉明

菜市口　　　　组长 阎剑秋

西单牌楼　　　组长渠铎

东单牌楼　　　组长霍谦

崇文门　　　　组长乔居纪

太平仓　　　　组长赵春元

北新桥　　　　组长白耀宗

磁器口　　　　组长刘歧山

西四牌楼　　　组长范道生

东四牌楼　　　组长许向恒

宣武门　　　　组长李本华

地安门　　　　组长李粹斋

烟袋斜街　　　组长张礼计

珠市口　　　　组长安大轮

每组约六人共七十九人。

本币兑换工作：

机构设置及干部配备：

除市外五个兑换所外，于城门外设六个所；

正阳门十五人，由赵明德负责；

广安门十人，由王建华负责；

朝阳门七人，由刘光照负责；

西直门十人，由石亚民负责；

永定门七人，由杨世才负责；

安定门七人，由魏无一负责。

基金预计：于一个月内共需人民券二亿。

兑换人员计一百七十八人，杂务人员三人，共一百八十一人。

中共中央关于平津两市区货币问题的决定

（1948 年 12 月 30 日）

关于平津两市区货币问题规定如下：

平津地区以人民银行券为本位币，冀南钞与东北券为辅币，照规定比价通用。其他如晋察冀边币、长城券、热河币及北海币等，一律不准进入两市区内行使，不论军民人等携有非通用货币而想在平津行使的，均须在人民银行兑换处照规定比价兑换人银券、冀钞或东北券。

冀南钞与东北券比价为 1 比 10，即冀钞 1 元比东北券 10 元。人民银行券与冀钞比价为 1 比 100，与东北券比价为 1 比 1000，即人银券 1 元比冀钞 100元，比东北券 1000 元。

人银券比边币或长城券均为 1 比 1000，人银券比北海币为 1 比 100。边币比长城券或东北券均为 1 比 1，北海币与冀钞为 1 比 1，与东北券为 1 比 10。

规定平津地区通用货币种类及其相互比价，以及其他货币兑换平津通用货币的相互比价，统由林、罗及平津两市军管会出布告，并通知有关各部门。东北银行或即委托野战后勤部速在平津北面用东北券收兑长城券及热河券，中国人民银行速在平津南面用人银券或冀钞收兑边币或北币，以免市场混乱。

在平津军管初期，以压低金圆券比价逐渐达到驱逐蒋币之目的。压低不要太猛，以免妨害贫苦人民的生活。驱逐金圆券准照华北局前拟办法办理。

我币在短时期与金圆券比价，又平津两市军管会规定，令银行牌示之，并通知各有关部门。规定后比价有变更，亦照此办理，其他各部门规定者无效。

叶剑英关于军管会问题的报告要点

（1949 年 1 月 4 日）

（略）

北平为故都，并为很多国际人士注意之城，从历史上看是个文化城，是国际的，也是文化的，有很多工人学生，大中小学生共有十一万。北平也是个老城，历代大官僚、没落腐朽的士大夫仍存在。内城五个区，外城七个区，城郊八个区，人口二百零六万，若连新区计有二百九十万人。（略）

军管就是要靠武力，因为事实证明，虽然我们占领了一城，但很长时间内敌人在某点上还有优势，敌人还有很多资财、钱，还有很多组织，他们有很多高级技术人才，与国外还有联系，这还是说敌人在全部打到之后。目前我们中国还是另一个情况，国民党还统治着很大的地盘，还有很多人口，蒋介石统治中国二十几年，除武装军事统治，他还用很多秘密特务组织来破坏我们。所以虽然公开的敌人消灭了，但隐蔽的敌人还有，还会进行反革命活动。

北京市军管会物管会关于金圆券兑换对象、比价、限额、限期等问题的讨论纪要

（1949 年 1 月 9 日）

对北平城内金圆券兑换对象、比价、限额、限期等问题：

一、情况：北平市内有人口二百万，估计每人平均握有金圆券三百元，则北平市金圆券流通数当在六亿元左右。现在北平物价，小米十四块一斤，和人民券比价不到二分之一。到进北平时因金圆券每日贬值，估计当在二比一。但我们为了提高本币，故不能按自然比价，一定得贬低至三元以上，如此只需一亿多人民币便可把金圆券全部肃清。

我们的基本群众（工人、学生、贫民等）手中握有金圆券不多。

二、办法：华北中央局指示，对平津金圆券方针是贬值限额兑换为辅，以向外排挤为主，限额以每人能维持半月粮食，并应照顾到工人、学生、店员、独立劳动者的利益。但指示中对是否普遍兑换，抑只限于工人、学生、贫民兑换，没有明确，故需具体讨论办法。

（以下提出普遍兑换二种比价，普遍兑换二种限额，普遍兑换，普遍限额兑换，先兑工人、学生、贫民五办法）

普遍兑换二种比价：中央指示对金圆券是不负责，也不能负责。故如我们能把金圆券向上海、汉口推出，则普遍兑换人民券、对我们都是有利的。如果只是有对象兑换（只兑换工人、学生等基本群众）将造成整个贸易停顿、市场混乱，金圆券不能马上肃清、物价高涨。至于照顾基本群众方面可有二种比价，对工人学生基本群众的比价是固定的，而对其他群众可采取逐渐提高比价往外压缩办法。关于比价应按自然比价（以粮价为标准）贬低三分之一。至于流通期限应根据我们的筹码及物资能否接上而决定。至我们筹码能够流通时便可停止金圆券流通。故估计在北平得半月，同时物资要迅速能接上，要使群众按比价换得本币后能够买到物资，而且物价要以本币为计算单位，这样可使本币不致受金圆券贬值的影响，对物价开始时能维持原状便已不错。

普遍兑换二种限额，总的方针是采取收兑与排挤相结合。在初期应普遍限额收兑，对工人、学生等基本群众在限额上优待，不在比价上优待。原因：北平有二百万人口，估计工人学生等基本群众为一百万，每人限兑金圆券二百元，其他一百万兑现金圆券限兑一百元，则已兑换三亿元，本币在市场上占一半以上便可占优势。其次，如在比价上优待，根据石家庄经验有很多缺点，如别人委托工人代兑，工人卖去衣服换得金圆券，兑换后再买回衣服，及其他种种办法，这样无形提高金圆券威信，一般小贩反而收金圆券，因此影响排挤蒋币政策。在限额上优待毛病比较少。在初期要排挤是困难的，因平津只能向南方排挤。这工作还是要做的，但可放在后期，如排挤不出再想具体办法，如在市场上还起作用可一鼓作气，全部低价收兑，运至南方。如在市场上作用不大，则干脆宣布作废。

如初期只限定工人学生等才能兑换，则在市场上金圆券所占势力还大，对市场我们不易掌握。

普遍兑换，根据中央指示平津是收兑为辅，排挤为主。但现在根据情况，以实行普遍限期贬价无限额兑换。理由如下：

现在情况和我们在石家庄时情况有变化，在石家庄时本币两元才能抵金圆券一元，故考虑进平津时之比价最多是一比一，故兑换时吃亏太大；而现在比价是一比三，只需一亿人民券便可肃清，同时我们收兑也不会完全损失。

从门头沟、石景山情况中知道，工人手中金圆券很少，中央指示兑换应以半月粮食的金圆券为准。现在工人手中没有半月粮食的金圆券，故工人必要收金圆券来兑换，如此提高金圆券信用，而且商人可通过工人来兑换。

在新区应减少金融混乱，同时使金圆券之贬值和人民券脱离关系，金圆券应迅速肃清，本币迅速占领市场，故应限期贬值而不限额兑换。

兑换手续简单，我们干部问题也好解决。

对商人贬值兑换较不兑为好。

但此变化不能照顾基本群众，故对基本群众主张采取另外办法或低利贷款，或以工代赈。

普遍限额兑换：为解决执行之困难，每一居民得凭身份证普遍兑换一定额之金圆券，限额以能维持半月粮为准。为照顾基本群众一方面也做到了，因为资本家所能兑换之金圆券只及他握有金圆券之极少数，而基本群众所能兑换的是全部或大部，这样也就照顾了基本群众的利益。

先兑工人学生贫民：我们进城后第一要方针明确，方针明确了物价便有办法，同时我们货币政策和国民党不同的一点，是在国民党货币政策下照顾的是大买办、大地主、大资本家，最吃亏的是工人、学生、贫民，这样才可启发工人阶级觉悟，使他们意识到自己是社会的主人，共产党是工人的党，是他们的阶级兄弟，故主张先兑工人、学生、城市贫民等基本群众。对商人号召向蒋区推出，以后或贬价限额兑换，或根本不兑。金圆券限期流通但不准在城外流通。

三、决定：为了扩大统一战线，照顾商人利益，同时为了使本币迅速占领市场，也照顾到工人、学生等基本群众利益，故最后决定：

对金圆券采取普遍兑换，但以两种比价（工人学生等基本群众平价兑换二比一）限额兑换，以示优待工人学生（工人学生系按有组织而言，工人按家庭人口兑换，学生按个人，工人包括产业工人、工厂职工、洋车夫、清道夫、粪夫、理发工人。学生包括大中学生、大中小学教员、校役）限额以每人半月粮食为准，即每人可兑换一百五十元人民券。在半月内金圆券还可允许流通，以后看情况决定作废或再贬值收兑。

四、以上决定提交市委讨论通过。

如有携带大额金圆券出境（五十万金圆券以上）须由工商局出具证明，并保证换回物资。

对郊外金圆券处理办法：

1. 情况：郊外金圆券有些地区还继续使用，西郊有清华、燕京二大学，北平工人大部分也集中在门头沟、石景山，故应考虑优待兑换。

2. 决定：通过工会、学校，由银行派人去，在工人学生群中兑换，比价二比一，每人限兑三百元金圆券，兑换后即禁止流通，不再出布告，实际执行。

城郊之金圆券在短期内坚决肃清，进城后即蔬菜等须人民券才能购买，这样提高人民券威信。

合作社所存在的问题：

1. 干部问题：北平有三十区，每区干部五人，则需一百五十人，再加上总社五人，则需一百五十五人。如有困难可减少至每区三人，这样也需一百人。条件是县级以上，至于其他职员及公务员需二百人，待进城后训练学生工人中提拔。

2.资金问题：合作社对象是工人、学生、贫民、独立劳动者等，估计有一百万人，如供销粮食每日需二十五万斤，一月资金至少得七百五十万斤粮食。

五、拨给贸易局五千万人民券为资金。

中共北平市委关于入城后几个具体工作的决定（草案）
（1949 年 1 月 10 日）

（略）

（三）货币问题，入城后以人民银行钞票为本位，东北票及冀钞为辅币，金圆券停止使用。金圆券兑换，工人、学生、苦工可以兑，并可以使他们占点便宜，其他可以分等级兑换。比值可规定多少金圆券以上者比值为多少，几日至几日比值为多少（比值数暂不规定），限期兑换。

彭真谈进城前的准备工作
（1949 年 1 月 21 日）

关于粮食问题。首先要从思想上解决，思想问题解决后，其他问题才好解决。关于粮食问题，应完成下列具体任务。

1.要采取主动，不要被动。我们必须有粮食拿出来，商人才肯拿出来。我们如果拿不出粮食，则将陷于被动，一进城就陷于被动则易造成混乱。这样，我们共产党在世界上将被认为无能，不会管理城市，这并不是几个人丢脸的事情。这办法也有坏处，因为从外地运来粮食成本高，从经济原则上看是不合算的，但在政治观点看是合算的，我们宁在物质上遭受损失，也不能在政治上受到损害。千万别存侥幸心理赌博。我们的党要把脚步站稳，绝不让自己栽跟头。

2.粮食到手才算。必须把准备的粮食拿到自己的手中才算。天津的粮食在附近，就是进不去，那不算，必须在自己的手中才算。

3.进城后把我们的粮食堆出来，让老百姓和商人看得见，粮食自会下跌。

4.不努力不会有成绩，张垣粮食一千八百万斤，由我负责要来，我们能把这粮食运到通火车的火车站就算完成任务。粮食的来源有三个地方，一为张垣的粮，二为罗玉川那里的粮，三为冀中的粮，共有五千万斤。等到二月底津浦路通车，就能喘一口气了。

5.进城后如何掌握粮店，防止囤积居奇，你们应该研究一下，我有两项意见：第一要拟就方针政策，第二召集干部研究，找粮商中的地下党员和他们商讨。

关于粮价问题。收购粮价要与当地粮价差不多，否则老百姓不满意。首先要把通州粮价带起来。谷贱伤农。城市粮价不能比石市高，不能比城内现有市价高，但不要比四周低，要高一些，这样可使运粮食商人获些利润。粮价太便宜了不合算。我们应经常有人研究物价问题。

关于采购工业品问题。关于工业品，只要弄到乡下有利，能换回粮食就行，除去运费、损耗、开支，能尽义务就干。这样可以促进工业品与农业品的生产，且可使农民得到便宜的工业品，城市的人能得到便宜的粮食。

关于兑换伪钞问题。进城后在十五天内兑换。在此期间准许伪币流通，但人民有拒绝使用的权力。关于比值问题，可派人去天津问一下他们的情形。我们的票子，把需要的估计多些，并且到手才算。兑换、企业贷款、订货、学校收购工业品、电灯、电话、自来水、电车、兵工厂、消防队、产业工人、公共汽车、仓库看管人、警察、清道夫、报馆等都需要票子，共需四、五亿。兑换所每区设四个或五个，要计划一下，拨三四百学生协同办理。

中共北平市委研究室关于北平市银元买卖概述

（1949 年 2 月 15 日）

（略）

三、金圆券诞生后

思图依赖美元，但战争重负日甚，法币已实际上不存在，流通货币全赖关金券，不得已乃孤注一掷实行改币。

金圆券名为金本位，而实则规定银币一元可兑金圆券二元。

规定法币三百万对一元之比价，自行提高银元黄金之黑市价格。

四、和平解放前后

（1）货币膨胀成为银元黑市最好的营养品，人民有"重货轻币"之心理，在每一种货币流通之前，每一种货币停止使用之后，银元变成货物消费之媒介物。

（2）围城一月的北平市，一般失业者更多，生活困难，乃以银元买卖为生。

（3）当时金圆券与人民券之比率无明确规定，且经常改变，因此增加银元买卖牟利的机会。

（4）天津解放较早，金圆券被逐流入平市，物价高涨，银元地位益形重要。

（5）天津、济南对银元交易采取禁止办法，价格也低，银元仍有一度流入北平出售。

（6）旧年春节商店售货之金圆券，为免兑换手续的麻烦及保存其本值，吸收银元较多。

（7）三比一优待兑换者，在市场搜罗金圆券。

（8）社会秩序未恢复，未能充分就业，学校未复课，学生公务员等，均以余暇谋求生活辅助。

（9）商人收售货款，购入银元，得初步安心保有成本，且大宗购货款用银元较合算。因银元物价与人民券物价比值上不同，尤以向外地购货者有差别，是利之所在人皆趋之。

五、当前的先决条件

（1）金融业务开展。吸收市场游资，发展存放业务，使各公私银行号钱庄恢复营业。利率之规定应就实际情况解决之，仍不宜过高或过低。

（2）划一流通货币，尽量停止各地区货币再发行，规定人民券为流通本币，约束货币流通量，把握当地货币的需要量。

（3）约束货币流通量，可以估计各消费数字，否则工薪因折合实物价膨胀的数字在发行上是永无止境。虽然现在不致有庞大军费的支出，也得加以了解和约束。

（4）市场银根的调节。市场银根，有正当贸易资金和投机资金，投机并不单是金融性的物品，所以除去金、银元、美钞之外，纸烟在货币不稳定的场合下，以成为第四种保有财力的货币，因为销路好，运用简单，在物资缺乏的时候，粮食、布匹、舶来品等，皆是囤积的对象，发挥投机性能。是故投资调节，增进生产及其手段措施后，仍应尽可能将市场银根加以了解分析出来，显示出正当市场需要的银根货币量，然后在物资上和发行上业务有准绳的业务作用。

（5）调节物资，恢复交通，扯平各地物价。这是在事实上最主要的条件，而均有连带关系。目前交通尚未十分完备，流通纸币不划一，扯平各地物价仍有障碍。故食粮尤其是杂粮应设法在标准的压低中各地使之扯平，保护正当利润，使发展正常。食粮和购买力配合适当，消费者谋生安定，人民券有物资做准备后盾，投机自然减缩。

北平市军管会财政处关于税收征收办法的请示

（1949 年 2 月 15 日）

叶、徐市长：

关于税收已决定按伪政权时代规定之税目税率暂行开征，但对伪金圆券与人民券之折合征收，兹提出下列办法：

凡从价计征者，仍按现在售价（人民券）照原税率计征。

凡是固定或者查定金圆券税额者，如房捐、使用牌照税、汽车捐、营业税等，则将原定税捐（金圆券）按十比一折成人民券征收之。这个折算法显然征税轻了些，可是人民券与金圆券之挂牌比值为一比十，黑市出现一比七，我们为照顾政治影响，不宜依照黑市比值。另外，平市工商业过去在国民党反动政府下已很萧条，今虽解放伊始，而恢复繁荣尚须时日，所以征税稍轻。

折合人民券时，以元为计算单位，元以下四舍五入，每户不足一元者征一元。

请核夺示遵！

敬礼

赵子尚

附：敌人时代征收煤税情况调查税率表（略）

中共北平市委关于金融问题给中央并华北局、总前委的报告

（1949 年 2 月 18 日）

关于入城后安定民生我们主要做了两件事情，一是金融，二是粮煤供应和物价。兹先报告金融问题。

是我们进城后，对伪金圆券于丑支开始以一比三比值进行优待兑换，以优待工人、职员、学生、苦力及其他劳动人民，并于丑鱼起一比十比值进行普遍兑换。

截至丑铣止，共对入伪券约八亿，计优待兑入四亿八千五百万，普遍兑入三亿一千万，优待兑换已于丑删截止，享受优待兑换人口约一百万（全市人口据敌过去统计 285 万）。

优待兑换方式，工人、学生、职员以工厂、学生为单位集体兑换为好，即迅速易办，又少出毛病（我们开始几天未这样做误了些事）。对于贫民与其他劳动人民以保为单位，派工作团去办理，进行也很快，原则是宁可稍宽些多优待两户，不要因太严而有所遗漏，因而也不必去详细划分阶级。群众看到我们的干部辛辛苦苦地到工厂、学校，保上去给他们办理优待兑换，很满意，说共产党真是给人民办事的。而干部会工作的便于兑换中结识一部分群众，开始建立了一点群众联系，并了解一些社会情况，很有好处。

此次兑换的毛病是规定的优待比值和普通比价差额太大，有人暗中收买金圆券，因而在后几天发生了黑市（一比八），使金融也有些波动。现伪券已兑的差不多（估计尚有三、四亿），拟即停止伪金圆券流通，银行仍按规定兑换。

在此期间，银元仍在市面继续流通，并有不少奸商投机倒把，但当时因为我人民币尚未放出，金圆券数目尚大，首先应该集中力量打击伪金圆券。同时，保有银元者多系中等之户，内有不少是教职员、自由职业者与熟练工人、小市民，故到昨日尚未禁止银元流通，因而亦影响物价与金融。

现伪金圆券已兑的差不多，经总前委、华北局批准决定自明日起禁止银元在市面流通，但仍允许人民保存，并于银价稍平后即由银行挂牌价兑换。特报。

中共北平市委关于兑换金圆券及银元问题向中央的请示报告
（1949 年 2 月 19 日）

现伪金圆券已大部兑完（已见另报），人民币已发出。惟银元尚在流通，并有奸商投机操纵。不断涨价，（人民币二四〇比一，已等于华北解放区公价之四倍），影响物价金融甚大。金融斗争的次一步骤拟集中力量打击银元，以便使人民币完全统治市场，兹决：（一）禁止银元流通；（二）仍允许人民保藏，但行使时须向银行兑换；（三）禁止银元流通后银价将下跌，待跌至相当程度，如一比一五〇以下即由银行挂牌收兑。

银元问题是一个带群众性的问题，北平的情况是这样：富豪存黄金，中等人家包括一部分职员、熟练工人，则存少数现洋（三、五元或十多元），前一时间我们一则因为这是群众问题，一则因为人民币尚未发出，伪金圆券问题尚未解决，故对银元暂采不理政策。现情况已变，故采取上述措施，已经总前委及董、薄批准，可否即行，请即复。

北平市军管会关于禁止银元在北平市流通和买卖的布告
（1949 年 2 月 28 日）

查人民银行所发行之纸币，为本市法定本位币，业经本会金字第一号布告在案。近查仍有少数不法之徒从事银元之投机买卖，扰乱市场。兹为安定金融，稳定物价，保障各界人民之利益起见，特再规定办法如下：

从即日起禁止银元在市面流通、买卖，或以银元计价，违者定予惩处。

公私团体与个人所持之银元，得持向人民银行及其所指定之兑换所按牌兑换。兑换日期及牌价由人民银行另行公布。仰我全体市民一体遵照！

叶剑英关于北平市接管工作初步总结向毛主席的报告
（1949 年 3 月 1 日）

毛主席：

（略）

（三）接管情形及经验教训

（略）粮食一千三百万斤，面粉七万三千余袋，布匹一万三千二百零八匹，煤炭十万零四千余吨……赤金四百一十两，银元一千四百五十六元，银币十六万九千元，伪金圆券二千五百二十三万元。

（略）收兑金圆券七亿零九千八百十六万元（内优待约占百分之六十，九十万市民受到优待）物价一般尚平稳，但白洋仍在市上作祟，伪金圆券尚未肃清，估计尚有两亿。

彭真关于"安定民生工作"给中央总前委和华北局的报告
（1949 年 3 月 3 日）

关于入城后安定民生，我们主要做了两件事情，一是金融，二是粮、煤供应和物价。

金融：

我们进城后，对伪金圆券二月四日开始以一比三比值，对工人、学生、职员、贫民及独立劳动者实行优待兑换，并于二月六日起以一比十比值，进行普通兑换，已于二月二十三日截止。（注：优待兑换与普通兑换，规定一比三和一比十两种牌价是迫不得已的，因未入城时在城外对工人学生的兑换已是一比三，入城后不得不同样对待；但入城后天津方面已规定为一比十的牌价，为了与天津一致，故普通兑换亦定为一比十。）

最后共兑入伪券约八亿三千余万。计优待兑入四亿九千余万，普通兑入近三亿四千万。享受优待兑换人数九十九万，内计职工十七万、学生十六万，其他为贫困市民、独立劳动者等。

优待兑换方式，工人、学生、职员，以工厂、学校为单位集体兑换为好，既迅速简便又少出毛病（我们开始几天未这样做误了些事）。对于贫民及其他劳动人民的优待有人以为麻烦难办，但经验已证明，以保为单位派工作团去办理，进行很快很顺利，一周即全部兑完了。原则是宁可稍宽多优待两户，不要因太严而有所遗漏，因而也不必去详细划分阶级。群众看到我们的干部辛辛苦苦地到工厂、学校，保上去给他们办理优待兑换，很满意，说共产党真是给人民办事的。而干部会工作的便在兑换中结识一部分群众，开始与群众建立若干联系，并了解一些社会情况，收益很多。

此次兑换的毛病是规定的优待比值和普通比价差额太大，而优待兑换的时间与普通兑换的时间一样，也是二十天（实际十天足够了），因而在兑换一周后即有人暗中收买金圆券，发生了黑市（一比八），使金融也有些波动。经验证明，优待兑换比值不能与普通兑换比值相差太大，优待兑换时间应稍短。

在此期间，银元仍在市面继续流通，并有不少奸商投机倒把，但当时因为我人民币尚未放出，金圆券数目尚大，首先应该集中力量打击伪金圆券。同时，保有银元者多系中等之户，内有不少是教职员、自由职业者与熟练工人、小市民，故在金圆券兑换期间未禁止银元流通。现虽已禁止流通，但黑市仍猖狂。这是一个全面的问题，现天津黑市280，张垣250，北平黑市昨在240至250之间，须通盘处理，否则名禁实不禁，经济政治影响均不好。

准备煤粮，稳定物价：

我们入城前，计已准备了三千七百万斤粮，察省月允供给三千万斤在外。燃料煤，门头沟有十余万吨，并运进了一批油盐。因商人知我将运粮来，争相抛售，致使解放后城内粮价下跌以至比冀中、平西还低很多，故我们直到二十二日止，除供给一部分学校和公营企业员工一部分粮食外，不仅未挂牌卖粮，而且以商人面貌买了一批粮食进来。我们拟定的原则是这样，城内粮价应较供给粮食的乡村稍高（至少应加上运费和贩运中的损耗），不能比乡村低，否则是不能持久维持的；城市出产的工业品价格较乡村稍低才好发展。乡村城市之间，解放后初期的情况是农产品价格狂跌，而工业品因金融未稳，对外贸易断绝及商人囤积之故，价格上升，如果我们再抛售粮食，则粮价将更跌，因公家粮食抛完，以后粮价又会飞涨，故我们开始未卖粮，并且收了一部分粮，现粮价仍较天津稍低，但已较乡村稍高，我们已于二月二十三日开始挂牌出售，粮价尚属平稳。惟工业品价格尚不稳，我们尚未想出具体掌握的对策。至于煤，我们一进城即决定抛售，因我们存煤甚多，冬季一过，燃料煤将成为呆货，若不加紧运售，将来势必影响公私煤矿的生产。

彭真谈经济工作的一些问题

（1949 年 3 月 16 日）

（略）

第二，现洋已禁止流通，黑市仍存在，并且涨了价，黄金也大涨，金融并不稳定。事实上，现在公私都没有把人民币作为根本的价值尺度或唯一计算单位，即所谓本位币。有些人暗地里是以银元为计算单位，而我们发薪金工资，则是公开以小米为计算单位，有些商店、学校计算薪金和收学费，过去是现在还是以白面为计算单位，而通货也还在膨胀着。这样的金融情况，对于银行存放款、债务关系，对工商业、对火车、电车、电灯、电话、自来水等收费及若干税收，都很不便利，同时也影响物价波动。这个问题在乡村感觉得不突出，在城市中因为经济是完全商品化的，表现很尖锐。现在的问题，第一是从根本上考虑货币制度。这个问题我不了解情况，没有研究，尚提不出意见；第二，临时的办法，每周公布物价指数，使工资、薪金、房租（货币）、债务、存放款及一部分税收等，按实物折合，但电车、火车票和水电费，乃至戏票、理发、洗澡等费，是不好每周加价的，问题仍不能根本解决，但可以解决一部分，减少些混乱和纠纷。

北平市军管会接管工作概况

（1949 年 4 月）

（略）

二、生活供应与金融管理

打开城市以后能否保证人民得到稳定的生活，是我们能否取得人民信任和管理城市的第一个考验。在良乡驻扎时曾因我经济工作落后一步，各解放区货币纷杂，比值复不统一，商民拒绝收用，而造成市场停顿的现象，经我规定比值，抛售大量食粮，配合以政治宣传，才克服了这个困难。敌人在我入城前曾抛出大量伪金圆券（流行的十五亿，有九亿是此时发出的），并宣传金圆券将是一比一和人民券通用，物价一时下降，企图给我造成困难，我们入城后集中大力兑换工作，规定一比三的限额，每人五百元，对工人、学生及贫苦市民（后来并放宽到一般职员及收编傅军）的优待比值和一比十的普通比值，鼓励大宗封包出境，经半个月努力，终于扫清金圆券市场，建立人民券的本币位置。但因优待限额太宽，曾造成学生、贫民在市场上买入金圆券再拿来兑换，后并发现大量制造伪证件者，计兑入伪金圆券七亿九千八百万元，内优待兑换占百分之六十，造成一比六的黑市比价（但不久即消散）。经济上受到一些损失，还由于解放后本币信用尚未确立，市场筹码缺乏，一时白洋成为交换过程的主要工具，各类悉以白洋计价，商人、小贩，甚至一些学生、失业工人在市场竞相买卖，追逐其价格变化中的差额，致形成银元市场，影响金融与物价甚大，我们当金圆券收兑结束后，随宣布收兑银元价格一二〇至一九〇比一，禁止买卖及流通，并采取政治压力，检举、没收等措置，但以南京伪政府宣布使用银元为计价单位，及公开兑换流通后，大量银元经蚌埠流向京沪，投机商人从中牟利，钻我空隙，到目前为止，虽已收到相当效果，街头小额公开买卖者已经绝迹，商品已经脱离银元计价而走向市场本币计价，但银元黑市依然存在，黑市价格已经从禁止流通时之二四〇元上升至三一〇元，一般市民反映，虽皆赞成这一措置，但是否能够成功缺乏信心。

粮食价格因和平接管，粮食商人看到今后解放区粮食将源源入市，已不是投机对象，纷纷抛出，以致在一个相当时期内，市内粮食价格低于四乡，有倒流现象，我在此时曾经有计划收购，使粮食价格逐步上升，采取使市内略高于四乡，来粮有利可图的价格政策，刺激粮食入市。不过中间仍然曾因四乡来粮少，造成一度粮价波动，经及时大量抛售，平抑下去。现在临近春荒，各地粮价皆显上涨，平市亦受影响，上涨速度较大，三月上旬小米一斤十二元，下旬已经涨至二十一元，涨百分之七十五。至于工业品方面，因我未掌握大量物资，故控制较难。总之，由于进城前调集大批粮食和生活必需品，复以和平方式接管，在这方面没有发生大的困难。商人投机是无孔不入的，但只要我们的准备充足，政策执行得好，我们仍然能够掌握的。

旧人员的生活维持与薪给问题，亦必须及时解决，才能稳定他们的情绪，使工作顺利进行。此次入城，先后共发出维持粮食二千余万斤，有的部门因发维持粮不及时，而发生一些波动。

北平市接管与施政工作
叶剑英市长在北平市各界代表会议上的报告摘要

（略）

第三，生产工作……肃清伪金圆券，禁用银元，借以安定人民生活。

接管的准备工作：

（略）

第三件是物资和筹码的准备，从平绥、平汉两线调集粮食四千万斤，煤七万余吨，油三十万斤。人民券九亿元。同时进行了排挤市郊伪钞，调剂长辛店、门头沟粮食等工作，也等于金融和物资调剂工作的实习。

北平市军管会物管会接管工作总结报告
（1949 年 4 月 16 日）

（略）

六、金融问题

金融物价是入城后安定民生的头件大事。此次入城前，京郊各地因大军云集，筹码过多，供应不足，致物价一度猛涨，有的地方交易几陷停顿。经我调剂物资，加强供应、打击伪钞后，物价始见平稳。但当时市郊币制仍甚复杂。

八个解放区的钞票票面达五百多种之多。此时，城内则伪钞狂跌，白洋充斥，人民痛苦，许多工人贫民没钱过年。我们入城后立即采取如下措施：

宣布以人民券为本币，并规定作价记账均以人民币为本位。除冀南币、东北币暂作辅币外，其他解放区钞票不准入城，但准许在市郊进行兑换。

伪金圆券在二十天内暂准流通，但人民有拒用及议价自由，这样使人民券逐步占领市场，且在人民券未全面投出前，市场交易没有停滞，伪金圆券的兑换按两种比值：工人、学生、独立劳动者、工厂职员、城市贫民、公务人员、警察（后两种人未在报上公布）每人可按一比三兑伪金圆券五百元，其余均按银行牌价一比十收兑。共计兑入伪金圆券八亿元，内优待兑换五亿元，按一比三兑人民券一亿六千元，若按一比十只兑五千万，计劳动人民所得实惠合人民券一亿一千万。这是博得各阶层特别是广大劳动人民热烈拥护的主要原因。

三月十八日起，宣布禁止白洋流通，但准许人民保存，人民银行以牌价一九〇元收兑，三月十七日又提为二三〇元。目前白洋黑市已大减，黑市价亦稍跌农工业品物价已逐渐摆脱白洋的影响。

以上措施基本上是成功的，但以下几点应加以检讨和注意：

本币票额较大，当时我们带来的多是五〇元的票子，缺乏小票。

兑换伪钞方面：

忽视组织力量：学生兑换多没有通过学校，工人未通过工厂，冒领假造者甚多。

优待兑换与普通兑换比值差额太大，形成可投之机。

优待限额较高，许多贫民市民没有五百元伪金圆券，纷纷争购。使伪金圆券一时上升。

二十天的流通期为时太长，给投机倒把者活动余地，优待兑换不得不提前于二月十五日结束。

禁用白洋失之过迟：一开始时为了不树敌太多，先集中力量打伪金圆券，暂不过问是对的；但到二月十日以后，伪钞大部已经收兑，能够抽出力量时，仍迟迟未禁。直到二月底才公布停用，白洋已由一八〇元（人民券）涨到二四〇元。这不能不多少影响本币体制的建立。

银行接管工作次于他的营业工作。这次银行接收如果按债权债务关系来说，所得不如所失，银行所存金银现款，不是为敌人有计划地盗运到南边去了，便是被当地军政机关扣留使用，剩下一部分也为一些贪得无厌的经理行员以各种名义分用了。这是今后接管中值得注意的问题。

七、物价问题

在解放之前，平市物价波动很大，一日数变，劳动者生活很感困难，我们确定的供应方针，是促进城乡物资交流，适当地平稳物价，以公道合理的价格，供给劳动人民的日用必需品，具体的措施是：

尽全力准备物资，运来了大量生活必需品，计粮食四千万斤，油三十万斤、煤七万余吨。调剂了平市郊区和城内供应，使粮煤油盐价在我们的计划之下保持一定规律。

保持城乡物价合理差额，城市农业品适当高于乡村。入城时小米约七八元一斤，较周围乡村特别是华北乡村还低，故在入城后二十天内并未抛售，反以私商面目隐蔽购粮二百九十八万斤，物价稳升，这样使城乡交流渐趋活跃（如过去张家口公家购粮占百分之七十，后减至百分之五十，宣化由百分之九十减至百分之三十，私商比重随之增大）。

以订货购货方式积极扶植门头沟一七八座煤矿迅速复工，日产四一六〇吨（略高于解放前），惟开始时曾盲目扶植了一些损害矿区的小私窑，后始改为"大力支持公矿，扶植不妨碍公矿发展且有前途之私窑"。

贸易公司的业务经营，首先照顾北平七十万工人、职员及其家属与中等以上学生，批发价低于市价百分之五，通过合作社再减百分之五，并着重配合工资发放，廉价售出，同时零售加工粮给消费者（私人不予批发），减轻了私商对市民盘剥。扶植控制了一部制粉业，打破了历来一发薪粮价即涨的规律。此外，在中心市场高吐低吞，平稳物价。自开始经营至三月二十三日一个月中，总共售出八四一五八二九斤，盐一〇七三〇七二斤，油三二一〇一斤，煤三一九四九五〇斤。这些都是成功的。

缺点与问题是：

我们原估计城市内工业品多会贱，农产品缺会贵，实际恰得其反，工业品贵，农产品贱，这是由于一般商民看到我们拥有大量农产品，心气平和；而工业品则因工厂刚在恢复，通航尚未开始，故而价高。我们则恰恰只掌握了农产品，没有掌握工业品，因而形成工农业品剪刀差，政府财政与劳动人民同受影响。

　　农村经验不足以对付城市投机商业资本家，他们消息灵通、经验丰富（如：我们准备出售之布尚未从津启运，平市布价即落）。同时我们对城市情况生疏（如：不知小米面实际是玉米与黄豆的杂合面，准备了大量的小米不易售脱）。工业品经营技术很差（对布、粮、棉、牲口有些经验，对集中的仓库设备、工具准备、脚行运输等更乏经验）。贸易公司现已开始招收训练此类技术人员、另拟即在城内外设置大规模的工业品百货公司、信托公司及不同业务的货栈，联系贸易公司各部业务（工业品与农业品），以畅城乡交流，解决农民入城交易困难。

后　记

　　有朋友问我：你又不是金融问题专家，怎么想起写这么一本书？我反问他：你每天不与货币打交道吗？货币难道不是每天柴米油盐的普通百姓所关注所议论的话题吗？朋友无语。

　　确实，这是一个普通百姓普遍关注又很难有多少主动权的话题。我对这个问题的关注缘于我就是一个普通百姓，就是通过百姓的视角开始关注这个问题的。最初，我从《新闻联播》中看到人民币与外币兑换比率的变化，看到由于金融危机引发的华尔街银行的倒闭，不由得好奇：国共两党在决战时，货币又是怎样的一个情况呢？本人曾经从事档案工作，有条件找到当年的资料。本人又是一个喜欢将想法付诸笔端的作家，因而将当年的现象以及本人的感想写成一篇两三千字的随笔，《1949：北平的货币之战》发表在2010年的《中国档案报》上，文章引起了某些读者的关注。其中在出版社做编辑的朋友向我建议：可以将其中内容展开，将当年国共两个政权的货币之战的详细情况奉献给读者。基于这个建议，我开始查找相关的档案和史料，开始采访相关的当事人，经过两年的资料整理才开始这本书的写作。

　　由于作家的本能，在动笔之后，免不得对资料所反映出的历史事件有一些自己的看法和想法，免不得要对当年的情景调动想象的空间，然而出版社的朋友建议我收敛感想的篇幅，尽可能给读者以"原汁原味"，尽可能全方位展开历史的篇章或是画卷，让读者自己去分析、去研究、去理解。于是，这样一部以历史资料为主的纪实文学作品就这样铺陈开来。当然，既然从属于文学作品，免不了融入作者的理解和看法，甚至有渲染的成分。若有不妥或是错误之处，还望专家学者、广大读者批评指正。

本书的内容大多来自档案史料和相关文献，作者远不是简单地重新排列组合，就像是从菜地里采摘了一筐萝卜白菜，要上餐桌，还需要煎炒烹炸，而我则是采取了"清蒸""凉拌"的方式，尽可能做到原汁原味，让品尝者体会到"菜地"里的本原，让品味者可以进一步研究和升华。我的工作则是相对原始的或是相当初级的劳动，给读者奉献的不是大餐而是"素食"，是有滋有味的"素食"。

本书得以出版首先感谢出版社的决策人，让这块"砖头"得以抛出；感谢责任编辑数次来电探讨研究给予具体帮助；还要感谢多年从事出版工作的老朋友张秉文，不但给我适时提出建议，还为我送上相关报纸等资料；还要感谢南汉宸同志的亲属特意将《南汉宸画册》赠送与我，并向我介绍了南汉宸同志不少往事；我的邻居佟金力先生为我联系北京货币的收藏家段忠谦先生，让我及时获取货币方面的知识。对长期支持我写作的档案界的朋友，如国家档案局研究馆员郭银泉、张军、《北京旅游报》原总编辑刘晓华等专家学者，一并致以谢意。

参考书目

1. 中共北京市委党史研究室、北京市档案馆:《北平的和平接管》,北京:北京出版社,1993 年。

2. 唐纪明:《生命不息　战斗不止——冀朝鼎传》,《北京文史资料》第 53 辑,北京:北京出版社,1996 年。

3. 北京市档案馆:《民国时期北平市工商税收》,北京:中国档案出版社,1998 年。

4. 张黎、温谷、刘建岱选编:《老新闻——民国旧事（1935—1937）》,天津:天津人民出版社,1998 年。

5. 孟广利、沈丽荣、刘莉萍选编:《老新闻——民国旧事（1944—1946）》,天津:天津人民出版社,1998 年。

6. 王昆江、徐凤文、李家璘选编:《老新闻——民国旧事（1947—1949）》,天津:天津人民出版社,1998 年。

7. 中国人民政治协商会议全国委员会文史和学习委员会:《文史资料选辑（合订本）》,北京:中国文史出版社,2011 年。

8. 北京市档案馆:《北平和平解放前后》,北京:北京出版社,1988 年。

9. 中共北京市委党史研究室、北京市档案馆:《北平的新生》,北京:北京出版社,1999 年。

10. 姚遂、杨天赐主编:《中国百年证券精品图录》,北京:中国财政经济出版社，1999 年。

11. 中共北京市委《刘仁传》编写组：《刘仁传》，北京：北京出版社，2000 年。

12. 中共北京市委党史研究室：《北京地区抗日运动史料汇编》（全 6 辑），北京：燕山出版社，2001 年。

13. 北京百科全书总编委会：《北京百科全书》，北京：奥林匹克出版社、北京出版社，2001 年。

14. 中国国际贸易促进委员会等：《南汉宸纪念册》，北京：中央文献出版社，2005 年。

15. 韩春鸣：《1949：北平的货币之战》，北京：中国档案报，2009 年。

16. 刘晓宁：《中华民国在大陆的真相：1937—1949（下册）》，台北：大旗出版社，2012 年。

1949 货币决战

本书音频包含：

HB001	第一章		HB020	第二十章
HB002	第二章		HB021	第二十一章
HB003	第三章		HB022	第二十二章
HB004	第四章		HB023	第二十三章
HB005	第五章		HB024	第二十四章
HB006	第六章		HB025	第二十五章
HB007	第七章		HB026	第二十六章
HB008	第八章		HB027	第二十七章
HB009	第九章		HB028	第二十八章
HB010	第十章		HB029	第二十九章
HB011	第十一章		HB030	第三十章
HB012	第十二章		HB031	第三十一章
HB013	第十三章		HB032	第三十二章
HB014	第十四章		HB033	第三十三章
HB015	第十五章		HB034	第三十四章
HB016	第十六章		HB035	第三十五章
HB017	第十七章		HB036	第三十六章
HB018	第十八章		HB037	结束语
HB019	第十九章			

关注"阅库"

微信号 readercool

回复作品编码，如"HB001"，

即可收听对应作品全篇音频